C. E. Bernard

Das Flüstern des Zwielichts

Übersicht der digitalen Sonderinhalte

Folgendes digitales Bonusmaterial kannst du als Augmented Reality (AR)-Inhalte in diesem Buch entdecken. Übrigens sind die Seiten oft mit einer Krähe versehen, damit du sie nicht übersiehst.

Inhaltsverzeichnis:

So einfach geht's: Um die digitalen Sonderinhalte der Wayfarer-Saga zu entdecken, holst du dir einfach die kostenlose App »Dein AR Viewer« bei Google Play oder im App Store oder scannst den folgenden QR-Code. Einmal runtergeladen kannst du abhängig von deinem Endgerät und deiner Betriebssoftware mit den meisten Smartphones dann einfach mit der App die jeweilige Buchseite mit Krähe, die Vorder- und Rückseite des Umschlags sowie dessen Innenseiten scannen und schon tauchen die digitalen Sonderinhalte wie durch Magie auf. Viel Spaß beim Entdecken.

C. E. Bernard

DAS FLÜSTERN DES ZWIELICHTS

Roman

Deutsch von Charlotte Lungstrass-Kapfer

penhaligon

FSC
www.fsc.org
MIX
Papier aus verantwortungsvollen Quellen
FSC® C083411

Penguin Random House Verlagsgruppe GmbH FSC® N001967

1. Auflage 2021

Redaktion: Jennifer Jäger
Karte: Annika Walter
Umschlaggestaltung und -illustration: Isabelle Hirtz, Inkcraft,
unter Verwendung eines 3D-Models von ZB3D (turbosquid)
BL · Herstellung: MR
Satz: Mediengestaltung Vornehm GmbH, München
Druck und Bindung: CPI books GmbH, Leck
Printed in Germany
ISBN 978-3-7645-3264-2

www.penhaligon.de

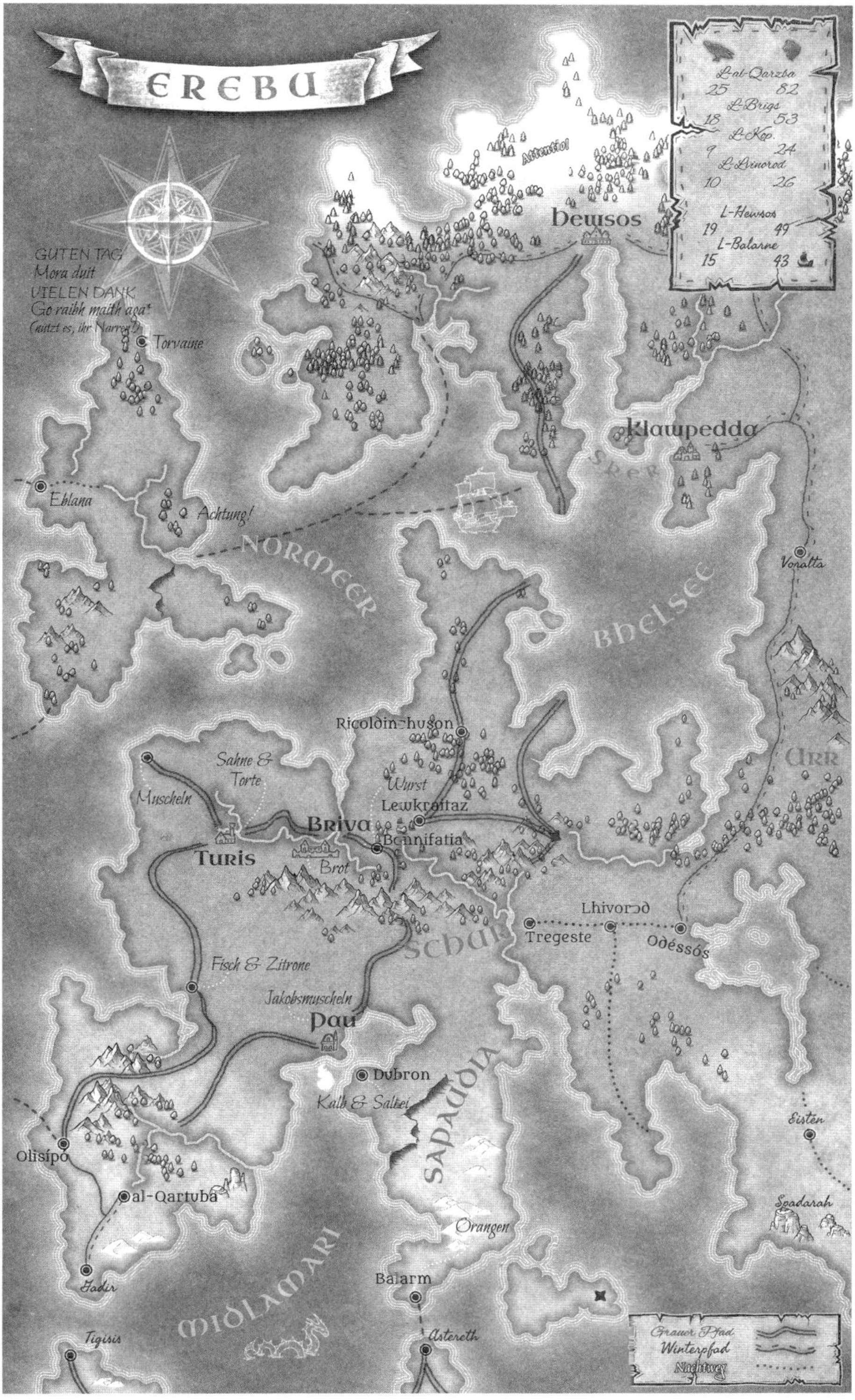
EREBU
GUTEN TAG
Mora duit
VIELEN DANK
Go raibh maith aga*
(nutzt es, ihr Narren!)
Torvaine
Eblana
Achtung!
NORMEER
Hewsos
Klawpedda
SRER
BHELSEE
Voraltta
ARR
Ricoldinchuson
Sahne & Torte
Muscheln
Wurst
Lewkraitaz
Briva
Bonnifatia
Turis
Brot
Lhivorod
Tregeste
Odéssós
SCHUR
Fisch & Zitrone
Jakobsmuscheln
Pau
Dubron
Kalb & Salbei
SADADOLA
Olisípo
al-Qartuba
Orangen
Gadir
Balarm
MIDLAMARI
Tigisis
Astereth
Eisten
Spadarah
L-al-Qarzba
25 82
L-Brigs
18 53
L-Kop.
9 24
L-Lvinorod
10 26
L-Hewsos
19 49
L-Balarne
15 43
Grauer Pfad
Winterpfad
Nachtweg

Für Bernd Lau, Peter Steinbach
und Peter Zwetkoff

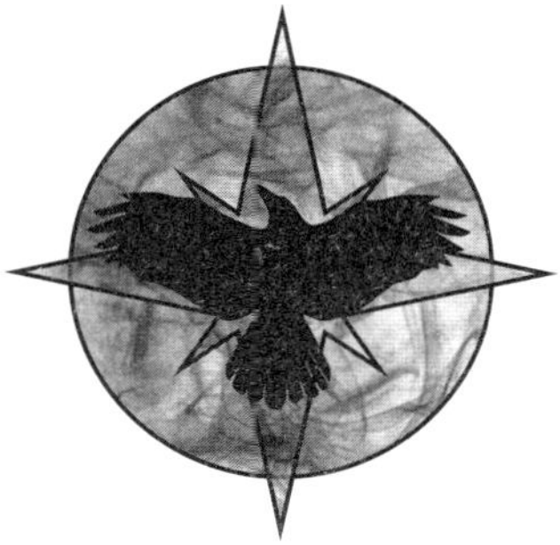

Ihr seid an mein Feuer zurückgekehrt.

Hell und warm brennt es, während die Abenddämmerung den Himmel mit tiefem Blau überzieht und die Bäume und den Pfad schwärzt, auf dem ihr zu mir gekommen seid. Ihr habt euch nicht in den Tiefen der Wälder verirrt. Ihr habt euch nicht schrecken lassen von den Narben in meinem Gesicht und den Blutflecken auf meinem Mantel. Ihr sitzt wieder an meinem Feuer, hier in der Abenddämmerung.

Seid ihr im Zwielicht gekommen, weil ihr befürchtet habt, ihr könntet euch des Nachts zwischen den Bäumen verirren?

Denn das geschieht nur allzu leicht. Ihr verlasst den Pfad, eure Füße tragen euch fort von eurem Weg, einen Moment lang gebt ihr nicht Acht und bemerkt euren Fehler erst, wenn ihr schon tief im Wald steht.

Oder seid ihr im Zwielicht gekommen, weil ihr es gehört habt?

Habt ihr mein Lied gehört?

Denn die Abenddämmerung ist die Stunde, in der die Geschichten erwachen.

Wenn der erste Stern am Himmel erscheint, hell und silbern schimmernd, beginnen sie zu flüstern.

Sie wispern.

Sie singen.

Sie erwarten euch.

Rückt dichter ans Feuer heran. Schert euch nicht um meine Tränen, um mein Lächeln. Rückt dichter heran, dann singe ich euch ein Lied, erzähle euch eine Geschichte. Sie beginnt an einer alten Straße, im schwindenden Zwielicht. Sie beginnt in der Stadt, die der Finsternis der Nacht anheimfällt, der Finsternis des Krieges. Sie beginnt mit Reisenden, leise singenden Reisenden, guten Freunden, denen noch nicht bewusst ist, wie leicht man vom Weg abkommen kann. Vor allem in der Dämmerung, wenn die Geschichten locken, wenn die Lieder rufen, wenn ein Raunen in der Luft liegt, ohne dass man wüsste, wer dort spricht.

Rückt dichter heran.

Und hört genau hin.

Wer ist das?

Wer ist es, der dort wispert?

1

Reiter

Ein Fremder kam den Grauen Pfad entlang.

Es war ein Mann, entschieden die meisten, die ihn vorbeiziehen sahen. Heutzutage wagte sich niemand mehr nach Anbruch der Dämmerung auf die Straße, denn eigentümlich waren die Tage und schrecklich die Nächte, seit die Schatten sich erhoben hatten. Des Nachts waren sie erschienen, mit ihren Schwertern aus Feuer, grellweiß und so kalt. Abgeschlachtet hatten sie alles, was lebte oder einst gelebt hatte – kleine Kinder, alte Frauen, stolze Rösser. Die Ziegen, die den Menschen brav ihre Milch gaben. Manche behaupteten, man könne sich schützen gegen die Schatten, indem man sich hinter Mauern aus Stein und Toren aus Eisen verschanzte. Wieder andere erzählten, es gäbe ein Lied, das als Schild diene, aber wer hatte schon jemals gesehen, dass ein Lied gegen eine Klinge schützte, eine strahlende, tödliche Klinge?

Lieber machten sich die Menschen hinter steinernen Mauern und eisernen Toren zu Gefangenen, in den Städten, Dörfern und Burgen, und so waren die Tage eigentümlich und die Nächte finster. Denn des Nachts wisperte die Furcht, kroch in ihre Häuser und Hütten, schob ihre langen, dürren Tentakel in jede Schlafkammer. Sie raunte und flüsterte, wie sie es schon immer getan hatte in den finsteren Nächten, die weder Mond noch Sterne erhellten. Legenden besagten, dass die Nächte einst hell gewesen waren, erleuchtet vom Mond und den Sternen, als die Feuer noch brannten in den Türmen des Lichts, als die Glocken noch sangen. Als Feuer und Glockenklang die Finsternis und die Stille vertrieben, überall auf dem Kontinent Erebu.

Aber niemand wusste, ob man diesen Legenden Glauben schenken sollte, wo die Nächte seit sie denken konnten doch so finster waren und die Schatten so tödlich.

Deshalb war es umso merkwürdiger, nun diesen Fremden auf der Straße zu sehen. Einst hatte man sie den Westlichen Weg genannt, als sie sich noch breit und stolz durch die Lande erstreckt hatte, als ihr weißer Stein noch gepflegt und instand gehalten worden war. Heute nannte man sie den Grauen Pfad, oder einfach nur den Pfad, denn es war kaum noch etwas geblieben von den vielen Wegen und Handelsrouten, die früher den ganzen Kontinent durchzogen hatten.

Nahe der kleinen Stadt Ricoldinchuson sah man den Fremden zum ersten Mal, bei einem Bauernhof, dessen Bewohner hinausgingen aufs Feld, sobald das erste Licht durch den Morgennebel drang. Sie beackerten die Scholle, hofften eine Ernte einfahren zu können, auch wenn Nacht für Nacht die Schatten über sie herfielen. Jemand musste ja das Land bestellen und Nahrung für Ricoldinchuson anbauen, hinter dessen Stadtmauern sich auch die Bewohner jenes Hofes versteckten, nachts, wenn die Schatten erschienen. Sie mussten es zumindest versuchen, sonst würde der Hunger sie während der Belagerung durch die Schatten ebenso sicher töten wie die Klingen aus Feuer, so weiß und kalt.

Der älteste und der jüngste Bewohner des Hofes waren im Obstgarten und spazierten zwischen den Apfelbäumen einher. Großvater und Enkelsohn waren sie, und sie unterhielten sich in der Sprache des südlichen Königreiches Sapaudia, aus dem der Großvater als Kind mit seinen Eltern geflohen war, die auf der Suche nach Arbeit mit ihm nach Norden zogen.

Der Enkel sah den Fremden als Erster.

»Guarda, nonnus!«

Er zeigte zur Straße, und sein Großvater hob den Kopf und erblickte ihn. Sah den Fremden, der in der Morgendämmerung unterwegs war.

Zu Pferde reiste er. Einen Mantel trug er, einen langen grauen Mantel. Sein Pferd war groß und prächtig.

Und er schien zu singen.

Sofort atmeten die beiden auf, denn das war keine Armee. Die Eiserne Armee sei auf dem Vormarsch aus Schur im Süden, erzählten die Leute, doch das hier war nicht die Eiserne Armee, unter deren Ansturm Ricoldinchuson innerhalb eines halben Tages fallen würde. Nicht die Armee von Lurin, dem Eisernen Baron.

Nein, das war sie nicht.

Nur ein einzelner Reiter. Ein Reiter, der sang. Auch wenn der Großvater die Worte des Liedes nicht ausmachen konnte. Sein Enkelsohn ebenfalls nicht. Leise schlichen sie bis zu der Hecke, die den Obstgarten von der Straße trennte. Traurig klang das Lied. Als würde der Reisende von längst vergangenen Zeiten singen, einer längst verlorenen Liebe, einer Heimat, die nicht mehr aufzufinden war. Und während sie heranschlichen, um dem Lied des einsamen Reiters zu lauschen, marschierte viele Meilen weiter südlich eine Armee über den Grauen Pfad.

Eine Armee, ganz in Eisen gewandet, die Rüstungen geschmiedet aus schwarzem, starkem Metall. Fackeln trugen die Männer, und wenn sie abends ihr Lager aufschlugen, sangen sie das Lied der Nacht. Im Licht des Tages marschierten sie über die Straße, brannten die Felder nieder, die von den Schatten verschont worden waren, überließen Gärten und Höfe und Mühlen den Flammen. Den Kopf der Königin von Allaith hatten sie auf einen Spieß gesteckt, und gelacht hatten sie, als sie durch ihr Königreich marschierten, denn für sie war es so klein, dass es nicht einmal als richtiges Land zählte. Im Winter wären sie wieder daheim, glaubten diese Soldaten, die dort über den Grauen Pfad marschierten. Eine Frau war unter ihnen, eine Frau, die am lautesten von allen gelacht hatte, als sie den Kopf der Königin auf den Spieß steckte. Lauter als alle anderen hatte sie gelacht, denn sie glaubte, dass sie stark erscheinen musste, sollte ihr Kopf nicht der nächste sein. Bigna war ihr Name. Bis sie den Kopf einer Königin aufgespießt hatte, war sie einfacher Soldat gewesen, doch als der Baron das sah, befahl er, ihr ein Pferd und einen Rang zu geben, der ihrem Eifer entsprach. Und so ritt nun Leutnant Bigna über den Grauen Pfad, den Blick starr nach vorne gerichtet, wo der Baron und sein Hauptmann mit ihren eisernen Helmen ritten. Eine lange graue Feder trug der Hauptmann an ihrem Helm, und diese

Feder wollte Bigna unbedingt haben. Denn eines stand für sie fest: Niemand würde es wagen, den Hauptmann der Eisernen gegen ihren Willen anzufassen. Die Armee steuerte auf ein Dorf zu. Hell leuchteten ihre Fackeln in der Dämmerung. Bigna reckte ihre in die Höhe, während sie das Tempo beschleunigte. Während sie auf das Dorf zu galoppierte.

Sie würde dafür sorgen, dass Schur stolz auf sie war.

Viele Meilen weiter nördlich lauschten Großvater und Enkel darauf, wie der Fremde sich auf dem Grauen Pfad näherte. Vielleicht brachte er Neuigkeiten. Neuigkeiten, die von Frieden kündeten. Von dem Lied, das ein Schutzschild sein sollte. Neuigkeiten aus der Stadt Briva. Briva der Blauen, so stolz und so schön. Briva, der Stadt der Brücken. Briva, der Stadt der Schiffe. Briva, der Stadt des Brotes, des köstlichsten Brotes, das je gebacken wurde. Der Großvater kannte ein Lied darüber. Eine Bardin hatte es in Ricoldinchuson zum Besten gegeben, mit dieser wundervollen Stimme, als sein Enkel noch ein kleiner Wurm gewesen war. Nun zählte der Junge bereits fünf Lenze, und er kannte das Lied auswendig, weil sein Großvater es ihm so oft vorgesungen hatte.

Der Reiter allerdings sang ein anderes Lied.

Warum dröhnt der Hufschlag laut, so laut
aus dem Tale zu mir herauf?
Das sind nur die Bauern und Tölpel, mein Kind,
nur die Bauern kommen herauf.

Es klang wie ein Klagelied.

»Nonnus«, sagte der Enkel und zeigte auf seine Füße.

Dünn und fahl klang seine Stimme, so fahl wie der Umhang des Reiters. Der Großvater blickte zu Boden.

Unzählige Spinnen krochen über die Erde, mit langen, dünnen Beinen, und graue, zuckende Kellerasseln. Über ihre Schuhspitzen krochen sie, über ihre Füße.

Durch die Hecke kamen sie.

In den Garten hinein liefen sie.

Warum dringt Lärmen laut, so laut
Über die Straße zu mir heran?
Das sind nur die Boten und Herolde, Kind,
nur die Herolde kommen heran.

Und dann hörten sie das Rauschen unzähliger Flügel, ein lautes Tosen, als wäre auf einmal ein Sturm losgebrochen. Großvater und Enkel hoben den Kopf. Überall stiegen Vögel aus den Bäumen auf und schwangen sich in die Lüfte. Hektisch flatterten sie, flogen davon so schnell sie konnten, schossen über den Garten hinweg.

»Sind das die Schatten, nonnus?«, fragte der Enkel.

Der Großvater sah sich um. Der Morgen war angebrochen. Es konnten nicht die Schatten sein, die erhoben sich nur des Nachts.

Welch Gestalt seh' ich vor mir, klar, so klar,
welch Gestalt kommt im Zwielicht heran?
Das ist nur ein einsamer Reiter, mein Kind,
ein grauer Reiter trabet heran.

»Komm.« Der Großvater nahm seinen Enkelsohn an die Hand. »Komm, wir müssen nach Ricoldinchuson zurück.«

Und auch dem Fremden auf dem Grauen Pfad rief er es zu. In der Gemeinen Sprache rief er: »Guter Mann! Komm mit uns, zurück in die Stadt!«

Und der Fremde hielt an.

Tief in seinem Inneren begann der Großvater zu zittern.

Der Reiter sang noch immer.

Warum fühl' ich in mir die Furcht so stark,
wenn im Zwielicht er trabet heran?
Schließ die Augen nun, schließ die Augen, mein Kind,
der Fahle Reiter trabet heran.

Sehr lange schon lebte der Großvater in dieser Welt. Sehr lange war er selbst ein Fremder gewesen, hatte viel Freundlichkeit erfahren von Menschen, die ihn aufgenommen hatten, auch hier in Ricoldinchuson, wo er zunächst in den Minen gearbeitet hatte, bevor er sein eigenes Gehöft bezog. Fremdes machte ihm keine Angst.

Aber nun, nun regte sich Furcht in ihm, ohne dass er gewusst hätte warum. Denn dieser Reiter, er klang doch nur traurig. Falls es ein Er war. Die Stimme hätte ebenso zu einem Mann wie zu einer Frau gehören können, und sie klang schrecklich einsam.

Viele Meilen weiter südlich trieb Bigna ihr Pferd voran. Sie überholte ihre Kameraden. Sie wollte die Erste sein. Selbst den Hauptmann und den Baron überholte sie.

»Für Schur!«, brüllte sie, als sie in das Dorf preschte. In das Dorf, in dem noch Menschen waren.

Sie zog ihren Pallasch.

Viele Meilen weiter im Norden packte der Großvater seinen Enkelsohn an den Schultern. »Komm, guter Reisender! Es könnten die Schatten sein, von denen du gewiss schon gehört hast. Komm mit nach Ricoldinchuson! Der Bürgermeister wird dich sicher dort aufnehmen.«

Der Reiter setzte sich wieder in Bewegung. Langsam und schweigend ritt er zu dem Tor in der Hecke.

Und als der Reiter sich dem Tor näherte, sahen sie ihn zum ersten Mal ganz deutlich.

Der Großvater wich einen Schritt zurück, hätte beinahe das Gleichgewicht verloren.

Das war kein Reiter. Es hatte den Anschein, aber nun sah er keinen Mann vor sich. Auch keine Frau verbarg sich in dem fahlen grauen Mantel. Nein, er sah seinen Enkel vor sich.

Seinen Enkel, mit leerem Blick, mit getrocknetem Blut im Gesicht, das Genick gebrochen wie ein trockener Zweig.

Er sah seinen Enkel vor sich, und sein Enkel war tot.

Und dann sah er nicht mehr seinen Enkelsohn vor sich, sondern seine Enkeltochter.

Seine Älteste, deren Haar so dunkel war, deren Blick so grimmig. Und dann die Zweitälteste mit dem kräftigen Kinn und der Vorliebe für Äpfel.

Und dann kamen die dritte, die vierte, die fünfte Enkeltochter, dann die sechste und die siebte.

Und dann sah er sich selbst.

Sich selbst, wie er tot und leblos lag.

Er stieß ein ersticktes Geräusch aus, ein Keuchen, bevor er sich abwandte und floh, seinen Enkel hinter sich herschleifend. Seinen Enkel, in dessen weit aufgerissenen Augen die blanke Furcht flackerte. Denn er hatte eine Gestalt gesehen

so finster
so entsetzlich
dass der bloße Anblick
ihm das Augenlicht geraubt hatte.

»Lauft!«

In der Gemeinen Sprache rief der Großvater es, damit alle Menschen auf dem Hof – von denen einige zu seiner Familie gehörten, andere seine Freunde waren – es verstehen konnten. Retten, er wollte sie alle retten. Und in der Sprache seiner Kindheit rief er es, laut und schrill: »Correre!«

Auf den Feldern hörten sie ihn. Sie legten ihre Hacken und Gabeln und Harken und Schaufeln weg. Sie blickten hoch und sahen die Vögel. Sie sahen, wie die Vögel die Flucht ergriffen.

Die älteste Enkeltochter mit dem dunklen Haar und dem grimmigen Blick ließ alles fallen und rannte los, rief den anderen zu, dass sie ihr folgen sollten. Zurück in die Stadt.

Die Zweitälteste mit dem kräftigen Kinn und der Vorliebe für Äpfel blickte zum Garten hinüber, wandte sich um und lief zu ihrem Großvater und ihrem kleinen *veter*.

Wie gejagt stürmte sie los und rief: »Veter! Ahn!«

Der Großvater hatte seinen Enkelsohn hinter sich hergezogen. Nun hörte der Junge die Stimme und antwortete: »Muhme!«

Hufschlag dröhnte hinter dem Großvater. Hufschlag, der näher und näher kam.

Hastig schob er seinen Enkel vor sich her.

»Lauf, mein Junge!«

Aber der Junge konnte nicht weglaufen. Ängstlich klammerte er sich an die Hand des Großvaters. »Ich kann nicht, *ahn*! Ich kann nichts sehen!«

Nun erreichte die Enkeltochter den Garten.

Sah es.

Sah, wie *ahn* und *veter* auf sie zu rannten.

Sah, wie hinter ihnen ein Reiter auftauchte.

Zumindest für einen Moment.

Dann sah sie keinen Reiter mehr. Sie sah einen Mann mit übermütigem Grinsen und Augen, die Alkohol und Lust mit einem glasigen Film überzogen hatten. Einen Mann mit einem eleganten Hut und ach so weichen Handschuhen.

Diesen Mann hatte sie seit vielen, vielen Jahren nicht mehr gesehen.

Sie wusste, dass er tot war. Sie selbst hatte den Stein genommen und damit auf seinen Schädel eingeschlagen, bis er aufgeplatzt war.

Und nun war er zurück, der Mann mit den starken Händen, die doch so weich waren. Er war zurück, und er wollte sie holen.

Wollte sich noch mehr von ihr holen.

Also hob sie noch einmal einen Stein vom Boden auf. Ging damit auf ihn zu.

Ahn und *veter* hielten weiter auf sie zu. Der Mann hatte sie fast eingeholt. Und trotzdem war sein Blick starr auf sie gerichtet. Gier brannte in seinen Augen. Nun hörte sie auch seine Stimme. Ganz leise flüsterte sie, dicht an ihrem Ohr.

Wenn du schreist, wenn du nur einen Mucks machst, werde ich dich töten.

Ja, sie hörte ihn. Neben sich, über sich. Spürte ihn in sich, wie er ihr Innerstes zu zerfetzen drohte.

Er lächelte.

Du kannst mir nicht entkommen.

Sie warf den Stein nach ihm.

Er blieb stehen. Stöhnte. Als er den Kopf hob, zog sich eine große Platzwunde über sein Gesicht.

Jetzt grinste er nicht mehr. Jetzt war er wütend. So wütend wie damals, als er beide Hände um ihre Kehle geschlungen und sie gewürgt hatte. Als er sie erst vergewaltigt und ihr anschließend ins Gesicht gespuckt hatte.

Als wollte er sie umbringen.

Die Furcht durchfuhr sie so heftig, dass sie zurückwich.

»Lauf!«, rief ihr Großvater. »Kein Stein wird uns retten!«

Sie gehorchte.

Sie alle flohen.

Und hinter ihnen dröhnte der Hufschlag.

Der Reiter war schneller als sie.

Schnell war der Reiter, und schnell war die Armee, die viele, viele Meilen weiter südlich über den Grauen Pfad marschierte. Die Armee, in der Bigna, einst Fußsoldat und nun Leutnant, ritt. Singend ließ sie vom Pferderücken herab ihren Pallasch tanzen. Direkt vor ihr rannte ein Mann auf den Dorfplatz. Sie ritt ihn einfach nieder. »Für Schur!«, brüllte sie, unterstützt von vielen Stimmen. So vielen Stimmen. Und nun gellten auch die *drimbas*. Viele, viele *drimbas* erklangen laut und schrill in der Morgendämmerung.

Und während die Armee das Dorf stürmte und alles niedermachte, was noch nicht geflohen war, hielt der Reiter auf den Großvater zu, den Enkelsohn, die Enkeltochter. In donnerndem Galopp verfolgte er die Bauern von Ricoldinchuson.

Furcht packte den Großvater. Eine so schreckliche Furcht, dass sie sein Herz erzittern ließ. Erzittern, dann innehalten. Sein Körper verkrampfte sich.

Er stürzte.

Stürzte und zog seinen Enkelsohn mit sich.

Fünf Jahre war sein Enkelsohn alt. Der Junge beugte sich über den Großvater. Zerrte an ihm. Schüttelte ihn. »Komm, *ahn*! Wir müssen weiterlaufen!« Mit aller Kraft zog der Junge an seinem Ohr. Diesem zerbrechlichen Ohr, aus dem weiße Haare sprossen. Er versuchte, sich den Alten auf die Schultern zu laden, aber er war nicht stark genug. Schließlich drehte er sich um.

Der Reiter kam heran.

Wieder spürte der Junge diese schreckliche Gestalt vor sich. Diese vollkommen unbegreifliche Gestalt.

So
unfassbar
schrecklich.

Der Junge brach zusammen. Auch sein Herz hörte auf zu schlagen.

Und die Enkeltochter sah es voller Grauen.

Nun wandte sich der Reiter ihr zu. Nun kam der Reiter zu ihr hinüber.

Er kam zu ihr.

Hastig wich sie zurück, wirbelte herum und rannte weiter.

Dreh dich nicht um, befahl sie sich.

Dreh dich nicht um!

Schnell rannte sie, und schnell galoppierte viele Meilen südlich Bigna, der Eiserne Leutnant, durch das Dorf. Im gestreckten Galopp schwang sie ihren Pallasch, tötete, setzte mit ihrer Fackel jedes Haus in Brand, das sie passierte.

»Verschont die Bäume!«, rief Lurin, der Eiserne Baron. »Denkt daran: Wir lieben unsere Bäume in Schur, wir lieben unsere Erde. Also verschont die Bäume!«

Und sie verschonte die Bäume. Stattdessen hielt sie ihre brennende Fackel an einen Mann, der sich keuchend auf der Erde wand und versuchte, vor ihr davonzukriechen.

Sie lachte, als die Flammen ihn verzehrten.

Sie lachte und sorgte dafür, dass der Baron es sah.

Im Norden, viele Meilen weiter im Norden, hatte der Reiter die Enkeltochter fast eingeholt. Und als sie seinen Atem im Nacken spürte, konnte sie nicht anders.

Sie drehte sich um.

Und wieder sah sie den Mann mit dem eleganten Hut und den feinen Handschuhen.

Mörderische Wut spiegelte sich in seinen Zügen.

Geilheit und Gier spiegelten sich in seinen Augen.

Ihr Herz raste

raste

und dann blieb es stehen.

Und auch sie stürzte.

Und der Reiter zügelte sein Pferd.

Der Reiter in dem grauen, fahlen Mantel. Der Reiter, der keine Waffe bei sich trug.

Nur dieses Lied.

Das Lied, das er mit so trauriger Stimme gesungen hatte.

Ganz allein stand der Reiter da.

Ganz allein stand er da und sah zu, wie die verbliebenen Bauern vor ihm flohen. Ganz allein stand er da und musterte die drei Toten auf der Erde.

Der Fahle Reiter trabet heran, heran,
der Fahle Reiter, er kommt zu dir.
Nun ist es bald vorüber, mein Kind,
denn der Tod, er trabet heran.
Der Tod, er kommt zu dir.

Reglos sah der Reiter zu, wie die Bauern sich nach Ricoldinchuson flüchteten.

Er folgte ihnen. Jeder einzelne von ihnen fiel leblos zu Boden, noch bevor sie das Stadttor erreichten.

Der Reiter kehrte zurück auf den Grauen Pfad und setzte seinen Weg nach Süden fort.

Nach Süden, wo die Armee des Eisernen Barons die letzte noch lebende Frau des Dorfes abschlachtete. Bigna sah sich nicht an, was sie mit ihr machten. Sie half dabei, die Leichen zu verbrennen und die wenigen Nahrungsmittel und Wertgüter wegzuschaffen, die es hier noch gab. Und während sie das Feuer entzündete, rief sie laut und klar: »Für Schur!«

Laut und klar wurde ihr geantwortet:

Für Schur!

Für Schur!

Für Schur!

Für Schur!

Eine ganze Armee antwortete ihr.

»Weiter!«, rief der Baron. »Weiter nach Briva! Briva die Schöne! Briva die Blaue! Briva mit der verräterischen Bürgermeisterin! Für Schur!«

Bigna war die Erste, die seinen Ruf aufgriff. Erst sie, dann die gesamte Armee.

Für Schur!

Für Schur!

Für Schur!

Für Schur!

Worte, die sich verbreiteten. Die nach Norden reisten, durch das graue, fahle Zwielicht.

Worte, die bis nach Briva reisten. Briva die Schöne. Briva die Blaue. Belagertes Briva.

Sie wussten, dass die Eiserne Armee kommen würde. Und sie bereiteten sich vor. Tore und Mauern wurden verstärkt, es wurde so viel Nahrung in die Stadt gebracht, wie sich noch finden ließ. Und überwacht wurde das alles von Bürgermeisterin Reys, deren Bruder Weyd der Wanderer war. Bürgermeisterin Reys, die dabei half, die Tore zu verstärken, während ihr Blick wieder und wieder nach Westen ging.

Sie hörte die Worte ihrer Bürger. Denn die Bewohner ihrer Stadt und die vielen Flüchtlinge aus Brakbant und Allaith, sie tuschelten.

»Schur wird kommen.«

»Ihre Armee ist größer als jede andere, die jemals durch Erebu zog.«

»Sie haben der Königin von Allaith den Kopf abgeschlagen.«

»Mit zehntausend Soldaten rücken sie an! Noch schrecklicher wird es als der letzte große Krieg vor hundert Jahren!«

»Und dann haben sie den Kopf auf einen Spieß gesteckt.«

»Mit zwanzigtausend Soldaten!«

»Wir können ihnen nicht standhalten. Die Mauern werden fallen.«

»Das Tor. Das Tor wird zuerst brechen, wenn sie angreifen.«

»Fünfzigtausend Soldaten!«

So tuschelten sie. Dachten, sie würde es nicht hören.

Aber Bürgermeisterin Reys hörte es. Und sie wusste, dass sie zu den Menschen sprechen musste, um sie aufzumuntern. Neuen Mut musste man ihnen einflößen. Und Hoffnung brauchten sie, vor allem Hoffnung.

Doch die Meldungen ihrer Späher gaben wenig Anlass zur Hoffnung.

Sie blickte in all die vielen, unterschiedlichen Gesichter. »Ihr könnt hoffen«, sagte sie den Menschen. »Denn das Willkommenslicht brennt noch.«

Und ich habe es geschworen, dachte sie. *Ich habe Weyd geschworen, dass er immer hierher zurückfinden wird, solange das Willkommenslicht brennt.*

Bürgermeisterin Reys nahm einen Schwur nicht auf die leichte Schulter.

Sie wusste, dass die Gefährten den Weg zurückfinden würden, solange das Willkommenslicht brannte.

Sie wusste, dass sie verloren waren, wenn es erlosch.

Ebenso wie die Stadt.

Also blickte sie hoch zum Willkommenslicht, und das Raunen in der Stadt bekam einen neuen Klang.

»Habt Hoffnung.«

»Das Willkommenslicht brennt noch.«

»Wir dürfen hoffen, solange das Willkommenslicht erstrahlt!«

»Habt Hoffnung«, sagte sie ihnen. »Der Wanderer und seine Gefährten werden die Türme des Lichts entzünden. Bald werden die finsteren Nächte ein Ende haben.«

Jemand tippte ihr auf die Schulter, und als Reys sich umdrehte, stand eine Botin vor ihr, fertig angetan für die Reise, mit einem großen, schnellen Pferd neben sich. »Ich werde nun aufbrechen, Frau Bürgermeisterin.«

Reys nickte. »Möge die Hoffnung dich begleiten. Halte stets Ausschau nach dem Willkommenslicht. Kehre sicher zu uns zurück, und schnell. Richte Turis Wort für Wort aus, was ich dir gesagt habe. Fürchte nicht die Dunkelheit, und ergib dich nicht der Furcht.«

Die Botin nickte, dann bestieg sie ihr Pferd. Und so reisten die Worte, reisten über den Grauen Pfad.

Hoffnung.

Solange das Willkommenslicht erstrahlt, können wir hoffen.

Bald werden die finsteren Nächte ein Ende haben.

Und einige Meilen östlich, einen Tagesmarsch von Briva entfernt, auf einer Lichtung zwischen hohen Bäumen, wurde der Wanderer aus dem Schlaf aufgeschreckt, geweckt durch eine Hand auf seiner Schulter.

»Weyd. Wir müssen los.«

Er setzte sich auf, sah sich blinzelnd um. Es wurde bereits hell.

Unwillkürlich tastete er nach der Brosche auf seiner Brust. Der Stern schien in der Dämmerung sanft zu glühen. Jeder, der diese Brosche sah, hätte ihren Träger daran erkannt: Dies war der Wanderer, der so viele Wege und Straßen beschritten hatte, durch Wälder und über Berge gereist war, ja sogar über das Meer. Viele geheime Pfade hatte er erkundet und war dabei nur selten vom Weg abgekommen, egal ob bei Tag, bei Nacht oder im Zwielicht. Manche nannten ihn einen Vagabunden, und der Wanderer wusste, dass die meisten ihn lediglich aus Geschichten, Liedern und Legenden kannten. Weyd war sein Name. Und in dieser Nacht hatte er von einem Reiter geträumt. Von seiner Schwester. Von Hufgetrappel und einem Lied voller Traurigkeit.

»Habe ich etwa so lange geschlafen?«, fragte er mit schlaftrunkener Stimme und sah hoch zu der Frau, die ihn geweckt hatte.

Es war Caer, die Bardin. Caer mit dem goldenen Verband an ihrem Hals. Caer, deren Stimme nun so rau und kratzig klang.

Caer, die er so sehr liebte, auch wenn er es ihr niemals gesagt hatte.

Nun lächelte sie ihn an, und obwohl das Sprechen ihr Schmerzen bereitete, antwortete sie: »Mein lieber Wanderer, zerbrich dir nicht den Kopf. Deine Gefährten haben es mit Mühe geschafft, auch ohne dich ein Frühstück zuzubereiten. Ich gebe zu, es war eine echte Herausforderung, aber wie durch ein Wunder ist es uns gelungen.«

Sie zeigte zu dem fröhlich flackernden Feuer hinüber, das keine zwei Meter von ihm entzündet worden war. Bahr die Seefahrerin beugte sich über die Flammen und raunte ihnen ermutigende Worte in ihrer Sprache zu. Ihre grauen Locken waren mit einem roten Tuch zurückgebunden. Neben ihr stand der weiße Fuchs Bellitas, in dessen Augen die Vorfreude auf das Mahl leuchtete. Hinter ihnen saß der alte Jori auf einem Baumstumpf. Älter als die Sterne sei er, scherzten sie oft, der Mann mit der wundervollen blauen Feder am Hut, der nun leise vor sich hin summte. Der junge Andrin aus Festra in Schur half ihm dabei, sich zu rasieren. Voller Sorgfalt führte er die Klinge, so wie er alles mit großer Sorgfalt tat, die blauen Augen fest auf sein Ziel gerichtet. Und am Rand des Lagers entdeckte Weyd Andrins Schwester, Jelscha aus Festra. Mit grimmiger Miene und in voller Rüstung stand sie da, die Armbrust in der Hand, und hielt Wache.

Über ihnen erklang der Schrei einer Krähe, hinter ihnen wurden Schritte laut. Jelscha hob die Armbrust. Noch während Weyd sich umdrehte, stieß die Krähe Urth vom Himmel herab. Mit funkelnden schwarzen Augen landete sie auf der Schulter des Mannes, der sich dem Lager näherte. Groß war er, und in einen goldenen Mantel gehüllt. Ein Heiler war er, doch kein Mensch, sondern ein Albitz, das hatten sie erfahren, ein Geschöpf aus einer Legende, dessen Leben ewig währte.

»Ealdre!« Weyd sprang auf die Füße. »Wie gut, dass du deinen Mantel trägst, der immer ein wenig Licht abgibt. Sonst hätte Jelscha dich vielleicht für einen Schatten gehalten und auf der Stelle erschossen.«

Jelscha brummte etwas, während Ealdre ans Feuer trat. »Die Schatten erscheinen nur bei Nacht«, antwortete er sanft. »Wohingegen eine erfrischende Körperwäsche in der Morgendämmerung etwas Herrliches ist. Ganz in der Nähe gibt es einen Bach.«

Caer richtete sich ebenfalls auf und reckte übertrieben schnüffelnd die Nase.

Weyd versetzte ihr einen spielerischen Stoß. »Ich gehe ja schon.«

Ealdre reichte ihm das Seifenstück, das sie so gewissenhaft hüteten wie einen Schatz. Weyd dankte ihm mit einem Lächeln.

»Beeil dich!«, rief Bahr zu ihm herüber. »Frühstück ist gleich fertig.«

»Bitte nicht schon wieder Kastanien!«, erwiderte Weyd.

Bahr die Seefahrerin griff in ihre Tasche und warf etwas nach ihm. Eine getrocknete Kastanie kollidierte ziemlich schmerzhaft mit seiner Stirn.

Weyd hob die noch in ihrer Schale steckende Frucht auf und schleuderte sie zurück. Dann verzog er sich eilig in Richtung Bach. Caer lachte. »Er liebt deine Kastanien, das weißt du ganz genau!« Ihr Lachen verlor sich in einem Hustenanfall, der ihren gesamten Körper erfasste. Schnell lief Ealdre zu ihr hinüber. Weyd blieb unter den Bäumen am Rand der Lichtung stehen und blickte zu ihr zurück. Er beobachtete, wie Ealdre leise auf die Bardin einsprach und dabei den Verband überprüfte, den er aus seinem goldenen Mantel herausgeschnitten hatte. Den Verband, der ihr das Leben gerettet hatte und den sie nie wieder abnehmen konnte. Ihr Leben gerettet, nachdem sie das des Wanderers gerettet und dafür selbst tödlich verletzt worden war.

Wie eine Löwin hatte sie einst gebrüllt. Von herzergreifender Schönheit war einst ihr Gesang gewesen. Nun war kaum etwas geblieben von ihrer Stimme. Gerade mal flüstern konnte sie noch.

Weyd wandte sich ab und folgte Ealdres Fußspuren und dem Plätschern des Wassers, bis er zum Bach kam. Dort zog er Hemd und Hose aus, um sich zu waschen, legte sein

Schwert Mundian zu seiner Kleidung ans Ufer. Das Wasser war so kalt, dass er sofort eine Gänsehaut bekam. Schaudernd stand er einen Moment reglos im Bach, drückte die Arme an den Körper und ließ das Wasser über seine Beine strömen, spürte die kalten Tropfen im Gesicht, am Hals, auf der Brust. Er schloss die Augen.

Hinter den geschlossenen Lidern tauchte sie wieder auf, jene Erinnerung, die er nicht abschütteln konnte: Caer in seinen Armen, Blut, viel zu viel Blut an ihrem Hals. Ihr entsetzter Blick, die weit aufgerissenen Augen. Und dann … dann schwand das Licht aus ihren Augen. Nie wieder wollte er sie so sehen. Lieber würde er sich als Erster aus dieser Welt verabschieden, als noch einmal ihr Gesicht so sehen zu müssen – bleich, kalt und leblos.

Und was würde er nicht darum geben, ihre Stimme zurückholen zu können. Nicht, um sie singen zu hören.

Um sie lachen zu hören.

Was würde er nicht darum geben, wieder dieses raue, ungehemmte Lachen zu hören, sie wieder mit ihrer Oud im Schoß dasitzen zu sehen, den Kopf zurückgeworfen, die Zöpfe halb gelöst, geschickt gelockert durch ihre flinken Finger.

Oder seine.

Er lächelte.

Plötzlich zuckte er zusammen.

Hinter ihm erklang ein Geräusch.

Hufschlag.

Hastig sprang Weyd ans Ufer und griff nach Mundian. Mit dem Schwert in der Hand fuhr er herum.

Und erblickte seine Stute Raud.

Kopfschüttelnd legte er die Waffe weg. »Du solltest wissen, dass man sich besser nicht so an mich heranschleicht, altes Mädchen.«

Sie schnaubte nur.

»Ich wünsche dir ebenfalls einen guten Morgen.« Weyd sammelte seine Sachen ein und zog sich an. Dann ging er zu der Stute hinüber und streichelte ihren Hals. »Habe ich dich vernachlässigt? Bitte verzeih.«

Sie schüttelte den Kopf, drückte sanft die Nase gegen seinen Arm und leckte kurz seine Hand.

»Oder bist du etwa meinetwegen besorgt?«, fragte Weyd weiter. »Ich mache mir auch Sorgen, weißt du? Dieser Weg, den wir hier beschreiten, Raud … Diesmal führt er uns nicht an magische, unbekannte Orte.«

Wieder leckte sie seine Hand.

Er legte die Stirn an ihren breiten Kopf und streichelte immer weiter, während er leise und beruhigend auf sie einredete: »Ich weiß, wie es in dem Lied heißt. Sie wissen es nicht, aber ich schon. Der Weg zu den Türmen wird Hand in Hand mit dem Tod beschritten.«

Ihr Fell war schwarz wie die Nacht, mit einem leichten Rotstich. Warm und weich spürte er es an seiner Stirn und unter seinen Händen. »Du musst ihn nicht mit mir gehen«, flüsterte er. Langsam lehnte er sich zurück, um der Stute in die Augen zu sehen. »Du hast mich überallhin begleitet, aber diesen Weg musst du nicht mit mir gehen. Dazu will ich dich nicht zwingen. Von den anderen hätte ich ja auch keinen mitgenommen, wenn sie nicht darauf bestanden hätten.«

Er hob den Blick. »Und mit ›darauf bestehen‹ meine ich eigentlich ›auflauern‹. Sie haben uns ganz hinterhältig aufgelauert.«

Raud wieherte leise. Dann leckte sie ihm das Gesicht ab. Weyd lachte. »Und trotzdem bin ich froh, dass du bei mir bist. Dass sie alle bei uns sind.« Er schluckte schwer. Dann nahm er Raud am Zügel und führte sie zurück zum Lager. Auf dem Weg dorthin sprach er leise weiter: »Nur meine Gedanken muss ich unter Kontrolle halten. Meine Fantasien zügeln. Mich in meinen Wünschen mäßigen.«

Die Stute rammte ihm von hinten den Kopf in den Rücken.

Er drehte sich zu ihr um. »Nein.«

Wieder schubste sie ihn. Dann wandte sie den Kopf und legte ihn vorsichtig auf Caers Oud, die an ihrem Sattel befestigt war.

»Nein!« Weyd blieb stehen. »Nein.«

Raud sah ihn an.

Er starrte zurück.

»Nein! Mag sein, dass ich nicht allein sein will, aber wenn ich den Weg, der vor mir liegt, Hand in Hand mit dem Tod beschreiten muss, werde ich jetzt ganz sicher nicht vor Caer auf die Knie sinken und ihr meine Liebe gestehen. Auf gar keinen Fall.«

Die Stute starrte ihn noch einen Moment an, dann schnaubte sie und schob sich an ihm vorbei.

Weyd rief ihr eines seiner Lieblingsschimpfwörter hinterher: »Błędi!«

Ein paar Schritte hinter seiner Stute zurückbleibend, ging er widerstrebend ins Lager zurück. Dort gab er die Seife an Caer weiter, die sich damit auf den Weg zum Bach machte.

»Ich bin die Letzte«, sagte sie noch. »Lasst mir gefälligst was vom Frühstück übrig, ihr verfressenen Schweine!«

Damit ging sie, und Urth begleitete sie.

Caer achtete sorgfältig darauf, beschwingt auszuschreiten, bis sie außer Sichtweite war.

Erst dann erlaubte sie sich, die Schultern hängen zu lassen.

Urth krächzte leise und ließ die Flügelspitze über Caers Wange gleiten.

Die lächelte kurz. »Ist schon gut, du Schatz«, flüsterte sie. »Wer weiß, vielleicht kehrt meine Stimme ja noch zurück.«

Wieder stieß Urth ein Krächzen aus.

»Damit magst du recht haben«, gab Caer zu. »Vermutlich mache ich wirklich nur gute Miene zum bösen Spiel. Aber das mache ich doch wirklich hervorragend!«

Sie breitete in einer großen Geste die Arme aus. Urth spreizte die Flügel und flog zu einem großen Felsen, der direkt am Flussufer aufragte. Dort angekommen, neigte sie voller Skepsis den Kopf.

Caer seufzte schwer, dann zog sie sich aus – erst den Fingerschutz, dann das burgunderrote Cape, schließlich ihr Gambeson. Leise und sanft rief sie dabei nach den Klängen.

Bat sie, sich zu verstärken.

Und wie schon am Abend zuvor

erhielt sie keine Antwort.

Schmerzhaft zog sich ihr Magen zusammen.

Caer glaubte zu wissen, woran es lag. Wenn sie sprach, geschah das nun ohne Stimme. Sie konnte nur flüstern, was kaum mehr war als atmen. Die Klänge hörten sie einfach nicht mehr.

Urth krächzte. Sie nahm mit dem Schnabel den Fingerschutz entgegen und legte ihn vorsichtig auf dem Felsen ab. Dann warf die Krähe der Bardin einen prüfenden Blick zu.

Caer zog ihre Hose aus. »Ich werde trotzdem ein Lied darüber schreiben«, sagte sie trotzig.

Urth flatterte kurz mit den Flügeln.

»Darüber, wie wir die Türme wieder zum Leuchten gebracht haben«, fuhr Caer fort, »und es wird eine Geschichte voller Tapferkeit werden, eine wahre Geschichte, eine große Geschichte!«

Damit stieg sie in den Bach. Sie beugte sich vor und wusch ihr Gesicht.

Denn nicht einmal die Krähe sollte ihre Tränen sehen.

»Weißt du«, wandte sie sich dann wieder an Urth, »ich habe immer geglaubt, ich wüsste, wer ich bin. Zuallererst eine Bardin, eine Geschichtenerzählerin, alles andere kam danach – Liebe, Geld, Wahrheit.«

Urth reichte ihr die Seife. Caer bedankte sich und wusch ihre Achseln. Sie sah zu der Krähe hinüber. »Und mit dem Bogen bin ich ja nach wie vor nicht schlecht.«

Urth versuchte zu nicken. So ganz beherrschte sie diese Geste noch nicht, aber Bellitas gab sich alle Mühe, sie ihr beizubringen.

»Trotzdem ist es beinahe komisch«, fuhr Caer fort. »Weißt du eigentlich, wie es kam, dass ich anfing, mit Weyd herumzureisen?«

Diesmal probierte Urth es mit einem Kopfschütteln. Auch da brauchte sie noch ein wenig Übung.

»Der Wanderer war auf der Suche nach jemandem, der ein ganz spezielles Lied für ihn schreiben sollte, und ich habe ihm erklärt, dass ich nur dann ein Lied über eine Wandersfrau schreiben könne, wenn ich ihn begleite und selbst sehe, wie er lebt und wie die Wanderer und Wandersfrauen das tun, was sie eben so tun.« Der Gedanke daran zauberte ein Lächeln auf ihr Gesicht. Wie viele Jahre doch seitdem vergangen waren. »Dieses spezielle Lied ist bis heute nicht fertig geworden.«

Und dann kam der Schmerz.

Einfach so kam er.

Einfach so stiegen ihr Tränen in die Augen. »Und nun wird es niemals fertig werden.«

Und dann setzte sie sich auf einen Stein, und sie weinte. Sie weinte, und es war ihr vollkommen gleichgültig, wer ihre Tränen sah.

Urth flog zu ihr hinüber und schlang einen Flügel um ihre Schultern. Warm glitten ihre Federn über Caers nackte Haut. Immer heißer brannten die Tränen, immer stärker flossen sie.

So blieben sie eine Weile sitzen, die Bardin und die Krähe, und Caer verbarg ihr Gesicht in dem schwarzen Flügel.

Bis sie plötzlich Stimmen hörten.

Es war Weyd. Er rief nach ihr.

Schnell wischte Caer sich das Gesicht ab. »Urth?« Wie froh sie in diesem Moment doch war, dass die Krähe die Sprache der Menschen verstand. »Wärst du so lieb, sie noch ein Weilchen von hier fernzuhalten?«

Urth versuchte sich noch einmal recht erfolglos an einem Nicken, dann hob sie ab und flog Richtung Lager.

Caer blieb auf dem Stein sitzen und ließ das Wasser über ihre Füße strömen. Während sie auf das fröhlich plätschernde Nass hinabblickte, wurde ihr plötzlich bewusst, wie schwer sich ihre Beine anfühlten. Und ihre Augen waren müde, schienen jede Farbe verloren zu haben. Sie wollte nicht aufstehen. Wollte nicht zu den anderen zurückgehen. Wollte nirgendwohin.

»So ein Quatsch«, flüsterte sie und schüttelte entschlossen den Kopf. Dann stemmte sie sich hoch. »Jetzt wasch dich gefälligst und hör auf zu heulen.«

Also griff sie wieder zur Seife und säuberte sich hastig. Und während sie dort im Bach stand, musste sie unwillkürlich daran denken, was sie Weyd alles nicht gesagt hatte.

Was sie ihm nicht gestanden hatte.

Dass die Klänge ihr nicht mehr antworteten.

Dass sie nun nicht mehr zusammen auch in der finsteren Nacht kämpfen konnten. Denn sie war die Einzige in ihrer Gruppe gewesen, die die Sprache der Klänge beherrschte, und sie war der Grund dafür gewesen, warum in allen Ländern bekannt war, dass der Wanderer auch in absoluter Finsternis so mühelos kämpfte, als wäre heller Tag.

Caer schluckte, dann wusch sie sich zwischen den Beinen, ohne dabei das geringste Zucken zu spüren. Seit sie ihre Stimme verloren hatte, war ihr dieses Vergnügen verwehrt geblieben, egal ob sie selbst Hand anlegte oder jemand anders.

Und sie hatte es versucht. In Briva hatte sie sich während einer einsamen Nacht davongestohlen und war in den *Ijsvôgel* gegangen, jene Taverne der Poeten, wo kein Barde – nicht einmal einer ohne Stimme – Schwierigkeiten hatte, Gesellschaft zu finden.

Dort hatte es mehrere Frauen und Männer gegeben, die ihr nur zu gerne behilflich waren.

Und doch …

Obwohl sie mit ihnen hinaufgegangen war, diesem Mann und dieser Frau, die so wunderschön und überwältigend kühn war, hatte Caer keine Erleichterung bei ihnen gefunden.

Sie stieg aus dem Bach, trocknete sich so gut es ging ab und zog sich an. Anschließend kehrte sie ins Lager zurück. Dort gab sie Ealdre die Seife, der sie stets sorgsam in seiner Tasche aufbewahrte, zwischen seinen Kräutern und Salben und ihrer aller Lieblingszaubertrank, dem Whiskey. Die anderen saßen bereits am Feuer und ließen sich ihr Frühstück aus Brot, gerösteten Kastanien und kalten Kartoffeln schmecken, außerdem hatten sie noch Karotten aus Briva und Beeren, die Weyd und Caer auf dem Weg zur Lichtung gepflückt hatten. Die Karotten fanden vor allem bei Raud, Demar und Blíkna großen Anklang, der Schwarzen, der Weißen und dem Grauen, ihren Pferden.

Es war ein gutes Mahl, und als sie sich zum Aufbruch rüsteten, fühlten sie sich stark genug, um den Marsch zu den Türmen noch vor Sonnenuntergang zu bewältigen – zumindest behauptete das Jori, nachdem er sich ausgiebig gestreckt und mit Andrins Hilfe auf Blíknas gestiegen war. Bellitas sprang auf Raud und rollte sich zu einem Schläfchen zusammen.

»Wohl eher nicht, Jori«, meinte Weyd und warf einen Blick auf die wundersame Karte, die sie in Briva von seiner Schwester Reys bekommen hatten – die Karte der Wanderer. »Vom Lewkraitaz sind es fünfzig Tage bis nach Hewsos im Norden, und erst jenseits davon liegt irgendwo der verschollene Graue Turm. Nach Balarm im Süden, wo der Weiße steht, sind es vom Lewkraitaz aus ungefähr vierzig Tage, und das auch nur, wenn man ein Schiff findet, das einen durch den Feuersund bringt. Selbst zum Schwarzen im Osten braucht man sechsundzwanzig Tage, auf dem kürzesten Weg des Wanderers; zehn für die Strecke, die die Krähe fliegt.« Urth krächzte. Weyd sah erst sie an, dann Jori und Bellitas. »War das eine Bestätigung?«

»Jawohl, mein Junge«, antwortete Jori, während Bellitas schläfrig den Kopf hob und nickte. »Und ich habe das nicht wirklich ernst gemeint. Eigentlich wollte ich damit lediglich zum Ausdruck bringen, dass meine alten Knochen heute Morgen nicht ganz so laut knacken wie sonst.«

»Wie weit ist es bis zum Lewkraitaz?«, fragte Andrin, der nach Blíknas Zügeln griff und fragend zu Ealdre hinüberblickte. Der Heiler nickte zustimmend.

»Du darfst ihn führen, wenn er es dir gestattet.«

Blíkna wieherte.

»Er gestattet es«, übersetzte Jori.

Andrin dankte ihm in der Sprache der Pferde, deren erste Worte Jori ihm beigebracht hatte.

»Wie weit?«, wiederholte Jelscha ungeduldig die Frage ihres Bruders. »Wie lange dauert es, bis wir die Kreuzung des Lichts erreichen?«

»Drei Tagesmärsche durch den Wavart und das Tal des Lichts bis zum Kloster von Bonnifatia, und von dort aus noch einmal ein halber Tagesmarsch zum Lewkraitaz in den Sieben Buckeln«, erklärte Weyd. »Es ist eher eine Art Hochland, kein richtiges Gebirge, aber die Wegscheide befindet sich in ihrem Zentrum.«

»Der Wavart?«, hakte Ealdre nach.

Weyd nickte. »Das ist die schnellste Route.«

Der Heiler zögerte. »Ein finsterer Ort«, sagte er dann leise.

»In diesem Wald wurden schreckliche Taten begangen«, gab Weyd zu, »aber das ist viele Jahre her.«

»Die Bäume haben es nicht vergessen. Die Erde hat es nicht vergessen«, erwiderte Ealdre. »Sie erinnern sich an das Blut, an die Knochen. Sie erinnern sich an die Schreie und den Gestank.«

Weyd packte die Karte ein und hob sich seinen Sack auf die Schultern. »Ich bin oft durch diesen Wald gereist, und mir ist dort nie ein Leid geschehen. Das ist der kürzeste Weg nach Bonnifatia, wo ich jemanden anzutreffen hoffe, der uns vielleicht Genaueres darüber sagen kann, wo sich der Graue Turm befindet. Denn niemand ist je weiter gereist als sie.«

»Eine ehemalige Geliebte von dir?«, erkundigte sich Jori.

Caer begann zu husten, als sie ihre Oud nahm und sich den Brustgurt überstreifte. Rau klang das, so rau.

»Nein, alter Freund«, antwortete Weyd, »Sameea ist nichts dergleichen, und die Vorstellung würde ihr auch sicher nicht gefallen. Wenn alles gut geht, wirst du sie in ein paar Tagen persönlich kennenlernen. Lasst uns aufbrechen und das Tageslicht nutzen.«

So ruhig klang er, so sicher.

Und doch hatten Ealdres Worte auch den Wanderer beunruhigt.

Alt und dunkel war der Wavart. Weyd war in diesem Wald noch nie vom Weg abgekommen, er kannte ihn gut.

Aber die Wege hatten sich verändert, die Nächte waren finster, und die Schatten kannten keine Gnade.

Sie nahmen ihr Gepäck und verließen die Lichtung. Der Wanderer führte sie durch das Unterholz zügig zurück zum Grauen Pfad, der sich im fahlen, bleichen Zwielicht silbrig vor ihnen in die Ferne wand. Caer spielte leise auf ihrer Oud, und Weyd warf immer wieder kurze Blicke zu ihr hinüber, musterte den Verband an ihrem Hals, während er ihr lauschte.

»Wie geht es deiner Stimme heute Morgen?«, fragte er schließlich.

»Unverändert«, flüsterte sie. »Die reinste Ironie, nicht? Da haben wir so viele Mühen auf uns genommen, um aus dem Tal von Schur herauszukommen, damit ich endlich meine Stimme erheben und auch nachts singen kann, wann immer mir der Sinn danach steht, und jetzt bringt meine Kehle nicht mehr hervor als ein Hauchen.«

»Gäbe es irgendeine Möglichkeit, sie dir wiederzugeben …«, setzte Weyd an.

Caer zupfte weiter die Saiten. »Ich weiß.« Sie schenkte ihm ein Lächeln.

Er kannte sie so gut.

Er wusste sogar, wie lange sie brauchte, um sich zu waschen.

Und als sie an diesem Morgen zum Bach gegangen war, war sie um einiges länger weggeblieben.

Weyd vermutete, dass sie dort geweint hatte, weil sie nicht wollte, dass er es sah.

»Ich werde dir niemals genügend danken können«, fuhr er fort. »Du hast es getan, um mich zu retten.«

»Du hättest dasselbe für mich getan.«

»Aber ich brauche meine Stimme wesentlich weniger als du deine.«

»Mir bleibt ja meine Oud.« Caer unterbrach ihr Spiel, um das Instrument hochzuhalten, fast so, als müsste sie es sich selbst ebenso beweisen wie ihm. »Aber für Sameea tut es mir leid. Wir haben ihr gesagt, ihr Lied würde fertig sein, wenn wir uns das nächste Mal sehen.«

Weyd schüttelte den Kopf. »Mir tut es für dich leid.«

Ganz kurz berührte sie seine Hand. »Warum? Willst du etwa behaupten, ich wäre jetzt weniger umwerfend als vorher?«

Ihre Augen funkelten, ein freches Grinsen umspielte ihre Lippen. Weyd hätte sich gewünscht, sie wäre ernst geblieben, denn er wusste, dass der Schmerz in ihrem Inneren erdrückend sein musste. Mehr als manch anderer hätte ertragen können.

Aber sie wollte nicht darüber sprechen.

Oder zumindest nicht mit ihm.

»Stets die Umwerfendste von allen«, versicherte er ihr und ging auf ihren scherzhaften Ton ein.

Caer lachte, es klang furchtbar kratzig. Voller Dramatik schleuderte sie ihren Zopf nach hinten. »Siehst du? Dann gibt es nichts, was auch nur eine Träne wert wäre!«

Weyd starrte auf ihren Zopf, stellte sich vor, wie er die Finger in ihr Haar schob, die so streng geflochtenen Stränge löste, es offen über ihre Schultern fallen ließ.

Raud rammte ihm den Kopf in den Rücken.

Er fuhr herum und warf ihr einen bösen Blick zu.

Oben auf dem Rücken der Stute hob Bellitas den Kopf und stieß einen kurzen Laut aus.

»Belle möchte gerne wissen, warum du ihn so böse anstarrst, mein Junge«, rief Jori von hinten.

Caer drehte sich zu Weyd um. »Stimmt etwas nicht?«

Der Wanderer spürte, wie ihm das Blut ins Gesicht schoss. »Ich bin nur vorsichtig«, behauptete er schnell. »Man weiß ja nie, wer uns vielleicht folgt.«

Raud schnaubte.

Der alte Jori zog die Augenbrauen hoch, grinste, sagte aber nichts.

Und sie wussten nicht, dass ihnen tatsächlich jemand folgte.

Eine Nacht und ein Tag lagen zwischen ihnen und Briva der Blauen.

Nicht einmal mehr das Willkommenslicht sahen sie hinter sich, aber sie wussten, dass es noch immer brannte.

Und sie wussten, dass sie stets den Weg nach Hause finden würden, solange es weiterbrannte.

Denn Weyd wusste, dass seine Schwester einen Schwur nicht auf die leichte Schulter nahm. Ja, er hatte gespürt, dass es genau so war: Solange das Licht brannte, würden sie zurückkehren.

Sollte das Licht erlöschen, würden sie vom Weg abkommen.

Und auch Reys hatte es gespürt. Während sie die Tore der Stadt verstärkte, deren Bürgermeisterin sie war, wusste sie, dass sie das Licht nicht ausgehen lassen durfte.

Sie reichte eine Holzplanke weiter. Gemeinsam mit Piroska, dem jüngsten Ratsmitglied von Briva, reichte sie das Holz weiter durch bis zum Tor.

Die junge Piroska quoll normalerweise über vor Energie, hatte stets einen scharfen, aber fröhlichen Blick, war für ein spontanes Tänzchen ebenso zu haben wie für eine feurige Ansprache in der Burgekamer. An diesem Morgen hatte sie das lange, dunkle Haar nachlässig geflochten, trug aber wie immer ihre Halskette mit dem Anhänger unter der Bluse, außerdem Hosen und feste Stiefel. Sie war für ihr leidenschaftliches Temperament bekannt. Selbst Daìpu, der Vorsitzende der Burgekamer, hatte ihr schon sein Lob aussprechen müssen für die unermüdliche Energie, die sie für die Regierung dieser Stadt und die Schaffung ihrer Gesetze aufbrachte.

An diesem Morgen schien sie allerdings abgelenkt zu sein.

Sie alle waren abgelenkt.

Reys legte ihr eine Hand auf die Schulter. »Du darfst die Hoffnung nicht verlieren«, sagte sie leise.

Piroska sah sie an. »Das tue ich nicht«, antwortete sie mit gemessener Stimme. Das hatte sie geübt: mit tieferer Stimme zu sprechen, und vor allem langsamer als früher. Bei ihrer ersten Begegnung mit Reys waren die Worte so schnell zwischen ihren Lippen hervorgesprudelt, dass man ihr unmöglich hatte folgen können. »Natürlich nicht. Schließlich hast du mich ausgebildet.«

»Du hast deinen Platz in der Burgekamer nicht durch meine Hilfe erlangt, sondern allein durch deine eigene Kraft«, erwiderte Reys. »Ganz abgesehen davon freut es mich immer, wenn Frauen Erfolg haben.« Sie zwinkerte Piroska zu.

Die schmunzelte, legte kurz eine Hand an die Brust und wandte sich dann ab, um das nächste Brett entgegenzunehmen.

Und Reys ließ den Blick wieder einmal nach Westen wandern.

»Stadtrat Daìpu hat für heute Abend eine Zusammenkunft der Burgekamer anberaumt«, erklärte Piroska, während sie das Brett an Reys weiterreichte.

»Ich weiß. Wir erwarten bis Sonnenuntergang die ersten Boten oder Späher von Schur vor unseren Toren. Sie werden uns einiges mitzuteilen haben, weshalb wir dann einiges zu diskutieren haben werden.«

Piroska biss sich auf die Unterlippe. Ein Teil der Farbe, mit der sie ihren Mund geschminkt hatte, blieb an ihren Zähnen haften. »Es wird Krieg geben, nicht wahr, Reys?«

»Sie werden Bedingungen stellen«, erwiderte Reys. »Briva lässt sich nicht so leicht einnehmen. Vielleicht bieten sie uns ein Geschäft an. Mag sein, dass sie es gar nicht auf Briva abgesehen haben, sondern auf Turis oder sogar auf Hewsos. Der König von Sapaudia marschiert bereits Richtung Dubros, wenn unsere Informationen stimmen.«

»Und was ist mit Turis?«, wollte Piroska wissen. »Können wir von da Hilfe erwarten?«

»Ich weiß es nicht. Ich warte noch auf Nachricht aus Turis.«

Sie hob den Blick zum Himmel, sah sich nach dem Willkommenslicht um. Dann erklärte sie Piroska lächelnd: »Deshalb dürfen wir die Hoffnung nicht aufgeben. Es gibt noch andere, die sich gegen Schur stellen, die keinen Krieg wollen, und das Hohe Gericht in Turis wartet nur darauf, den Eisernen Baron selbst in Eisen zu schlagen. In Hewsos strahlt des Nachts noch immer hell das Licht. Und im Westen und im Süden gibt es noch mehr freie, gerechte Städte, auf die wir zählen können. Wir dürfen nicht verzweifeln, denn wir stehen nicht allein.«

Piroska nickte tapfer.

Und Reys sagte nichts mehr.

Sie sagte nicht

dass sie weder aus Hewsos noch aus Turis, nicht aus al-Qartuba oder Tiltél im Süden und im Westen hoffnungsfrohe Kunde erhalten hatte. Aus keiner ihrer Schwesterstädte. In den Botschaften, die sie erhalten hatte, war von ähnlichen Schwierigkeiten die Rede gewesen, von aufmarschierenden Armeen, von Krieg vor ihren Toren. Die Lage in Dubros war schrecklich.

Und Briva konnte keine Hilfe schicken.

Briva hatte selbst um Hilfe gebeten. Bei all ihren Freunden. All ihren Verbündeten. Allen freien Städten.

Keine Antwort war gekommen.

Noch nicht, ermahnte sich Reys. *Du hast* noch *keine Antworten bekommen.*

Dabei wollte sie ihren Bürgern unbedingt Hoffnung schenken.

Wollte selbst unbedingt hoffen.

Hoffnung, rief sie sich in Erinnerung. *Du musst Hoffnung haben.*

Als die Tore schließlich verstärkt waren, bluteten Reys' Hände. Sie kehrte ins Stadizhûsa zurück und behandelte sie mit Salben und Balsam, bevor sie einen Verband anlegte.

Dann zog sie sich die Kette mit dem kleinen silbernen Schlüssel vom Hals, ging mit ihr zu der silbernen Tür, die zu einer Wendeltreppe führte. Stieg die Stufen hinauf, immer weiter hinauf in den höchsten Turm von ganz Briva. Hinauf zu der Feuerschale, in der golden und warm das Willkommenslicht flackerte, direkt unter der silbern strahlenden Glocke.

Nachdem sie den Schlüssel wieder unter dem hohen Kragen ihres Gewands verborgen hatte, kümmerte sie sich um das Willkommenslicht. Gab ihm neue Nahrung, sorgte dafür, dass es frei und hell brannte. Anschließend ließ sie zwölfmal die Glocke ertönen, wie sie es jeden Tag tat, wenn die Sonne ihren höchsten Punkt erreicht hatte, denn sie war die Einzige, die einen Schlüssel besaß.

Hell und klar hallte der Klang der Glocke über die Stadt. Er drang über die Mauern, schwebte über die Ebenen. So weit reiste er im hellen Tageslicht, so weit über den Grauen Pfad.

So weit, dass er einen Reiter erreichte.

Einen Reiter, der von Norden den Grauen Pfad herabkam.

Einen Fremden, gehüllt in einen grauen, fahlen Mantel.

Einen Fremden, der ein leises Lied zu singen schien.

Ein trauriges Lied zu singen schien.

Auf einem prächtigen Pferd ritt er.

Ritt immer weiter in Richtung Briva.

Über den Grauen Pfad ritt er heran.

Und laut wie ein Gewittersturm dröhnte der Hufschlag der Eisernen Armee, donnerte Lurin, der Eiserne Baron, heran. Schwarzes, hartes Eisen kleidete ihn, hell leuchteten die goldenen Verzierungen im strahlenden Licht des Tages.

Mit donnerndem Hufschlag preschten sie voran.

Voran Richtung Briva.

Voran auf dem Grauen Pfad.

Und Weyd der Wanderer zog mit seinen Freunden weiter nach Osten, nach Osten zum Lewkraitaz.

Entwurzelte waren sie, rastlos auf dem weiten Weg. Auf dem weiten Weg zu den Türmen.

Auf dem Weg, den man Hand in Hand mit dem Tod beschritt.

Den ganzen Tag wanderten sie auf dem Grauen Pfad. Wanderten, bis die Sonne schließlich herabsank, sanfte Dämmerung sich über die Welt senkte, das Zwielicht sie einhüllte. Bis Bellitas plötzlich die Ohren spitzte. Er war der Erste, der etwas zu hören glaubte.

Hufschlag.

Leiser Hufschlag in der Dämmerung.

Doch als er sich umsah, mit dem scharfen Blick eines Fuchses, der auch im Zwielicht alles wahrnimmt, entdeckte er nichts.

Die Menschen hüllten sich in ihre Mäntel, als die Dämmerung kam, denn es wurde kälter. Silbrig und blau schimmerte der Stoff in dem fahlen Dunst. Nur Ealdre trug noch immer seinen goldenen Mantel. Und Bahr bat die Fackeln, heller zu brennen, sprach in ihrer zischenden, knackenden Sprache auf sie ein, damit die Flammen groß und heiß und hell brannten. So wanderten sie den Pfad entlang.

So erreichten sie den Rand des Wavart. Alt und knorrig waren die Bäume dieses Waldes, verwurzelt auf hohen Hügeln – manche durch die Kräfte der Natur geformt, andere durch den Menschen, durch Männer und Frauen, die hier vor langer Zeit tiefe Gräben gezogen hatten. Hoch ragten die Hügel vor ihnen auf, als sie sich im Zwielicht dem Wald näherten, hoch und düster, und der Weg schien zwischen ihnen zu verschwinden. Eng und verstohlen wand er sich zwischen den Hügeln und unter den Bäumen hindurch.

Sie blieben stehen, ihr Lied klang aus und verstummte schließlich ganz. Nach einem Moment des Schweigens sagte Caer: »Verfluchte Scheiße, das nenne ich mal gruselig.«

»Es ist ein alter Pfad in einem alten Wald, und die Wurzeln dieser Bäume wurden mit so manchem Blut getränkt.« Weyd berührte kurz die Brosche an seiner Brust. »Man nennt dieses Hochland Vuivres, Wavart in der Gemeinen Sprache. Der Graue Pfad wird hier zu einem schmalen Fußsteig. Die Wanderer nennen ihn den Zwielichtstieg. Außerdem wurden noch eine Menge andere Pfade in die Hügel und den Wald geschlagen, allerdings nicht für Reisende. Diese Hügel wurden für den Krieg aufgebrochen, und viele der Pfade, denen wir folgen müssen, waren einst Schützengräben. Große, dunkle, alte Eichen wachsen hier. Viele von ihnen wurden zerstört, der Rest mit Blut getränkt, und das haben sie nicht vergessen.«

»Mein lieber Junge, das sind ja nicht gerade schöne Aussichten«, stellte der alte Jori fest und drückte seinen bandagierten Arm an die Brust. Er war der Einzige in der Gruppe, der keine Kapuze trug, denn sie hätte die wundervolle blaue Feder verdeckt, die an seinem Hut auf und ab wippte. »Lässt sich dieser blutgetränkte Wald denn nicht irgendwie umgehen?«

»Dann müssten wir einen Umweg von vielen, vielen Meilen in Kauf nehmen«, erklärte der Wanderer. »Und selbst wenn uns das nichts ausmacht, kämen wir dann in die Höhen von Osning, auch Éislek genannt, wo Bäume und Erde und Hügel nicht weniger Blut getrunken haben als der Wald von Wavart. Außerdem wurden dort viele Hügelgräber errichtet, aus denen in Schur ja die Schatten kamen. Im Wavart hingegen gibt es keine Hügelgräber. Das könnte also bedeuten, dass es in Osning von Schatten nur so wimmelt.« Er holte die Karte aus seinem Gepäck, um es ihnen zu zeigen. »Das Blut hier ist frischer, und es wurde zwar mehr davon vergossen, aber in Éislek habe ich nicht so viele Wege erkundet wie hier im Wavart. Der Graue Pfad ist die schnellste Route zur Wegscheide in

Bonnifatia, wo wir ja hinmüssen, um den Weg zu den Türmen des Lichts zu finden.«

»War es ein grausamer Krieg?« Andrins Stimme klang so jung, so verzagt. Sein Haar war so hell, seine Augen so blau, und immer klang er schüchtern, obwohl doch er es war, der die Sprache des Wassers beherrschte und der den Fluss Veta dazu überredet hatte, das Eis des Winters schon vor dem Frühjahr zu sprengen, was sie alle gerettet hatte. Traurig schüttelte der Wanderer den Kopf. »Alle Kriege sind grausam. Den Großen Krieg nannte man ihn. Sein Beginn liegt genau einhundert Jahre zurück. Doch ich benutze diesen Namen nicht, denn kein Krieg hat etwas Großes an sich.«

Andrins Schwester ließ grimmig den Blick über den Pfad vor ihnen schweifen. Jelscha war mit Armbrust und Pallasch gerüstet, und unter ihrem Mantel verbarg sie eine getrocknete gelbe Blume, sorgfältig gepresst und verwahrt. »Ich finde, der alte Mann hat recht«, sagte sie schließlich. »Lasst uns nicht dort reingehen. Wir sollten keinen dieser Orte betreten.«

»Einen der beiden Wege müssen wir nehmen, wenn wir zu den Türmen wollen«, erwiderte der Wanderer leise. »Und in ganz Erebu wird sich kein Fleckchen Erde finden, das nicht irgendwann mit Blut getränkt wurde. Welchen Weg wir auch beschreiten, vor uns werden Soldatenstiefel darüber marschiert sein. Das gilt auch für die Wälder, die Pässe und die Wasserwege.«

»Erzähl mir was Neues.« Bahr die Seefahrerin trat an Joris Seite und schob sich die Kapuze vom Kopf. Ihre Fackel leuchtete von allen am hellsten. »Eins kann ich euch sagen: Selbst auf See lässt sich keine Unschuld finden.« Sie beugte sich über die Karte.

Schmunzelnd fragte der Wanderer: »Willst du mich etwa kontrollieren, Bahr?«

Sie verdrehte die Augen, während sie sich wieder aufrichtete. »Wollte bloß ganz sichergehen. Aber der Wanderer hat recht. Es ist die direkte Route zur Wegscheide in Bonnifatia. Aber die Karte macht mir Sorgen … dort sind keinerlei Wege in diesen Hügeln und dem Wald verzeichnet, den du Wavart nennst. Gehen wir da etwa blind rein?«

»Meine Erinnerungen werden uns führen«, versicherte der Wanderer. »Und die von Raud.« Er streichelte den Hals der Stute, schwarz wie die heraufziehende Nacht, und sie drückte ihm sanft den Kopf in die Rippen.

Und noch jemand meldete sich zu Wort: Bellitas sprang auf Rauds Rücken und sprach. Seltsam klang seine Stimme für menschliche Ohren, und niemand verstand, was er sagte. Niemand außer Jori. Nachdem er aufmerksam zugehört hatte, erklärte der Alte lächelnd: »Belle bietet an, uns durch den Wald zu führen, falls deine Erinnerung dich im Stich lässt. Er fürchtet weder Bäume noch Hügel noch Menschenblut.«

Respektvoll nickte Weyd dem Fuchs zu. »Es wäre mir eine Ehre, wenn du zusammen mit mir unsere Gruppe anführst, mein Freund.«

»Und Urth«, fügte Jori auf Bellitas' Drängen noch hinzu.

Alle blickten zum Himmel hinauf. Ein Krächzen verriet ihnen jedoch, dass die Krähe Urth bereits auf den tiefhängenden Zweigen eines Baumes am Waldrand hockte. Bellitas, der ihre Sprache beherrschte, sprang vom Pferderücken und lief über den Pfad zu ihr hinüber.

Der Wanderer lachte leise. »Also dann, folgen wir unseren Anführern, denn ihr Mut wird uns durch den Wavart bis zum Lewkraitaz bringen, und dann weiter bis zu den Türmen. Außerdem haben wir nichts zu befürchten.« Er drehte sich zu Caer um und zwinkerte ihr zu. »Immerhin haben wir das Lied der Nacht und eine Bardin, die für uns zu den Klängen sprechen kann. So wird es jedes Mal, wenn wir das Lied anstimmen, bis zum Himmel hinaufschallen und die Dunkelheit entzweireißen.«

Damit schulterten sie ihre Taschen. Nur Weyd wunderte sich ein wenig, dass seine Worte Caer kein Lächeln entlockten.

Nicht einmal ein kleines.

Er ging voran und setzte sich an die Spitze der Gruppe. Und gerüstet mit ihren Taschen und Fackeln folgte die Gruppe dem Fuchs und der Krähe, führte Raud und Demar und Blíkna unter die Bäume.

Alle außer einem.

Dieser eine trug keinen blau-silbernen Mantel, der im Zwielicht schimmerte. Sein Mantel war golden und strahlte selbst im schwindenden Licht wie ein heller Stern, wie ein Willkommenslicht in dunkler Nacht.

Ealdre der Heiler zögerte. Reglos stand er da, mit seiner Tasche voller Kräuter, Fläschchen und Verbänden, mit dem langen silbernen Haar, dem alterslosen Gesicht, diesen Augen, deren Farbe sich ständig zu ändern schien. Stand einfach da und blickte mit düsterer Miene auf die Straße hinter ihnen.

Dunkel waren seine Augen.

Dunkel und weit aufgerissen.

»Wartet«, flüsterte er.

Und seine tiefe Stimme durchdrang sie alle, als wäre sie

Teil ihres Blutes, ihres Fleisches, ihrer Knochen. Ein sanftes Zittern löste sie in den Gefährten aus. Sie drehten sich zu ihm um.

»Was ist denn, Ealdre?«, erkundigte sich der Wanderer.

»Hört ihr das nicht?«, fragte der Heiler. »Da ist etwas hinter uns.«

Sie lauschten.

Caer die Bardin trat neben den Heiler und bat mit einem rauen Flüstern die Klänge, sich doch bitte ein wenig zu verstärken.

Sie konnten sie nicht hören.

Noch einmal bat sie.

Wieder bekam sie keine Antwort.

Und dann spürte auch sie es.

»Sie wollen nicht mit mir sprechen«, erklärte Caer der Gruppe, noch immer angestrengt flüsternd. »Sie antworten nicht.«

Und dann spürten sie es alle.

Ealdre der Heiler richtete sich hoch auf, und es war, als hätte sich ein Schatten über seinen golden strahlenden Mantel gelegt. Das Feuer ihrer Fackeln schien sich zusammenzukauern. Bahr die Seefahrerin wollte zu ihm sprechen, in seiner zischenden, knackenden Sprache, wollte die Flammen bitten, wieder heller zu brennen. Aber ihr Mund war plötzlich so trocken. Sie versuchte zu schlucken, aber der dicke Kloß in ihrer Kehle ließ das nicht zu.

Kleiner und kleiner wurden die Flammen, dann erloschen sie ganz.

Und noch immer lauschten sie.

Wie ein weißer Blitz kam auch Bellitas zu ihnen zurückgerannt, sprang auf Jelschas Schulter und spitzte die Ohren.

Spitzte ebenso angestrengt die Ohren wie ihre Pferde. Sie zitterten.

Wieder bat Caer die Klänge in rauem Flüsterton, sich zu verstärken.

Wieder bekam sie keine Antwort.

Jelscha baute sich vor ihrem Bruder auf und legte eine Hand an ihren Pallasch. Gleichzeitig trat der Wanderer zu Caer und Ealdre und raunte leise: »Hört ihr etwas?«

Noch einmal versuchte die Bardin angestrengt, ein Geräusch auszumachen.

Und dann stieß Belle einen kurzen Laut aus.

Nun hörte er es, klar und deutlich.

Hufschlag.

Auf dem Grauen Pfad näherte sich ein Reiter.

2

Die Jagd

Im Morgengrauen und in der Abenddämmerung schlagen die Raubtiere am häufigsten zu, das hätte Bellitas ihnen sagen können. Deshalb richtete er sich auf, mit gespitzten Ohren und gefletschten Zähnen, und sprach hastig auf Jori ein.

»Es klingt wie Hufe«, übersetzte Jori. »Hinter uns auf der Straße ist ein Reiter.«

»Nur ein einzelner Reiter?«, hakte der Wanderer nach.

Jori nickte, schien sich allerdings nicht allzu sicher zu sein.

»Wir müssen die Straße verlassen.« Einen solchen Ton hatten sie von Ealdre noch nie gehört. Beinahe fahl klang seine Stimme.

»Ein einzelner Reiter. Was soll der schon groß tun?«, wandte Jelscha ein. Doch auch sie klang unsicher.

Bahr packte ihre Hand. »Runter von der Straße, sofort.«

Und so schlugen sie sich ins Unterholz. Die Pferde bahnten ihnen einen Weg, und sie führten die Tiere möglichst schnell zwischen die Bäume, um von der Straße aus nicht mehr gesehen zu werden. Die Menschen drückten sich zwischen den spitzen Zweigen des Buschwerks flach auf den Boden.

Nur der Wanderer zögerte. Von hier aus konnten sie die Straße nicht im Blick behalten. Sie würden nicht sehen, wer da kam.

»Geh in Deckung, mein Junge«, mahnte Jori, doch da hatte Caer den Wanderer bereits neben sich auf die Erde gezogen.

So lagen sie nun da. Und sie lauschten.

Bellitas hatte sich nicht getäuscht. Es war der Klang von Hufen gewesen. Ein Pferd schritt auf dem Grauen Pfad dahin. Ein Pferd mit einem Reiter.

Weyd hob den Kopf.

Sofort drückte Caer ihn wieder runter.

Sie zitterte.

Und plötzlich wurde Weyd bewusst, dass es ihm ebenso ging.

Das Klappern der Hufe kam näher. Der Reiter hatte sie fast erreicht. Weyd spürte seinen Herzschlag. Dumpf pochte er in seiner Brust. Pochte gegen seine Rippen. Dröhnend wie ein Hammer. Und gerade als ihm klar wurde, wie schnell sein Herz schlug, beschleunigte sich das Pochen noch weiter. Dann setzte das Wispern ein.

Als würde die Furcht ihre langen, dünnen Finger nach ihm ausstrecken. Als würde sie ihm sanft ins Ohr raunen.

Fürchte dich.
Fürchte
dich
mehr

und

mehr.

Fürchte dich.

Hinter ihm stieß Ealdre einen gedämpften Laut aus, und Weyd streckte die Hand nach ihm aus. Er packte erst die Hand des Heilers, dann Caers, und hielt sie beide fest.

Da war der Reiter auf ihrer Höhe, und er zügelte sein Pferd.

Er muss dort stehen, wo wir die Straße verlassen haben, dachte Weyd.

Das Pferd schnaubte.

Bellitas drückte sich an Andrin und wimmerte.

Wieder Hufschlag, aber merkwürdig weich. Leiser.

Das Pferd schob sich in das Unterholz.

Eisige Kälte ließ Weyds Lunge gefrieren. Zu wenig Luft. Zu viel Luft. Ealdre umklammerte seine Finger so fest, dass es wehtat.

Dann wurde es still.

Wieder ein Schnauben.

Plötzlich zerriss der Schrei einer Krähe die Stille. Laut und klar hallte er vom Wavart herüber.

Urth.

Beharrlich schrie sie, wieder und wieder. Ließ ihre Stimme schrill und wild in einer wahren Kakophonie ertönen. Dann stimmten andere Vögel mit ein, andere Tiere – flatternd und zeternd jagten sie durch die Büsche, schossen unsichtbar zwischen den Bäumen dahin, als wäre eine Kompanie von Reisenden in den Wavart eingedrungen und würde sich einen Weg bahnen zwischen den alten, düsteren Bäumen.

Noch ein Geräusch setzte ein, leiser. Das Knarren von gespannten Zügeln. Das Ächzen eines Sattels.

Hufschlag im Unterholz.

Hufschlag auf dem Weg.

Der Reiter kehrte auf den Pfad zurück. Hielt auf den Wavart zu.

Die Gefährten lauschten auf das Klappern der Hufe. Bald verlor es sich in der Ferne.

Im Wavart.

Noch lange blieben sie liegen und lauschten. Schließlich lockerte sich Ealdres Griff. Weyd rappelte sich als Erster auf. Vorsichtig schob er sich durch das Unterholz, bis er den Weg erreichte, dort suchte er nach Spuren, nach irgendetwas, das ihnen verriet, wer dieser Reiter gewesen sein mochte. Seine Freunde folgten ihm nach und nach. »Wartet«, rief der Wanderer ihnen zu. Er kniete am Wegesrand. »Es könnte eine Fährte geben.«

Bellitas und Andrin suchten am Himmel nach Urth. Jori zupfte Dornen aus seinem Verband, während er die Pferde aus dem Unterholz führte. Mit großen Augen sah er Weyd an, der noch immer geduckt auf dem Pfad hockte und angestrengt den Boden absuchte. »Was, mein lieber Junge«, begann er mit zittriger Stimme, »war das?«

Der Wanderer antwortete nicht, fixierte ein staubiges Fleckchen Erde am Rand des Weges. »Hier hat ein Pferd gestanden, ganz sicher.«

»Gab es da denn irgendeinen Zweifel?« Caer schaffte es noch immer nicht, ihrer Stimme mehr abzupressen als ein Hauchen. »Das haben wir doch alle gehört.«

»Wir dachten, wir hätten es gehört«, korrigierte sie der Wanderer. »Aber die Furcht kann so manches heraufbeschwören. Sie flüstert uns Dinge ein, sodass wir glauben, sie stünde direkt neben uns. Sie greift nach uns, sodass wir glauben, sie halte uns gepackt. Aber sie kann nicht neben uns stehen, und sie kann uns nicht packen. Und sie kann auch keine Hufabdrücke hinterlassen.«

Vorsichtig strich der Wanderer mit dem Finger an dem Abdruck in der Erde entlang. »Wer auch immer dieser Reiter war, er war real. Und er hat hier gestanden. Hätte uns beinahe erwischt.« Er hob den Kopf und suchte den Pfad ab. »Und dann ist er auf die Straße zurückgekehrt und Richtung Wavart geritten.«

Die anderen folgten seinem Blick. Musterten den Zugang zum Wald, die knorrigen Bäume, die im fahlen Zwielicht hinter den finsteren Hügeln aufragten.

»Vielleicht sollten wir doch die längere Route nehmen«, schlug Jori vor. Furcht schwang in seiner Stimme mit.

Weyd stand vom Boden auf. Prüfend sah er seine Freunde an. Bahr hielt sich noch immer an Jelschas Seite; beide Frauen zogen eine grimmige Miene, wichen aber seinem Blick aus. Andrin klammerte sich mit der einen Hand an Jori, mit der anderen an Bellitas. Ealdre, der neben Caer stand, schien noch immer aufgewühlt zu sein. Selbst Demar und Blíkna wirkten unschlüssig, die großen, kräftigen Pferde tänzelten nervös und warfen die Köpfe hin und her.

Ist es die Furcht, die uns zurückhält?, fragte sich Weyd. *Und wollte die Furcht vielleicht, dass es so kommt?* Auch sein Blick glitt zum Wavart hinüber. *Will die Furcht nicht, dass wir diesen Weg einschlagen?*

Entschlossen richtete er sich auf. »Meine Freunde«, wandte er sich an die Gruppe, »ich werde durch den Wavart gehen. Ich bin schon oft auf seinen Pfaden gewandert und habe dort nichts zu befürchten. Aber ich werde nicht von euch verlangen, mir zu folgen. Ihr könnt immer noch umkehren und nach Briva zurückkehren.«

Jemand schnaubte spöttisch.

Es war Raud.

Die Stute schnaubte noch einmal, schob sich auf den Grauen Pfad und marschierte auf den Wavart zu. In diesem Moment ertönte am Waldrand der Ruf einer Krähe. Urth saß dort und schlug ungeduldig mit den Flügeln.

Ein raues Lachen erklang. Es war Caer. Mit einem Ruck zog sie die Oud von ihrem Rücken. »Tja, du magst ja völlig verrückt sein, Wanderer, aber noch verrückter sind wir, die wir dir folgen. Nun komm schon, sonst wird Raud dir niemals verzeihen, dass du angedeutet hast, sie könnte dich einfach auf der Straße zurücklassen.«

Er packte sie am Arm. »Ich meine das vollkommen ernst, Caer«, sagte er leise. »Ich werde keinen von euch bitten, weiter zu gehen, als er selbst es will. Es ist nicht recht, einem Menschen abzuverlangen, dass er im Dunkeln wandelt, wenn er das Versprechen zur Reise gab, als die Nacht noch nicht hereingebrochen war.«

»Halt die Klappe, Weyd.« Bahr marschierte los, gefolgt von Jelscha, die demonstrativ die Augen verdrehte. »Wir sind erwachsen, wir können selbst entscheiden.«

»Nun ja, ob ich erwachsen bin, wage ich zwar zu bezweifeln, mein Junge, aber mit der grundlegenden Idee bin ich einverstanden«, merkte Jori an. »Komm mit, Andrin. So schlimm wird es schon nicht werden, und ich kann dir unterwegs noch mehr Begriffe aus der Sprache der Vögel und der Tiere beibringen.«

Caer warf Weyd einen stummen Blick zu. Ihre Mundwinkel zuckten. Seine ebenso. Und so wanderten sie weiter den Grauen Pfad entlang.

Alle außer Ealdre. Wieder stand er reglos da, beobachtete den Aufbruch der Gruppe, ließ den Blick über den Weg und die Bäume schweifen.

Dann sah er zum Himmel hinauf.

Der Wanderer drehte sich zu ihm um und wiederholte mit Nachdruck: »Ich meine das wirklich ernst. Ich werde nicht von dir verlangen, dass du im Dunkeln wandelst, Ealdre. Du bist dem Leben zugewandt, dem Licht.«

Stumm sah der Heiler ihn an. Diese Feststellung schien ihn zu verblüffen.

»Du vermisst sie«, fügte Weyd hinzu. »Die Sterne, meine ich.«

Ealdre setzte zu einer Antwort an, brachte aber kein Wort über die Lippen.

»Du musst nicht im Dunkeln wandeln«, wiederholte der Wanderer. »Natürlich hätte ich dich lieber an meiner Seite, aber nur, wenn du selbst das auch willst.«

Nun nickte der Heiler. »Das will ich, Wanderer.«

Und so gingen sie zusammen los, bildeten die Nachhut ihrer kleinen Gruppe – der Heiler in dem goldenen Mantel und der Wanderer mit dem silbernen Stern auf der Brust.

Gemeinsam betraten die Gefährten den Wavart. Gemeinsam gingen sie hinein, während das Zwielicht sich verdunkelte und den Himmel über ihnen mit einem tintenblauen Schleier überzog, ebenso die Bäume und den grau schimmernden Pfad vor ihnen. Und sie waren noch gar nicht weit gekommen, als der Wanderer plötzlich den Weg verließ und auf einen anderen Steig einbog, der sie tiefer in die Hügel und zwischen die Bäume führte. »Hier wird uns kein Reiter so leicht finden, solange er nicht weiß, wo er suchen muss«, erklärte er. »Die Wege und Steige hier sind mir vertraut, wenige kennen sie so gut wie ich.«

Und so gingen sie weiter. Schließlich entglitt dem Himmel die letzte Farbe, und der Wald um sie herum wurde finster. Da holten sie die einzigartigen Reiselaternen hervor, die man ihnen in Briva gegeben hatte. Sie entzündeten die zarten, hübschen Leuchten und zogen mit ihnen weiter, silbern funkelnd wie kleine Sterne auf ihrem Weg. Über ihnen krächzte leise die Krähe Urth. Schweigend marschierten sie dahin. Weyd sah sich immer wieder nach Caer um. Es kam ihm vor, als würde sie wieder und wieder angestrengt lauschen, als versuche sie, die verlorene Melodie eines Liedes einzufangen. Oder als würde sie leise Selbstgespräche führen, als würde sie mit den Klängen debattieren, deren Sprache sie beherrschte.

Und hin und wieder merkte er, wie sie zu Ealdre hinüberblickte.

Als sich die Nacht herabsenkte, fing sie an, leise auf ihrer Oud zu spielen. Hätte sie es gekonnt, hätte sie gesungen. Weyd erkannte die Melodie als Erster, doch es waren Ealdre und Bahr, die leise den Text in der Gemeinen Sprache anstimmten.

Fürcht' nicht das Dunkel,
ergib nicht dich der Furcht,
uns lockt es hinaus auf den Weg.
Weiter wir ziehen, immer weiter nur,
uns schreckt nicht das Dunkel, uns lähmt nicht die Furcht.

Wir wandern umher,
schreiten aus weit und frei,
folgen freudig jedem Pfad.
Nichts kann uns trennen, wenn wir wandern umher,
wenn wir schreiten so frei, wenn wir folgen dem Weg.

Nur eine Kehre,
eine Wegbiegung noch,
so weit war schon unsere Reise.
So weit war der Weg, so fern jede Ruh,
doch eine Kehre kommt nun noch hinzu.

Fahl strahlet der Stern,
dumpf schlägt die Glocke,
wenn das Ende des Weges sich zeigt.
Wenn zum Ende wir gehen, im Dunkel nun stehen,
strahlet fahl der Stern, und die Glocke, sie schweigt.

Doch fürcht' nicht das Dunkel,
ergib nicht dich der Furcht,
nun hier am Ende des Wegs.
Mag vergehen all das, was teuer uns war,
uns schreckt kein Dunkel, uns lähmt nicht die Furcht.

Keine Karte zeigt an dein Ziel dir noch,
nichts ist mehr gewiss für dich.
Am Ende des Weges stehst du ganz allein,
am Ende von allem ist jeder für sich.
Von nun an ist alles ungewiss, keine Karte zeigt an
dein Ziel.

Fürcht' nicht das Dunkel,
ergib nicht dich der Furcht,
mach dich nun auf den Weg.
Hinaus sollst du ziehen, immer weiter hinaus,
dich schreckt kein Dunkel, dich lähmt nicht die Furcht.

Andrin hörte ihnen gebannt zu. Jelscha ebenso, auch wenn sie ihr Bestes gab, es sich nicht anmerken zu lassen. »Was ist das für ein Lied?«, fragte Andrin, nachdem sie fertig waren. »Ich habe es noch nie zuvor gehört.«

»Das hat mir einst eine Geliebte beigebracht«, erklärte Caer. »Sie war eine Dichterin und spielte die Leier wie niemand sonst. Immer hat sie gespielt, wenn wir vor ihrem Haus saßen und über ihren Olivenhain hinweg auf das tiefe blaue Wasser des Endeleasmeeres blickten. An den sonnigen Tagen zumindest. Wenn es regnete, sind wir lieber drinnen geblieben. Da hatten wir Besseres zu tun, und ich war noch jung. Sie meinte, es sei ein sehr altes Lied, auch wenn diese Version davon aus ihrer Feder stammt.«

»Es ist tatsächlich sehr alt«, bestätigte Ealdre. »Und es hat in vielen Sprachen viele verschiedene Formen angenommen, schon bevor es sie erreichte. Sie hat diesen Faden weitergesponnen, und nun hast du es an uns weitergegeben.«

»Alt oder neu«, wandte Bahr ein, »wird es nicht langsam mal Zeit, dass wir unser Nachtlager aufschlagen?« Mit Blick auf Jori fügte sie hinzu: »Bei manchen von uns knirscht es schließlich schon gewaltig in den Knochen.«

Achselzuckend entgegnete Jori: »Warum sollte ich das abstreiten?«

»Wenn mich die Erinnerung nicht täuscht, gibt es nicht weit von hier eine Giste«, überlegte Weyd. »Eine Art natürliche Schutzhütte. Die Wanderer benutzen sie seit vielen Jahren. Auf unseren Karten wird sie als Giste Cler vermerkt, aber ich kenne sie als die Hohle Klause. Kommt, es ist nicht mehr weit.«

Womit er recht hatte. Nachdem sie noch ein kurzes Stück gewandert waren, erschien im Licht der Laternen eine Abzweigung von ihrem Pfad. Weyd wandte sich nach rechts, und alle freuten sich, dass sie bald die müden Beine ausruhen und die noch müderen Köpfe auf ein Lager betten konnten. Sie erreichten eine Lichtung, auf der ein mächtiger Baum aufragte. Sein hohler Stamm war von einer Gruppe kleinerer Bäume umgeben, aus deren Zweigen eine Art Laube geflochten worden war, eine lebendige Hütte mit einem Dach aus ächzendem Holz und raschelndem Laub. Sie verstauten ihr Gepäck in dem hohlen Baum und banden die Pferde an seinen Ästen fest, dann krochen sie in die Hütte, gönnten sich ein schnelles Mahl, bevor die menschlichen Mitglieder der Schar ihre Schlafmatten ausbreiteten. Ein bisschen eng war es, doch es gab genug Platz für alle. Urth blieb beim Gepäck und richtete sich auf einem der höher gelegenen Zweige des hohlen Baumes ein, während Bellitas sich an Andrins Seite zusammenrollte. Das Los entschied, dass Ealdre die erste Wache übernehmen sollte.

Weyd wollte sich gerade hinlegen, als ihn jemand sanft an der Schulter berührte. Es war Caer, die ihm signalisierte, sich ein Stück abseits von den anderen mit ihr niederzulassen. Leise fragte sie ihn: »Hast du nicht auch den Eindruck, dass unser Heiler irgendwie neben der Spur ist?«

Weyd drehte sich nicht nach ihm um. »Eigentlich mache ich mir mehr Sorgen um dich.«

Ungeduldig winkte sie ab. »Also hör mal, ich bin eine Bardin, die ihre Stimme verloren hat. Da ist es ganz selbstverständlich, dass ich die Stille schrecklich finde. Aber Ealdre? Ihm schien Stille doch nie viel auszumachen, oder?«

»So lange kennen wir ihn aber auch noch nicht«, wandte Weyd vorsichtig ein. »Caer, wenn du darüber sprechen möchtest …«

»Ich möchte mit dir über Ealdre sprechen«, fiel sie ihm ins Wort.

Wieder schaute sie verstohlen zu dem Heiler hinüber, der sich mit einer Laterne für seine Wache eingerichtet hatte.

Weyd tat es ihr gleich. »Empfindest du Bewunderung für ihn?«, fragte er, auch wenn sich bei dieser Frage alles in ihm schmerzhaft verkrampfte.

Er sah ihr ins Gesicht, aber sie wich seinem Blick aus. »Er ist ein begnadeter Heiler, ein liebenswerter Mann und ein Albitz«, erwiderte sie. »Da wäre es schwer, keine Bewunderung für ihn zu empfinden. Aber mir ging es jetzt eher um dieses Hufgeklapper hinter uns auf der Straße und die Spuren, die wir am Wegesrand gefunden haben.«

»Weißt du denn, wer das gewesen sein könnte?«

»Nein.« Caer schüttelte den Kopf. »Aber ich habe so eine Ahnung, dass unser Heiler es vielleicht weiß. Seit wir dieses Hufgetrappel zum ersten Mal gehört haben, hält er sich ständig am Ende unserer Gruppe.«

Weyd nickte. »Das ist mir auch schon aufgefallen.«

Unruhig rutschte Caer auf ihrem Platz hin und her. »Weyd, es gibt da ein Lied.«

»Bei dir gibt es doch immer irgendein Lied«, brummte er.

Das brachte sie zum Lachen, auch wenn es schrecklich rau klang. »Ja, es ist schon schwer, mit einer Bardin unterwegs zu sein. Aber was will man machen?« Dann wurde sie wieder ernst. »Es schwirrt mir schon den ganzen Tag im Kopf herum. Ständig meine ich, es zu hören – es kommt mir vor, als würde mir jemand leise dieses Lied ins Ohr flüstern.«

»Die Furcht?«

»Mag sein. Ich glaube, ich kann sogar ein paar Worte erkennen. Möchtest du das Lied hören, oder lieber nicht?«

Weyd dachte darüber nach. Er wusste, dass es niemals klug war, auf die Furcht zu hören.

Doch gleichzeitig wollte er wissen, was ihnen da auf den Fersen gewesen war, was selbst die tiefen Gräben und geheimen Wege des Wavart nicht scheute.

»Ich will es hören«, entschied er schließlich.

»Dann gestatte mir, es dir vorzutragen, so gut es mir eben möglich ist«, bat sie mit der rauen Stimme einer Krähe, und leise wie eine Maus begann sie zu singen:

Warum dröhnt der Hufschlag laut, so laut
aus dem Tale zu mir herauf?
Das sind nur die Bauern und Tölpel, mein Kind,
nur die Bauern kommen herauf.

Warum dringt Lärmen laut, so laut
Über die Straße zu mir heran?
Das sind nur die Boten und Herolde, Kind,
nur die Herolde kommen heran.

Welch Gestalt seh' ich vor mir, klar, so klar,
welch Gestalt kommt im Zwielicht heran?
Das ist nur ein einsamer Reiter, mein Kind,
ein grauer Reiter trabet heran.

Warum fühl' ich in mir die Furcht so stark,
wenn im Zwielicht er trabet heran?
Schließ die Augen nun, schließ die Augen, mein Kind,
der Fahle Reiter trabet heran.

Der Fahle Reiter trabet heran, heran,
der Fahle Reiter, er kommt zu dir.
Nun ist es bald vorüber, mein Kind,
denn der Tod, er trabet heran.
Der Tod, er kommt zu dir.

Weyd schauderte, als wäre ein kalter Wind über sie hinweggezogen.

»Das habe ich noch nie zuvor gehört«, sagte er, sobald Caer verstummt war.

»Ein Lied, von dem Weyd der Wanderer noch nie gehört hat?«, fragte sie spöttisch, doch ihre Stimme verriet, dass sie nicht wirklich zum Scherzen aufgelegt war. »Meinst du, Ealdre weiß mehr darüber? Ich will nicht für die Furcht den Handlanger spielen und ein Lied verbreiten, das sie uns einflüstern will. Aber andererseits haben wir ja wirklich keine Ahnung, wer dieser Reiter war, der da heute an uns vorübergezogen ist.«

»Wir sollten Ealdre fragen, ob er etwas darüber weiß«, schlug Weyd vor.

»Könntest du das machen?«, bat Caer.

Das überraschte Weyd. »Da du das Lied gehört hast, solltest besser du ihn danach fragen.«

Eine Weile saß die Bardin stumm da. Dann flüsterte sie rau: »Ich möchte nicht, dass er mich so singen hört.« Da drückte der Wanderer sie fest an sich und sagte nichts mehr.

Also war es Weyd, der sich Ealdre bei der ersten Wache anschloss, während Caer die Bardin sich auf ihr Lager legte. Auch der Rest der Gruppe ging schlafen, als der Heiler und der Wanderer sich auf zwei breite Zweige setzten. Die Wache bestand eigentlich mehr aus aufmerksamem Lauschen, denn die größte Sorge bereiteten ihnen die Schatten mit ihren Trommeln. Oder Hufgeräusche in der Nacht. Sie stellten die Laterne so auf, dass ihre Körper sie vor spähenden Blicken verbargen. Wieder einmal musterte Weyd das Gesicht des Heilers, von dem sich keinerlei Alter ablesen ließ. Diese Augen hatten die Sterne am Himmel betrachtet.

Unwillkürlich drückte der Wanderer die Hand auf den Stern an seiner Brust. Langsam tastete er mit dem Finger seine Konturen ab: Demar, der Nordstern. Oder zumindest erzählte man es sich so.

»Wie ist das?«, fragte Weyd leise. »Wie ist es, einen Stern leuchten zu sehen, Nacht für Nacht?«

Der Heiler regte sich in der Dunkelheit und hob den Blick zum lichtlosen Himmelszelt. »Ohne sie fehlt etwas in mir«, antwortete er dann leise. »In der Gemeinen Sprache kann ich es nicht besser formulieren.«

»Du meinst also, dass du sie vermisst?«

»Nicht ganz.« Wieder setzte Ealdre sich anders hin, um den Wanderer ansehen zu können. Und Weyd spürte seinen Blick. Diese Augen, deren Farbe stets zu wechseln schien, waren nun unglaublich hell und strahlend. »In anderen Sprachen lässt sich besser ausdrücken, was ich sagen will. Plus qu'autre riens, les etoilles me faillent. Ich misse der reinen klâren schîn. Ohne sie fehlt etwas, denn sie sind fort, und der Platz, den sie in meinem Dasein einnahmen, ist nun öde und leer.«

Weyd lächelte. »Manche dieser Sprachen spreche ich.«

Ealdre musterte ihn aufmerksam. »Du bist ein faszinierender Mann, Weyd der Weltenbummler.«

»Du ebenfalls, Ealdre von Nirgendwo. Ich bin weit gereist, habe viele Wege beschritten, bin vielen Menschen begegnet. Aber jemanden wie dich durfte ich noch nie kennenlernen.«

»Nein«, erwiderte Ealdre, »sicherlich nicht. Aber natürlich ist es sowieso unmöglich, zwei Seelen zu begegnen, die einander gleich sind, denn jeder Einzelne hat seine eigenen Gedanken und Gefühle, und wenn man zwei Menschen für gleich hält, hat man einfach nicht genau genug hingesehen.«

Noch immer musterte Weyd den Unsterblichen prüfend. »In deiner Gegenwart wird mir wieder bewusst, wie es war, ein Kind zu sein.«

Trauer huschte über Ealdres altersloses Gesicht. »Vieles weißt du, Wanderer, oder so glaubst du zumindest. Und doch hast du vieles noch nicht deinen Gefährten anvertraut, denn du weißt nicht, wie du das bewältigen sollst.«

Einen Moment lang starrte Weyd schweigend in die Dunkelheit. »Dann weißt du es also.«

»Ich weiß so einiges. Und einiges kann niemand mit Bestimmtheit wissen.«

»Du weißt, dass der Weg zu den Türmen Hand in Hand mit dem Tod beschritten wird«, flüsterte Weyd.

Diesmal war es Ealdre, der eine ganze Weile nichts erwiderte.

»Wird denn nicht jeder Weg Hand in Hand mit dem Tod beschritten?«, fragte er schließlich.

Der Wanderer schluckte schwer. Während er weiter in die Finsternis hinausblickte, fragte er sich unwillkürlich:

Ist so der Tod?

So

absolut

dunkel?

Ein heftiger Schauer packte ihn. Schnell konzentrierte sich der Wanderer auf das Licht ihrer Laterne. »Nicht in deinem Fall«, sagte er dann. »Du bist unsterblich.«

»Das ist wahr und gleichzeitig unwahr«, erwiderte Ealdre.

»Das ist nicht möglich, mein Freund.« Weyd versuchte zu lächeln. Versuchte, diesen Schauer abzuschütteln, versuchte das finstere Loch zu vergessen, das sich tief in seinem Inneren aufgetan hatte.

»Und ob das möglich ist«, widersprach Ealdre. »Fürchtest du dich vor dem Tod, Weyd Weltenbummler?«

In seiner Stimme klang etwas an, das Weyd wie unter Zwang den Kopf heben und ihn ansehen ließ.

»Ja«, antwortete er. »Und noch mehr fürchte ich mich davor, jene in den Tod zu führen, die ich liebe.«

»Du hast versucht, sie zurückzulassen. Aber sie zogen es vor, dich zu begleiten, anstatt dort zu bleiben, wo sie sicher gewesen wären. Oder zumindest glaubten, sicher zu sein.«

»Und du?«, hakte der Wanderer nach. »Warum wolltest du mich begleiten?«

»Ich fürchte den Tod nicht.«

»Aber fürchtest du nicht um jene, die du liebst, jene, die dich lieben?«

Nun war es der Heiler, der seinem Blick auswich. Er hob den Kopf und sah nach oben, wo der Mond und die Sterne hätten strahlen sollen. »Ich bin ein Fremder. Zu fremd, um geliebt zu werden.«

»Das ist nicht wahr«, widersprach Weyd.

Ein Lächeln huschte über Ealdres Gesicht. »Soll das vielleicht ein Antrag werden?«

Weyd blieb ernst. »Hier bei uns wirst du geliebt.«

Der Heiler musterte ihn durchdringend. »Vielleicht hast du recht, Wanderer«, sagte er schließlich. »Vielleicht bin ich für jemanden, der so weit gereist ist wie du, tatsächlich nicht allzu fremd. Und doch kennst du mich nicht sehr gut. Keiner von euch. Und vielleicht werdet ihr in mir noch etwas entdecken, das Furcht in euch auslöst. Etwas, das ihr nicht begreifen könnt.«

Und da fiel es Weyd wieder ein.

Er erinnerte sich daran, wie der Heiler ein Schwert aus seinem goldenen Mantel gezogen hatte. Ein Schwert, bleich und fahl wie Knochen. Dieses Schwert hatte er Lurin, dem Eisernen Baron, an die Kehle gedrückt.

»Du hast ihn nicht getötet«, betonte der Wanderer. »Du hast dich abgewandt und stattdessen unsere Bardin Caer gerettet.«

Ealdre strich über den Saum seines Mantels, von dem er einen Streifen abgerissen hatte, um die Wunde am Hals der Bardin zu verbinden. »Ihre Stimme habe ich nicht gerettet.«

»Du hast ihr Leben gerettet. Wofür ich dir über alle Maßen dankbar bin.«

»Du liebst sie«, stellte der Heiler fest.

Sofort schüttelte der Wanderer den Kopf.

»Warum leugnest du etwas, das so offensichtlich ist? Auf deine Art liebst du doch jeden von ihnen.«

»Sie ist nicht mein«, wehrte Weyd übertrieben förmlich ab.

»Man kann einen Menschen nicht besitzen«, erwiderte Ealdre gelassen. »Also ist sie natürlich nicht dein. Aber liebst du sie denn nicht?«

Weyd holte tief Luft, und obwohl es ihm schien, als zerreiße sein Herz, sagte er nur: »Sie ist eine Freundin.«

Ealdre nickte. »Ja, das ist sie. Aber danach habe ich nicht gefragt.«

»Ich kenne sie so gut.« Weyd zwang sich, möglichst gelassen zu klingen. »Sie ist leidenschaftlich, und sie ist aufrichtig, und sie ist töricht. Sie ist tapfer, wunderschön und frei, und ihre Gefühle reichen tief. Ich hatte nie einen besseren Gefährten als sie.«

Der Heiler schluckte. Einen Moment lang schien es dem Wanderer, als hätten seine Worte ihn verletzt. »Ich hatte einst auch einen Gefährten.«

Überrascht sah Weyd ihn an. »Und wo ist er jetzt?«

Ealdre schüttelte den Kopf. Seine Miene verfinsterte sich, doch in seinem Blick lag tiefe Trauer. »Ich weiß es nicht.«

Der Wanderer zögerte kurz, dann nahm er die Hand des Heilers und drückte sie. »Das tut mir leid.«

»Das muss es nicht.« Schärfe lag in dieser Antwort. Weyd zog die Hand zurück; offenbar war Trost hier nicht erwünscht, auch wenn er den Grund dafür nicht verstand. Plötzlich musste er an all jene denken, die er verloren hatte. Wie viel größer musste diese Zahl bei einem unsterblichen Albitz sein?

»Hast du je darüber nachgedacht, Ealdre?«, fragte er. »Was danach kommt? Also für jene unter uns, die kein Albitz sind wie du? Für uns Sterbliche?«

Ealdre schwieg lange. Als er schließlich antwortete, geschah es mit leisem Gesang:

Keine Karte zeigt an dein Ziel dir noch,
nichts ist mehr gewiss für dich.
Am Ende des Weges stehst du ganz allein,
am Ende von allem ist jeder für sich.
Von nun an ist alles ungewiss, keine Karte zeigt an
dein Ziel.

Fürcht' nicht das Dunkel,
ergib nicht dich der Furcht,
mach dich nun auf den Weg.
Hinaus sollst du ziehen, immer weiter hinaus,
dich schreckt kein Dunkel, dich lähmt nicht die
Furcht.

Wenn er es sang, klang es weder fröhlich noch traurig. Aus seinem Mund klang es tröstlich.

»Du hast dich schon auf viele Reisen begeben, Wanderer«, erklärte der Heiler, nachdem er das Lied beendet hatte. »Und nie hast du das Unbekannte gefürchtet. Wie verwunderlich ist es also, dass du dich vor dem Unbekannten fürchtest, das der Tod mit sich bringt?«

Der Wanderer rang sich ein Lächeln ab. »Ich möchte dich keinesfalls kränken«, sagte er, »aber da es diesbezüglich für dich nichts zu fürchten gibt, kannst du es vielleicht schlechter verstehen als andere.«

»Ich fühle mich nicht gekränkt«, versicherte Ealdre. »Obwohl ich zu behaupten wage, dass du dich irrst. Auch ich muss dem ins Auge blicken.«

»Dann bist du also nicht unverwundbar?«

»Dies ist ein Körper. Natürlich ist er verwundbar. Auch wenn ich das so nicht gemeint habe.«

Plötzlich wurde der Wanderer von dem leidenschaftlichen Drang gepackt, diesen Mann zu beschützen. Er schien verletzlicher zu sein, als Weyd es ertragen konnte. »Du bist ein begnadeter Heiler. Deine Fähigkeiten reichen so weit, dass man an Magie glauben könnte. Ich hätte nicht gedacht, dass deinem Körper ein Leid angetan werden könnte, das du nicht heilen kannst.«

»So etwas wie Magie gibt es nicht«, widersprach Ealdre. »Man kann lediglich die Sprachen dieser Welt erlernen und um das bitten, was man haben möchte – sei es von Feuer, Wasser, Tier oder Mensch.«

»Ich weiß. Und doch hast du eine Wunde verbunden, die tödlich hätte sein müssen, mit einem Stück deines Mantels, und hast so Caers Leben gerettet.«

Bedrückt erwiderte Ealdre: »Es ist nur *ein* Mantel, und es gäbe so viele Leben zu retten.«

»Dann ist es also wahr? Dein goldener Mantel hat wirklich heilende Kräfte?«

Ealdre wiegte den Kopf hin und her. »In gewisser Weise.«

Weyd lachte – er konnte einfach nicht anders. »Mein lieber Freund!« Es war schwer, jemanden nicht als seinen Freund anzusehen, mit dem man im Tal von Schur der Finsternis getrotzt hatte, als alles verloren schien. Jemanden, mit dem man das Lied der Nacht gesungen hatte. »So ist das mit dir immer: Du sagst weder Ja noch Nein und gibst nie eine klare Antwort.«

Nun lachte auch Ealdre. »Ist das so? Dabei liegt es nicht in meiner Absicht, geheimnisvoll zu erscheinen. Ich kann es einfach nicht besser erklären.«

»Kannst nicht? Oder willst nicht?«

Ealdre warf dem Wanderer einen verschmitzten Blick zu. »Äußerst raffiniert, Weyd.«

»Ich kenne das Leben. Ich bin vielem begegnet, kenne die Ängste und Geheimnisse der Lebenden.«

Ealdre schüttelte langsam den Kopf und blickte wieder zum Himmel hinauf. »Meine Geheimnisse wohl eher nicht, Wanderer.«

»Ich will dir hier keine Geständnisse abringen«, fuhr Weyd fort. »Aber eine Frage möchte ich dir noch stellen, Meister der Heilkunst.«

»Das wollt ihr Menschen immer«, seufzte Ealdre. »Und ich werde mir Mühe geben, eine möglichst klare Antwort zu formulieren, denn das menschliche Herz erfreut sich so sehr an dem Eindeutigen.«

»Ich hoffe doch sehr, dass es bei mir nicht so ist«, widersprach Weyd. »Aber stellen wir dich auf die Probe: Weißt du irgendetwas über den Reiter, der uns zu verfolgen scheint, Ealdre?«

Wieder schwieg Ealdre eine Weile. Dann antwortete er mit einer Frage: »Wie kommst du darauf, dass dies der Fall sein könnte?«

»Seit wir den Reiter das erste Mal gehört und uns in den Büschen versteckt haben, hältst du dich immer am Ende der Gruppe und bildest die Nachhut. Vielleicht, um uns zu beschützen? Die Bardin Caer hat etwas Ähnliches vermutet.«

»Ein König und ein Löwenherz seid ihr beide.«

»Wenn überhaupt eine Königin und ein Löwenherz«, widersprach Weyd. »Was aber keine Antwort auf meine Frage ist, ob eindeutig oder nicht.«

Ealdre lachte laut auf. In diesem Augenblick wirkte er unglaublich menschlich auf Weyd, goldener Mantel, silbernes Haar und Alterslosigkeit hin oder her. »Na schön, werter Wanderer. Ich weiß nichts über diesen Reiter beziehungsweise nicht mehr als ihr: dass er Furcht in mir weckt. Und eben deshalb bin ich besorgt und bilde die Nachhut – beseelt von dem Wunsch, diesen Reiter niemals zu Gesicht zu bekommen, ihm niemals auf unserer Reise zu begegnen.«

»Warum?«

»Weil ich nicht das fürchte, was die Menschen fürchten. Und wenn dieser Reiter Furcht in mir weckt, was mag er dann wohl sein?«

»Nun hör dich an, Meister der Heilkunst«, sagte Weyd sanft. »Du fürchtest also doch das Ungewisse.«

»Ich fürchte die Furcht«, erwiderte Ealdre. »Weil ich weiß, wozu sie fähig ist. Weil sie lange mein Begleiter war.«

»Das gilt auch für uns.«

Ealdre schüttelte den Kopf. »Für dich mehr als für andere, Wanderer. Aber du hast es nicht erlebt. Du warst nicht hier im Wavart vor hundert Jahren, als die Gräben sich mit Leichen füllten, als die Wurzeln der Bäume sich von Blut nährten, von Scheiße und Pisse. Du warst nicht dabei.«

»Du schon?«, fragte der Wanderer.

»Ich schon«, nickte Ealdre. »Und ich konnte nichts tun. Sie sind einsam gestorben, erfüllt von Furcht, und ich konnte ihnen nicht helfen, weil es so viele waren. Zu viele. Sie sind in Angst verstorben.«

Mit leerem Blick starrte er vor sich hin. »Und die Nächte waren so finster, ihre Tränen so bitter, ihre Furcht so unfassbar groß.«

Weyd streckte die Hand nach ihm aus; legte sie auf die des Heilers, um Trost zu spenden. Und Ealdre ergriff sie und hielt sie fest.

»Du hast nicht nur die Sterne gesehen«, stellte Weyd leise fest. »Du hast auch viel Leid gesehen.«

Ealdre nickte stumm.

Weyd wollte ihn auch mit Worten trösten.

Doch er kam nicht dazu.

Denn in diesem Moment hörte er es.

Ganz leise nur, in weiter Ferne.

Trommelschläge.

Trommeln.

Dumpfe

finstere

Trommeln.

Weyd sprang auf. »Die Schatten!«, zischte er. »Die Schatten kommen in den Wavart!«

»Sie mögen den Wavart«, flüsterte Ealdre. »Das spüre ich. Sie mögen Land, das mit Blut, Knochen und Tränen durchtränkt ist.«

»Aber hier gibt es keine Kriegsgräber. Ich dachte, sie entsteigen den Grabhügeln!«

»Viele liegen hier begraben«, widersprach Ealdre, »auch wenn niemand sie bestattet hat, weder in Hügeln noch in Särgen. Viele von denen, die in dem angeblich Großen Krieg kämpften. Und ihre Gräber sind flach.«

Ein heftiger Schauer packte Weyd. Und im Licht der Laterne sah er sie.

Die Schatten.

Groß waren sie, so groß.

Und sie glitten heran.

Lautlos.

Unbeirrbar.

Erbarmungslos.

Eisige Kälte kroch über Weyds Haut.

Denn in Schur waren es vierzehn gewesen, einer für jedes Grab, in dem jene ruhten, die in den Kriegen von Schur gefallen waren.

Hier waren es keine vierzehn.

Nicht vierzehn sah Weyd herangleiten.

Nicht zehn, nicht vierzehn, nicht zwanzig.

Der ganze Wavart war voll von ihnen. Wo Weyd auch hinblickte, erhob sich ein Schatten, ein großer, tödlicher Schatten. Und dahinter kam noch einer, und noch einer.

Die Raubtiere waren erwacht.

Doch diese Raubtiere jagten nicht in der Dämmerung.

Sie jagten nachts.

Und sie hatten die Gefährten entdeckt.

3

Die Falle

Durch den Wald kamen die Schatten heran. Lauter und lauter dröhnten ihre Trommeln. Aus der Erde stiegen sie auf, ließen Bäume, Getier und Vögel erschauern. Hoch in den Himmel flüchteten die Vögel des Wavart, flatterten panisch, flogen so schnell davon, wie sie konnten. Jeder Flügelschlag klang wie ein verzweifelter Schrei.

»Singt das Lied der Nacht, Freunde!«, rief Weyd. »Wir müssen es zusammen singen!«

Der Heiler sprang auf und begann zu singen, während der Wanderer seine Gefährten weckte. Hell und klar sang Ealdre das Lied der Nacht. Bahr war die Erste, die einstimmte, noch während sie sich aufrappelte, gefolgt von Jelscha, die mit klarem Blick und einem schnellen Satz auf den Beinen war. Andrin half dem alten Jori; beide bekamen nur mühsam die Augen auf.

Alle fingen an zu singen, alle außer Caer, die nichts tun konnte, als sich an ihre Seite zu stellen und in die Dunkelheit hinaus zu starren. Die Krähe Urth kam vom Himmel herabgeschossen und landete wild flatternd auf ihrer Schulter.

Der junge Andrin stand neben Caer. Bei ihm klang das Lied am zittrigsten. Bellitas schmiegte sein weißes Fell an die Schultern des jungen Mannes und knurrte. Und neben ihm stand Jelscha, presste die Töne verbissen hervor, während sie nach ihrer Armbrust tastete – als könnte irgendeine Waffe den Schatten etwas anhaben.

Vor ihnen standen Bahr und Jori. So laut sie konnten sangen sie, der alte Jori auf die Seefahrerin gestützt. Müder als sie sang er, und doch waren seine Töne reiner, während sie das Lied hinausbrüllte wie Kommandos auf einem Schiff. Und ganz vorne standen der Wanderer und der Heiler. So sangen die Freunde, alle gemeinsam.

Doch eine Stimme fehlte.

Die Stimme ihrer Bardin.

Der Himmel über ihnen blieb dunkel.

Und die Trommeln kamen näher und näher.

Caer blickte zum Himmel hinauf, der sich noch immer in Finsternis hüllte. Sie fluchte, ohne dass ein Laut über ihre Lippen kam. Ihre Finger zuckten, als wollten sie nach der Oud greifen, ihre Brust weitete sich in einem tiefen Atemzug, als würde sie gleich in das Lied einstimmen. Kehle und Mund öffneten sich, als sie die Luft in sich einsog, die sie zum Singen brauchte. Luft, die mit dem lauten und klaren Klang ihrer vollen Altstimme aus ihr herausströmen würde.

Doch nichts strömte aus ihr heraus, nichts außer einem Krächzen.

Die Krähe Urth schlug kurz mit den Flügeln, sagte etwas in der Sprache der Krähen. Bellitas hörte es und gab es weiter an den alten Jori.

Der drehte sich um, unterbrach seinen Gesang für einen Moment und rief Caer zu: »Sorg dafür, dass die Klänge weiter tragen!«

Verzweifelt schüttelte Caer den Kopf. »Das kann ich nicht.«

Urth krächzte.

»Du musst es versuchen, Mädchen!«, übersetzte Jori.

Also versuchte Caer es. Einmal noch versuchte sie es. Raunte und wisperte, bat die Klänge, sich zu verstärken, ihr diesen Gefallen zu tun, so wie früher schon.

Nichts.

Nun hatten die Schatten die Gruppe eingekreist.

Gleichzeitig zogen sie ihre Schwerter.

Weiß glühten sie, wie kaltes, tödliches Feuer. Selbst in dieser völligen Dunkelheit strahlten sie blendend hell. Die Gefährten wurden von einem solchen Entsetzen gepackt, dass ihr Lied für einen Moment ins Stocken geriet.

»Schließt eure Augen!«, rief Weyd. »Schließt die Augen, Freunde, und singt weiter!«

Also taten sie es. Nur Caer sah sich weiter um. Das kleine Licht der Laterne sah sie, und die weiß glühenden, eisigen Schwerter der Schatten. Sah, wie sie näher kamen, einen Schritt nur.

Näher. Wieder huschte ihr Blick zum Himmel hinauf.

Noch immer hatte ihr Lied ihn nicht erreicht.

Caer griff nach ihrer Streitaxt. Schloss die Finger um den Stiel, auch wenn sie wusste, dass Waffen hier keine Hoffnung brachten.

Die Schatten glitten in den kleinen Lichtkreis der Laterne. So nah waren sie. So nah, dass Caer ihre langen schwarzen Umhänge erkannte, die verkohlten Hände, in denen die fahlen Klingen ruhten. Und unter den Kapuzen ihrer Umhänge schienen Stimmen hervorzudringen.

Nein, Schreie.

Endlose Schreie. Das Geräusch von aufplatzender Haut. Blut, das feucht auf den Boden klatschte. Das Knirschen brechender Knochen.

Das alles hörte Caer.

Andrins Stimme verlor an Kraft, als hätte er es ebenfalls gehört. Seine Lider flatterten.

Caer ließ die Axt los und wirbelte zu ihm herum. Drängend flüsterte sie ihm ins Ohr: »Lauter, Andrin. Denk daran, wie du zum Wasser der Veta gesprochen hast. Sing!« Und hastig raunte sie ihm noch ein paar Ratschläge zu, wie er stehen und wie er atmen sollte. Seine Stimme fand wieder ins Gleichgewicht, wurde lauter. Sie hatte gehört, wie er mit seinem Gesang das Wasser beschworen hatte. Sie wusste, dass er es konnte.

Dann eilte Caer zu Bahr hinüber, die ihrer Stimme viel zu viel Kraft raubte. Auch ihr raunte sie ins Ohr, wie sie sich hinstellen und den Druck aus der Stimme nehmen sollte. »Lauter, Bahr! Volltönender! Als stündest du an Deck eines Schiffes und müsstest mit deiner Stimme einen Ertrinkenden im Wasser erreichen!«

Bahr tat ihr Bestes.

Dann ging Caer weiter zu Jelscha, deren Stimme bereits heiser wurde. Sie hatte eine Hand in der Tasche vergraben und schien krampfhaft etwas zu umklammern. »Lass los, Jelscha, entspann dich«, wisperte Caer in der Sprache von Schur. Anschließend stellte sich die Bardin hinter den alten Jori und stützte ihn. »Stell dir vor, du würdest nach einem Vogel rufen, Jori. Sing!«

»Singt weiter!«, wies Caer sie alle an. »Haltet die Augen geschlossen! Ich sage euch, wenn sie fort sind.«

Die Krähe Urth krächzte auf ihrer Schulter, und Bellitas stieß ein stetiges, leises Knurren aus.

Caer fixierte starr die Schatten, tat alles, um diese Schreie auszublenden.

So nah waren sie schon.

»Ihr macht uns keine Angst«, flüsterte sie.

Ein neues Geräusch drang unter den Kapuzen der Schatten hervor.

Dicht an dicht standen sie, in einem engen Kreis, und sie alle stießen dieses Geräusch aus. Schrill klang es. Kalt.

Wie Gelächter.

Der erste Schatten hob seine Klinge.

»Ergebt euch nicht der Furcht!«, rief Caer mit rauer Stimme.

Und dann griff sie zur Lüge.

»Singt, meine Freunde! Sing, Weyd! Sing, Ealdre! Sie fangen an zurückzuweichen!«

Hoffnung schenkte sie ihnen.

Und mit dieser Hoffnung gewannen ihre Stimmen noch einmal an Kraft. Das Lied der Nacht wurde lauter, voller, klarer.

Urth krächzte.

Und Caer hob den Kopf.

Der Himmel! In der Dunkelheit über ihnen hatte sich ein Riss aufgetan! Und dahinter strahlten die Sterne, die man im Wavart seit Jahrhunderten nicht mehr gesehen hatte. Bis zu den Gefährten herab strahlten sie, ihr Licht strich über die Bäume des Wavart, überzog jedes Blatt mit silbrigem Glanz, schuf einen hellen Kreis um sie alle. Caers

Blick kehrte zu den Schatten zurück. Zu der erhobenen Klinge. Und sie sah, wie der Schatten innehielt.

Innehielt vor dem Kreis aus Sternenlicht.

Innehielt, ganz kurz bevor er sie erreichte.

Das Blut rauschte in ihren Ohren. »Ihr macht uns keine Angst«, flüsterte sie.

Noch einmal lachten die Schatten, und ihre Trommeln dröhnten dumpf und laut.

Jelscha geriet aus dem Takt.

Sofort war Caer an ihrer Seite. »Sing weiter, Jelscha«, sagte sie. »Aufrecht stehen, tief atmen!«

Doch noch während sie sich um Jelscha kümmerte, wurde Joris Stimme schleppend, und dem alten Mann fielen die Augen zu.

Bellitas raste zu ihm, fing an, ihn zu kratzen, damit er nicht einschlief.

Sie alle waren müde.

Ihre Stimmen wurden heiser.

Und trotzdem sangen sie weiter. Der Riss am Himmel blieb, doch er breitete sich nicht aus.

Sie würden es nicht schaffen, die Schatten zu vertreiben. Nicht ohne ihre Bardin. Caer schluckte.

»Singt weiter«, flehte sie krächzend. »Ihr singt weiter, und wir halten euch wach!«

Bellitas leckte ihre Hand, die Krähe Urth stieg von ihrer Schulter auf. Sie nickten sich zu. Dann lief Bellitas zu Andrin hinüber und kratzte an seinem Bein, während Urth sich Bahr zuwandte.

Caer hingegen zog die Oud von ihrem Rücken. »Ich gebe euch den Rhythmus vor«, wisperte sie. »Hört einfach nur auf die Melodie.«

Und sie spielte das Lied der Nacht für sie.

Obwohl sie die Schatten vor sich sah, obwohl sie die Schreie hörte. Das Knirschen der brechenden Knochen. Das feuchte Klatschen des Blutes.

Sie spielte das Lied der Nacht.

Und die Gefährten sangen.

Sie sangen.

Sie sangen, bis der Morgen anbrach, bis ihre Stimmen kaum noch als solche zu erkennen waren, so heiser und rau und ausgelaugt klangen sie. Bis Urth sich kaum noch in der Luft halten konnte und Bellitas taumelnd von einem zum anderen lief, wach gehalten allein durch die Instinkte eines Nachtaktiven. Bis Caers Finger bluteten und ihre Hände von Krämpfen geschüttelt wurden. Und erst als der Morgen anbrach, zogen die Schatten sich zurück. Langsam und lautlos zogen sich Hunderte von Schatten zurück und verschwanden; niemand wusste wohin.

Kaum war das Zwielicht heraufgezogen, brachen die Freunde zusammen. Selbst Ealdre geriet ins Taumeln. Schwankte. Selbst er setzte sich hin.

Alle außer Caer. Ihre Knie zitterten, und ihre Augen brannten. Einen Moment lang vergrub sie das Gesicht in den Händen und atmete tief durch. Ihre wunden, schmerzenden Fingerkuppen hinterließen blutige Schlieren auf ihrer Stirn.

Dann ließ sie die Hände sinken und wandte sich ihren Freunden zu. Nacheinander brachte sie ihnen Wasser, Essen und ein paar aufmunternde Worte, unterstützt von Bellitas und Urth, soweit sie das ohne Hände schafften.

Weyd nahm sie in den Arm und drückte sie an sich. »Danke, Caer.«

Ganz fest hielt er sie. »Ohne dich wären wir eingeschlafen«, flüsterte er.

»Ohne meine Oud«, korrigierte sie ihn. »Ohne meine Oud wärt ihr eingeschlafen.«

»Ohne dich«, beharrte Weyd.

»Urth und Bellitas waren das.«

»Stimmt«, nickte Weyd. »Ohne Urth, Bellitas und dich.« Er sah sie an. »Ohne dich und dein tapferes Löwenherz.«

Sie erwiderte seinen Blick.

Seinen Blick, der so

unglaublich

liebevoll war.

Bis er sich von ihrem Gesicht löste, sich nach unten richtete. Weyd nahm ihre Hand und küsste sie, dann wandte er sich hastig ab. Er ging von einem zum anderen. »Bahr, geht es dir gut?«

Die alte Seefahrerin brummte, ließ sich aber doch von ihm umarmen.

»Belle!«, rief sie. »Ich danke den Sternen für deine Zähne und Krallen, Belle!«

Bellitas knurrte. Auch er konnte sich kaum noch auf den Beinen halten.

Weyd kniete sich vor den Fuchs und schob eine Hand in seinen Beutel. »Aber nicht Jori verraten«, flüsterte er, während er ihm ein Stück Trockenfleisch hinschob.

Bellitas mampfte es gierig und leckte Weyd anschließend das Gesicht. Der strich dem Fuchs sanft über Rücken, Brust und die zitternden Pfoten, bevor er sich wieder aufrichtete.

Prüfend sah er sich um. Andrin schien kurz vor dem Kollaps zu stehen.

Weyd ging zu ihm. »Andrin, kann ich irgendetwas …«

Der junge Mann sank ihm wortlos in die Arme. Mühelos fing Weyd ihn auf.

»Na, na.« Er tätschelte ihm den Rücken. »Es ist ja vorbei. Das mit dem Aufrechtstehen kannst du jetzt eine Weile sein lassen.«

Andrin nickte stumm, und Weyd half ihm, sich auf sein Lager zu setzen.

Jelscha hatte sich bereits hingelegt. »Schwerter sind mir lieber als Worte«, murmelte sie.

Jori schien völlig erschöpft zu sein, sodass Weyd ihm eine Zeit lang einfach den Nacken massierte und immer wieder Wasser anbot. »Was war denn los, Mädchen?«, fragte der Alte schließlich und sah zu Caer hoch. »Haben die Klänge nicht auf dich gehört?«

Die erschöpften Blicke richteten sich schlagartig auf sie.

»Nein, haben sie nicht.« Ihr sonst so straff geflochtener Zopf löste sich langsam auf, und einzelne Strähnen hingen ihr ins Gesicht. Sie wirkte fahrig.

»Das kommt vor«, meinte Weyd. »Wir können nur anfragen, und manchmal gewährt die Welt uns nicht, was wir erbitten.«

»Haben sie sich dir denn früher schon oft verweigert?«, wollte Jori wissen.

Weyd fiel auf, dass Caers Hände zitterten. Dass ihre Finger blutig waren. »Nicht oft, nein.«

An diesem Morgen klang ihre Stimme besonders brüchig. Sie fuhr ihm wie ein Stich ins Herz. »Ealdre, wärst du so nett, dich um die Hände unserer Bardin zu kümmern?«, fragte er ruhig. Ealdre nickte und stand auf. »Selbstverständlich. Verzeih meine Nachlässigkeit, Caer.«

Er ging zu ihr und griff nach ihren Händen, sanft wie ein Liebhaber.

Schnell wandte Weyd den Blick ab. »Der Wavart hat sich verändert«, erklärte er der gesamten Gruppe. »Oder vielleicht auch nicht. Vielleicht sehe ich erst jetzt, was ihm widerfahren ist und was wir alle lieber vergessen hätten.«

Einen Augenblick lang starrte er blicklos vor sich hin. Dann löste er sich mit einem Kopfschütteln von den Bildern in seinem Kopf und fuhr fort: »Wir sind alle erschöpft, und noch so eine Nacht würden wir wohl kaum überleben. Deshalb schlage ich vor, dass wir sämtliche Vorsicht in den Wind schlagen und so schnell wie möglich weiterziehen. Lasst uns auf den Hauptweg zurückkehren, den ich gut kenne, und es mit dem Zwielichtstieg versuchen, ganz egal, wer hinter uns her sein mag. Ich bin mir sicher, dass wir so den Wavart noch vor Sonnenuntergang hinter uns lassen. Folgen wir meinem Plan, werden wir westlich des Waldes an einer Wegscheide herauskommen. Dort steht die alte Lichtsäule Vuivtur, ein Name, den sie bereits seit den Tagen trägt, als ihr Feuer noch brannte. Als meine Reisen mich das letzte Mal an ihr vorbeiführten, war sie noch nicht vollständig verfallen. Ihre Mauern sind stark, ihre Tür mit Eisen verstärkt. Wenn wir dort die Nacht verbringen, sind wir vor den Schatten sicher, denn ihre Klingen richten nichts aus gegen Stein und Eisen.«

Jori wandte mit zitternder Stimme ein: »Was du sagst, klingt vernünftig, mein Junge. Aber ich bin mir nicht sicher, ob ich heute noch weiterwandern kann.«

»Raud wird dich tragen, alter Freund«, versprach Weyd. »Genauer gesagt sollten wir alle abwechselnd reiten, wenn wir erst den Zwielichtstieg erreicht haben, damit jeder sich eine Weile ausruhen kann.«

Jori nickte. Seine faltigen Hände umklammerten den Hut mit der blauen Feder. »Ich werde mir Mühe geben, nicht von deinem edlen Ross herunterzufallen, während es mich trägt.«

Raud schnaubte.

Genau wie Bahr. »Ich fange dich dann auf, alter Knabe.«

Jori lächelte müde. »Vielen Dank, altes Mädchen. Gestatte mir allerdings anzumerken, dass du selbst nicht allzu sicher auf den Beinen zu sein scheinst.«

Empört rümpfte sie die Nase. »Nix gestatte ich. Ich bin dann nach dir auf Raud dran.«

»Scheint mir die beste Idee zu sein«, meldete sich Andrin leise und heiser zu Wort. Er hatte die Hände zwischen die Knie geschoben und starrte mit leerem Blick vor sich hin. »Wir sollten diesen schrecklichen Wald so schnell wie möglich verlassen.«

Caer musterte ihn prüfend. Hatte er auch diese Schreie gehört? Das leise Wimmern? Berstende Haut, spritzendes Blut, brechende Knochen?

»Dann sind wir uns einig?«, wollte Weyd wissen.

»Lasst uns verdammt nochmal von hier verschwinden.« Jelscha rappelte sich auf. Sie schwankte leicht.

Weyd wandte sich noch an Bellitas, Urth und die Pferde. »Was ist mit euch, meine Lieben? Wie denkt ihr darüber?«

Jori übersetzte Belles Zustimmung, allerdings nur, wenn er auf Demars Rücken ein Nickerchen einlegen konnte. Die Pferde waren ebenfalls dafür, auf den Zwielichtstieg zurückzukehren. Vor allem Raud schien den Wald unbedingt verlassen zu wollen. Die Krähe Urth spreizte die Flügel und sagte, wenn möglich würde sie sich ihrem Freund dem Fuchs gerne eine Weile anschließen, außerdem habe sie nicht das geringste Bedürfnis, eine weitere Nacht im Wavart zu verbringen. Sie sei auch nicht der Meinung, dass die Menschen eine zweite derartige Nacht überlebten.

»Ich denke, du hast recht, Urth.« Weyd nickte.

»Und doch könnte es sein, dass es auf dem Stieg noch gefährlicher ist.«

Alle wandten sich Ealdre zu, der diese Vermutung ausgesprochen hatte. Gehüllt in seinen goldenen Mantel sah er sie der Reihe nach an. Er hatte Caers Finger verbunden, so kunstvoll, dass sie die Hände auch weiter würde benutzen können. »Ein Reiter folgt unserer Spur, und vielleicht wartet er darauf, dass wir in die Gräben des Zwielichtstieges zurückkehren, wo wir uns nicht verstecken können, wo es kein Entrinnen gibt. Vielleicht tun wir damit genau das, was er will.«

Im ersten Moment antwortete niemand. Sie alle erinnerten sich an die Furcht, die in ihnen aufgestiegen war, als sich der Reiter zum ersten Mal genähert hatte.

Dann wandte sich Weyd an Caer.

»Nach allem, was wir letzte Nacht durchgemacht haben, verlange ich das wirklich ungern, Herzlieb mein«, begann er, »aber könntest du die Klänge vielleicht noch einmal bitten, sich zu verstärken? Falls sich ein Reiter hier im Wald herumtreibt, hören wir so vielleicht den Hufschlag seines Pferdes.«

Caer schüttelte den Kopf. Stumm und wortlos.

»Warum nicht?«, fragte Bahr. »Einen Versuch wäre es wert.«

»Ich halte es für unwahrscheinlich, dass sie es mir verraten würden. Je nachdem wie weit der Reiter entfernt ist, erreichen die Laute uns vielleicht gar nicht, egal ob sie helfen wollen oder nicht.«

Zögernd erwiderte Weyd: »Und doch könnte es nicht schaden, es zu versuchen.«

Caer blickte zu Boden, runzelte angestrengt die Stirn.

Sie lauschte.

»Ich höre nichts«, sagte sie dann.

»Vielleicht bittest du die Klänge, ein wenig klarer zu tönen«, schlug Weyd vor. »Nur damit wir sicher sein können, alles getan zu haben, um die Befürchtungen unseres Heilers zu zerstreuen.«

»Hufschlag sollte ich doch wohl hören können, oder? Wenn er hier in der Nähe ist.«

»Aber vielleicht ist er nicht in der Nähe«, widersprach Weyd geduldig.

»Ich müsste ihn hören können«, beharrte Caer. »Ich müsste es erkennen.«

Weyd sah sie an. »Caer«, begann er dann ruhig, »ich habe keinerlei Zweifel, dass du alles hörst, was man mit einem menschlichen Ohr hören kann, und das wesentlich genauer als ich, der über Klänge und Gesang nicht mehr weiß als das, was er über die Jahre von dir aufgeschnappt hat. Doch du beherrschst die Sprache der Klänge und bist mit der Gabe gesegnet, auch noch das aufzufangen, was selbst unserem Fuchs Bellitas entgeht. Würdest du also bitte die Klänge fragen, ob sie sich verstärken – sei es um deiner selbst willen, wenn du es mir nicht anvertrauen willst? Bitte sie darum und sag mir dann, ob du dort draußen irgendetwas Ungewöhnliches hörst.«

Caer schluckte.

Jetzt erst bemerkte er den verräterischen Glanz in ihren Augen. Alle starrten sie an.

»Caer?« Vorsichtig trat er einen Schritt auf sie zu.

»Sie sprechen nicht mehr zu mir«, flüsterte sie. »Nicht mehr, seit ich meine Stimme verloren habe.«

Sein Herz brach, als er mit ansah, wie sie krampfhaft die Tränen zu unterdrücken versuchte. »Das tut mir leid«, sagte er leise.

»Nein.« Sie schüttelte den Kopf. »Mir tut es leid. Mir tut es leid, weil ich dir jetzt keine Hilfe mehr bin, Weyd. Weil du jetzt nicht mehr in der Nacht kämpfen kannst. Weil ich nicht mehr dafür sorgen kann, dass unser Lied bis zum Himmel aufsteigt. Und mir tut es leid, dass ich es dir nicht gesagt habe. Euch allen nicht. Bitte verzeiht.«

Sie schlug die Hände vor das Gesicht und begann zu weinen.

Weyd ging einen Schritt auf sie zu.

Doch Ealdre, der dichter bei ihr stand, war schneller. Sanft zog der Heiler die Bardin in seine Arme. Sie drückte das Gesicht an seine Brust, krallte die Finger in seinen Mantel.

Und Weyd sah zu, wie sie in den Armen eines Unsterblichen weinte.

In den Armen von Ealdre mit dem goldenen Mantel.

Ich führe sie auf den Weg, der Hand in Hand mit dem Tod beschritten wird.

Stumm sah er zu ihr hinüber. Sah, wie sie weinte. Wie ihre Schultern bebten. Hörte ihre Schluchzer, so heiser und stimmlos, denn sie hatte verloren, was ihr das Kostbarste im Leben gewesen war. Bei den Sternen am Firmament, es tat ihm so unendlich leid.

Deshalb ging der Wanderer zu ihr. Und als Caers krampfhaftes Schluchzen verstummte, als sie sich aus den Armen des Heilers löste, legte er ihr vorsichtig die Hand auf die Schulter.

Sie sah ihn an.

»Ich weiß es nicht, Weyd«, flüsterte sie. »Ich weiß nicht, ob im Wavart ein Reiter unterwegs ist. Ich weiß nicht, ob wir auf dem Zwielichtstieg sicher sein werden.«

Wortlos drückte Weyd ihre Schulter.

»Meine lieben Kinder«, meldete sich Jori sanft zu Wort, während er sorgfältig seinen Hut zurechtrückte und sich auf die Füße stemmte. »Wir können nicht noch eine Nacht lang singen. Zumindest nicht, wenn wir nicht tagsüber schlafen. Und wenn wir tagsüber schlafen und nachts singen, kommen wir niemals aus diesem Wald heraus. Unser Lied reicht nicht mehr bis zum Himmel hinauf, wir können die Schatten höchstens auf Abstand halten, aber nicht vertreiben. Also lasst es uns versuchen. Versuchen wir unser Glück, ohne Furcht vor dem Unbekannten.«

Alle wandten sich Ealdre zu.

Eingehüllt in seinen goldenen Mantel musterte er den alten Mann. »Du bist wahrhaft tapfer, Jori, obwohl dein Körper doch schlimmer schmerzen muss als meiner, und er dir um so vieles zerbrechlicher erscheinen muss. Doch ich halte es noch immer nicht für klug, auf diesen Weg zurückzukehren.«

»Mein lieber Heilkundiger«, antwortete Jori gelassen, »wenn ich mich von Schmerzen aufhalten ließe, hätte ich meinem Leben längst ein Ende gesetzt, um meinem Körper Frieden zu verschaffen.«

Ealdre senkte den Blick.

Bahr brummte widerwillig und legte Jori einen Arm um die Schultern. »Also, lasst uns gehen.«

Der Wanderer nickte. »Ja, das müssen wir.«

Also packten sie im kalt heraufdämmernden Morgen ihre Sachen zusammen. Caer schnallte gerade ihre Oud und ihre Waffen an Demars Sattel fest, als Weyd zu ihr trat. »Caer?« Beinahe behutsam klang das, fand sie. »Halte deinen Bogen griffbereit. Ealdre hat recht. Auf dem Zwielichtstieg werden wir uns nicht im Unterholz verkriechen können, denn er führt viele Meilen lang durch einen engen, tiefen Graben, bis er schließlich den Rand des Wavart erreicht. Wir werden also jede Warnung brauchen, die wir kriegen können.«

Caer nickte. »Hältst du es für eine Falle?«, wisperte sie. »Glaubst du, der Reiter und die Schatten stecken unter einer Decke?«

»Ich weiß es nicht. Und das bereitet mir Kopfzerbrechen. Niemals zuvor habe ich auch nur von etwas Ähnlichem gehört wie diesem Fahlen Reiter.«

Wieder schoss ihm dieser Gedanke durch den Kopf.

Der Weg zu den Türmen
wird Hand in Hand mit dem Tod beschritten.

Entschlossen schüttelte er ihn ab. »Ich hasse es, wenn es keinen richtigen Weg gibt. Es fühlt sich an, als könnten wir bloß in die Irre laufen.«

»Na, zumindest wir zwei müssten ja daran gewöhnt sein«, fand Caer. »Wir sind schon auf vielen Reisen in die Irre gelaufen.«

»Ginge es doch nur um uns beide«, seufzte Weyd. »Wir zwei sind oft in die Irre gelaufen, und es hat uns nie etwas ausgemacht. Aber diesmal führen wir eine ganze Gruppe an.«

Caer nickte bedächtig. »Hat Ealdre dir irgendetwas über diesen Reiter verraten?«

»Er meinte, er wisse nicht, wer es sei, nur, dass er Furcht in ihm wecke.«

»Mein Bogen steht dir zu Diensten. Ich werde meine Pfeile griffbereit halten.«

Fast zögerlich lächelte er sie an. Dann drückte er hastig ihre Hand, als fürchte er sich davor, sie zu berühren. »Ich bin so froh, dass du da bist, Caer. Ich würde das hier niemals ohne dich machen wollen.«

Sie sahen einander an.

Und wieder wandte er sich überstürzt ab. Schnell überprüfte Caer noch einmal, ob ihre Waffen auch ordentlich an Demar festgeschnallt waren.

Es dauerte eine Weile, bis die Gruppe alles beisammenhatte, denn sie alle waren unglaublich müde. Immer wieder hielt Caer plötzlich inne und hob den Kopf, weil sie glaubte, etwas gehört zu haben.

Ein verstohlenes Raunen.

Ein geflüstertes Lied.

Kaum hörbar begann Caer zu singen.

Welch Gestalt seh' ich vor mir, klar, so klar,
welch Gestalt kommt im Zwielicht heran?
Das ist nur ein einsamer Reiter, mein Kind,
ein grauer Reiter trabet heran.

Dann verstummte sie abrupt, denn sie wurde von dem Gefühl überwältigt, mit diesem Lied etwas heraufzubeschwören. Etwas Furchtbares.

Der frühe Morgen war bereits vorüber, und das bleiche

Licht gewann an Kraft, als Weyd schließlich fragte, ob alle bereit seien.

Caer bat ihn, noch einen Moment zu warten, und sah zu Urth hinüber, die neben Bellitas auf Rauds Rücken saß. Mit einem bittenden Blick zu dem Fuchs fragte die Bardin: »Würdest du für mich übersetzen, Belle?«

Er nickte, und so wandte sie sich wieder an die Krähe. »Du hättest letzte Nacht einfach wegfliegen können«, begann sie. »Du hast Flügel. Trotzdem bist du an meiner Seite geblieben, obwohl wir uns kaum kennen. Du hast mir geraten, meine Oud zu benutzen. Wenn alle Krähen so tapfer sind, ist es mir eine Ehre, als eine solche bezeichnet zu werden.«

Die Krähe Urth erhob sich in die Luft und ließ sich wieder einmal auf Caers Schulter nieder. Dann schob sie den Kopf unter den Flügel.

»Das ist so ziemlich das Putzigste, was ich je gesehen habe«, knurrte Bahr. »Verdammte Krähe.«

Weyd blickte mit unverkennbarem Stolz zu Caer hinüber.

Wieder ertappte sie ihn dabei.

Wieder wandte er hastig den Blick ab.

Und so ritten sie in den Wavart hinaus. Sie waren tief in die Wildnis dieses Waldes vorgedrungen. Als sie schließlich den Zwielichtstieg erreichten, hatte das Tageslicht seine volle Kraft entfaltet. Wie fahles Gold schimmerte es vor ihnen auf dem Pfad, der sich an dieser Stelle bereits auf dem Grund eines Grabens entlangzog.

»Wir sind weiter gekommen als gedacht«, stellte Weyd fest. »Dies ist der Graben der Sehnsucht, der letzte Abschnitt des Zwielichtstieges, bevor er den Wavart verlässt und wieder zum Grauen Pfad wird.«

Er ließ seinen Blick wachsam den Pfad auf und ab wandern, dann wandte er sich an seine Freunde: »Hört jemand etwas?«

Alle lauschten mit angehaltenem Atem. Doch da war nichts. Nur das Ächzen der Bäume, leises Rascheln im Unterholz, und das bleierne Gewicht eines so fahlen Tages.

»Dann wagen wir uns auf den Pfad hinaus und hoffen, dass jenseits der Finsternis ein strahlender Stern unseren Weg erhellt«, beschloss Weyd.

Sie mussten zunächst ein Stück nach Osten wandern, um einen Einstieg in den Graben zu finden, über den sie sicher zu dem Pfad hinabklettern konnten. Vor allem für die Pferde und für Jori war das nicht einfach. Als sie schließlich unten waren, wandten sie sich nach Westen. Weyd ging voraus, Caer bildete die Nachhut. Rechts und links ragten steile Erdwälle auf. Bald wurde der Graben so schmal, dass Jori die Beine auf den Pferderücken ziehen musste, damit Raud nicht stecken blieb. Unruhig waren sie alle, unruhig und müde. Und immer wieder beschlich sie das Gefühl, die Bäume würden sich bewegen.

Leise wispern.

Von Blut wisperten sie, all dem Blut, das sie in sich aufgesogen hatten, all den Knochen, die sie zermalmt hatten. Bilder von den finsteren Nächten und den fahlen Tagen in diesem Wald drangen ungebeten auf sie ein, von bleichen Gestalten überall um sie her in dem Graben, manche kauernd, andere längst tot. Ein klebriger Gestank hing in der Luft, und ein niemals endender Schrei schien aus dem Boden aufzusteigen. Nach Eisen und Pisse stank es, der Schrei kündete von unerträglichem Schmerz. Blut spritzte, Haut platzte, Knochen brachen. Der ganze Graben war voller Knochen und Blut. Taumelnd klammerte sich Caer an ihre Oud.

»Alles klar?«

Jelscha legte ihr stützend die Hand auf die Schulter.

»Ja«, murmelte die Bardin. »Es ist nur … ich habe diese Visionen. Höre Geräusche. Sehe Menschen vor mir. Sterbende Menschen.«

»Andrin sieht sie auch«, knurrte Jelscha verbittert. »Ich kann es kaum erwarten, aus diesem grässlichen Wald rauszukommen.«

Weyd rief von vorne: »Würdest du vielleicht etwas für uns spielen, Caer, falls das mit deinen Fingern schon wieder geht? Die Stille erdrückt einen beinahe.«

»Ja«, sagte Andrin sofort. »Ja, bitte. Ein Lied fände ich jetzt wirklich schön.«

»Ich auch«, bekräftigte Jelscha, von der das nun wirklich niemand erwartet hätte, vor allem nicht die Bardin.

Überrascht sah Caer sie an. »Wirklich, Schwester?«

Jelscha nickte. Sie hatte ihnen nie etwas von der getrockneten Blume in ihrer Tasche gesagt.

»Für mich wäre das ebenfalls eine wahre Freude, meine Liebe«, meldete sich Jori zu Wort. »So könnte ich etwas anderem lauschen als nur dem Knirschen meiner alten Knochen.«

Nicht wirklich unauffällig rammte er Bahr den Ellbogen in die Seite.

»Ein gutes Lied ist immer schön«, nickte die Seefahrerin hastig.

Urth krächzte.

»So denkt auch unsere werte Urth«, übersetzte Jori. »Belle wird es sicher nicht stören, auch wenn er gerade schläft, und Raud bettelt sowieso schon eine Weile darum.«

Die Stute schnaubte.

»Spiel für uns«, forderte Bahr. »Lass dich nicht länger bitten.«

Beinahe gegen ihren Willen musste Caer lächeln. Sie löste die Oud von Demars Sattel und spielte ihnen ein Lied, das sie in jungen Jahren von ihrer Liebsten gelernt hatte, an einer sonnigen Meeresküste, mit Blick auf strahlend blaue Wellen. Und da sie in diesem Augenblick wahrlich ein fröhliches Lied gebrauchen konnten, fügte sie in rauem Flüsterton ein paar improvisierte Verse ein:

Fürcht' nicht das Dunkel,
ergib nicht dich der Furcht,
uns lockt es hinaus auf den Weg.
Weiter wir ziehen, immer weiter nur,
uns schreckt nicht das Dunkel, uns lähmt nicht die Furcht.

Wir wandern umher,
schreiten aus weit und frei,
folgen freudig jedem Pfad.
Nichts kann uns trennen, wenn wir wandern umher,
wenn wir schreiten so frei, wenn wir folgen dem Weg.

Nur eine Kehre,
eine Wegbiegung noch,
so weit war schon unsere Reise.
So weit war der Weg, doch uns lockt keine Ruh,
eine Kehre kommt nun noch hinzu.

Hell strahlet der Stern,
laut schlägt die Glocke,
wenn den Pfad entlang wir zieh'n.
Wenn Tal für Tal wir durchschreiten,
soll Sternenschein uns nur leiten,
und die Glocke schlägt dazu!

Und bei »die Glocke schlägt dazu« ließ Caer die Saiten ihrer Oud mit so viel Leidenschaft erklingen, wie sie nur konnte, während Jori mit der gesunden Hand seinen Hut in die Luft warf.

In der Nähe schien Wasser zu fließen, denn sie hörten es plätschern, und der Boden war feucht. Und da man sich die Gelegenheit, die Wasserflaschen aufzufüllen, nicht entgehen lassen durfte, verließen sie den Pfad und erreichten bald das Ufer eines fröhlich dahinströmenden Flusses.

Weyd bückte sich über das Wasser und füllte seine Flasche auf, dann trank er davon und füllte sie erneut. Raud stellte sich hinter ihn und trank ebenfalls. Dann sah sie ihn prüfend an.

Sah ihn lächeln.

»Nein«, wehrte er ab. »Ich mache mir immer noch Sorgen. Sorgen wegen Caer und wegen des Weges, der noch vor uns liegt.«

Sie schnaubte.

»Aber das war ein wirklich schönes Lied«, gab er zu.

Nun wieherte sie leise und stupste ihn mit der Nase an. Er strich liebevoll über ihre weichen Nüstern, als er plötzlich das Rauschen flatternder Flügel hörte. Urth kam auf ihn zugeflogen. Sie krächzte einmal, dann machte sie wieder kehrt.

Ein Stück weiter unten am Bach stand Caer und winkte Weyd zu sich.

Er ging hinüber.

Sie stand an einer besonders sumpfigen Stelle, wo die Erde weder von Wurzeln noch von Blättern vor dem Regen oder dem Spritzwasser des Flusses geschützt wurde.

»Hörst du etwas?«, fragte er sie, als er herankam.

Die Bardin schüttelte den Kopf. »Siehst du etwas?«, erwiderte sie und zeigte vor sich auf den Boden.

Krampfhaft schlossen sich seine Finger um die Flasche.

Schnell beugte sich Weyd über die Stelle, ging hinunter ans Ufer.

Sein Herz raste.

»Still.«

Für Weyd waren die Zeichen im Schlamm ebenso deutlich, als hätte jemand ein Schild aufgestellt.

»Da sind Spuren im Matsch«, erklärte er den anderen leise.

Die Freunde näherten sich wachsam. »Und was für Spuren?«, wollte Bahr wissen.

Wieder musterte Weyd die Abdrücke. Sie konnten nicht von einem Reisenden, einem Flüchtling, einem Wilderer oder Jäger stammen, dafür waren sie hier zu tief im Wavart.

Wären es Fußabdrücke gewesen, hätte er gesagt, sie stammten von einem anderen Wanderer.

Aber es waren keine Fußabdrücke.

Er sah seine Freunde an. »Hier ist jemand durchgekommen«, erklärte er ihnen. »Vor nicht ganz einer Stunde.«

»Zu Fuß?«, fragte der alte Jori hoffnungsvoll.

Der Wanderer schüttelte den Kopf.

»Nein. Zu Pferd.«

Nun sahen sie sich alle um, in sämtliche Richtungen, doch sie entdeckten nichts außer Bäumen, hörten nichts außer dem Rauschen des Wassers.

Noch einmal bat Caer die Klänge, sich für sie zu verstärken.

Noch einmal hörten sie nicht.

Da wusste Weyd
da wussten sie alle

dass die Jagd begonnen hatte.

Sie folgten der Spur, die sie zurück zum Zwielichtstieg führte. Und während sie weitergingen, beugte Weyd sich immer wieder tief über die Erde. Schließlich ließ er sie noch einmal anhalten.

»Hier ist eine frische Spur«, sagte er leise. »Ein Pferd. Richtung Westen.«

Automatisch blickten sie alle in die Richtung, in die auch sie liefen.

»Wir müssen weiter«, beschloss Caer. »Entweder das, oder wir kehren nach Briva zurück und warten darauf, dass die Dunkelheit uns verschlingt.«

»Worauf warten wir dann noch?« Bahr marschierte wieder los.

Ealdre schien nicht begeistert zu sein, und auch Weyd blieb noch einen Moment zögernd stehen, doch am Ende folgten sie ihr alle.

Sie zogen weiter. Immer höher stieg die Sonne, immer heißer und stickiger wurde es im Wald. Doch auch in der warmen, stehenden Luft hörte Caer die Bardin rein gar nichts.

Still war es im Wavart. Zu still.

Während sie weiter und immer weiter wanderten, lauschten sie alle angestrengt. Hin und wieder glaubte Caer, die Klänge eines Liedes zu hören, zu fein, um sie genau zu erspüren. Der Wanderer schlug ein zügiges Tempo an. Der Nachmittag brach an. Langsam lichtete sich der Wald ringsum, und auch die Luft schien weniger drückend zu sein.

Und dann, ganz plötzlich, verschwanden die steilen Erdwälle zu beiden Seiten. Sie hatten den Graben verlassen. Vor ihnen verbreiterte sich der Zwielichtstieg stetig und führte noch ein Stück durch einen lichten Wald aus silbrig schimmernden Bäumen, um dann wieder zu dem breiten, mit Steinen gepflasterten Grauen Pfad zu werden.

Die blutrote Sonne näherte sich bereits dem Horizont, als sie auch noch die letzten Bäume hinter sich ließen und den Grauen Pfad betraten. Andrin blieb unvermittelt stehen, als er das offene Land vor sich sah.

»Was ist los?«, fragte der Wanderer angespannt. »Hast du Hufgeräusche gehört?«

»Es ist so wunderschön«, antwortete der junge Mann leise.

Da wandte sich der Wanderer wieder der Landschaft zu, die sich vor ihnen ausbreitete, und betrachtete sie mit frischem Blick. Von hier aus wand sich der Graue Pfad durch die Säulenhöhe, eine Ebene voll hoher, schlanker Sandsteinpfeiler, geformt durch die See, die auch dem Gebirge seine Gestalt gegeben hatte. Zwischen ihnen wuchsen wilde Bäume, die nach Sommer rochen – Nadelbäume so dunkel wie der Ton einer Lure, Laubbäume so hell wie der Klang einer Harfe.

»Seht ihr den goldenen Schimmer auf ihren Spitzen?«, fragte Weyd. »Auf vielen dieser Pfeiler stehen auch heute noch alte Feuerschalen. Sie haben all die Jahrhunderte überdauert, seit das Leuchtfeuer in den Türmen des Lichts nicht mehr brennt. Denn diesen gesamten Landstrich hier nannte man früher das Tal des Lichts. Man hat hier nur eine Lichtsäule gebaut, den Vuivtur, und hat auf jeden Sandsteinpfeiler eine Feuerschale gestellt. Will man den Legenden Glauben schenken, muss es ein herrlicher Anblick gewesen sein, wenn ihr Licht hier nachts über die Felsspalten, den Fluss und die Wälder tanzte. Und bei Sonnenuntergang erklangen überall im Tal unzählige Silberglocken.«

Alle musterten sie die schlanken Säulen aus Stein. Und sie sahen, dass der Wanderer recht hatte: Viele von ihnen funkelten golden im Licht der untergehenden Sonne. Und die Äste der Bäume schienen sich durch die Luft und um den Stein zu schlängeln, als würden sie über die vielen kleinen Pfade dazwischen tanzen.

In diesem einen, wundervollen Moment glaubte Caer das alles zu sehen und zu hören: den Klang der vielen Silberglocken, Lure und Harfe, das Funkeln der vielen Feuer, die bei Einbruch der Dunkelheit im Tal des Lichts entzündet wurden.

»Weiter hinten fließt der Fluss Labekas durch das Tal, den man jenseits des Wavart Albî nennt«, fuhr der Wanderer fort. »Er hat eine tiefe Schlucht in die Hochebene gegraben, ein wirklich beeindruckender Anblick. Aber lasst uns jetzt den Pfad verlassen und zum Vuivtur gehen, dort kann ich euch mehr darüber erzählen, wenn ihr das wollt.« Sein Blick streifte den immer dunkler werdenden

Himmel. »Wir sollten uns beeilen. Wir müssen den Vuivtur erreichen, bevor die Dunkelheit uns einholt!«

So wanderten sie also in aller Eile über den Grauen Pfad. Und wieder stellte Caer sich diesen Anblick vor: Wie überall auf den hohen, schlanken Steinsäulen ein Licht nach dem anderen zum Leben erwachte. Wie der Wind in den Bäumen die Klänge von Lure, Harfe und Glocke heraufbeschwor.

Es dauerte nicht lange, bis sie eine hohe, schmale Klamm erreichten. Silbriges Zwielicht hüllte sie ein. »Jetzt ist es nicht mehr weit«, versprach Weyd. »Sobald wir die Schlucht durchquert haben, müssten wir ihn sehen.«

»Nicht gerade beruhigend«, murmelte Bahr, »dass man so gar nicht sieht, was hinter dieser Biegung liegt.«

»Stimmt«, gab Weyd ihr recht. »Wir müssen auf der Hut sein.«

Sie gingen in die Schlucht hinein. Schwarz und grau ragten die Felswände zu beiden Seiten auf, und dunkle Kiefern reckten ihre Äste über den Rand zu ihnen herab. Jeder ihrer Schritte wurde in einem leisen Echo von den Wänden zurückgeworfen. Für Caer klang es so, als würden viele, viele Füße ihnen durch die Schlucht folgen.

Raud wieherte. Auch das Echo der drei Pferde folgte ihnen.

»Beeilen wir uns«, raunte Caer dem Wanderer zu. Und selbst ihr leises Flüstern schien einen Widerhall auszulösen.

»Der Vuivtur liegt direkt hinter dieser Biegung«, versicherte Weyd, beschleunigte noch einmal seine Schritte.

Wenig später hatten sie die Kehre erreicht und traten aus der Schlucht hinaus. Der Wanderer hatte recht gehabt: Vor ihnen ragte hoch und prachtvoll der Vuivtur auf, nicht weit vom Ausgang der Schlucht entfernt. Rotbuchen und Silbertannen rahmten ihn ein, deren Blätter im Wind tanzten und deren Nadeln dem fahlen Zwielicht etwas zuzuflüstern schienen. Der Sandsteinturm war einst sicher wunderschön gewesen, beinahe weiß. Sein solides, eisenverstärktes Tor war hoch und breit genug, um auch einem Pferd Einlass zu gewähren. An seiner Spitze stand eine große goldene Feuerschale. Und am Fuß des Turmes wuchsen jede Menge Preisel- und Heidelbeersträucher.

Bellitas stieß ein glückliches Bellen aus, sprang von Rauds Rücken und stürzte sich auf die Beeren. Lachend lief Andrin hinter ihm her. Selbst Bahr seufzte erleichtert.

Caer wandte sich noch einmal zur Schlucht, aus der das Geräusch vieler Schritte herüberzuhallen schien.

Und Hufgeklapper.

Es lag ein Raunen in der Luft.

Die Bardin Caer lauschte angestrengt.

Dann fuhr sie herum. Mit ausgelaugter Stimme krächzte sie: »Lauft! Lauft! Da ist ein Reiter hinter uns!«

»Lauft!«, brüllte Weyd mit aller Kraft. »Lauft! Der Reiter hat uns gefunden! Lauft!«

Raud raste als Erste los, trug in gestrecktem Galopp den alten Jori davon, der Demar und Blíkna noch zurief, sie sollten ihnen folgen. Bellitas sprang zu Bahr auf Demars Rücken. Alle rannten sie die Straße hinunter, Weyd vorneweg, während Caer ihren Rücken deckte. Immer wieder drehte die Bardin sich um.

Und da sah sie es.

Gerade als sie die Bäume und Büsche erreichten, sah sie, wie er aus der Schlucht geritten kam.

Der Fahle Reiter.

Wieso er auf einmal hinter ihnen war und nicht mehr vor ihnen, das wusste sie nicht, und es kümmerte sie nicht. Furcht packte sie. Immer schneller hetzten die Freunde den Weg entlang. Groß war dieser Reiter, groß und schrecklich. Für einen Augenblick sah er so schrecklich aus

so schrecklich

dass ihr beinahe schwarz vor Augen wurde.

»Schneller!«, rief Weyd. »Wir sind fast da!«

Raud und Jori erreichten als Erste das Tor. Der Alte rutschte aus dem Sattel und zog an dem eisernen Torgriff. Er rührte sich nicht.

Noch einmal zog er. Raud wieherte ängstlich. Demar preschte heran, Bahr sprang von ihrem Rücken, packte ebenfalls den Griff und zog. Gemeinsam schafften sie es, das Tor aufzustemmen. Die Pferde trabten hinein, während die Menschen endlich das Tor erreichten. »In den Turm!«, rief Weyd. »Seht euch nicht um! Lauft!«

Also rannten sie hinein – Andrin und Jelscha, dahinter Ealdre in seinem goldenen Mantel. Als Letzte kam die Bardin heran, über deren Kopf laut krächzend die Krähe Urth kreiste.

Weyd rief nach ihr: »Beeil dich, Caer! Lauf, lauf!«

Und sie lief. Weyd streckte den Arm aus. Zusammen stürmten der Wanderer, die Krähe und die Bardin durch das Tor. Zusammen wirbelten sie herum und warfen sich gegen die Torflügel, um sie zu schließen. Jelscha und Bahr verschlossen sie mit einem Balken, der so schwer war, dass sie ihn nur zu zweit verankern konnten. Urth ließ ihren scharfen Blick schweifen, krächzte kurz und trug in ihrem

Schnabel einen großen eisernen Schlüssel herbei. Caer fing ihn auf und verschloss damit das Tor.

Dann lauschten sie.

Stille.

Kein Hufschlag.

Kein Pferd und kein Reiter warfen sich von außen gegen das Tor.

Nur der Wind flüsterte leise in den Bäumen.

Erleichtert atmeten die Freunde auf. Caer ließ sich gegen das Tor sinken. Jori fiel auf einen verwitterten Stuhl. Die Bardin strich sich müde über das Gesicht. »Den Sternen sei's gedankt.«

»Den Sternen sei's gedankt«, wiederholte der Wanderer, der sich schwer atmend neben ihr an das Tor lehnte. »Der Vuivtur wird uns Unterschlupf bieten.«

»Hier gibt es sogar eine Feuerstelle«, stellte Bahr brummend fest. Nachdem sie sich kurz umgesehen hatten, erkannten sie, dass die alte Seefahrerin recht hatte: Der runde Raum war früher offenbar eine Küche gewesen. Die Wände trugen Spuren von weißer Farbe, und der Holzfußboden war durch viele Schuhe glattpoliert. In dem Kamin ließ sich sogar ein Feuer entzünden.

Die Gefährten richteten sich ein wenig ein. Bahr inspizierte den Kamin, und Jori suchte – unterstützt von Bellitas, der wieder einmal auf Rauds Rücken lag – nach einem guten Platz für die Pferde, an deren Sätteln noch immer fest verschnürt ihr Gepäck hing. »Ich nehme euch das gleich ab, ihr Lieben«, versprach Jori. »Lasst mich nur erst ein Plätzchen finden, wo ihr euch ausruhen könnt.«

Er entschied sich für die Wand im hinteren Teil des Raumes, wo mehrere Eisenstifte aus dem Mauerwerk ragten.

Mit der gesunden Hand warf er die Zügel über die Stifte und lehnte sich dann an Rauds warme Flanke, um einen Moment durchzuatmen.

Die Stute rieb sanft ihren Kopf an ihm, während Urth sich mit einem leisen Krächzen auf die Suche nach einer Mauernische machte, in der sie sich verstecken und ihre müden Flügel ausruhen konnte. Jelscha drückte kurz ihren Bruder an sich, dann reichte sie ihm ihr Gepäck und ging zu Bahr hinüber, um ihr beim Feuermachen zu helfen.

Weyd beugte sich kurz zu Caer, bevor er Mundian abschnallte und zusammen mit seiner Tasche auf dem Boden ablegte. Er ergriff ihre Hand und drückte sie. »Danke, verehrte Bardin«, sagte er. »Du hast uns hervorragend beschützt.«

Sie dankte ihm mit einem Lächeln.

Er erwiderte es.

Aus Rauds Richtung drang ein Schnauben zu ihnen herüber.

Weyd beachtete es nicht. Er hatte nur Augen für seine Bardin.

»Caer …«

So zärtlich klang seine Stimme.

Seine verräterische Stimme.

»Verehrte Bardin? Wie man hört, nennt sie sich jetzt doch die Krähe.«

Das Lächeln gefror auf Caers Gesicht.

Und auf Weyds.

Sie kannte diese Stimme.

Er kannte diese Stimme.

Beide kannten diese Stimme so gut.

Unwillkürlich hob Caer die Hand an ihre Kehle, als sich die ganze Gruppe zur Treppe wandte.

Dort stand Lurin, der Eiserne Baron.

Lurin, der Eiserne Baron, mit seiner Eisernen Patrouille.

Jeder der Eisernen hielt eine geladene Armbrust in der Hand.

4

Die Flucht

Lurin, der Eiserne Baron, war nicht untätig gewesen, während die Gefährten den Wavart durchquert hatten. Zusammen mit seinem Hauptmann und seiner Eisernen Patrouille hatte er schon am Morgen, nachdem die Gefährten die blaue Stadt an den Ufern der Veta verlassen hatten, die Hügel um Briva erreicht.

Stellt euch vor, wie er seinen Blick über die Stadt schweifen lässt. Stellt euch vor, wie er sein Pferd zügelt. Stellt euch vor, wie er, sein Hauptmann und seine Eisernen auf Briva herabblicken mit seinen hohen Türmen, die im frühen Morgenlicht strahlend hell und silbrig schimmern.

Noch nie hatte Menga, Hauptmann der Eisernen, etwas Derartiges gesehen. Noch nie war Menga mit dem roten Haar und dem prachtvollen Helm so überwältigt gewesen. Denn noch nie zuvor hatte sie das Tal verlassen, in dem sie geboren worden war, hatte nie etwas anderes gesehen als die Baronie Schur. Niemals, bis zu dem Tag, als der Baron seine Armee auf den Fluss führte, hinaus aus ihrem Tal.

Und so blickte sie nun voll Staunen auf diese Stadt hinunter, hätte sich am liebsten in die Steigbügel gestellt, um besser zu sehen. Ihr Leben lang war sie von hohen, finsteren Bergen umschlossen gewesen. Hier gab es über ihr nichts als den weiten blauen Himmel, und vor ihr nichts als diese Stadt mit den unzähligen Türmen, mit einem hellen Licht in der Spitze des höchsten. Und während sie all das betrachtete, wanderte ihre Hand an ihre Brust, wo in der Innentasche ihres Wamses eine getrocknete gelbe Blume eingenäht war.

Neben ihr stand Lurin, der Eiserne Baron, in seiner schwarzen Rüstung mit goldenem Prunk. Nebeneinander standen sie dort auf dem grünen Hügel und blickten in das Tal, wo Briva die Blaue sich an den Fluss Handalon schmiegte, der bei ihnen der Fluss Veta war. Hinter ihnen hatten die zwölf Soldaten der Eisernen Patrouille ebenfalls ihre Pferde durchpariert. Gier brannte in ihren Augen, hohe weiße Federn wippten an ihren schwarzen Helmen. Menga, ihr Hauptmann, spürte sie hinter sich, denn ihre Pferde tänzelten nervös.

Genau wie ihr eigener Hengst. »Das ist also Briva die Blaue«, stellte sie fest, während sie den Hals des Tieres streichelte.

»So ist es.« Der Eiserne Baron hatte die Hände vor sich auf dem Sattel gekreuzt, die Zügel locker zwischen den Fingern. Sein Pferd war das einzige, das reglos stand, die Ohren aufmerksam gespitzt.

Menga wusste nicht, was sie dazu brachte, die Worte auszusprechen, doch sie tat es: »Etwas Schöneres habe ich nie gesehen.«

Der Eiserne Baron lächelte. In diesem Lächeln war etwas verborgen, was sie nicht benennen konnte. »Dann hast du noch nie die Stadt Turis gesehen, an den Ufern der Quana, westlich von hier.«

»Sicherlich kann sie nicht großartiger sein als das«, behauptete Menga.

»Ich werde sie dir zeigen, dann kannst du dir selbst ein Urteil bilden«, versprach er, drehte sich zu ihr um und strich sanft mit dem Finger über ihre Wange. Menga zuckte kurz zusammen, dann wandte sie sich ihm zu. »Diese Stadt ist wunderschön«, fuhr er fort, »doch in ihr lebt eine Frau, die meinen Tod herbeisehnt, und den Untergang Schurs. Sie war es, die meine Schwester verdorben hat, sie und ihr Bruder, der Vagabund. Ihretwegen hat meine Schwester sich gegen unseren Vater erhoben. Diese Frau ist heute die Bürgermeisterin von Briva, und sie ist voller Tücke und äußerst gefährlich. Hier müssen wir am härtesten zuschlagen, denn sicher hat ihr Bruder ihr Nachricht gebracht, und sie wird bald eine eigene Armee aufstellen und gegen uns ins Feld ziehen.«

Und Menga fragte nicht: *Warum sollte sie das tun, wenn dies ihre Heimat ist?*

»Wir werden sicherlich nicht diese Stadt zerstören«, sagte sie stattdessen.

Lurin, der Eiserne Baron, musterte die vielen Türme, die im frühen Morgenlicht glänzten. Er erinnerte sich gut an die Frau, die dort unten lebte. An Bürgermeisterin Reys, die Weyd den Wanderer zum Bruder hatte. Er erinnerte sich, dass Reys eine große Frau war, die nie ohne Grund lächelte.

Ohne zu antworten, straffte der Eiserne Baron seine Zügel und ritt den Hügel hinunter. Die Eiserne Patrouille folgte ihm.

Nur Menga zögerte. Ließ den Blick noch einmal über die Stadt schweifen. Drückte noch immer die Hand an die Brust.

Und plötzlich glaubte sie, ein Geräusch hinter sich zu hören.

Langsam drehte sie sich um. Hinter ihr lag der Graue Pfad, auf dem sie geritten waren. Der Graue Pfad, auf dem das Zwielicht langsam vom Sonnenschein verdrängt wurde.

Und in diesem bleichen weißen Licht glaubte sie etwas zu sehen.

Einen kleinen schwarzen Punkt. Nichts weiter als einen dunklen Punkt auf dem Grauen Pfad. Menga beobachtete, wie er sich langsam näherte.

Und mit einem Mal drang ein Raunen an ihr Ohr. Ein Flüstern. *Der Tod, er kommt zu dir.*

Furcht packte sie, streckte ihre langen, dünnen Finger nach ihr aus, schob sie unter ihr Wams, an ihre Brust, wo sie die kleine, getrocknete Blume fand. *Sieh sie dir an*, raunte es. *Sie ist bereits tot.*

Hauptmann Menga von der Eisernen Patrouille hörte das Raunen, hörte den Hufschlag hinter sich auf dem Weg. Und sie wandte sich ab und bohrte ihrem Hengst die Sporen in die Flanken. Hastig folgte sie dem Baron und seinen Eisernen den Hügel hinunter. Es gab keinen Grund, sich zu fürchten, dachte sie. Doch es war Furcht, die Menga gefangen hielt. Menga mit dem roten Haar, dem Helm aus Eisen und der gelben Blume, die tot an ihrer Brust ruhte.

Ohne sich noch einmal umzusehen, schloss sie zu dem Baron und seinen Männern auf, und gemeinsam ritten sie den Grauen Pfad entlang, der sich durch das Umland von

Briva schlängelte. Die Stadt war von vielen Dörfern und Gehöften umgeben, aber die waren alle verlassen. In aller Hast waren Hab und Gut zusammengerafft und mitgenommen worden, nur die Holzhäuser, Zäune und Bäume waren geblieben. Manches davon hatten die Schatten entzweigeschnitten, wie sie alle Höfe und Dörfer entlang des Grauen Pfades zweigeteilt hatten, vom Elbongebirge bis hinunter nach Briva.

Und doch roch Menga ihn, als sie heranritten: den Duft von frisch gebackenem Brot, außen braun und knusprig, innen weiß und saftig. Und sie hörte das fröhliche Summen unzähliger Stimmen, hörte Wortfetzen, Lieder, viele Menschen, die sich zu einem neuen Tag zusammenfanden. So erreichten der Baron und seine Eiserne Patrouille die Stadt. Doch als sie vor ihren Toren Halt machten, waren diese verschlossen. Der Eiserne Baron beugte sich zu Hauptmann Menga hinüber, legte ihr sanft eine Hand ans Kreuz und flüsterte ihr etwas ins Ohr. Dann ließ sie ihr Pferd ein paar Schritte vortreten.

»Wir kommen im Namen von Lurin, dem Eisernen Baron!«, rief sie in der Sprache von Schur. Eben jene Worte wiederholte sie, die er ihr zugeflüstert hatte. »Wir kommen von den Bergen herab. Wir kommen mit Feuer und Schwert. Gibt es hier jemanden, der mit dem Eisernen Baron und seiner Patrouille zu sprechen befugt ist?«

Und wieder glaubte sie, Hufgetrappel hinter sich zu hören. Aber Menga mit dem roten Haar drehte sich nicht um.

»Sprich, wenn ihr denn deshalb gekommen seid«, ertönte die Antwort in der Gemeinen Sprache, hoch von der Stadtmauer herab. Menga hob den Kopf, und erst jetzt sah sie die Frau auf den Zinnen. Groß war sie, ganz in Silber gekleidet. Fest war der Blick aus ihren grauen Augen, stark und ruhig klang ihre Stimme. Neben ihr stand eine alte Frau, und außer ihnen hatten sich noch viele weitere Menschen auf der Mauer versammelt. »Denn um zu sprechen braucht es weder Feuer noch Schwert, sondern nichts als guten Willen und Worte, seien sie vertraut oder fremd.«

»Wer seid Ihr?«, fragte Menga, ebenfalls in der Gemeinen Sprache, auch wenn sie ihr nicht leicht von der Zunge ging. »Meine Botschaft richtet sich an die Bürgermeisterin von Briva.«

Die Frau breitete die Arme aus, sodass ihre weiten Ärmel sanft herabfielen. »Ich bin Reys, die Bürgermeisterin von Briva«, sagte sie mit leiser Ungeduld. »Also, sprich, wenn du denn die Worte dazu findest.«

Wieder beugte der Eiserne Baron sich zu ihr und flüsterte ihr etwas ein. Warm strich sein Atem über ihr Ohrläppchen.

Für den Bruchteil einer Sekunde stand Menga ein glasklares Bild vor Augen: ihr Dolch an seiner Kehle. Blut, so viel Blut.

Es löste sich ebenso schnell auf, wie es erschienen war. »Dies ist eine Botschaft von Lurin, dem Eisernen Baron, der vor den Toren deiner Stadt steht«, fuhr Hauptmann Menga fort. »Deshalb werde ich sie in der Sprache von Schur verkünden, in seiner Sprache, die bald überall gesprochen werden wird – von den mächtigen Bergen bis zum Endeleasmeer ebenso wie in Hewsos im hohen Norden.«

»Also bitte«, unterbrach die Bürgermeisterin sie in der Gemeinen Sprache, »spar dir die epische Rhetorik. Ihr wollt uns keine hübschen Worte bringen, nur hässliche Klingen. Was verlangt Lurin? Sollte er sich selbst ausliefern und in Ketten einem Prozess stellen wollen für das, was er dem Königreich Allaith und der Republik Brakbant angetan hat, werde ich gerne die Tore öffnen und dafür Sorge tragen, dass ihm vor dem Hohen Gericht in Turis ein gerechtes Verfahren zuteilwird.«

Die alte Frau neben der Bürgermeisterin reckte das Kinn. Menga wusste nicht, dass der Stab in ihrer Hand und der weiße Umhang die Herrschaftssymbole des Thain von Brakbant waren. Doch sie hörte, wie die Eiserne Patrouille hinter ihr in hämisches Gelächter ausbrach.

Der Eiserne Baron hob die Hand, und die Männer verstummten.

»Deshalb ist er nicht gekommen«, fuhr Menga fort. Es fiel ihr schwer, den Blick von der eindrucksvollen Gestalt der Bürgermeisterin zu lösen, mit ihrem hohen Kragen und diesem unerbittlichen Ausdruck in den Augen.

»Warum spricht er eigentlich nicht selbst?«, fragte die Bürgermeisterin nun.

Menga drehte sich zu Lurin um.

Der Blick des Eisernen Barons war starr auf die Bürgermeisterin gerichtet.

Als er schließlich sprach, tat er es in der Gemeinen Sprache: »Du bist noch genauso schön, wie ich dich in Erinnerung habe, Reys von Briva.«

Bevor die Bürgermeisterin antworten konnte, schaltete sich die Alte an ihrer Seite ein: »Welch ein grotesker kleiner Mann du doch bist.« Sie stützte sich auf ihren Stab und musterte ihn mit einem durchdringenden Blick. »Voller Bitterkeit muss dein Leben sein. Sag mir, Lurin, Baron des

Eisens, der Frauen als schön bezeichnet, die er eigentlich doch töten will: Hat es dir Frieden gebracht? Hat es dir Frieden gebracht, die Königin von Allaith abzuschlachten, die Höfe der Bauern von Brakbant niederzubrennen, mordend und singend den Grauen Pfad entlangzumarschieren, der bereits zu vielen schweren Stiefeltritten ausgesetzt war und sie nicht länger erdulden mag?«

»Ich brauche keinen Frieden, alte Frau.«

»Warum sehe ich dann solche Furcht in deinem Blick?«

»Vor dir?« Mit einem traurigen Kopfschütteln wandte sich der Eiserne Baron an Menga und seine Männer: »Das hohe Alter bringt oft den Wahn mit sich.«

»Oh nein«, erwiderte die Alte. »Mir gilt deine Furcht sicherlich nicht. Ich bin bloß eine alte Frau mit einem Stab. Deshalb frage ich ja.«

»Und ich werde ganz sicher nicht mit einer Alten mit einem Stock in der Hand verhandeln, die nichts weiter ist als ein Flüchtling und zuvor lediglich Thain eines so winzigen Fleckchens Erde war, dass es die Bezeichnung Staat gar nicht verdient«, gab der Baron zurück, der sich wieder der Mauer zuwandte.

»Du bist noch immer feige und grausam, Lurin«, sagte Reys.

»Vielleicht bist du in deinem Urteil über mich ein wenig zu streng«, befand er.

»Gestatte anderen, über dich zu Gericht zu sitzen, dann finden wir es heraus«, schlug sie vor.

»Anderen?«, wiederholte er. »Oder meinst du vielleicht dich selbst, Frau Bürgermeisterin? So wie du über die Verhältnisse in Schur zu Gericht gesessen und dich mit meiner Schwester verbündet hast, die nun tot unter der Erde liegt?«

»Sprich nicht von ihr.« In Reys' Stimme schwang ein gefährlicher Unterton mit.

»Du bist zu meiner Schwester Ladina gegangen und hast sie für deine Zwecke missbraucht, weil du meinen Vater stürzen wolltest«, fuhr der Baron fort. »Gemeinsam mit deinem Bruder kamst du deshalb nach Schur.«

»Du verdrehst die Wahrheit, bis sie dir in den Kram passt, aber so war es nicht«, erwiderte die Bürgermeisterin. »Wir kamen nach Schur, weil wir auf der Suche nach Wissen waren, mein Bruder und ich. Wissen, das wir mit alten Überlieferungen und Liedern vergelten wollten. All das gaben wir dir und Ladina, woraufhin sie beschloss, einen Weg zu beschreiten, von dem du sie fernhalten wolltest.«

Lurin schnalzte abfällig mit der Zunge. »Du bist hier die Lügnerin. Und ich fordere Gerechtigkeit. Schur fordert Gerechtigkeit von Briva. Meine Schwester ist tot. Seit über zwanzig Jahren liegt sie in den dunklen Tiefen unserer Gruft. Vor hundert Jahren wurde unser Volk im Großen Krieg in die dunklen Berge verdrängt. Ich verlange ein Leben für ihren Tod und ein Licht für diese Dunkelheit.«

In der auf den Zinnen versammelten Menge schnappten viele entsetzt nach Luft. Das feine Geräusch drang bis zu dem Baron und seinen Eisernen herab.

Endlich, dachte Reys.

Endlich würden sie seine Bedingungen zu hören bekommen.

Denn noch immer hatte sie kein Wort, keine Botschaft von ihren Verbündeten empfangen.

Lurin fuhr fort, rief noch lauter als zuvor: »Bürger von Briva! Hört mich an. Eure Bürgermeisterin ist eine Kriminelle. Sie und ihr Bruder, der Vagabund, kamen vor zwanzig Jahren nach Schur und haben unserem Tal großes Unrecht angetan.« Er ließ seinen Blick über die versammelten Menschen wandern. »Dafür musste ich mit dem bezahlen, was mir am kostbarsten war – dem Leben meiner älteren Schwester, Ladina von Schur. Und heute verlange ich Wiedergutmachung.«

Er richtete seinen Blick fest auf Bürgermeisterin Reys, sah ihr direkt in die Augen. »Ich verlange, dass du, Reys von Briva, das Willkommenslicht löschst, das dir so sehr am Herzen liegt, und dann hier runterkommst, um ihr Leben mit deinem zu vergelten. Ein Leben für ein Leben, Dunkelheit gegen Dunkelheit. Solltest du das Licht nicht freiwillig löschen und aus freien Stücken zu mir kommen, werde ich deine Stadt belagern. Ich werde sie erobern, und ich werde jeden einzelnen Bürger abschlachten, bis du dich auslieferst. Dich und das Licht deiner Stadt.«

Drückende Stille folgte auf seine Worte. Menga beobachtete die Bürgermeisterin, diese große Frau mit der kraftvollen Stimme und dem ungezähmten Herzen. Und sie beobachtete die anderen Gesichter dort oben auf der Mauer – so viele Hautfarben, so viele Haarfarben, aber nur eine Reaktion.

Furcht.

Und er allein hatte sie ihnen gebracht.

»Wie hättest du es gern, Bürgermeisterin von Briva?« Noch immer sah Lurin sie durchdringend an. »Wirst du das Licht löschen und durch dieses Tor treten? Denn wenn du es tust, werde ich deine Stadt verschonen. Wir werden weiterziehen, und weder Feuer noch Schwert werden die Mauern und die Seele von Briva der Blauen berühren. Wir werden fordern, was unser ist, was uns vor hundert Jahren genommen wurde, aber nicht von euch. Ihr sollt unsere Freunde sein, wenn wir unser Reich wiedererlangt haben.«

Noch immer gab sie keine Antwort. Vollkommen reglos stand die Bürgermeisterin da. Sie hatte eine Hand an ihre Kehle gehoben, und war wie erstarrt. Stumm blickte sie auf den Mann vor den Toren herab.

»Und mich nennst du einen Feigling«, sagte der Eiserne Baron ruhig. »Während du dich gleichzeitig weigerst, herabzukommen und dich für dein Volk zu opfern. Nicht einmal eine Antwort bekomme ich von dir.«

Die Bürgermeisterin setzte zum Sprechen an, doch es dauerte noch ein paar Augenblicke, bis sie sagte: »Ich werde deine Botschaft dem Stadizrât überbringen, in dem alle versammelt sind, die von den Bürgern von Briva zu ihren Repräsentanten gewählt wurden. Diese Entscheidung obliegt der Burgekamer.«

»Die Hure spielt auf Zeit«, rief einer der Eisernen. Bigna war es, die vom Baron gerade erst in die Patrouille aufgenommen worden war, nachdem er gesehen hatte, wie sie einen Mann bei lebendigem Leib verbrannte. So laut rief Bigna es, dass alle es hörten.

Lurin drehte sich um und signalisierte ihr, nach vorne zu kommen. »Nimm deinen Helm ab, Soldat«, befahl er und drehte den Ring an seiner rechten Hand. Tur war der Name dieses Schmuckstücks.

Bigna zögerte, als sie das sah. Für den Bruchteil einer Sekunde zögerte sie. Ihre Züge wurden ausdruckslos. Dann folgte sie seinem Befehl.

Sobald der Helm abgenommen war, legte der Eiserne Baron seine Rechte an Bignas Wange. Mit der linken Hand packte er ihr Haar und zog daran, bis ihre Kehle frei lag.

»Lurin!«, fauchte die Bürgermeisterin. »Ich will nicht Ausrede sein für deine Brutalität! Sie kann mich als Hure bezeichnen, so oft sie will!«

Noch immer starrte der Baron auf die Kehle seiner Soldatin. Als wäre er nicht in der Lage, den Blick abzuwenden. Dann ließ er ihr Haar los und schlug ihr so hart ins Gesicht, dass sein Ring ihr die Haut aufriss. So hart, dass Bigna schrie. Blut spritzte. Sie drückte beide Hände auf die Wunde und stöhnte schmerzerfüllt.

Menga senkte den Blick, während Lurin sich wieder der Bürgermeisterin zuwandte: »Ihre Bemerkung war unangebracht, also musste sie bestraft werden. So wie auch du bestraft werden wirst. Geh ruhig zu deinem Rat. Ich gebe dir drei Tage Zeit. Bei Sonnenaufgang des dritten Tages ist deine Zeit abgelaufen, Reys, Bürgermeisterin von Briva.«

Damit drehte er seinen Ring zurück und wendete sein Pferd. Mit scharfer Stimme befahl er seinem Hauptmann und den Eisernen, ihm zu folgen. Die blutende Bigna drückte stöhnend die Hand an die Wange. Menga konnte sie noch immer nicht ansehen.

Aber sie bemerkte, dass die Bürgermeisterin sie nicht aus den Augen ließ.

Aufmerksam musterte sie Mengas Gesicht. Die vier Narben auf ihren Wangen.

»Er hat euch nichts zu bieten«, rief die Bürgermeisterin der Eisernen Patrouille zu. »Kämpft nicht in seinem Namen. Ruhm und Ehre hat er euch versprochen, und dass ihr für eine gute Sache sterbt. Aber alles, was er euch bringen wird, ist der Tod. Und Tote sind nicht ruhmreich. Sie sind einfach nur tot.«

Menga blickte in diese grauen Augen. Solange sie konnte,

blickte sie in diese grauen Augen, doch irgendwann musste sie aufgeben. Wieder wanderte ihre Hand an ihre Brust, und sie rief: »Bürgermeisterin, ich möchte, dass du eine Nachricht für mich überbringst. Sie ist für jemanden, den ich hier in deiner Stadt vermute: Jelscha aus Festra.«

Bigna spuckte abfällig auf den Boden. Ihr Speichel war mit Blut vermischt. Und Lurin, der Eiserne Baron, zügelte sein Pferd und wandte sich seinem Hauptmann zu.

»Sie ist eine Verräterin«, rief Menga. »Ich verlange, dass sie an mich ausgeliefert wird.«

»Diesem Verlangen kann ich nicht nachkommen«, antwortete die Bürgermeisterin. »Selbst wenn ich es wollte. Jelscha aus Festra hält sich nicht mehr in Briva auf, obwohl ich sie gebeten habe zu bleiben. Da ihr hier seid, bin ich froh, dass sie dies abgelehnt hat. Sieh mich an, Hauptmann.«

So zwingend war diese Stimme, dass Menga gegen ihren Willen den Kopf hob. Hoch aufgerichtet stand die Bürgermeisterin auf der Mauer und blickte streng zu ihr herab. Dann zeigte sie auf das Licht, das in der Spitze des höchsten Turmes brannte. »Das ist das Willkommenslicht. Es brennt hier, damit Jelscha zu uns zurückfindet. Und das wird sie. Das werden sie alle. Ihr mögt uns bezwingen. Ihr mögt brandschatzen und morden und foltern. Aber dadurch seid ihr noch lange nicht im Recht. Und dadurch werdet ihr sicher nicht bestehen. Dieses Licht wird brennen, egal wie viele Soldaten ihr vor diese Tore führt. Egal wie viel Dunkelheit ihr verbreitet. Wie groß die Furcht auch sein mag, die du schürst, Lurin – dieses Licht wird brennen, und sie werden zu uns zurückfinden.«

Mengas Blick wanderte zu dem Licht hinüber. Im hellen Sonnenschein war es klein und blass. Sie wendete ihren Hengst, um sich dem Baron anzuschließen. Bigna hingegen rührte sich nicht. Sie starrte zu der Bürgermeisterin hinauf und zeigte auf das Blut, das vor den Hufen ihres Pferdes auf der Erde klebte. »Bald wird hier dein Blut fließen«, zischte sie. »Und ich hoffe sehr, dass meines bis dahin getrocknet ist, damit es sich nicht mit dem niederen Blut einer Entwurzelten vermischt, der Schwester eines zum Helden verklärten Vagabunden.«

Die Bürgermeisterin musterte den klebrigen roten Speichelfleck, der im Morgenlicht glänzte. »Vielleicht hast du recht«, sagte sie leise, während sie zusah, wie die Eisernen, der Baron und der Hauptmann von Schur davonritten. Ihre Hände bebten. Ihre Hände, ihre Schultern, ihre Knie, sie bebten.

Die Thain berührte sanft ihren Arm. »Na komm«, sagte die Alte in der Sprache Brakbants. »Das war widerwärtig, aber es ist vorbei.«

»Nein«, erwiderte die Bürgermeisterin in derselben Sprache, während sie sich erst der alten Frau zuwandte, dann aber nach Westen blickte. »Es hat gerade erst begonnen.«

Nun kannten sie also Lurins Forderungen.

Und so blickten die beiden Frauen und viele der Menschen, die Briva ihr Zuhause nannten, über das weite Feld vor den Toren ihrer Stadt, blickten dem Eisernen Baron und seiner Patrouille hinterher. Dunkler Rauch stieg am Horizont dahinter auf. Rauch bedeutete Feuer. Rauch bedeutete Zerstörung. Der dunkle Rauch einer anrückenden Armee.

Auch Menga sah ihn, als sie zum Baron aufschloss und

ihren Hengst an seine Seite lenkte. Sie musterte die Rauchsäule, dann senkte sie den Blick auf den Pferdehals vor sich. »Ich muss ihnen folgen, Herr«, sagte sie.

»Wem folgen, Hauptmann?«, fragte Lurin.

»Jelscha aus Festra und ihrem Bruder Andrin.« Ganz fest hielt sie die Zügel gepackt.

Der Baron warf ihr einen hintergründigen Blick zu. »Was kümmern dich zwei Soldaten? Wir brauchen sie nicht.«

»Wenn wir einen solchen Verrat ungestraft lassen, wird das noch mehr Verräter hervorbringen. Ich werde sie finden und dir zurückbringen, und dann werden wir an ihnen ein Exempel statuieren.«

Noch immer musterte der Baron seinen Hauptmann. Menga blickte starr geradeaus. Die Schnitte auf ihren Wangen hatten sich zu herrlichen Narben geschlossen, die rot und empfindlich waren. Er spürte die Gier in sich aufsteigen. »Ich habe eine kluge Wahl getroffen, als ich dich zu meinem Hauptmann machte«, sagte er. »Du hast meine Erlaubnis, ihnen zu folgen. Allerdings hast du dein Anliegen ungefragt vorgebracht«, fügte er sanft hinzu. »Ich überlasse es dir, Zeitpunkt und Ort deiner Bestrafung festzulegen.«

Dann blickte er ebenfalls nach vorn. Gemeinsam ritten sie den Grauen Pfad entlang. Und als sie wieder die Kuppe des grünen Hügels erreichten, beobachtete der Hauptmann der Eisernen sehr genau den Weg, der sich vor ihnen auftat. Im hellen Tageslicht schimmerten die Steine beinahe silbrig. Kein schwarzer Punkt in der Ferne. Kein Hufgetrappel. Nirgendwo war ein Reiter zu sehen.

Nur das Lager sah sie vor sich.

Das Lager ihrer mächtigen Armee.

Ihre Rückkehr wurde mit lauten Rufen und dem schrillen Klang der *drimbas* begrüßt.

Für Schur!

Für Schur!

Für Schur!

Für Schur!

Hunderte.

Tausende.

Laut, grell und leidenschaftlich hallte es in ihrem Blut wider.

Als sie vor dem Zelt des Barons ankamen, übergab Menga ihr Pferd an Bigna und sagte an Lurin gewandt: »Die Bestrafung empfange ich, wann immer es dir beliebt, Herr.«

Lächelnd hob er die Zeltklappe und ließ ihr den Vortritt. Und Bigna, aus deren Wange noch immer Blut sickerte, sah zu, wie die beiden hineingingen. Kurz sah es so aus, als wollte sie ihnen folgen, doch dann hielt sie inne. Zähneknirschend wandte sie sich ab und brachte die Pferde fort. Plötzlich traten ihr drei ihrer Kameraden in den Weg, alle bereits ohne Helm. Sie grinsten breit. »Hat da etwa eine Krähe der anderen ein Auge ausgehackt?«, fragte einer von ihnen. Bigna spuckte stumm vor ihm aus. Lachend zogen die drei davon, und erst als sie weg waren, presste sie kurz die Lider zusammen.

Dann wanderte ihr Blick wieder zu dem Zelt, in dem Hauptmann und Baron verschwunden waren.

Im Inneren dieses Zeltes war es warm und stickig. Der

Boden, die beiden Stühle und das Bett waren mit den Fellen verschiedenster Bergtiere ausgelegt. Wo auch immer man hinsah, starrten einem die Augen toter Tiere entgegen.

Menga spürte ihre Blicke, während sie auf das Bett zu ging. Doch der Baron schnalzte mahnend mit der Zunge.

»Halt.«

Also blieb sie mitten im Zelt stehen. Ihre schmutzigen Stiefel gruben sich in das Fell eines Bären, den er erlegt hatte.

»Nimm deinen Helm ab«, befahl er.

Wie eine rote Flutwelle fiel ihr das Haar über den Rücken. Lurin stellt sich hinter sie. Roch an diesem roten Haar. Dann drückte er eine Hand an ihre Kehle und zog sie an seine Brust. Viel zu eng presste sich der Lederhandschuh an ihre Haut. Seine andere Hand grub sich in ihren Schoß.

Sie wusste, dass sie keinen Laut von sich geben durfte.

»Ich will hören, wie du um Vergebung flehst, *sora*«, raunte er dicht an ihrem Ohr. Heiß glitt sein Atem über ihre Wange.

Und wieder blitzte dieses Bild vor ihrem inneren Auge auf: Wie sie herumwirbelte und ihm die Finger in die Augäpfel drückte, bis sie zerplatzten. Blind würde er sich vor ihr auf dem Boden winden, und sie würde ihren Pallasch ziehen und seine Haut aufschneiden. Viele, kleine Schnitte, während sie zusah, wie er verblutete.

Es löste sich ebenso schnell auf, wie es erschienen war. Der Baron presste sie an seine Brust, dann zog er mit den Zähnen den Handschuh von seinen Fingern. Er schnürte seine Hose auf und vergrub die nackte Hand zwischen ihren Schenkeln.

Draußen stand der Eiserne Leutnant Bigna und lauschte. Wartete auf Stöhnen. Seufzen. Laute des Genusses. Stattdessen hörte sie die Stimme des Barons.

»Dafür wurde dein Körper geschaffen.«

Ein Wimmern.

»Fleh um Vergebung«, hörte sie den Baron sagen.

Bigna zuckte zusammen. Schlich näher heran.

»Vergib mir.« Gepresst klang die Stimme des Hauptmanns, als wäre sie schon grausam misshandelt worden.

»Was soll ich vergeben?«, fragte er genüsslich.

Die Antwort darauf verstand Bigna kaum, so leise flüsterte sie der Hauptmann.

»Dass ich unaufgefordert gesprochen habe«, wisperte Menga, der Hauptmann der Eisernen.

»Was hast du also vergessen?«, fragte er weiter. Sehr deutlich fragte er, doch Bigna hörte das leichte Beben in seiner Stimme. Die Erregung. »Was hast du bis zu diesem Moment vergessen? In jedem einzelnen Moment, in dem ich dich berührte? Was hast du vergessen, *sora*?«

Stille.

Dann antwortete ihr Hauptmann, noch leiser als zuvor: »Wie man schweigt.«

Bigna schluckte. Sie wich einen Schritt zurück. Trotzdem hörte sie ihren Baron. Ein Lächeln lag in seiner Stimme, als er sagte: »Wirst du mir beweisen, dass du noch dazu in der Lage bist? Wirst du mir beweisen, dass du weißt, wo dein Platz ist?«

Keine Antwort.

Natürlich nicht.

»Auf die Knie«, befahl er sanft.

Und dann folgten die klatschenden Laute, die Bigna so

vertraut waren, Haut auf Haut, ersticktes Keuchen. Und es war nicht der Baron, der da keuchte.

Bigna wandte sich ab. Sie ging.

Und im Zelt starrte Lurin, der Eiserne Baron, zu der vor ihm knienden Frau hinunter, auf die er sich endlich ergossen hatte. Endlich konnte er die Augen schließen, den Kopf sinken lassen, Entspannung finden. Seine verkrampften Schultern lockerten sich, und er brach kraftlos zusammen.

Und noch immer verharrte Menga, Hauptmann der Eisernen, lautlos vor ihm.

»Du hast dir Vergebung verdient«, sagte er, nachdem er wieder zu Atem gekommen war. Leise Freude stieg in ihm auf. Dann öffnete er die Augen und musterte Menga, die mit seinem Speichel bedeckt war. Mit einem Stoß brachte er sie dazu, sich hinzulegen, und streckte sich neben ihr auf dem Bärenfell aus. Während sie so lagen, zog er sie in seine Arme.

»Ich denke, ich sollte dich begleiten«, sagte er leise.

Menga hob den Kopf und sah ihn an.

»Die Verräter sind vermutlich in Gesellschaft des Vagabunden«, betonte er. »Mein Zorn gilt nicht allein seiner Schwester. Er war es, der meine Schwester verführte. Der sie im Stich ließ, als sie ihn am dringendsten brauchte. Weil er zu feige war, um mit ihr zum Schloss zu marschieren, wo wir ihm einen ehrenvollen Tod bereitet hätten. Und ich denke, ich weiß, wohin er will. Sie sind auf dem Weg zum Lewkraitaz, und dazu werden sie den Wavart durchqueren, denn die Wanderer kennen diesen Wald gut. Wir werden sie gemeinsam jagen, *sora*. Meine Schwester wird nicht in Frieden ruhen können, ehe der Vagabund und die Bürgermeisterin tot sind.«

Noch immer sagte sie nichts.

»Diesmal musst du nicht schweigen«, sagte er mit einem breiten Lächeln.

»Ich war davon ausgegangen, dass du hier gebraucht wirst, Herr«, presste sie hervor. Ihre Kehle war wund.

»Wir marschieren gemeinsam bis auf die Ebene vor Briva, damit die Armee in Sichtweite der Stadt lagert«, führte Lurin aus. »Dann übergebe ich das Kommando an Bigna.«

»An Bigna?« Hauptmann Menga konnte ihre Überraschung nicht verbergen.

»Sie giert nach Blut«, erklärte er. »Das ist eine hervorragende Eigenschaft für einen Befehlshaber. Außerdem werden wir beide in drei Tagen zurück sein, bevor die eigentliche Schlacht beginnt. Wir werden rechtzeitig zurückkehren, mit dem Vagabunden und seinen Freunden als unseren Gefangenen. Und dann wirst du sehen. Du wirst sehen, wie schnell Reys das Willkommenslicht löscht, von ihrer Mauer herabsteigt und durch dieses Tor tritt. Seite an Seite werden sie sterben. Ich werde ihnen die Kehlen aufschlitzen. Aber es wird schnell geschehen.« Er sah sie an, und seine Stimme klang leicht gepresst, als er hinzufügte: »Schnell wird es gehen. Gnadenvoll wird es sein.«

»Die Armee ist nichts ohne ihren General, Herr«, beharrte Menga. »Erlaube mir, die Verräter für dich gefangen zu nehmen.«

»Du schmeichelst mir.« Der Eiserne Baron winkte ab. »Ich weiß das Angebot zu schätzen, doch es ist unnötig. Und natürlich werden wir die Eiserne Patrouille mitnehmen.« Er rollte sich auf den Rücken und drückte ihren Kopf auf seine Brust. »Der Vagabund ist ein ernstzunehmender Gegner, ebenso wie die Bardin.«

Menga antwortete nicht. Ihr Körper war schweißverklebt, ihr Hals schmerzte, und sie wollte einfach nur fort von hier.

Wieder sah sie es vor sich.

Wie sie ihn anzündete und bei lebendigem Leib verbrennen ließ.

Und doch konnte sie sich nicht rühren, als er sie an sich drückte. Also blieb sie an der Seite des Barons liegen, bis er entschied, dass sie sich erheben sollten. Bis er ging, um mit Bigna zu sprechen, mit seinen Eisernen und seiner Armee, im goldenen Licht der Mittagssonne, und sie sich aufmachte, um alles für ihre Reise und den Abmarsch der Armee vorzubereiten.

Dieselben goldenen Strahlen fielen auch durch die Fenster des Stadizrât. Aus roten Ziegeln war das Ratsgebäude gebaut, der einzige rote Bau in der blauen Stadt Briva. Direkt gegenüber des Stadizhûsa ragte es vier Stockwerke hoch auf, mit prächtigen Stufengiebeln und hohen Fenstern mit weißen Rahmen. Hier versammelten sich jene, die von den Bürgern zu ihren Vertretern in allen politischen Angelegenheiten gewählt worden waren, die Mitglieder der Burgekamer, und hier wurden die Gesetze der Stadt verabschiedet.

Bürgermeisterin Reys erstattete der Burgekamer in der Gemeinen Sprache Bericht, dann verbeugte sie sich.

Und noch bevor sie sich wieder aufgerichtet hatte, meldete sich das erste Ratsmitglied bereits zu Wort.

»Entsprechen die Behauptungen des Barons in irgendeiner Form der Wahrheit, Bürgermeisterin?«

Reys nahm die Schultern zurück. Sie sah dem Sprecher ins Gesicht, der zudem der Vorsitzende der Burgekamer war. Daìpu war sein Name, und er war sogar noch größer als sie, was bei Männern wie Frauen selten vorkam.

Sein Haar war von grauen Strähnen durchzogen, ähnlich wie ihres, das an den Schläfen langsam weiß wurde. Bei der Wahl, die sie zur Bürgermeisterin gemacht hatte, war er ihr schärfster Konkurrent gewesen. Schon oft hatte sie gedacht, dass er ein attraktiver Mann war, vielleicht sogar als Partner infrage gekommen wäre, hätte er nicht so verbissen versucht, ihr das Amt streitig zu machen, das sie innehatte. Nachdem sie die Wahl gewonnen hatte, hatte er ihr die Hand geschüttelt, sie angelächelt. Ihrer Meinung nach reichte das jedoch nicht über seine Lippen hinaus.

»Nein, Herr Ratsvorsitzender«, antwortete sie. »Zumindest nicht, falls du damit den Vorwurf des Mordes und der Volksverhetzung meinst. Mein Bruder und ich kamen damals nach Schur, weil wir nach einem ganz bestimmten Lied suchten. Tatsächlich suchten wir schon damals – auch wenn wir das zu diesem Zeitpunkt nicht wussten – nach dem Lied der Nacht, das uns heute vor den Skadwaz schützt.«

»Uns und Lurins Armee«, wandte Piroska ein, das jüngste Mitglied des Rates. Sie schien kaum an sich halten zu können, aufspringen zu wollen, um irgendetwas zu unternehmen. So kannten sie ihre Piroska.

»Er fordert dein Leben«, fasste Daìpu zusammen, »und dass wir das Willkommenslicht löschen.«

»Jawohl«, bestätigte Reys.

»Es kommt überhaupt nicht infrage, dass wir seine Forderungen erfüllen«, protestierte die junge Piroska.

»Meiner Meinung nach ist es höchst unwahrscheinlich, dass Lurin zu seinem Wort steht«, betonte Reys. »Er wird die Stadt angreifen, ob wir seinen Forderungen nachkommen oder nicht.«

»Das sehe ich ebenso«, stimmte Daìpu ihr zu. »Und

auch wenn er nicht lügt: Dieser Rat kann niemanden zwingen, sein Leben zu opfern.«

»Und selbst wenn wir es könnten, würden wir es nicht wollen«, ergänzte Piroska, während Daìpus Blick weiter auf Reys ruhte.

Sie blickte in seine dunklen Augen und glaubte zu wissen, was er dachte.

Doch man kann sich freiwillig opfern.

Sie ließ ihren Blick über die anderen Ratsmitglieder wandern.

Viele von ihnen sahen ihr nicht ins Gesicht.

»Dann wird es also Krieg geben?«, fragte ein anderes Mitglied des Rates. Das kurze Haar und der goldene Ohrring verrieten, dass Shēng einst zur See gefahren war, doch ebenso wie der Name sagten sie nichts darüber aus, welchem Geschlecht er oder sie sich zugehörig fühlte. Noch immer hatte sie die starken Arme eines Menschen, der zur See fuhr, und hin und wieder sah man sie draußen in den grünen Hügeln trainieren, das Entermesser in der Hand und ein fröhliches Lächeln im Gesicht. Dann wieder starrte er reglos auf die sanften Wellen des Handalon hinaus, dessen rastloses Wasser dem Meer zustrebte.

Und auch jetzt blickte Shēng durch das offene Fenster hinaus, suchte den Handalon, suchte die offene See. Dann wandte sie sich an Reys: »Es wird also Krieg geben, Frau Bürgermeisterin?«

Reys sah sie alle an. Dann glitt ihr Blick wieder zu Daìpu.

Der sie unverwandt musterte.

Die Abenddämmerung setzte bereits ein, als sie sich von ihren Plätzen erhoben und Sprecher Daìpu zur Tür ging und auf den Balkon hinaustrat.

Unten auf dem Platz stand das Volk von Briva. Und ihm fiel es zu, den Menschen zu verkünden, dass ihnen der Krieg erklärt worden war. Zu wiederholen, was der Eiserne Baron gefordert hatte. Dass er ein Leben und ein Licht gefordert hatte.

Ihm fiel es zu, es auszusprechen: »Es wird Krieg geben.«

Im roten Licht der untergehenden Sonne stand er da. Die Bürgermeisterin musterte seine hoch aufgerichtete Gestalt, dann sah sie zum Willkommenslicht hinauf.

Es durfte nicht verlöschen.

Weyd würde nicht nach Hause finden, wenn es erlosch.

Und jenseits der Ebene, auf dem grünen Hügel, stand Lurin, der Eiserne Baron, vor seiner Armee, ebenfalls in das rote Licht der scheidenden Sonne getaucht. Eine Rede hielt er, eine Rede, um sie anzupeitschen.

»Im Morgengrauen des dritten Tages werden wir angreifen! Und ihr werdet euch nehmen, was euch zusteht: die herrlichste aller Städte, die schönsten Frauen und das köstlichste Essen, das ihr je gesehen habt! Vor hundert Jahren wurden wir in die Berge verdrängt! Nun kehren wir zurück! Für Schur!«

Und seine Soldaten brüllten zurück.

Für Schur!

Für Schur!

Für Schur!

Für Schur!

»In weniger als einer Woche werden wir in Turis sein«, rief Lurin, »der größten Stadt von allen. Wir werden Turis einnehmen. Wir werden das Hohe Gericht stürzen, das uns vorschreiben will, wie wir zu leben haben. Das uns sogar aus der Ferne unterjochen will. Wir werden das Gericht stürzen, wir werden ihre fruchtbaren Felder plündern, wir werden essen und trinken und feiern wie Könige! Wir werden leben in fruchtbarem, weitem Land!«

Und wieder brüllten seine Soldaten.

Für Schur!

Für Schur!

Für Schur!

Für Schur!

»Und bevor das Jahr zu Ende geht, werden wir nach Schur zurückkehren. In unsere Heimat! Zu unserem Volk! Und dann wird die Welt endlich begriffen haben, wer wir sind. Endlich werden sie uns Respekt zollen. Endlich werden sie uns fürchten. Wenn wir nach Schur zurückkehren, werden wir Herren sein über viele Lande, und wir werden sie alle in ihre Schranken verwiesen haben!«

Der Baron ließ sein Pferd steigen, dann ritt er voran. Ihm folgte sein Hauptmann, dann kamen die Eisernen. Und hinter ihnen marschierte die Armee von Schur. Laut und schrill gellten die *drimbas*, als sie aufbrachen. Laut und dröhnend antwortete ihr Gebrüll.

Für Schur!

Für Schur!

Für Schur!

Für Schur!

Und sie hörten es in Briva.

Sie hörten es, als sie voller Angst den Markplatz verließen. Sie hörten es, als sie die Stadtmauer erreichten und auf die Zinnen stiegen.

Auch die Bürgermeisterin erklomm die Mauer. Hoch aufgerichtet stand sie da, blickte mit unerschütterlicher Miene über die Ebene. Die zitternden Hände hielt sie in ihren weiten Ärmeln verborgen. An ihrer Seite stand die alte Thain in ihrem weißen Umhang, außerdem flankierten sie der Ratsvorsitzende Dàisou und Shēng, dessen Blick wie immer zum Fluss ging. So standen sie auf den Mauern von Briva der Blauen und lauschten dem schrillen Tönen der *drimbas*. Hunderter *drimbas*. Tausender.

Und als sich das silbergraue, bleiche Zwielicht über die Welt senkte, glaubte die Bürgermeisterin für einen Moment noch etwas anderes zu hören, kaum wahrnehmbar unter dem schrillen Getöse.

Hufgeklapper.

Hufgeklapper auf der Straße.

Und einen Augenblick lang glaubte sie, einen Reiter zu sehen.

Eine verschwommene fahlgraue Gestalt auf einem fahlgrauen Pferd.

Neben ihr stützte sich die Thain schwer auf ihren Stab. »Dort«, flüsterte sie in der Sprache ihrer Heimat. »Dort reitet er.«

Reys drehte sich zu ihr um. »Dort reitet wer?«

Doch dann meldete Piroska, deren Hand wieder fest auf ihre Brust gedrückt war, mit weit aufgerissenen Augen: »Da kommen sie.«

Und vor den Stadttoren war keine Spur zu sehen von einem fahlen Reiter in Grau. Stattdessen hörten sie das

Donnern unzähliger Hufe, untermalt von dem schrill gellenden Klang der *drimbas*.

Und so sahen sie, wie die Vorhut über die Kuppe des Hügels preschte. Zwölf Fackeln reckten sie in die Höhe. Die Flammen schimmerten auf ihren eisernen Helmen mit den hohen weißen Federn. Nur eine Feder war grau, nein, silbern im Licht des scheidenden Tages. Silbern war die Feder des Hauptmanns, der ganz vorne ritt, neben Lurin. Prachtvoll glänzten die goldenen Verzierungen auf der Rüstung des Eisernen Barons. Fest saß der Helm mit der silbernen Feder auf dem Kopf der jungen Frau, fest hielt sie ihren eisernen Schild, fest drückte sie ihrem Pferd die Sporen in die Flanken, an denen bereits das Blut herabtropfte. Silber und Gold, so preschten sie über den Grauen Pfad heran, der Eiserne Baron und sein Hauptmann.

Das Licht verblasste am Himmel, und sie galoppierten heran.

Zuerst war es eine einzelne Reihe. Eine Linie aus Fackeln erschien auf der Kuppe des Hügels.

Doch dahinter erschien noch eine.

Und noch eine.

Mit dem letzten Licht des Tages ließen sie noch einmal ihre *drimbas* ertönen. Zu ihrem unheilvollen Klang stürmten sie über die Hügel. Die *drimbas* an den Lippen, reckten sie ihre Fackeln.

Und dann standen sie auf der Ebene vor der Stadt. Standen still im Licht ihrer Fackeln.

Die *drimbas* schwiegen.

Reglos standen sie da. Still. Menga musterte die Gesichter oben auf der Mauer. Sie waren voller Furcht.

Dann drehte sie sich um, sah die vielen Fackeln, die überall auf der weiten Ebene flackerten.

Und da spürte sie es ebenfalls. Furcht.

Noch einmal ließ der Eiserne Baron seine Stimme erklingen, so laut, dass sie bis zu den Zinnen der Stadtmauer hinaufhallte: »Volk von Briva! Übergebt mir eure Bürgermeisterin, löscht euer Willkommenslicht und helft mir dabei, Schur Gerechtigkeit widerfahren zu lassen. Dann werdet ihr verschont.« Er lächelte. »Ihr habt drei Tage Zeit, um euch zu entscheiden. Nutzt diese Zeit weise, Bewohner von Briva. Ich verspreche euch: Es spielt keine Rolle, wie sie uns ausgeliefert wird. Wenn eine tapfere Seele sie einfach von der Stadtmauer stößt, soll mir das auch recht sein.«

»Du machst dich lächerlich, Lurin. Deine Strategie der Angst wird hier nicht funktionieren«, rief Reys zu ihm hinunter.

Lächelnd sah er zu ihr hoch. »Wirklich nicht, Reys die Wurzellose?«

Dann ließ er seinen Blick über die Menschen auf der Mauer schweifen, und Menga sah, was er sah: Die Furcht hatte sie alle gepackt.

Piroskas Augen war weit aufgerissen.

Ihre Lippen zitterten.

Nun hob Lurin den Arm, und Bigna ritt an seine Seite. Ihre weiße Feder war die größte von allen. Sie grinste breit.

»Drei Tage«, wiederholte der Baron mit Nachdruck. »Ich werde während dieser Zeit einen weiteren Kriminellen einfangen, dem ihr Unterschlupf gewährt hattet, der inzwischen aber bereits weitergezogen ist.«

Er sah Reys direkt in die Augen. »Ich werde deinen Bruder den Vagabunden hier vor dieses Tor schleifen, dann könnt ihr eure Strafe gemeinsam verbüßen.«

Hoch oben auf der Mauer spürte Reys, wie ihr Herz einen Schlag aussetzte.

»Solltet ihr während meiner Abwesenheit meinen Forderungen nachkommen wollen, sprecht bitte mit meinem treuen Leutnant, Bigna von Chürgod.«

Reys musterte Bigna prüfend. Die Wunde an ihrer Wange war versorgt worden, allerdings mehr schlecht als recht. Beinahe sah es so aus, als hätte sie es selbst getan.

»Es wird mir eine Freude sein, Bürgermeisterin Reys von Briva hier bei uns willkommen zu heißen«, rief Bigna. Noch immer grinsend, fügte sie hinzu: »Wir werden sogar ein eigenes Willkommenslicht für sie entzünden, wenn sie sich zu uns herabbegibt, nicht wahr?«

Die Eisernen lachten. Und die Soldaten in ihrem Rücken taten es ihnen gleich.

Lurin, der Eiserne Baron, erklärte an Leutnant Bigna gewandt: »Tötet sie nicht, bevor ich zurück bin. Diese Pflicht obliegt mir allein.«

Das Gelächter nahm zu, und Bigna nickte. So laut hallte dieses Gelächter über die Ebene. Doch lauter noch tönte die Stimme des Eisernen Barons, denn niemand spielte so gekonnt mit der Furcht wie er: »Kessele die Stadt ein, Leutnant! Niemand darf entkommen! Wer zu fliehen versucht, wird gejagt und abgeschlachtet, denn Feiglinge verdienen nichts anderes als Qual! Am dritten Tag werden wir zurückkehren, und dann holen wir uns diese Stadt mit all ihren Schönheiten und Vorzügen! Es sei denn, die Bürgermeisterin kommt heraus, damit wir unser Willkommenslicht für sie entzünden können!«

Nun lachten sie noch lauter, und wieder schallten die *drimbas* über die Ebene, getragen von ihren Rufen.

Für Schur!

Für Schur!

Für Schur!

Für Schur!

Und noch lange folgten diese Rufe dem Baron und seinem Hauptmann, als sie ihren Pferden die Sporen gaben, dem Stadttor den Rücken kehrten und den Grauen Pfad hinuntergaloppierten, der im fahlen Zwielicht beinahe silbern schimmerte. Als sie die Stadt Briva hinter sich ließen, die von Bigna von Chürgod und der Armee des Eisernen Barons belagert wurde, gab Bigna bereits Befehl, einen undurchdringlichen Ring um die Stadt zu schließen.

Und als die Dämmerung wich und die letzte Farbe am Himmel verblasste, stimmte die Armee das Lied der Nacht an, um sich vor den Schatten zu schützen. Und so sah jeder in Briva, wie Mond und Sterne am Firmament erschienen. Vielleicht hätte ihr Licht sogar tröstend gewirkt, wäre es nicht von den vielen eisernen Helmen und Schwertern reflektiert worden.

Sie saßen wie Tiere in der Falle, und sie konnte ihrem Bruder nicht einmal Nachricht schicken, um ihn zu warnen.

Auch jetzt stand die Thain von Brakbant an ihrer Seite, fest auf ihren Stab gestützt. »Hast du ihn gesehen?«, flüsterte sie. »Hast du den Fahlen Reiter gesehen?«

Reys legte ihr eine Hand auf die Schulter. Die alte Frau

zitterte am ganzen Leib. Furcht spiegelte sich in ihren weit aufgerissenen Augen.

»Das war sicher nur Einbildung«, sagte sie. »Die Angst spielt uns einen Streich.«

Die Thain sah zu ihr hoch. »Mein gutes Kind«, sagte die Alte, »kennst du denn das Lied nicht? Kennst du nicht das Todeslied?«

Unsagbare Furcht ließ ihre Züge erstarren.

Nein, Reys kannte das Lied nicht.

Doch die Thain kannte es. Und sie sang es in der Sprache ihrer Heimat.

Warum dröhnt der Hufschlag laut, so laut
aus dem Tale zu mir herauf?
Das sind nur die Bauern und Tölpel, mein Kind,
nur die Bauern kommen herauf.

Warum dringt Lärmen laut, so laut
Über die Straße zu mir heran?
Das sind nur die Boten und Herolde, Kind,
nur die Herolde kommen heran.

Welch Gestalt seh' ich vor mir, klar, so klar,
welch Gestalt kommt im Zwielicht heran?
Das ist nur ein einsamer Reiter, mein Kind,
ein grauer Reiter trabet heran.

Warum fühl' ich in mir die Furcht so stark,
wenn im Zwielicht er trabet heran?
Schließ die Augen nun, schließ die Augen, mein Kind,
der Fahle Reiter trabet heran.

Der Fahle Reiter trabet heran, heran,
der Fahle Reiter, er kommt zu dir.
Nun ist es bald vorüber, mein Kind,
denn der Tod, er trabet heran.
Der Tod, er kommt zu dir.

»Das ist kein Todeslied«, widersprach Reys. »Allein die Furcht lässt dich jetzt daran denken. Fürchte nicht die Dunkelheit, Thain. Ergebt euch nicht der Furcht, Bürger von Briva! Seht dort, das Willkommenslicht! Gebt die Hoffnung nicht auf!«

Aber ihre Stimme wurde übertönt vom Todeslied, das mit den letzten Lichtstrahlen verklang. Die Nacht senkte sich über die Stadt, und ebenso über den Grauen Pfad, wo Hauptmann Menga mit ihrem Baron und ihrer Eisernen Patrouille davontrabte. Noch einmal drehte sie sich zu dieser wundervollen Stadt um, als die Dunkelheit nahte. Blau und silbern schimmerten die höhen Türme im letzten Licht des Tages.

Wir werden diese Stadt nicht zerstören, dachte sie. Wir werden dieses Licht nicht löschen.

Und während sie sich wieder der Straße zuwandte, eine Hand an die Brust gedrückt, glaubte sie wieder, es zu hören.

Hufschlag.

Hinter ihr auf der Straße klapperten Hufe.

Sie zügelte ihr Pferd.

»Hörst du das auch, Herr?«

»Wenn wir zügig reiten und die Nacht hindurch singen, können wir den Wavart innerhalb eines Tages erreichen«, erwiderte Lurin, bevor er seinen Eisernen zurief:

»Wir werden um den Wavart herumreiten. So wie ich den Vagabunden und seine Entwurzelten kenne, werden sie zu Fuß reisen. Wir werden ihnen den Weg abschneiden, sobald sie den Wavart verlassen. Wir werden ihnen eine Falle stellen!«

Die Eiserne Patrouille jubelte. Lachend wandte sich der Baron an Menga: »Auf, Hauptmann! Die Jagd hat begonnen!«

Dann trieb er noch einmal seinem Pferd die Sporen in die Flanken und preschte die Straße hinunter, gefolgt von seiner Patrouille. So laut hallte das Hufgetrappel die uralte Straße entlang, auf der schon genug Jäger und Soldaten einhergeschritten waren, die oft schon die leisen Schritte der Furcht gehört hatten. Und so hörte Menga mit dem roten Haar und der toten Blume nicht mehr, ob der Hufschlag vor oder hinter ihr erklang.

Ein Raunen lag in der Luft, ein Flüstern. Und wieder einmal streckte die Furcht ihre langen, dürren Finger nach ihr aus. Drang in ihre Brust, unter ihr Wams, und tastete nach der so gut verborgenen Blume.

Menga, Hauptmann der Eisernen, packte die Zügel und bohrte ihrem Hengst die Sporen in die Seiten. Hastig folgte sie dem Baron, laut sang sie das Lied der Nacht.

Aber ihre Worte klangen schal, ihre Stimme dünn, als die Nacht schließlich hereinbrach. Mond und Sterne spendeten ihr keinen Trost mit ihrem Licht. Ihre Finger zitterten, egal wie fest sie die Zügel packte.

Schnell und weit waren sie geritten.

Weit und klug hatten sie den Wavart umgangen.

Klug und verstohlen hatten sie im Vuivtur ihre Falle ausgelegt.

Hatten die Falle zuschnappen lassen, den Vagabunden und seine Entwurzelten gefangen.

Doch selbst als sie im Vuivtur stand selbst als sie alle ihre Armbrüste auf das Herz des Vagabunden die Herzen der Entwurzelten richteten selbst als Lurin sich mit einem breiten Lächeln der Bardin zuwandte dem Vagabunden zuwandte sie alle lächelnd in die Knie gezwungen hatte wurde Menga das Gefühl nicht los, dass die Jagd noch nicht vorbei war.

Und dass nicht sie die Jäger waren.

Nein, der Jäger war ein Fahler Reiter.

Und er würde sie holen kommen.

5

Entkommen

Solange diese Armbrüste auf sie gerichtet waren, konnte Weyd nicht nach Mundian greifen, Caer nicht nach ihrer Streitaxt. Ihnen blieb nichts anderes übrig, als in stiller Ergebenheit die Hände zu heben, als die Eiserne Patrouille sie umzingelte.

Der Baron sah zu, wie die Gruppe auf die Knie gezwungen wurde. Beobachtete den Wanderer und die Bardin. Beobachtete den Heiler in seinem goldenen Mantel.

Der goldene Mantel.

Endlich würde er ihm gehören.

Endlich würden sie alle ihm gehören.

Joris Gelenke knackten, und er stöhnte schmerzerfüllt. Bahr fauchte wütend und versuchte, sich loszureißen. Und noch während er niedergedrückt wurde, sagte Weyd zu ihr: »Wir sollten unsere Kräfte aufsparen, Bahr.«

»Eure Kräfte aufsparen«, wiederholte der Baron. »Aber wofür denn? Bringt sie zum Schweigen«, befahl er seinen Soldaten. Sofort drückten die ihre festen Lederhandschuhe auf die Münder der Gefährten. Selbst Bellitas wurde eingefangen und zum Schweigen gezwungen. Wo Urth war, wusste Weyd nicht. Hoffentlich blieb sie in ihrem Versteck.

Lächelnd stand Lurin auf der Treppe und blickte auf seine Jagdbeute herab. Auf den Mann, nach dem er so lange gesucht hatte. Seine Augen schienen im Licht der Kerzen zu strahlen. »Ich muss sagen, Weyd, ich bin etwas enttäuscht. Eigentlich hatte ich nicht gedacht, dass der berühmte Wanderer einfach blind in eine solche Falle tappt. Dass du dich nicht davon überzeugst, ob es im Vuivtur auch wirklich sicher ist, bevor du mit deiner ganzen Truppe hier reinstürmst. Wie wird die Bardin das wohl in ihrem Lied darstellen?«

Sein Blick glitt zu Caer, und er ließ ihn genüsslich über ihren Körper wandern, verharrte in ihrem Schoß, auf ihren Brüsten, ihrer Kehle und ihren Lippen. Um dann zu ihrer Kehle zurückzukehren.

Neben ihm stand sein Hauptmann mit dem eisernen Helm und der hohen grauen Feder. Ihre Miene war undurchdringlich.

»Lasst ihn sprechen.« Nachlässig deutete Lurin auf den Wanderer.

»Das sollte dir allerdings zu denken geben, Lurin«, antwortete Weyd, sobald er seinen Mund wieder benutzen konnte. »Denn dort draußen lauert die eigentliche Bedrohung. Wir sind hier reingestürmt, um ihr zu entkommen. Sobald du mit uns hier rausmarschierst, wird der Reiter uns alle erwischen.«

Caer sah kurz zu ihm hinüber.

Und Menga, Hauptmann der Eisernen, zuckte kaum merklich zusammen.

Lurin hingegen schüttelte in gespieltem Bedauern den Kopf. Ganz langsam stieg er die Treppe hinunter und ging zu ihnen hinüber. »Und wieder eine Tat, die eines Liedes kaum würdig sein dürfte. Rennt vor einem einzelnen Reiter davon. Wenn du mir Angst machen willst, musst du dir schon eine bessere Geschichte ausdenken. Vielleicht hat unsere Bardin ja eine im Angebot?«

Menga wollte ihm nach unten folgen, überlegte es sich dann aber anders. Ohne die Gefangenen anzusehen, drehte sie sich um und stieg die Stufen hinauf.

Der Eiserne Baron war bei der Bardin angekommen. Er befahl ihrem Bewacher, sie loszulassen. Als Caer etwas sagen wollte, drückte er ihr die in Leder gehüllte Hand auf den Mund.

»Schhh. Sagtest du nicht einmal, du würdest dich nicht zum Schweigen bringen lassen, Caer die Wurzellose? Nun – jetzt schweigst du.«

Mit der freien Hand drückte er ihr Kinn hoch und ließ die Finger über ihren Hals gleiten. Sanft glitten sie über den Verband an ihrer Kehle. »Wie ich sehe, ist die Verletzung verheilt, die du so tapfer hingenommen hast, obwohl sie eigentlich für einen anderen bestimmt war.«

Fasziniert musterte er ihre Kehle. »Ich hätte nicht gedacht, dass das möglich wäre. Nein, ich dachte, ich hätte dich für immer verloren.«

»Du wirst vor allem dein Leben verlieren, Lurin, wenn du nicht auf uns hörst«, drängte Weyd, dem als Einziger gestattet worden war, von seiner Stimme Gebrauch zu machen. »Ein Reiter ist uns im Wavart gefolgt. Und er ist gefährlich.«

Lurin verdrehte die Augen, dann winkte er drei seiner

Soldaten herbei. »Geht nach draußen und schleift diesen Reiter hier rein. Falls ihr ihn findet. Denn ich glaube, Wanderer, dass allein die Furcht dich hier hereingetrieben hat. Du wirst wohl langsam alt, wenn du ihr Raunen nicht mehr erkennst, wenn du ihr Blendwerk und ihre Truggestalten nicht mehr durchschaust. Schweig wieder.«

Die Soldaten gingen hinaus, nachdem sie den Holzbalken beiseitegeräumt hatten, und Weyd fragte sich, ob der Baron nicht vielleicht recht hatte, während sich erneut eine Hand auf seinen Mund legte. Hatte er tatsächlich einen Reiter gesehen? Oder hatte allein die Furcht sie dem Mann in die Arme getrieben, der sie eigentlich gejagt hatte?

»Ein einzelner Reiter sollte sowieso deine geringste Sorge sein, Weyd«, fuhr der Baron fort. »Denn während die Armeen meines Verbündeten Sapaudias den Süden überfallen, habe ich eine ganze Armee auf der Ebene vor der blauen Stadt Briva zurückgelassen. Jener Stadt, in der das Willkommenslicht brennt und deine Schwester die Bürgermeisterin ist.«

Weyd erstarrte.

Vollkommen

reglos

und

starr

wurde er.

Seine Freunde wandten sich ihm zu. Und Lurin sah es. Er ließ den Wanderer nicht aus den Augen. Er sah, wie Kälte und Furcht seine Züge erstarren ließen. »Wir sind durch Allaith marschiert und haben das Reich der Königin ins Chaos gestürzt. Singend zogen wir durch Brakbant. Die Thain und ihr Volk sind geflohen. Hundert Jahre, nachdem man uns in die Berge vertrieben hat, haben wir es ihnen vergolten. Die Eiserne Armee hat sie verfolgt, hat dabei die Grüne Grenze zwischen Brakbant und Briva überquert.«

Blass war der Wanderer, so blass.

»Briva die Blaue wird belagert, Weyd«, verkündete Lurin, der Eiserne Baron. »Ich habe einen Belagerungsring um die Stadt geschlossen, und mein Leutnant hat Befehl, übermorgen anzugreifen, gleich im Morgengrauen, egal was geschieht.«

Weyd wollte etwas sagen, doch er konnte nicht. Die Hand auf seinem Mund erstickte jeden Laut.

Lurin beobachtete es mit Genuss.

Als er das erkannte, gab Weyd den Versuch auf. Er sah zu Caer hinüber, zu Ealdre, dessen Miene sich voller Qual verzogen hatte. Der Baron folgte seinem Blick, und prompt wandte er sich an den Heiler: »Ah, da ist er ja. Der Mann, der eigentlich tot sein müsste, und der noch immer den Mantel trägt, der mir gehören sollte und meiner Familie.«

So fest presste Lurin seine Hand auf Caers Mund. Er genoss dieses Gefühl. Ebenso wie er es genossen hatte, dem Wanderer bei seinem erstickten Protest zuzusehen. Ja, er genoss es, dass allein er bestimmte, wann die Bardin auch nur ein einziges Wort von sich geben durfte. Natürlich würde er ihr irgendwann gestatten zu sprechen. Sogar das Singen würde er ihr erlauben. Grausamkeit lag ihm schließlich fern. Denn ein grausamer Mann würde wohl kaum so viel Wert darauf legen, es schnell geschehen zu lassen, wenn er jemandem das Leben nehmen musste.

Lurin streckte die freie Hand aus und strich mit einem Finger über den so herrlich golden schimmernden Mantel. »Ob sich das Blut wohl rauswaschen lässt? Was meinst du, Wanderer? Kann ich den Heiler töten, bevor ich mir seinen Mantel nehme? Werden sich die Blutflecken entfernen lassen? Ladina würde keinen blutbefleckten Menschen wünschen.«

Er gab dem Soldaten, der Weyd festhielt, ein Zeichen. Sobald sein Mund frei war, nutzte der Wanderer die Gelegenheit. Doch er achtete darauf, dass seine Stimme ruhig klang, nicht zitterte, nicht den kleinsten Hinweis darauf gab, dass die Furcht in seinem Inneren wuchs und wuchs. »Was willst du, Lurin? Uns einen goldenen Mantel stehlen? Briva schleifen und plündern? Mir die Kehle aufschlitzen und zusehen, wie ich sterbe? Diese letzte Freude schenke ich dir gern. Wenn du dann meine Freunde gehen lässt, deine Armee abziehst und diesem ganzen Theater ein Ende machst.«

Mit einem abfälligen Zungenschnalzen wandte sich der Baron wieder Caer zu. »Du denkst nicht groß genug, Wanderer. So warst du schon immer. Nach Schur kamst du damals allein wegen eines Liedes. Eines Liedes!«

Kopfschüttelnd umfasste der Baron das Gesicht der Bardin. »In deiner Poststation hast du ein kleines Licht angezündet. Ein Licht! Weder ein Lied noch ein Licht werden die Welt beherrschen, Entwurzelter.«

»Komm zum Punkt, Lurin!«

Der Baron kniff die Augen zusammen. »Du erinnerst mich sehr an deine Schwester.«

Ein Schauder überlief den Wanderer.

Lächelnd nickte der Baron. »Ach ja, so hat sie auch reagiert, als ich ihr sagte, dass ich dich holen werde. Ihr seid wirklich rührend, ihr zwei. Wie habt ihr euch noch gleich genannt? Dubbelin und Eenelin?«

»Worte, die nicht in deinen Mund gehören«, zischte Weyd.

»Tapfer gesprochen für einen Mann, der auf Knien vor mir rutscht«, stellte Lurin lächelnd fest.

»Was willst du, Lurin? Mich? Wenn es so ist, dann verschone die Stadt.«

»Weißt du, das würde ich sogar tun«, erklärte ihm der Eiserne Baron. »Zwar bin ich mir sicher, dass deine Schwester mir das nicht glaubt, aber ich würde es tatsächlich tun, denn ich finde Briva wunderschön.«

Weyd starrte ihn verblüfft an.

Genau wie Jelscha.

Lurin fuhr fort: »Das habe ich ihr gesagt. Ich sagte ihr, wenn sie das Willkommenslicht löscht und vor das Stadttor tritt, um sich uns auszuliefern, werde ich die blaue Stadt Briva am Ufer der Veta verschonen und direkt nach Turis weiterziehen.«

Weyds Herz erstarrte in einem schmerzhaften Krampf.

Das Willkommenslicht.

Seine Schwester.

Der Eiserne Baron sah Weyd durchdringend an. »So habe ich es ihr gesagt, und nun sage ich es dir, Weyd: Wenn du mit mir kommst und dich neben deine Schwester vor das Stadttor von Briva stellst, um dabei zuzusehen, wie das Licht oben im Turm erlischt, werde ich die Stadt verschonen. Ich werde sogar deine Freunde verschonen.«

Er deutete mit dem Kopf auf die Gefährten. »Ich werde sie gehen lassen, mein lieber Wanderer. Alle außer deiner kostbaren Bardin und den Heiler, dessen Mantel ich benötige.«

Lurin strich über Caers Wange. Sie drehte den Kopf weg. Für einen Augenblick hing die Hand des Barons in der Luft. Dann ließ er seine Finger sanft über ihr Ohr gleiten, über ihren Zopf. »Sie wird uns begleiten und sich ansehen, was ich mit dir mache. Und dann wird sie ein Lied darüber schreiben.«

»Ein Lied über eine Hinrichtung? Du möchtest also, dass die Welt dich so verewigt sieht? Das ist es, was man sich über dich erzählen soll?«, fragte Weyd.

»Ein Lied der Gerechtigkeit«, korrigierte ihn der Baron. »Ein Lied über Ladina von Schur, die reinste Frau, die je im Tal ihrer Väter gelebt hat. Ein Lied, das schildert, wie sie verdorben wurde. Ein Lied, in dem besungen wird, wie ihr Bruder ihre Mörder zur Strecke brachte, zwei Entwurzelte, die kein Recht hatten auf die Wälder, die Erde, das Licht und die Lieder von Schur. Ein Lied über den Baron von Schur, der endlich das Land zurückgewann, von dem sein Volk vertrieben worden war. Sodass sie endlich in Frieden ruhen kann.«

Weyd schluckte. »So war es aber nicht, Lurin.«

»Das hat deine Schwester auch gesagt. Aber mein Lied wird lauter erklingen als eure Stimmen. Denn so sehen die Tatsachen aus: Ihr kamt aus dem Nichts, sie hat sich in dich verliebt, Wanderer, und deshalb ist sie seit fünfundzwanzig Jahren tot.«

»Ladina war nicht in mich verliebt, Lurin«, erwiderte Weyd. »Das weißt du. Ebenso wie du weißt, dass sie tot ist, weil du ihr Tur an die Kehle gesetzt und sie getötet hast.«

»Erlöst habe ich sie! Eine Gnade erwiesen habe ich ihr!« Der Eiserne Baron ließ die Bardin los und stapfte zu Weyd hinüber. »Du warst nicht dabei, Weyd. Du warst nicht dabei, weil du sie im Stich gelassen hast. Aber ich war dort. Ich war da. Ich war für sie da.«

»Du hast zugesehen, wie sie gefoltert wurde, und dann hast du sie getötet, weil sie in deinen Augen nicht mehr rein genug war.« Endlich war Caers Kopf frei, endlich konnte sie ihre Stimme nutzen. »So wird es das Lied berichten, das ich schreiben werde, Lurin. Darauf kannst du Gift nehmen.«

Bevor sie noch mehr sagen konnte, drückte der Soldat, der hinter ihr stand, wieder seine Hand auf ihren Mund.

»Nein, lass sie los.«

Ganz langsam drehte der Eiserne Baron sich um und sah sie an. »Nur zu, Bardin. Sprich.«

Caer schwieg.

»Du wolltest doch auf keinen Fall deiner Stimme beraubt werden. Also, sprich.«

Er kam auf sie zu.

»Du kannst mich nicht bezwingen, Lurin«, flüsterte sie rau. So rau.

»Dann ist es also wahr?« Wieder umfasste Lurin ihren Hals. »Das ist alles, was von deiner Stimme geblieben ist?«

Und wirklich – kein kraftvolles Wort hatte er mehr von ihr gehört, seit Tur ihre Kehle aufgeschlitzt hatte, wo er eigentlich die des Wanderers hätte treffen sollen. Bis jetzt hatte er nicht gehört, was von ihrer Stimme geblieben war, der einst so wundervolle Töne entsprungen waren, dass das gesamte Tal von Schur ihre Musik gefürchtet hatte.

»Nun verdiene ich den Namen, den man mir in deinem Tal gegeben hat, Lurin«, erwiderte Caer heiser. »Caer die Krähe steht vor dir, und ich tragen diesen Namen mit Stolz. Mit Stolz trage ich ihn, denn er beweist, dass diese

Entwurzelte voll Mut gehandelt hat. Und er beweist, dass du ein Mörder bist.«

Lurin schüttelte den Kopf. »Diese Wunde war nie für dich bestimmt.« Er starrte auf ihren Hals. »Du hättest mich auf meinen Feldzug begleiten und ihn besingen sollen. Besingen sollen, wie ich die ganze Welt erobere. Für Schur.«

Abrupt fuhr der Baron zu Weyd herum. »Nun siehst du hoffentlich, was du angerichtet hast, Vagabund. Du hast dieser Frau die Stimme geraubt. Hoffentlich bist du stolz auf dich. Jetzt wird sie mich auf meinen Feldzügen begleiten müssen, ohne ein einziges Lied darüber anstimmen zu können! Stumm wie ein Narr wird sie dastehen! Haltet ihm den Mund zu!«

Noch bevor Weyd protestieren konnte, wurde der Befehl ausgeführt. Der Eiserne Baron ging zu Ealdre hinüber. Den Rest der Gruppe ignorierte er völlig. »Sprich, Heiler mit dem Mantel, der von Rechts wegen mir gehört. Es muss eine Möglichkeit geben, ihre Stimme wiederherzustellen.«

Ealdre wartete, bis sein Mund freigegeben wurde. Dann sagte er: »Die Zeit könnte sie vielleicht heilen.«

»Die Zeit?« Fassungslos starrte Lurin ihn an.

»Die Zeit ist ein mächtiger Heiler«, erwiderte Ealdre. »Du solltest sie nicht geringschätzen. Manchmal kann ein Heiler nicht mehr tun als das: Sein Handwerk jemandem überlassen, der für diese Aufgabe besser geeignet ist.«

»Und welchen Nutzen hast du dann noch?« Kopfschüttelnd trat Lurin einen Schritt zurück. »Wenn du nichts weiter zu sagen weißt als dies, warum bist du dann hier?«

»Wir leben nicht aufgrund unseres Nutzens, Lurin.«

»Doch genau das ist die Frage: Warum lebst du überhaupt?«, beharrte der Baron.

»Der Sinn des Lebens ist das Leben«, antwortete Ealdre. »Es brauchte keine weitere Rechtfertigung.«

»Ah, ein Philosoph.« Lurin grinste breit. »Und wenn ich behaupte, für deines braucht es sehr wohl eine weitere Rechtfertigung, Heiler?«

Mit einem schnellen Schritt trat der Baron dicht an Ealdre heran und drückte Tur an seine Kehle. Nur knapp über dem goldenen Verband, wo er ihn schon einmal aufgeschlitzt hatte. Er musterte den Stoffstreifen. »Du hast meinen Mantel zerrissen, Entwurzelter.«

»Ich habe damit ein Leben gerettet, Baron«, erwiderte Ealdre. Anscheinend wollte er noch mehr sagen, wurde aber durch den Druck von Tur daran gehindert.

Weyd hielt sich mit Mühe zurück.

»Ich finde, der Tod kann eine Gnade sein«, sinnierte Lurin.

Auf der Treppe ertönten Schritte. Und während Weyd anfing, sich gegen seinen Bewacher zu wehren – und damit gegen eben jenen Rat verstieß, den er Bahr gegeben hatte –, kam Hauptmann Menga aus dem Obergeschoss des Turms herab.

Auch jetzt würdigte sie die Gruppe keines Blickes, während sie zielstrebig zu ihrem Baron hinüberging. »Herr.«

Lurin war noch immer in den Anblick von Ealdres Kehle versunken. Gedankenverloren starrte er auf den goldenen Stoff, der um den Hals des Heilers geschlungen war. Auf Turs scharfe Spitze, die sich silbern funkelnd in diese so alterslose Haut bohrte. »Wäre der Tod nicht ein Geschenk für jemanden, dem das Alter so gar nichts anzuhaben vermag?«

»Herr«, wiederholte Menga, »du musst mitkommen und dir das ansehen.«

Endlich riss sich Lurin von dem golden schimmernden Gewebe los. »Was?«

»Bitte komm mit mir nach oben«, sagte sie mit Nachdruck.

Der Baron musterte den Rest der Gruppe, dann ließ er den Heiler los. Wäre es ihm möglich gewesen, hätte Weyd einen Seufzer der Erleichterung ausgestoßen. In knappen Worten trug der Baron seinen Soldaten auf, keinen von ihnen aus den Augen zu lassen und sie beim kleinsten Fluchtversuch zu erschießen. »Nur nicht den Vagabunden«, betonte er. »Sollte er sich rühren, jagt ihr einem seiner Gefährten einen Bolzen ins Herz. Aber nicht der Bardin.« Er dachte kurz nach. »Nehmt als Erstes den Fuchs.«

Belles Knurren drang sogar zwischen den Fingern hindurch, die sich um seine Schnauze schlossen. Er fing an, sich zu winden, gleichzeitig setzte sich Bahr gegen ihren Bewacher zur Wehr. Jori wollte protestieren, genau wie Andrin. Doch keiner von ihnen konnte sich befreien oder seine Stimme erheben, als Lurin mit seinem Hauptmann nach oben verschwand. Bis in die Spitze des Vaivtur stiegen sie: Erst in das Zimmerchen über der Küche, das früher vielleicht mal eine Schlafkammer gewesen war, dann noch höher hinauf, bis sie den Raum erreichten, in dem einst das Feuer gebrannt hatte. Hier hatte sich stets ein Hüter um das Licht gekümmert, das von der Spitze des Turmes herabstrahlte.

Und von hier aus blickten sie nach draußen, über die

Rotbuchen und Silbertannen hinweg, deren Blätter und Nadeln keinen Laut von sich gaben; hinab zu den vielen Büschen mit ihren roten und blauen Beeren. Zu dem dunklen Schlund der Klamm, der sich hinter dem Buschwerk auftat.

»Da.«

Menga zeigte zum Tor des Vuivtur hinunter.

Der Baron blinzelte überrascht.

Dort lagen drei Leichen.

Drei Leichen in eisernen Uniformen, mit hohen weißen Federn an ihren Helmen.

Dort unten auf der Schwelle lagen seine Soldaten.

Und sie waren tot.

Lurin sog scharf die Luft ein. Automatisch ließ er den Blick über die Landschaft schweifen. »Was ist passiert? Wo lauert der Feind?«

Menga drückte eine Hand an die Brust. »Da war ein Reiter«, sagte sie leise. »Ein fahler grauer Reiter.«

Lurin fuhr zu ihr herum. »Nicht auch noch du, Hauptmann. Ein einzelner Reiter soll drei von unseren Männern getötet haben?«

»Ich sagte nicht, dass ich das so gesehen habe«, wehrte sich Menga.

Fragend neigte er den Kopf. »Was hast du dann gesehen?«

»Da war ein Reiter, ganz grau, ganz bleich. Er stand einfach da. Und dann sind sie gestorben.«

»Er hat sie ermordet?«

»Der Reiter hat kein Schwert gezogen, keinen Dolch, noch irgendeine andere Waffe. Er stand einfach da. Und sie sind gestorben.«

Wieder blickte Lurin zu den Toten hinab. »Das ist unmöglich.«

»Genau das habe ich gesehen.«

»Du warst hier oben, weit weg vom Geschehen. Wie kannst du dir sicher sein?«

Menga antwortete nicht.

Ein lautes Krächzen ließ sie aufblicken, dann schoss mit wild schlagenden Flügeln ein schwarzer Vogel an ihnen vorbei. Baron und Hauptmann duckten sich hastig. »Wo ist dieser Vogel hergekommen?«, wunderte sich Menga.

Der Eiserne Baron wandte sich zur Treppe. »Wir haben größere Probleme als einen Vogel. Komm mit!«

Menga folgte ihm. Sobald sie unten waren, instruierte der Baron seine Soldaten: »Fesselt und knebelt die Entwurzelten. Wir werden angegriffen. Ihr müsst da raus und denjenigen finden, der es wagt, sich Schur zu widersetzen.«

Also fesselten und knebelten seine Männer die Gefährten, und drei Soldaten wurden hinausgeschickt. Auf Befehl des Eisernen Barons wurden sie von Hauptmann Menga begleitet. Doch bevor sie ging, warf sie einem aus der Gruppe noch einen Blick zu. So lange ruhte ihr Blick auf Jelscha. Und Jelscha, die nun schon so lange zum Schweigen gezwungen war, starrte zurück. Doch wo in Mengas Blick unerbittliche Strenge lag, brannte in ihrem ein unbezähmbares Feuer.

»Andrin und Jelscha aus Festra wird kein Haar gekrümmt«, befahl sie ihren zurückbleibenden Männern. »Sie gehören mir, und ich wünsche, ihre Bestrafung selbst durchzuführen.« Sie wandte sich ab. »Verräter an der Sache von Schur verdienen keinen leichten Tod.«

Damit ging sie.

Vielleicht liefen Jelscha ein paar Tränen über die Wangen, doch das sah niemand außer Andrin, der sie so gar nicht trösten konnte. Es zerriss ihm schier das Herz, drückte erstickend schwer auf seinen Brustkorb.

Und Menga, Hauptmann der Eisernen, trat mit drei Soldaten ihrer Eisernen Patrouille durch das Tor des Vuivtur. Draußen vor dem Turm hatte sich das Zwielicht herabgesenkt.

»Bewaffnet euch«, befahl sie leise, und alle zogen ihre Pallasche, während sie über ihre toten Kameraden hinwegstiegen. »Und gebt gut Acht.«

Wachsam und vorsichtig schlichen sie durch die bleiche Dämmerung. Vorsichtig und wachsam ließen sie den Blick durch das zunehmende Halbdunkel schweifen, suchten zwischen den hohen, prachtvollen Bäumen und den mit Beeren beladenen Büschen, entlang der silbrig grauen Straße, am Eingang der Klamm mit ihrem schwarz klaffenden Schlund.

»Wonach suchen wir eigentlich genau?«, fragte einer der Männer.

»Nach einem großen, fahlen Reiter«, antwortete Menga.

Ein anderer Soldat blieb ruckartig stehen.

»Was ist denn?«, fragte Menga.

»Nach einem fahlen Reiter?«

»Was weißt du über ihn, Juli?« Menga drehte sich zu ihm um, doch Juli schüttelte den Kopf. »Gar nichts weiß ich.«

Menga musterte ihn durchdringend, dann wandte sie sich an die beiden anderen: »Geht schon vor. Wir kommen gleich nach.«

Sobald seine Kameraden außer Hörweite waren, ging

sie zu Juli hinüber. »Also, was weißt du über den Fahlen Reiter?«

»Gar nichts, Hauptmann.« Stur starrte der Soldat geradeaus.

»Egal wie deine Antwort lautet, ich werde dich nicht bestrafen.«

»Dann solltest du nicht unser Hauptmann sein«, erwiderte er.

Menga wartete einen Moment. Dann sagte sie: »Siehst du? Ich lüge nicht. Egal was du sagst, selbst wenn es eine Frechheit ist, die dich in jeder anderen Situation den Kopf kosten würde, ich werde dir kein Leid antun. Und jetzt sag mir, was du weißt.«

Erst jetzt sah Juli ihr ins Gesicht. Er schluckte. Unter den jungen Männern der Eisernen Patrouille gehörte er zu den älteren. »Ich habe dieses Lied gehört«, flüsterte er. »In der Dämmerung war es plötzlich in meinem Kopf.«

»Was für ein Lied?«, bohrte Menga weiter.

Und so sang Juli aus Schur ziemlich schlecht das Lied, das auch die Bardin Caer gehört hatte, ebenso wie die Thain von Brakbant. Er sang das Lied von dem Fahlen Reiter. Er sang das Lied vom nahenden Tod.

Als er damit fertig war, blieb Menga einen Moment lang stumm. Schließlich sagte sie: »Du singst das Lied des Todes, Juli aus Schur. Ein solches Lied würde ich nicht singen, während das Licht schwindet.«

»Aber wenn das Licht schwindet, erklingt es in meinem Kopf«, erklärte er. »Wenn das Zwielicht einsetzt. Bevor die Nacht anbricht.« Er zögerte kurz. »Hauptmann …«, fuhr er dann fort. »Jetzt höre ich es auch.«

Und dann hörten sie es beide.

Hufschlag.

Hufschlag in der fahlen Dämmerung.

Direkt vor ihnen.

Und plötzlich erinnerte sich Menga an das leise Flüstern, das sie gehört hatte, als sie vor den Toren von Briva stand, eine Hand fest auf die Brust gedrückt.

Sieh sie dir an. Sie ist bereits tot.

Furcht packte sie. Sie rief nach ihren Männern. Rief ihnen zu, dass sie sich zurückziehen sollten.

Dumpf polterten ihre Stiefel über den Boden. Sie kamen zurück.

Immer schneller dröhnten die Hufe.

Die Eiserne Patrouille wandte sich ab und floh. Nackte Angst trieb sie an. Juli war der Erste, gefolgt von Menga. Und hinter ihnen hasteten die schweren Stiefel ihrer fliehenden Männer über den Boden, näherte sich schnell und gnadenlos das Klappern der Hufe.

Gerade als Menga und Juli das Tor des Vuivtur erreichten, verstummte das Poltern der Stiefel.

Und es verstummte der Hufschlag.

Sie blieben stehen.

Lauschten.

Ein Körper schlug auf dem Boden auf.

Noch einer.

Dann drang nichts als Stille durch das Zwielicht zu ihnen heran.

Bis das Geräusch der Hufe wieder einsetzte.

Menga schob Juli durch das offene Tor und verschloss es hinter ihnen. Dann hetzte sie die Treppe hinauf.

Oben von der Lichtkammer aus sah sie ihn kommen.

Der Fahle Reiter trabte die Straße entlang. Bis vor das Tor ritt er.

Er schleifte zwei Körper hinter sich her.

Zwei Körper in eisernen Rüstungen, mit schweren Stiefeln an den Füßen und leuchtend weißen Federn am Helm.

Auch diese beiden legte er auf der Schwelle ab. Und dann blieb er dort stehen.

Blieb einfach dort stehen.

Und ein leises Raunen drang durch das Zwielicht.

Nun ist es bald vorüber, mein Kind,

denn der Tod, er trabet heran.

Der Tod, er kommt zu dir.

Menga, Hauptmann der Eisernen, stürmte die Treppe hinunter. Doch diesmal lag keine Strenge in ihrem Blick.

Diesmal war dort nur Furcht.

»Herr, es ist wahr, Herr«, sagte sie zum Baron.

Und sie alle spürten es.

Sie spürten, dass der Reiter vor dem Tor wartete.

Tief und hässlich bohrte sich die Furcht in das Innerste des Eisernen Barons. »Ist es ein Schatten?«, fragte er.

Menga drückte eine Hand an die Brust. »Es ist wie in dem Lied, Herr.«

Caer und Weyd spitzten die Ohren.

»In welchem Lied?«, wollte Lurin wissen.

Also befahl sie Juli, es dem Baron vorzusingen.

Und während er sang, schien es ihnen plötzlich, als fiele noch eine zweite Stimme mit ein. Eine hohe, bleiche Stimme. Eine Stimme, die den dunkelsten Tiefen entsprang. Eine Stimme, die in ihre Körper eindrang, bis zu ihren Herzen, und sie in ihrem stetigen Schlag innehalten ließ.

»Der Tod?«, fragte der Baron, als Juli verstummte und diese Stimme noch einen Moment in ihren Körper nachhallte. »Du behauptest also, hinter diesem Tor wartet der Tod?«

Drohend trat der Baron auf die beiden zu. »Und ihr weicht vor ihm zurück?«

Sein Blick war fest auf Menga gerichtet. Die Hände hielt er hinter dem Körper verschränkt, damit keiner von ihnen sah, dass seine Finger zitterten. »Ihr habt geschworen, für euer Land zu sterben, und nun weicht ihr vor dem Tod zurück?«

Juli wollte etwas erwidern, wurde aber von Menga daran gehindert. »Nein, das tun wir nicht«, sagte sie. Die Strenge war in ihren Blick zurückgekehrt. »Wir wollen lediglich verhindern, dass unser Baron schutzlos zurückbleibt. Vor allem im Angesicht eines solchen Feindes.«

Abschätzend sah Lurin sie an. Dann wandte er sich dem Tor zu. Sie alle wandten sich dem Tor zu, sogar die Gefährten. Jeder einzelne von ihnen musterte stumm das Tor.

Sie spürten den Reiter vor ihrer Schwelle.

Sie spürten die hässliche, tiefsitzende Furcht.

Sie hörten noch immer die hohe, fahle Stimme.

Weyd ging der Gedanke durch den Kopf, dass er nicht damit gerechnet hatte, dem Tod schon so bald zu begegnen.

Er hatte geglaubt, er habe noch Zeit.

Aus dem Augenwinkel sah er, wie Ealdre sich auf die Lippe biss.

Fragend runzelte Weyd die Stirn.

Plötzlich fuhr der Eiserne Baron wieder zu ihnen herum. »Wir werden Wachen aufstellen. Wenn der Fahle Reiter abzieht, gehen wir.« Er warf dem Wanderer und der Bardin einen drohenden Blick zu. »Und ihr solltet lieber freiwillig mitkommen. Falls nicht, werde ich nach und nach jeden eurer so genannten Gefährten dort rausschicken und sie alle dem Tod zum Geschenk machen.«

Er fasste Jori ins Auge. »Du übernimmst die erste Wache, alter Mann.«

Er signalisierte seinen Soldaten, Jori Knebel und Fesseln abzunehmen. Der stöhnte gequält, als sie ihn auf die Füße zogen.

Lächelnd erklärte ihm der Baron: »Ich würde dich ja warnen, nicht irgendwelche Tricks zu probieren, aber das dürfte wohl kaum nötig sein. Es sei denn vielleicht, der Trick besteht darin, deine Gelenke zu stark zu strapazieren. Hoch mit dir!«

Entsetzt sahen die Freunde zu, wie der alte Jori unter höhnischem Spott die Treppe hinaufgestoßen wurde. Mit zitternden Beinen nahm er Stufe für Stufe, den Hut fest in den gichtigen Fingern.

Sie ließen ihn in der Lichtkammer zurück.

Ganz allein stand der Alte in der Dunkelheit, hoch oben in der Spitze des Vuivtur. Reglos stand er dort.

Klammerte sich an seinen Hut.

Der Soldat ließ die Tür hinter sich offen und ging die Treppe hinunter, insgeheim froh, dass nicht er dort in der kalten Dämmerung ausharren musste.

Sobald die Schritte des Soldaten verklungen waren, richtete Jori sich auf.

Liebevoll tätschelte er seine Knie.

Dann setzte er sorgfältig seinen Hut auf.

Er ging zu der Brüstung, die sich an der Öffnung in der

Mauer entlangzog, und strich im Vorbeigehen sanft über die erloschene Feuerschale. Warm und fest glitt sie unter seinen Fingern entlang, älter sogar als er selbst.

Und als Jori die Brüstung erreichte, blickte er hinunter zu dem Fahlen Reiter in der Dämmerung.

Er spürte die Furcht in seinem Inneren. Ihre langen, dünnen Finger schienen stärker geworden zu sein, hurtiger. In sein Blut bohrten sie sich, in sein Herz, in seine Lunge. Wanderten seine Kehle hinauf.

Der alte Jori schloss die Augen. *Für mich gibt es keinen Grund, den Tod zu fürchten*, dachte er. *Er wird mich sowieso holen, und zwar eher früher als später.*

Dann lauschte er.

Lauschte angestrengt.

Lauschte, wie die Dämmerung in die Nacht überging.

Das Tal des Lichts war voller Geräusche, denn dies war die Zeit der Tiere und Vögel.

Tiere und Vögel waren seine Freunde.

Jori wartete noch ein wenig, die Augen weiter fest geschlossen. Dann schickte er seinen Ruf hinaus, in allen Tier- und Vogelsprachen, die er kannte.

Einen Hilferuf sandte er aus.

Wieder und wieder rief er, bis seine Stimme rau und brüchig wurde. Er räusperte sich und rief weiter.

Und dann wartete er. Wartete auf das Rauschen von Flügeln am Himmel. Auf das leise Trippeln von Pfoten auf der Erde.

Jori öffnete die Augen.

Die letzten Lichtstrahlen verblassten am Himmel.

Und auch jetzt noch stand der Fahle Reiter vor dem Tor.

Er ließ seinen Blick über die roten und silbrigen Bäume wandern, über die blauen Büsche.

Ließ ihn wandern und suchte nach flatternden Flügeln.

Nach huschenden Schatten.

Jori wartete.

Und wartete.

Als die Nacht vollends hereinbrach, stand der alte Jori reglos und allein an der Spitze des Turmes, in der einst hell und kraftvoll ein Feuer gebrannt hatte in seiner goldenen Schale. Kein Tier sah er kommen, keinen Vogel. Jori holte tief Luft. Schloss noch einmal die Augen. Furcht durchströmte ihn, schwächte seine Stimme, seine Knochen, seinen Atem.

Wieder rief er, aber seine Stimme klang dünn und fahl.

Sieh dich an, raunte es leise, *du bist bereits tot.*

Doch dann hörte er noch etwas anderes.

Flügelschlagen.

Ein Krächzen.

Er öffnete die Augen.

In der anbrechenden Dunkelheit glitt die Krähe Urth heran. Mit leisem Flügelschlag landete sie auf der Brüstung. Schickte ihr Krächzen in die Nacht hinaus. Dann deutete sie mit dem Schnabel an das andere Ende des Tals, fernab der Schlucht, entgegengesetzt zur Richtung des Tores. Nach Westen deutete sie, wo noch ein letzter Lichtschimmer am Horizont verweilte.

Jori hörte es, bevor er es sah.

Das Geräusch von

Flügeln

Pfoten

Es waren die Laute all jener, die einen Hilferuf nicht unbeantwortet ließen.

Vollkommen geräuschlos glitt ein mächtiger Schatten durch das Zwielicht – ein Uhu, so groß wie Joris gesamte Armlänge. Er ließ sich neben Urth auf der Brüstung nieder. Große gelbe Augen blickten Jori an, warme, weiche Federn sträubten sich. Ihm folgte ein wesentlich kleinerer Vogel, ein schlanker, wunderschöner Wanderfalke mit schwarzen Pupillen in einem leuchtend gelben Ring. Dicht beieinander saßen die Vögel auf der Brüstung, musterten Jori, musterten Urth. Behäbig flatternd gesellte sich eine graue Taube zu ihnen. Und während Jori noch staunend die Vögel betrachtete, kündigte ein kaum hörbares Kratzen die nächsten Besucher an: Zwei Eichhörnchen kletterten die Mauer empor – eines rot, eines grau –, und durch die Ritzen in Mauerwerk und Boden schoben sich winzig kleine Mäuse hervor. Dann huschten zwei lange, schmale Körper über die Balustrade: mit scharfen Zähnen bewaffnete Iltisse.

Und noch ein Geräusch erreichte Joris Ohren. Ein raschelndes Gleiten.

Schlangen wanden sich an den Mauersteinen empor.

Drei Schlangen waren es, keine von ihnen länger als ein Meter. Ihre grau-schwarzen Körper schienen im Halbdunkel mit dem Mauerwerk zu verschmelzen.

Auch sie waren gekommen.

Jori dankte ihnen allen, und für jene Sprachen, die er nicht beherrschte, fand sich ein Tier oder Vogel, der übersetzte. Er fragte sie nach dem Fahlen Reiter, und sie sagten ihm, dass sie ihm um keinen Preis der Welt zu nahe kommen wollten. Dann erklärte er ihnen, dass Lurin, der Eiserne Baron, sie hier gefangen halte, und dass er ganz Erebu den Krieg bringen wollte. Und gerade hier, im Tal des Lichts, so nahe des Wavart, kannten die Tiere den Krieg und hatten ein wachsames Auge auf das Treiben der Menschen, denn sie hatten gelernt, wie schlimm es für sie endete, wenn sie es nicht taten.

Deshalb waren sie dankbar für seine Warnung. Außerdem erzählte er ihnen, dass seine Freunde und er die Türme des Lichts neu entzünden würden, wenn sie dem Baron und seinen Soldaten entkommen konnten. Reglos sah der Uhu ihn an, während mit dem Licht jede Farbe vom Himmel schwand und die Dunkelheit sich herabsenkte.

Und unten im Vuivtur drohten die Gefährten ebenso wie die Eisernen den Verstand zu verlieren.

Denn sie spürten das Pulsieren der Furcht in ihren Adern. Spürten sie in jedem Atemzug. In jedem Schlag ihres Herzens. Spürten ihren Druck auf der Kehle.

Und dann hörten sie Geräusche.

Als würde jemand

oder etwas

den Turm einkreisen. Als würden Schlangen herankriechen, Spinnen herankrabbeln, Ratten über die Treppen huschen. Ratten, die ihre Augen annagen würden. Spinnen, die ihnen in Mund und Nase kriechen würden. Als würden überall dort draußen Flügel flattern. Rauschen, flattern, zischen.

Die Menschen wurden fast verrückt vor Angst. Und die Bardin und der Wanderer lagen wach, Seite an Seite, ratlos. Denn ihre Hände waren gefesselt, und wie sollten sie dann fliehen? Und selbst wenn ihre Hände frei wären, wie sollten sie an den Schlüssel herankommen, der vor dem Hauptmann der Eisernen auf dem Tisch lag? Und selbst wenn sie all das meisterten, wie sollten sie alle unbeschadet hier rauskommen – mit Raud, Demar und Blíkna und mit Jori, der oben im Turm saß –, wo doch der Baron und der Hauptmann und die Soldaten niemals ihre Waffen ablegten? Zumindest waren ihre Taschen noch auf den Pferden festgeschnallt, aber selbst so sah Weyd keine Möglichkeit, von hier zu entkommen, ohne dass Menga zumindest einem von ihnen einen Bolzen in den Leib schoss.

Also lagen sie da und harrten aus.

Und dann verstummten die Geräusche.

Die Nacht brachte Stille.

Juli bewachte das Tor, während Menga die Treppe im Auge behielt, und beide spürten, wie die Anspannung in ihren verkrampften Schultern nachließ.

Stille.

Nun war nichts mehr zu hören als die gewöhnlichen Geräusche der Nacht. Geräusche, die sie schon oft wahrgenommen hatten: das Ächzen der Bäume, das Stöhnen von altem Stein, hin und wieder das leise Tapsen kleiner Pfoten.

Mäuse, vermutete Menga. Immerhin war der Turm sehr alt. In den Ruinen, die von der alten Welt des Lichts zurückgelassen worden waren, ließ es sich für sie gut leben.

Und es waren tatsächlich nur Mäuse.

Mäuse trippelten durch den Turm. Die Treppe hinunter. Über den Boden, auf dem die geknebelten und gefesselten Menschen lagen.

Mäuse waren es, die unbemerkt anfingen, ihre kleinen Zähne in die Fesseln zu graben. Andrin, der als Kind oft genug auf den Feldern von Festra gearbeitet hatte, bemerkte als Erster, was geschah. Wenig später erkannte es auch Weyd. Beide achteten darauf, keinen Mucks von sich zu geben. Der Wanderer blickte zu seinen Freunden hinüber, konnte sie in der Dunkelheit aber kaum ausmachen. Nur zwei kleine Kerzen brannten, eine stand bei Menga, die andere bei dem Soldaten Juli.

Bald merkte Weyd, dass seine Hände frei waren.

Oh, Jori, du wundervoller, gerissener alter Mann, dachte er, während er sich die Handgelenke rieb, damit das Blut in seine Finger zurückkehrte.

Und noch bevor der Wanderer einen Plan fassen konnte, huschten die Mäuse davon, verschwanden in Ecken und Ritzen, in jedem Spalt, der sich in Wänden und Boden finden ließ.

Caer hörte, wie sie davontrippelten. Auch sie rieb sich die Unterarme. Da nun ihre Hände frei waren, entfernte sie so unauffällig wie möglich den Knebel von ihrem Mund. Hätte sie doch nur die Klänge um Hilfe bitten können! Stattdessen konnte sie nur lauschen. Lauschen mit dem Gehör einer Bardin.

Etwas hörte sie, etwas anderes hörte sie nicht.

Sie hörte kein Pferd mehr draußen vor dem Tor.

Und sie hörte ein leises Rauschen, wie Flügelschlag in der Luft.

So wie das klang, musste es sich um einen großen, kräftigen Vogel handeln.

Und dann war da noch ein Vogel. Und dieser zweite Vogel kam mit einem Höllenlärm über sie. Eine Taube war es. Laut rufend, flatterte sie durch den Raum, als suchte sie nach einem Ausgang. Menga, Juli und auch der Baron wurden von ihr überrascht; die beiden Soldaten waren mit einem Satz auf den Beinen, der Baron setzte sich auf.

Doch Caer lauschte noch immer auf den ersten Vogel,

der beinahe lautlos durch den Raum glitt. Trotz dem Spektakel, das die Taube veranstaltete, glaubte sie auszumachen, wie er auf den Tisch zustrebte, an dem Hauptmann Menga gesessen hatte.

Menga und Juli schlugen nach der Taube, die übrigen Soldaten hoben ihre Waffen.

Und dann spürte Caer etwas: warme, weiche Federn. Einen Schnabel an ihren Fingern. Den Schnabel eines großen Vogels, der einen eisernen Schlüssel umschlossen hielt. Gelbe Augen blitzten auf, dann ließ der Vogel los. Ganz fest schlang die Bardin ihre Finger um den Schlüssel. Der Vogel verschwand ebenso lautlos, wie er gekommen war, während die Taube noch einmal einen lauten, klaren Schrei ausstieß, wild mit den Flügeln flatterte und dann über die Treppe davonflog.

»Verzeihung, Herr«, sagte Soldat Juli atemlos. »Ich habe die Tür zur Lichtkammer offen gelassen, damit wir den alten Mann hören, falls er ruft.« Schwach und dünn klang seine Stimme.

Der Baron war ebenfalls aufgesprungen. »Dämliches Fußvolk«, sagte er gefährlich leise. »Geh hoch und schließe die verdammte Tür.«

Juli gehorchte, doch ihm war anzusehen, wie ungern er es tat. Fest packte er seinen Pallasch und seine Kerze und stieg die Stufen hinauf.

Womit das Tor nicht länger bewacht war.

Der Wanderer drückte kurz die Hand der Bardin, aber die hielt ihn zurück.

»Warte«, flüsterte sie.

Denn in diesem Moment hörte sie ein neues Geräusch.

Es kam von draußen.

Hufschlag.

Der Wanderer spannte die Muskeln an, doch wieder hielt Caer ihn zurück. »Nicht«, raunte sie. »Vertrau mir.« Noch einmal drückte sie seine Hand. »Halt dich bereit«, flüsterte sie noch, dann wandte sie sich dem Tor zu.

Schnell musste sie sein. Aufspringen, den Schlüssel ins Schloss rammen, das Tor öffnen. Und trotzdem riskierte sie es, dabei einen Bolzen zwischen die Schulterblätter zu bekommen, denn Menga, Hauptmann der Eisernen, hielt ihre Armbrust fertig gespannt bereit.

Nicht nachdenken, hielt Caer sich vor Augen. *Mut bedeutet, nicht darüber nachzudenken.*

Weißt du noch, wann du das letzte Mal nicht nachgedacht hast?, meldete sich eine innere Stimme zu Wort. *Das war, als du deine Stimme verloren hast, Bardin.*

Leck mich, dachte Caer.

Sie spannte sämtliche Muskeln an.

Drei, zählte sie an.

Zwei.

Eins.

Gerade als sie aufspringen wollte, hörte sie wieder ein Geräusch.

Schritte auf der Treppe.

Juli und seine Kerze kamen zurück.

Schwer atmend, ließ Caer sich wieder zurücksinken. Der Soldat zerrte Jori hinter sich her, der ziemlich außer Atem zu sein schien.

»Er war da oben und hat irgendwas gebrabbelt. Offenbar hat er sich mit einer Krähe unterhalten«, berichtete Juli, dem das alles sichtlich unheimlich war. »Und ich habe Hufgeräusche vor der Tür gehört.«

»Wo ist die Krähe jetzt?«, fragte Menga.

»Sitzt auf seiner Schulter.« Juli drehte sich um und zeigte auf Jori, der noch immer seinen Hut trug.

Jedoch keine Krähe auf der Schulter.

Denn Urth schwebte direkt vor Julis Kopf. Mit einem kräftigen Flügelschlag löschte sie die Flamme seiner Kerze. Das heiße Wachs spritzte in alle Richtungen.

Es traf Juli im Gesicht. Schmerzerfüllt schrie er auf.

»Beim Eisen all unserer Berge!«, rief Lurin. »Erschießt sie!«

Nun hörte Caer ein zweites Paar Flügel. Ein weiterer Vogel kam durch den Treppenaufgang herabgeschossen, so schnell, dass er kaum mehr war als ein schwarz-grauer Schatten. Er steuerte direkt auf die zweite Kerze zu. Auch bei ihm reichte ein einziger, kraftvoller Flügelschlag, um das letzte verbliebene Licht zu löschen.

Sobald es dunkel war, sprang Caer auf, stürzte zur Tür und packte den Schlüssel. Bellitas schoss wie ein weißer Funke zu der Stelle, wo Mundian in der Dunkelheit lag. Mühsam schleifte er die Waffe zu Weyd hinüber. Noch bevor Menga wusste, in welche Richtung sie zielen musste, hatte Weyd das Schwert aus der Scheide gezogen.

Der Baron brüllte.

Caer hörte, wie auch er seine Waffe zog. Hastig tastete sie weiter, den Schlüssel fest umklammert. Da war das Schloss!

»Rühr dich nicht vom Fleck, Vagabund, sonst steche ich den ersten ab, der mir vor die Klinge kommt!«, rief der Baron. Mit wilden, blindwütigen Schwertschlägen hackte er sich durch die Dunkelheit.

»Nein, Lurin, nicht!«, schrie Weyd. »Warte! Warte!«

Alle hielten inne, sogar Caer. Schwer atmend standen sie in der Dunkelheit. Der Wanderer wusste nicht, wo sich seine Freunde befanden. Irgendwann würde Lurins Schwert ein Ziel finden. Wenn er … Könnte er doch nur …

Dann hörte Caer es wieder.

Und auch Weyd hörte es.

Hufgetrappel, draußen vor dem Tor.

Die Bardin drehte sich in die Richtung, in der sie Weyd vermutete.

Sie konnte ihn nicht sehen.

Entschlossen fuhr sie herum, rammte den Schlüssel ins Schloss und riss das Tor auf.

In wildem Galopp stürmten sie heran.

Kein großer, fahler Reiter.

In wildem Galopp stürmte heran

eine Herde Wildschweine.

Von diesem Moment an

herrschte das blanke Chaos.

Mit Wildschweinen ist nicht zu spaßen.

Weyd rief seinen Freunden zu, dass sie rausmussten, bei allen Wegen zu Wasser, zu Lande und in der Luft – raus, bloß raus! Bellitas führte Caer zu ihrem Bündel und ihrem Schild, dann holte der Fuchs Weyds kleinen Beutel. Jori rief Raud, Demar und Blíkna zu, die Hufe in die Hand zu nehmen. Jelscha rannte bereits nach draußen und zerrte

Andrin und Bahr hinter sich her. Caer packte Bündel und Tasche und hängte sich den Schild um. Urth kam durch die Dunkelheit geschossen, anscheinend in Begleitung von zwei anderen Vögeln. Gemeinsam zogen sie die Zügel der Pferde von den Haltestiften.

Endlich frei, sprang Raud mit einem lauten Wiehern los und drängte sich zwischen die Freunde und den Baron mit seinen Soldaten. Demar sank auf die Knie und drängte Jori, auf ihren Rücken zu klettern. Er schaffte es, mit ein wenig Hilfe von Blíkna. Dann erhob sich Demar wieder. Wild mit den Hufen stampfend, drängten das schwarze, das weiße und das graue Pferd zum Tor.

»Raud!«, rief Weyd.

Die Stute wieherte.

»Wir kommen!«, schrie Jori. »Lauf, Weyd!«

Und genau in dieser Sekunde hörte Caer es. Leise und tödlich.

Das Schaben eines Bolzens, der in eine Armbrust eingelegt wird.

Caer rannte los, rutschte unter Rauds Bauch hindurch, sprang auf und riss ihren Schild hoch.

Der Bolzen traf ihn mit einer solchen Wucht, dass ihr Arm selbst dann noch zitterte, als das laute Scheppern bereits verklungen war.

Schmerzerfüllt biss sie die Zähne zusammen.

»Caer!« Der Wanderer rief nach ihr.

Ohne den Schild zu senken, tastete sie sich rückwärts, folgte den Pferden und ihren Freunden. Wieder schoss ein Bolzen heran. Schnell duckte sie sich hinter ihren Schild. Die Wildschweine schienen inzwischen den halben Vuivtur auseinanderzunehmen. Immer mehr Bolzen flogen herum. Taumelnd hetzten die Gefährten nach draußen. Nun trennte sie eine ganze Wildschweinherde von Lurin und seinen Soldaten.

Caer war die Letzte, die durch das Tor stürmte. Sie fuhr herum und rannte zu den Pferden.

Ein ersticktes Keuchen, feucht und atemlos.

Es klang, als wäre jemand getroffen worden. Irgendwo in der Lungengegend.

Caers Adrenalinrausch verwandelte sich in Panik. Hastig ließ sie den Blick über jeden ihrer Gefährten gleiten. Auch hier draußen war es dunkel. Sie hörte, wie Bahr hektisch nach einer Fackel suchte, hörte Andrin die ersten Töne vom Lied der Nacht anstimmen. Wo waren die anderen?

Und dann hörte Caer das leise, verzweifelte Stöhnen. Einen erstickten Fluch, kraftlos, weil sich die Lunge, die diese Stimme mit Luft versorgen sollte, bereits mit Blut füllte. Einen Fluch, wie man ihn nur in Schur kannte.

Jetzt erst begriff sie, wem diese Stimme gehörte, erkannte ihren Klang. Keinem ihrer Freunde gehörte sie.

Das klang wie Mengas Stimme.

Für den Bruchteil einer Sekunde zögerte Caer.

Vielleicht war sie die Einzige in der Gruppe, die überhaupt gehört hatte, dass Menga getroffen worden war.

Eine Fackel flammte auf. Bahr reckte das helle Licht in die Höhe. Ihr Blick war klar, aber kalte Wut loderte darin. »Komm schon, Caer!«, brüllte sie.

Caer wirbelte herum. Rannte zu den Pferden. Bahr hatte sich hinter Jori auf Demars Rücken geschwungen, Andrin und Jelscha saßen auf Blíkna, Ealdre hatte seinen Fuß in den Steigbügel des Hengstes geschoben. Weyd saß auf Raud, zusammen mit Bellitas und Urth, und streckte seiner Bardin die Hand entgegen.

Sie packte zu, er zog sie hoch.

»*Joksegiri*, Raud!«, rief Weyd.

Aber Raud rührte sich nicht. Sie wieherte.

»Uns fehlt noch jemand«, übersetzte Jori.

Beide Stuten drehten sich um, sodass alle zu Blíkna hinüberblickten.

Ealdre hatte sich noch immer nicht in den Sattel geschwungen. Reglos stand er da.

Der Heiler hatte sich wieder dem Vuivtur zugewandt.

»Sie stirbt«, flüsterte er.

Jelscha, die ihn auf den Pferderücken ziehen wollte, hielt inne. »Wer stirbt?«

Ealdre nahm den Fuß aus dem Steigbügel. Sein goldener Mantel bauschte sich, als er nach seiner Tasche griff. Dann lief er zurück zum Turm.

»Ealdre!« Die Bardin wollte ihn zurückhalten.

»Ealdre, nicht!« Weyd zog an den Zügeln und stieß einen fremdländischen Fluch aus, den keiner der anderen kannte. Dann wandte er sich an seine Freunde: »Reitet schon vor! Jelscha, du musst sie beschützen!«

Während er Raud wendete, fügte Caer hinzu: »Singt das Lied der Nacht. Wir kommen sofort nach!«

Bahr und Jelscha nickten, dann preschten Blíkna und Demar in gestrecktem Galopp davon. Während die Bardin und der Wanderer sich dem Vuivtur näherten, stürmte die Wildschweinherde durch das Tor nach draußen, als wollte sie ihnen Platz machen.

Und Ealdre mit dem goldenen Mantel verschwand im Turm.

»Verfluchte Scheiße«, krächzte Caer.

»Verfluchte Scheiße«, gab Weyd ihr recht.

Die beiden sprangen vom Pferd. Caer nahm ihren Bogen und legte einen Pfeil auf die Sehne, Weyd tastete nach Mundian.

Und so folgten sie dem Heiler.

Kehrten zurück in den Vuivtur, aus dem sie gerade erst entkommen waren.

Die beiden Kerzen brannten wieder. Und neben der kalten, leeren Feuerstelle lag Menga, Hauptmann der Eisernen.

Jemand hatte ihr den Helm abgenommen, den Brustpanzer, und hatte ihr Hemd aufgeschnitten. Ihr rotes Haar fiel ihr ins Gesicht und rutschte von ihren Schultern. Ihr Zopf, sonst immer so streng wie ihre Miene, hatte sich aufgelöst. Neben ihr stand Lurin, der Eiserne Baron, auf der anderen Seite kniete der Soldat Juli.

Bedrückend still war es, nur der schwere Atem der jungen Frau war zu hören. Ein Wildschwein war mit ihr zusammengeprallt, hatte ihr in der Dunkelheit die Hauer in die Brust gebohrt. Überall war Blut.

Mit wenigen Schritten war Ealdre an der Seite des Hauptmanns und ließ sich auf die Knie sinken. Vorsichtig untersuchte er die Wunde.

Unter den angespannten Blicken der anderen holte er eine Schere aus seiner Tasche, schnitt ruhig und sicher ein weiteres Stück von seinem Mantel ab und schlang den Stoff um den Brustkorb der jungen Frau.

»Du darfst ihn nicht abnehmen«, warnte er sie. »Unter keinen Umständen.«

Mengas Augen verdrehten sich. Sie schien kaum noch bei Bewusstsein zu bleiben.

»Sag es ihr, Lurin.« Ealdre wandte sich dem Eisernen Baron zu. »Wenn sie zu sich kommt, musst du ihr sagen, dass sie den Verband nicht abnehmen darf. Auf gar keinen Fall.«

Plötzlich spürte Caer überdeutlich den warmen, weichen Stoff an ihrem Hals.

Lurin, der Eiserne Baron, starrte auf den goldenen Stoff, der sich schimmernd an die Haut seines Hauptmanns schmiegte. Dann musterte er den Rest des Mantels, der noch immer die Schultern des Heilers bedeckte. »Ein Mantel, gewebt aus den Sternen«, flüsterte er.

»Lurin.« Ealdre schüttelte mahnend den Kopf. Dann drehte er sich zu dem Soldaten Juli um. »Ich flehe dich an: Sag es ihr. Wenn sie aufwacht, wird sie sich besser fühlen.«

Damit erhob er sich und wandte sich ab. Erst jetzt bemerkte er, dass Weyd und Caer ihm gefolgt waren. Er fuhr überrascht zusammen, als er die beiden sah. »Ich danke euch, meine Freunde. Ich bin jetzt so weit, wir können gehen.«

Und doch schien den Heiler etwas niederzudrücken, als er zu ihnen trat.

»Du hast dein Werk getan«, versicherte ihm Weyd. »Sei nicht traurig, Ealdre.«

»Ich habe es bei jedem von ihnen gespürt«, flüsterte der Heiler. »Bei jedem seiner Soldaten habe ich gespürt, wie er starb. Doch ich konnte mich nicht rühren, nicht sprechen. Ich konnte nichts tun.«

Weyd legte ihm die Hand auf die Schulter.

Caer hingegen starrte stumm zu Lurin hinüber. Mit einer fließenden Bewegung hob sie ihren Bogen, spannte ihn und zielte mit ihrem Pfeil auf den Kopf des Eisernen Barons. Juli schnappte entsetzt nach Luft.

»Weyd«, sagte sie mit ihrer rauen Stimme, »wir können ihn nicht hierlassen. Er wird uns folgen und uns wieder eine Falle stellen, immer wieder.«

Ealdre fuhr zu ihr herum und streckte die Hand aus, als wollte er ihren Bogen herabdrücken, doch Weyd hinderte ihn daran. »Hab Vertrauen, Heiler«, sagte er leise.

Dann sah er seine Bardin an.

»Einmal sind wir ihm entkommen«, fuhr sie fort, »aber wird uns das auch ein zweites Mal gelingen? Wenn wir ihn einfach hierlassen, wird er uns nachstellen und uns alle töten.«

Weyd nickte. »Ich denke, du hast recht.«

»Dein Vorschlag wäre also, mich umzubringen?« Lurins Gesicht verzog sich abfällig, doch in seinen Augen flackerte Furcht. »Der noble Wanderer und seine Bardin! Erst schicken sie ihren Heilerlakaien, um eine junge Frau zusammenzuflicken, dann erschießen sie ihren Feind, während er hilflos vor ihnen kniet!«

»Halt dein Maul, Lurin«, krächzte Caer. »Wir müssen ihn fesseln und mitnehmen.«

Ealdre atmete erleichtert auf.

Lurin weniger.

»Wir könnten ihn auch hier zurücklassen«, schlug Weyd vor.

»Nein.« Entschieden schüttelte Caer den Kopf. »Dann würde er entweder verhungern und verdursten, oder es käme jemand vorbei, der ihn befreit.«

»Er ist verschlagen, Caer. Sind wir mit ihm als Reisegefährten wirklich sicherer, als wenn er uns nachstellt?«

Unbeirrbar fixierte die Bardin den Baron, mit ihrem Blick ebenso wie mit ihrer Waffe. »Ich hätte ihn lieber da, wo ich ihn sehen kann.«

Weyd wandte sich an Ealdre: »Was meinst du?«

Der Heiler sah die beiden an. »Ich wäre froh, wenn ihr ihn nicht tötet.«

»Ihn töten?«, fauchte Caer. »Wir sind keine Mörder. Er ist hier der Mörder. Hoch mit dir, Lurin. Weyd wird dir die Hände fesseln. Und immer schön langsam, keine hastigen Bewegungen. Dasselbe gilt für dich, Soldat.«

Also nahmen der Wanderer und der Heiler dem Baron die Waffen ab und fesselten und knebelten ihn. Dann war der Soldat Juli an der Reihe, der plötzlich noch um einiges älter aussah. »Ich möchte mich ergeben«, sagte er. »Nehmt mich mit. Als Gefangenen. Ich ergebe mich.« Der Wanderer musterte ihn prüfend. »Ich akzeptiere deine Unterwerfung. Du bist frei. Kehre zurück zu deinen Truppen und berichte ihnen, was hier geschehen ist. Sag ihnen die Wahrheit.«

Juli schüttelte den Kopf. »Wenn ich ohne den Baron zur Armee zurückkehre, werden sie mich töten.«

Weyd zuckte kurz zusammen. »Bei allen Wegen«, murmelte er. »Dann geh hin, wo immer du willst. Du bist niemandem mehr zum Dienst verpflichtet.«

Juli biss sich nervös auf die Lippe. »Du willst mich also nicht in Dienst nehmen?«

»Ich habe keine Diener«, erwiderte der Wanderer. »Du bist frei, Juli. Geh. Geh und werde so glücklich, wie du kannst, in den dunklen Zeiten, die uns bevorstehen.«

»Was wird aus meinem Hauptmann?«, wollte Juli wissen.

Nun sahen alle zu Menga hinüber.

»Ihr Körper wird heilen«, erklärte Ealdre, »aber wir können sie nicht allein hier zurücklassen.«

»Dann müssen wir sie eben auch mitnehmen«, beschloss Caer.

»Wir könnten sie auch diesem Soldaten mitgeben«, schlug Weyd vor.

Caer stieß ein höhnisches Schnauben aus. »Ganz sicher nicht.«

Ealdre und Weyd waren überrascht darüber, wie vehement sie das ablehnte. Ohne mit der Wimper zu zucken, erwiderte die Bardin ihre fragenden Blicke. »Was ist? Wollt ihr etwa tatsächlich eine verletzte Frau mit einem Mann in die Wildnis schicken? Während sie vollkommen hilflos ist? Weit weg von unserem Heiler und seinen Fähigkeiten?«

»Ich gebe dir mein Wort ...«, setzte Juli an, doch Caer ließ ihn gar nicht ausreden.

»Spar mir deine Versprechungen, dein Geschwafel von Ehre und all dem anderen Männerkram, von dem wir Frauen immer ausgeschlossen sind. Ich werde sie mitnehmen, und Ealdre wird sich um sie kümmern, selbst wenn ich sie auf meinem eigenen Rücken tragen muss. Und jetzt lasst uns gehen.«

Also gingen sie. Draußen vor dem Vuivtur hoben sie Menga, den Hauptmann der Eisernen, vorsichtig auf Rauds Rücken und banden ein langes Seil um Laurins gefesselte Handgelenke, das sie anschließend am Sattel der Stute befestigten. Juli wurde mit so viel Proviant versorgt, wie sie entbehren konnten, dann schickten sie ihn fort.

Schließlich wanderten sie los, stapften langsam an dem alten Vuivtur vorbei. Hinter dem Turm fanden sie die

Pferde der Eisernen. Sie waren alle tot, genau wie ihre Herren.

Das Blut an ihren Flanken war bereits getrocknet.

Ealdre machte einen Schritt zu den Tieren hin, hielt dann aber inne. Ihnen konnte selbst er nicht mehr helfen.

Weyd führte sie zurück auf den Grauen Pfad, während Caer eine Fackel entzündete. Nachdem sie das Licht an Ealdre weitergereicht hatte, zündete sie sich selbst auch noch eines an. »Ealdre, würde es dir etwas ausmachen, das Lied der Nacht für uns zu singen?«, fragte sie leise.

Es machte ihm nichts aus.

Nur ein kurzes Stück mussten sie den Weg entlangwandern, dann stießen sie bereits auf ihre wartenden Freunde, die ebenfalls sangen. Jelscha verstummte, sobald sie die Freunde entdeckte; selbst im warmen Licht der Fackeln wirkte sie blass.

Jelscha sackte erleichtert in sich zusammen, sobald sie erkannte, dass Menga bei ihnen war. Dann erspähte sie Lurin. Noch barscher als sonst fragte sie: »Und was zur Hölle macht der hier?«

»Ach ja, richtig«, wisperte Caer. »Wir haben einen lieben Freund mitgebracht, der uns allen schrecklich gefehlt hat.«

Und wieder konnte sie niemand hören.

Deshalb erklärte Weyd in knappen Worten, wie sie beschlossen hatten, Lurin mitzunehmen, um nicht ständig mit einer weiteren Falle rechnen zu müssen.

Andrin und Jori sangen weiter, während Bahr anmerkte: »Es ist mitten in der Nacht, und wir haben keine Spur von dem Fahlen Reiter gesehen. Wo steckt er?«

Ealdre schüttelte den Kopf. »Hören kann ich ihn nicht.«

Er würde einfach noch ein wenig wach bleiben. Abwarten, bis sie alle schliefen. Bis nur noch zwei von ihnen die Augen offen hielten, der Fuchs und der junge Verräter. Und vielleicht würden auch ihnen die Lider schwer werden, wenn die Nacht voranschritt.

Dann wäre Lurins Stunde gekommen.

Er glaubte ein leises Raunen zu hören, halb übertönt von den Trommeln der Schatten. Er öffnete die Augen, nur einen schmalen Spalt weit. Dann riss er sie ganz auf, denn sein Blick wurden angezogen von einem warmen goldenen Schimmer.

Einem golden schimmernden Mantel.

So lag der Baron da, starrte auf den Mantel und lauschte auf die Atemzüge der anderen. Lauschte auf das Lied der Nacht, das Andrin aus Festra sang. Der Klang seiner Stimme jagte Lurin einen Schauer über den Rücken. Nach und nach wurden die Atemzüge ringsum tiefer. Nach und nach schliefen sie alle ein.

Nur Lurin beobachtete und lauschte.

Lauschte auf die Melodie, so leise und zart gesungen wie ein Schlaflied.

Lauschte auf die tiefen, gleichmäßigen Atemzüge.

Lauschte.

Und dann

wachte er auf.

Helles Morgenlicht umgab ihn, und die Gruppe war bereits wach. Hastig setzte er sich auf, denn der Eiserne Baron konnte doch nicht eingeschlafen sein, ganz gewiss nicht. Er war nicht …

»Keine hektischen Bewegungen, Lurin.«

Ein Blick nach oben zeigte ihm, dass ein Pfeil auf ihn gerichtet war. Vor ihm saß mit gespanntem Bogen die Bardin Caer. »Guten Morgen. Ich werde dir beim Frühstück zusehen. Und immer schön langsam.«

Bahr löste seinen Knebel und die Fesseln. Mit dem gespannten Bogen vor sich konnte Lurin nichts tun. Ihm blieb also nichts anderes übrig, als die Schale entgegenzunehmen, in der ihm das Frühstück gereicht wurde – Brot, ein paar Früchte und Butter. Er konnte nichts anderes tun, als zu essen und zu trinken, alles unter dem wachsamen Blick der Bardin. Zum Schweigen verdammt von Pfeil und Bogen. Zum Schweigen verdammt von seinen Fesseln. Zum Schweigen verdammt, als er erkannte, dass er eingeschlafen war. Dass er ganz allein war.

Als er fertig gegessen hatte, wurde er von der Seefahrerin wieder verschnürt, und Caer erhob sich.

Die Bardin baute sich vor ihm auf. Er ließ den Blick über ihren Schoß wandern, über ihre Brüste, ihre Kehle und ihre Lippen.

»Hier oben, Lurin«, hauchte sie mit ihrer kraftlosen Stimme und drückte mit einem Finger sein Kinn hoch, bis er ihr direkt in die Augen sah. Warm ruhte ihr lederner Handschuh an seiner Haut. »Du sagtest, jemandem den Tod zu bringen sei gnadenvoll.« Ihr Blick schien ihn zu durchbohren, und in ihrer rauen Stimme schwang eine unbezwingbare Härte mit. »Du hast mir die Stimme genommen«, fuhr die Bardin leise fort. »Du hast mir alles genommen, was mich ausmacht.«

Reglos starrte sie ihn an. Er starrte zurück. Starrte in diese wild flackernden Augen. Blickte in ihre ungezähmte

Seele. Und er sah ihren Schmerz. Schmerz, der ihn nicht ungerührt ließ. Dass er ihr etwas hatte nehmen können, etwas, das sie zu dem gemacht hatte, was sie war, war berauschend. Hitze sammelte sich in seinen Lenden.

Wieder wanderte sein Blick zu ihren Brüsten. Zu ihrer Kehle, verborgen unter dem goldenen Verband. Seine Lippen bebten.

Caer sah es, riss ihre Hand weg und trat einen Schritt zurück. Sie ließ ihn los. »Du sagst, den Tod zu bringen sei gnadenvoll. Ich sage, Leben zu schenken ist gnadenvoll. Ich habe kein Recht, jemandem das Leben zu nehmen. Nicht einmal dir.«

Damit wandte sie sich ab und packte ihre Sachen zusammen, ohne ihn noch einmal anzusehen.

Aber er sah sie an.

Ihren golden schimmernden Verband sah er an.

Dann wanderte der Blick des Eisernen Barons weiter.

Zu Ealdre dem Heiler wanderte er. Dem Heiler in dem goldenen Mantel.

Diesem Mantel.

Und Lurin sah, wie der Heiler seinen Blick erwiderte.

Und in diesem Moment
entschied Lurin, der Eiserne Baron,
dass er nun doch nicht fliehen würde.
Noch nicht.

6

Die Karten werden neu verteilt

Ein leises Wispern schwang im Licht des bleichen Morgens mit, als sie die Schlucht von Nèbo erreichten. Der Pfad an der steilen Felswand war so schmal, dass er kaum genug Platz für ein Pferd bot, und der Abgrund dahinter war tief, so unfassbar tief. Nicht einmal das Licht der Sonne drang bis zu seinem Grund vor.

Ganz still standen Weyd der Wanderer, Caer die Bardin und ihre Freunde an diesem Abgrund, ganz still stand ihr Gefangener, der Eiserne Baron, ganz still Menga, der Eiserne Hauptmann, auf dem Pferderücken, noch immer in fiebrigen Träumen gefangen. Still blickten sie in die Schlucht von Nèbo hinab. So still waren sie, und doch strich dieses Wispern um ihre Ohren. Ein Wispern im fahlen Zwielicht.

Gebt Acht, sonst werdet ihr fallen.

Plötzlich schien der Boden unter ihren Füßen so trügerisch zu sein wie das Licht vor ihnen auf dem Pfad.

»Seid vorsichtig, Freunde«, warnte Weyd. »Ein falscher Schritt ist schon einer zu viel auf dem Schmalen Steig in der Schlucht von Nèbo. Lasst uns gehen. Wenn wir zügig marschieren, sind wir bis zum Nachmittag in Bonnifatia und können mit Sameea sprechen, die niemals von ihrem Weg abgekommen ist.«

Also wanderten sie im Gänsemarsch über den schmalen Pfad. Lurin, der Eiserne Baron, marschierte hinter dem Heiler. Starr ruhte sein Blick auf dem golden schimmernden Mantel. Menga kauerte auf Rauds Rücken und stieß leise Schmerzenslaute aus, wenn sie halb aus dem heilsamen Schlaf erwachte. Dicht hinter der Stute ging Jelscha, die immer wieder eine Hand ausstreckte, um sicherzugehen, dass Menga nicht vom Pferderücken rutschte; vor dem Tier lief Andrin. Dann folgte Caer, hinter der Bardin kam Ealdre. Jori ritt auf Blíkna, Bellitas hatte sich auf Demars Rücken zusammengerollt und schlief, da er mit scharfem Blick die ganze Nacht über sie gewacht hatte. Die Krähe Urth zog über ihnen am Himmel ihre Kreise.

Vorsichtig schritten sie am Abgrund entlang. Bahr spähte immer wieder über die Kante, während Andrin sich zwang, genau das nicht zu tun. Auch Weyd warf ab und zu einen Blick in die Tiefe.

»Was ist los, Wanderer?«, brummte Bahr schließlich. »Hast du etwa Höhenangst?«

»Es sieht anders aus.« Irritiert runzelte Weyd die Stirn. »Und es fühlt sich anders an.«

Wieder sah Bahr in die bodenlose Schwärze, die sich rechts von ihnen auftat. Unzählige Stunden hatte sie im Krähennest gehockt und nie auch nur ein Kribbeln in der Magengrube gespürt, aber Weyd hatte recht: Hier war irgendetwas anders. Es lief ihr kalt den Rücken herunter. »Wie war es denn früher? Weniger dunkel?«

»Wirklich dunkel ist es nicht, oder?«, stellte Weyd fest. Während er in die Tiefe blickte, meinte er einen leichten Sog zu spüren. »Fast scheint es so, als gäbe es dort unten keinen Boden. Und wenn man hineinsieht, hat man das Gefühl, blind geworden zu sein.«

Wieder spähte Bahr hinunter. »Sieht nicht so aus, als wäre dort überhaupt irgendetwas.«

Jori schien ihnen zugehört zu haben, denn er rief von hinten: »Blick nach vorne, meine Lieben!«

Also hörten sie auf ihn, hoben die Köpfe und tasteten sich weiter auf dem tückischen Steig voran.

Nur Ealdre starrte noch immer in den Abgrund. Immer weiter starrte der Heiler hinab, während er hinter Caer der Bardin her lief, die ihren Schild einsatzbereit am Arm trug.

»Ealdre«, sagte sie schließlich sanft, »Jori hat recht. Sieh nicht nach unten. Das wird nur Furcht in dir wecken.«

Der Heiler zuckte kurz zusammen, dann hob er den Kopf. Das fahle Licht fiel auf Caers Gesicht, und als er die Sorge darin sah, wandte er sich abrupt ab. »Kommt dir dieser Abgrund nicht auch sehr dunkel vor?«

»Kein Lichtstrahl dringt bis zum Boden vor«, nickte Caer.

»Dort unten ist etwas«, erwiderte Ealdre. »Oder, besser gesagt: Dort ist nichts.«

»Wie meinst du das?«

»Das Nichts ist hier«, sagte er beinahe gedankenverloren. »Das Nichts ist gekommen.«

»Ealdre, geht es dir gut?« Vorsichtig griff Caer nach seiner Hand. Wieder fuhr er zusammen, bevor er sie ansah. Sein Blick ruhte auf ihren ineinander verschlungenen Fingern.

»Ich halte dich«, versprach Caer. »Du wirst nicht abstürzen. Keiner von uns wird abstürzen.«

Noch immer musterte der Heiler ihre Hände. »Tapfer, schön und frei«, murmelte er.

»Wie bitte?«

Ealdre sah ihr ins Gesicht. »Der Wanderer sagte, du seist tapfer, schön und frei.«

»Das hat er gesagt?« Dieses eine Mal war Caer froh darum, dass ihre Stimme keine nennenswerten Höhen mehr erklimmen konnte.

»Ja, das hat er gesagt.« Sie gingen weiter, aber der Heiler starrte nicht mehr in den Abgrund. Sein Blick ruhte auf der Bardin.

»Das Leben ist so kurz, Caer«, sagte er. »Zumindest habe ich oft gehört, wie die Menschen das sagten. Und auch die Tiere, deren Leben oft um so vieles kürzer ist als das eure. Bellitas ringt jeden Tag mit dieser Tatsache, wo er doch stets von Menschen umgeben ist, die ihn alle überdauern werden.«

Da war es Caer, die zusammenzuckte. »Tatsächlich?«

»Selbstverständlich. Doch er hat seine Wahl getroffen. Er hat sich dafür entschieden, euch zu begleiten und auf dem Weg so viele Beeren und so viele geröstete Fleischhappen zu futtern, wie er nur kann, wann immer der alte Jori es nicht sieht. Sich an jedes Feuer zu legen und immer auf dem gemütlichsten Plätzchen zu schlafen, das er findet.«

Unverwandt sah der Heiler Caer ins Gesicht, während sie weiter über den Pfad schritten. Seine Augen, deren Farbe so wechselhaft war wie der Himmel, strahlten in einem hellen Grau. »Du bist tapfer und schön und frei, Caer. Möchtest du nicht das Beste daraus machen?«

»Was wäre denn das Beste, Meister der Heilkunst?«, erwiderte die Bardin.

»Liebe?« Aus seinem Mund klang es unsagbar traurig. »Verbundenheit?«

»Wird Liebe mir meine Stimme zurückgeben?«, fragte sie. »Wird Verbundenheit mir meine Stimme zurückgeben?«

Er zuckte zusammen und wollte ihr seine Hand entziehen, aber sie hielt ihn fest.

»Verzeih mir«, sagte sie hastig, »das sollte keine Kritik sein. Du hast mir das Leben gerettet. Ich bin voller Dankbarkeit, nicht Bitterkeit.«

»Verbundenheit«, sagte Ealdre nach einem Moment des Schweigens, »wird dir deine Stimme nicht zurückgeben. Aber sie könnte ihren Verlust für dich erträglicher machen.« Noch einmal wanderte sein Blick in den Abgrund hinunter. »Durch sie fühlst du dich weniger allein.«

Caer musterte den Mann mit dem silbernen Haar, dem goldenen Mantel und dem alterslosen Gesicht.

»Bist du schon lange allein?«, fragte sie leise. »Gibt es keine anderen Albitze, die dir Gesellschaft geleistet hätten?«

Ealdre lachte, und es klang nicht fröhlich. »Niemand ist wie ich, Caer.«

»Gibt es wirklich gar keine anderen mehr?«

»Es gibt niemanden. Und ich bin zu fremd, um geliebt zu werden.«

Plötzlich hatte Caer einen dicken Kloß in der Kehle. »Du wirst sehr wohl geliebt«, erwiderte sie heftig.

Nun ruhte der Blick des Heilers wieder auf ihr. »Merkwürdig, dass du das sagst«, stellte er fest. »Denn ganz ähnlich hat sich auch der Wanderer ausgedrückt.«

»Weyd?«

»Du klingst überrascht.« Ein Lächeln huschte über sein Gesicht.

»Ganz und gar nicht«, behauptete Caer. »Er ist sehr empfindsam und scheut sich nicht, seine Gefühle offen auszusprechen.«

Tatsächlich? Ealdre hatte da gewisse Zweifel. Bei ihnen beiden.

»Er hat ein wahres Loblied auf dich gesungen«, fuhr er fort und sah der Bardin direkt in die Augen. »Was ich ihm jederzeit gleichtun würde.«

Caer spürte, wie ihre Wangen sich röteten. »Ach ja?«

»Ist das denn so schwer zu glauben?«

»Was würdest du denn da singen?« So rau klang ihre Stimme, die ihrer Meinung nach doch immer das Reizvollste an ihr gewesen war.

»Dass du kühn bist, würde ich singen, Caer von Nirgendwo«, antwortete er mit leiser Stimme und schob sich näher an sie heran. So weich war seine Stimme, so tief. So sicher war sein Schritt. »Dass du wunderschön bist, würde ich singen. Dass es die reinste Freude wäre, deinen Zopf zu lösen, dein Haar offen über deine Schultern fallen zu sehen, zu spüren, wie sich dein Körper mir entgegenhebt.«

Sie spürte Hitze zwischen ihren Schenkeln aufsteigen. Das Atmen fiel ihr plötzlich schwer.

»Ich würde davon singen, dass jeder Mensch sich glücklich schätzen sollte, der dich zur Gefährtin hat. Nicht, weil du frei von Fehlern wärst, denn das ist niemand. Sondern weil du tapferer bist als jede andere und geschnitzt aus dem härtesten Holz, das ich kenne. Weil du weißt, was Liebe ist, und weil du an die Liebe glaubst.«

Caer spürte, wie der Druck nachließ, der auf ihrem Herzen lastete. Spürte, wie es wild anfing zu klopfen. Ihr Blick war starr nach vorne gerichtet.

Auf Weyd.

»Ich weiß, dass dein Herz einem anderen gehört«, raunte Ealdre dicht an ihrem Ohr. »Doch eines weiß ich nicht, kühne und tapfere Caer: Warum hast du es ihm nicht gesagt?«

»Doch, das weißt du«, widersprach sie leise. »So kühn und so tapfer ich auch sein mag – die Furcht hindert mich daran, ihm die Wahrheit zu sagen.« Kurz huschte ihr Blick zum Gesicht des Heilers. »Du siehst also, Meister der Heilkunst, ich bin lange nicht so kühn, wie du denkst.«

»Was befürchtest du denn?«

Caer schüttelte abwehrend den Kopf. »Er hat mich verlassen«, stieß sie gepresst hervor. »Er wollte mich in Briva zurücklassen.«

Das Feuer in ihren Augen gefiel dem Heiler.

Dann wandte sie sich abrupt ab.

Sie gingen weiter.

Schließlich erklang hinter Ealdre eine leise Stimme: »Wer hätte das gedacht, Meister der Heilkunst? Es gibt also doch etwas, das du begehrst.«

Es war Lurin, der Eiserne Baron.

Für einen kurzen Moment presste Ealdre die Lider zusammen.

Oh ja, es gab etwas, das er begehrte.

Und bei allem, was ihm teuer war, sein Begehren war groß.

»Wir alle begehren irgendetwas, Lurin«, antwortete er schließlich mit ruhiger Stimme.

»Bitte, guter Mann«, beschwichtigte ihn Lurin, »ich verstehe das absolut. Ich selbst verzehre mich ja ebenfalls nach etwas.«

»Sie wird dir niemals gestatten, sie anzurühren«, erwiderte Ealdre. »Das musst du doch wissen. Dir muss doch klar sein, dass sie niemals die Frau an deiner Seite sein wird.«

»Jedoch auch nicht die Frau an deiner Seite«, stellte Lurin fest.

Ealdres Schritte verlangsamten sich. Fast hätte er zugelassen, dass der Schmerz in seinem Inneren ihn lähmte. Der Schmerz, der bis tief in seine Knochen drang.

»Wie lange bist du schon allein, Meister der Heilkunst?«

»Und du, Lurin?«, gab Ealdre zurück. Sie waren ein Stück hinter der Gruppe zurückgeblieben.

»Wir haben also mehr gemeinsam, als du dachtest«, stellte Lurin fest, und sein Lächeln wurde breiter.

»Möglicherweise ähneln wir uns in unserem Unglück«, räumte Ealdre ein.

»Ich kann sie dir zuführen, Heiler«, versprach Lurin beinahe flüsternd. »Ich kann sie dir überlassen.«

Ealdre schüttelte den Kopf. Wieder wurde sein Blick von dem lichtlosen Abgrund angezogen. Von dem tiefen Grund. Dem Nichts. »Du widerst mich an, Lurin.«

»Du willst sie.« Lurin schob sich dichter an den Heiler heran. »Ich werde sie dir geben. Und wenn ich das getan habe, gibst du mir deinen Mantel.«

Ealdre erinnerte sich daran, wie Lurin schon einmal den goldenen Mantel von ihm gefordert hatte, hoch oben im Turm seiner Festung. Damals hatte er noch geglaubt, in Lurin einfach einen Herrscher vor sich zu haben, der ausnahmslos alles in seinen Besitz bringen wollte, und sich nichts weiter dabei gedacht.

Doch hier in der Schlucht
mit Caers Kühnheit vor Augen
mit dem bodenlosen Abgrund vor Augen
hier kamen Ealdre zum ersten Mal Zweifel.

Ist er es?

So fragte sich der Heiler.

Doch wie könnte er es sein?

Kann ich mich wirklich so getäuscht haben?

Starr blickte er in den Abgrund. Reglos und starr. Er war so müde. So lange schon harrte er aus.

»Was erwartest du dir von dem Mantel, Lurin?«, fragte er schließlich. »Sei ehrlich: Was willst du damit?«

Der Baron starrte wie gebannt auf den goldenen Stoff.

Es ist mein Recht, wollte er antworten. *Er gehört von Rechts wegen mir, denn diese Stoffe wurden einst von Webern in Schur hergestellt. In Schur, wo der Stern zur Erde gestürzt ist, aus dem dieser Mantel gefertigt worden sein muss. Meine Schwester*, wollte er antworten. *Meine Schwester wollte immer einen solchen Mantel, und sie muss in Frieden ruhen.*

Doch stattdessen kam etwas ganz anderes über seine Lippen. »Er ruft nach mir.«

Ein kalter Schauer packte den Heiler.

Nein, dachte er.

»Du wirst ihn nicht bekommen, Lurin«, sagte Ealdre. »Bis zu meinem letzten Atemzug werde ich das verhindern.«

Noch immer starrte Lurin auf den Mantel.

Noch immer starrte Ealdre in den Abgrund.

»Ealdre!«

Erschrocken fuhr er zusammen. Weyd rief nach ihm. »Ealdre, ihr fallt zu weit zurück. Ist alles in Ordnung?«

»Ja, Wanderer«, antwortete er ein wenig zu schnell und beschleunigte seine Schritte. Caer hatte sich ebenfalls nach ihm umgedreht. »Sieh mich an, Ealdre«, forderte sie. »Sieh nicht nach unten.«

Noch immer brannte diese Hitze in ihren Augen.

Also sah er sie an.

Und sie gingen weiter. Wieder und wieder wurden ihre Blicke von dem lichtlosen Abgrund angezogen. Wieder und wieder spürte der Wanderer diesen Sog. Verstörende Bilder tauchten vor seinem inneren Auge auf: Briva in Flammen, die Mauern in Trümmern. Seine Schwester mit einem klaffenden Schnitt in der Kehle. Er selbst, taumelnd auf dem Schmalen Steig. Ein Wanderer, der vom Weg abkam. Der laut schreiend über die Kante stürzte.

Briva in der Gewalt der Belagerer.

Er glaubte zu spüren, wie seine Füße den Halt verloren. Glaubte zu spüren, wie er fiel. *Und so kommt das Ende*

das Ende von Weyd dem Wanderer

Und was wirst du bereuen?

Seine Füße kribbelten, seine Knie wurden weich. Adrenalin schoss durch seinen Körper. Er spürte den Sog. Spürte die Finsternis.

Spürte den Sog des

Nichts.

Eine Hand legte sich auf seine Schulter, beruhigend durch ihr Gewicht. »Alles klar, Wanderer?«, fragte Bahr schroff.

»Ich werde nicht vom Weg abkommen, Seefahrerin, und

sei der Pfad auch noch so schmal«, sagte er, wenn auch mit Mühe.

»Du kannst ihr nicht helfen, das weißt du doch, oder?«, fuhr Bahr nach einer kurzen Pause fort. »Selbst wenn du umkehrst und sofort nach Briva zurückreitest – ein einzelnes Schwert entscheidet nicht über den Ausgang einer Schlacht. Das ist ein Märchen, das sie ihnen erzählen, damit Jungs wie Andrin schön brav ihre Kriege für sie ausfechten, ohne zu merken, dass sie bloß dem Feind zum Fraß vorgeworfen werden.«

»Das weiß ich, Bahr. Und doch kommt es mir so vor, als lauere der Tod vor wie hinter uns. Als könnte unsere Reise nur in Finsternis enden.«

»Nenn es doch einfach Gefahr«, riet ihm Bahr. »Ich war oft genug in dunklen Nächten auf See unterwegs, um zu wissen, dass man durch die Finsternis reisen und trotzdem noch an das Licht glauben kann. Dass es immer irgendwo scheint, wenn auch vielleicht gerade nicht für uns. Außerdem haben wir immer ein Licht bei uns: Wir haben deinen Stern.«

Er nickte. »Du hast recht.« Automatisch wanderte seine Hand zu der Brosche an seiner Brust.

»Trotzdem solltest du besser einen Zahn zulegen. Wir wollen schließlich nicht immer noch auf diesem Steig hängen, wenn deine Brosche alles ist, was hier noch Licht spendet, oder?«, fragte Bahr und sah wieder einmal Richtung Abgrund.

»Blick nach vorne, Kinder!«, mahnte Jori.

Als schließlich das Ende der Schlucht in Sicht kam, lagen bei allen die Nerven blank. Trotzdem achtete Weyd darauf, keine Hektik aufkommen zu lassen, auch wenn er noch so gerne das Tempo angezogen hätte: Auch die letzten Meter des Steigs waren noch gefährlich und mussten in aller Vorsicht beschritten werden, das wusste er.

Langsam, geduldig und achtsam führte der Wanderer seine Schar bis zum Ende des Schmalen Steigs und aus der Schlucht von Nèbo heraus. Und so erreichten sie den letzten Teil jenes Landstrichs, der einst als das Tal des Lichts bekannt gewesen war. »Seht doch!«, rief Weyd. Als die Gruppe die Schlucht verließ, blickte sie auf einen breiten, leuchtend blauen Fluss; auf grüne und gelbe, sorgsam bestellte Frühlingsfelder; auf Obstgärten mit prächtigen Apfel- und Kirschbäumen; auf dichte Hecken voller Beerensträucher; auf alte, knorrige Walnussbäume. Und über all dem ragten sieben Bergspitzen auf, deren Silhouetten sich klar vor dem strahlenden Himmel abzeichneten.

»Dort.« Weyd zeigte auf den Grauen Pfad. »Am Fuß der Sieben Buckel liegt Bonnifatia, ein uraltes Kloster. Das Hochland der Sieben Buckel ist grün und wild, die Bäume dort sind hoch und freundlich. Und in diesen Wäldern finden wir den Lewkraitaz, die Kreuzung des Lichts. Jetzt ist es nicht mehr weit.« Lächelnd drehte sich Weyd zu seinen Gefährten um. »Ich war seit vielen Jahren nicht mehr hier, aber ich habe nichts als gute Erinnerungen an diesen Landstrich. Bonnifatia ist als Kloster ebenso schön, wie Briva es als Stadt ist, und das Bier, die Würste und die Süßspeisen dort sind ebenso köstlich wie Brivas Brot. Es ist ein Ort der Ruhe und des Friedens, dem seit vielen Jahren jede Gewalt fremd ist. Ihr müsst es einfach selbst sehen, meine Freunde. Sollte sich nicht etwas Grundlegendes geändert haben, werden wir uns dort erholen und in anständigen, warmen Betten schlafen, bevor wir unsere

Reise fortsetzen. Und dort lebt auch meine alte Freundin Sameea.«

Bellitas stürmte zu Weyd hinüber und redete mit unverkennbarer Vorfreude auf ihn ein. Weyd vermutete, dass es dabei vor allem um die erwähnten Würste ging, dicht gefolgt von den vielen Beeren, die der Fuchs sich zu Gemüte führen wollte.

»Wenn wir dem Fluss folgen, müssten wir die Tore von Bonnifatia noch vor Sonnenuntergang erreichen.« Da er sich noch immer ein wenig wackelig fühlte, fügte er umso lauter hinzu: »Ziehen wir weiter, meine Freunde!«

Und sie zogen weiter. Sie waren so unfassbar erleichtert, endlich wieder einen Landstrich zu betreten, in dem Menschen lebten – Obst und Getreide anbauten, Brot backten und Bier brauten –, dass sie beinahe anfingen zu singen. Caer hätte es auf jeden Fall getan, wenn sie dazu in der Lage gewesen wäre.

Stattdessen nahm sie ihre Oud und begann zu spielen, während sie über den Grauen Pfad auf das Kloster und das Städtchen Bonnifatia zu marschierten, am zweiten Tag, nachdem der Eiserne Baron seine Belagerung von Briva begonnen hatte.

Erst als sie sich den Feldern und Gärten näherten, erst als die Gehöfte und Dörfer direkt vor ihnen lagen, verstummten sie alle wieder, und ihre Schritte wurden schwer.

Denn auch hier hatten sich die Schatten erhoben. Auch hier hatten sie Dörfer und Höfe verwüstet, Gärten und Felder zerstört. Hatten Bäume und Feldfrüchte versengt, hatten die Wege zerfurcht, hatten Häuser, Scheunen und Vieh in zwei Hälften gehauen. All die Pflanzen, das Erntegut, die Bäume – alles, was weiße und bunte Blüten tragen oder frische, junge Triebe haben sollte, war zerstört worden.

Und so war die Gruppe auf dem letzten Stück des Weges froh über jeden singenden Vogel, über jede zirpende Grille, denn der Rest des Landes lag traurig, verlassen und leblos vor ihnen. Immerhin blieb ihnen die Hoffnung, dass Bonifatia verschont geblieben war. Und tatsächlich stand das Kloster noch und wirkte unversehrt, als sie es am Nachmittag erreichten. Efeu und Weinranken bedeckten die aus rotem und braunem Stein gebauten Klostermauern, in die ein niedriges, aber solides Tor eingelassen war – ein Tor, dessen Flügel fest verschlossen zu sein schienen. Oben auf der Mauer war niemand zu sehen, dahinter kein Laut zu hören.

Weyd und Caer traten ans Tor. Hoben die Fäuste, klopften. Dazu rief Weyd im örtlichen Dialekt, dann in der Gemeinen Sprache.

Keine Antwort.

Die Pferde wurden unruhig, ebenso wie der Rest der Gruppe.

»Das gefällt mir nicht, altes Mädchen«, wandte sich Jori an Bahr. »Und meine Beine sind schon ganz steif.«

»Wenigstens fühlen sich deine nicht so an, als würden sie gleich abfallen«, brummte die Seefahrerin. Sie blickte suchend an der Mauer hinauf. »Wo sind die denn alle?«

Noch einmal rief Weyd mit lauter Stimme: »Hier sind Weyd der Wanderer und die Bardin Caer mit ihrer Schar. Wir suchen ein wenig Frieden hinter euren Mauern, bevor wir weiterreisen zum Lewkraitaz, wie es in den alten Balladen geschrieben steht. Einer in unserer Gruppe ist verletzt. Gibt es hier jemanden, der uns antworten könnte?«

Endlich rührte sich etwas. In der Gemeinen Sprache hallte es von der Mauer herab: »Falls die Bardin Caer tatsächlich unter euch ist, bittet sie, etwas zu singen. Ich werde sie an ihrer Stimme erkennen.«

Bahr fluchte.

Caer zuckte hilflos mit den Schultern.

»Die Bardin hat eine schwere Verletzung erlitten und dadurch ihre Stimme verloren«, rief Weyd zurück. »Würdest du vielleicht einen Blick über die Mauer werfen? Sie steht hier neben mir.«

Lange Zeit geschah gar nichts. Tatsächlich war es so lange still, dass der Wanderer es noch einmal versuchte: »Eine Freundin von mir lebt hier, Sameea von Nirgendwo. Niemand ist mutiger als sie. Bittet sie herzukommen, dann wird sie euch bestätigten, dass ich es bin, und dass ich euch nichts Böses will.«

Wieder bekam er keine Antwort.

»Dreifache Möwenscheiße an Deck«, fluchte Bahr, »was ist denn mit denen los?«

»Wir könnten doch einfach weiterziehen«, schlug Jelscha vor. »Oder brauchen wir die etwa, um die Wegkreuzung zu finden?«

Weyd schüttelte den Kopf. »Nein. Aber ich hatte gehofft, hier unseren Proviant auffüllen und vielleicht den Eisernen Baron in Gewahrsam geben zu können. Die Gerichte hier sind ehrenwert, und sie können ihn sogar an das Hohe Gericht in Turis überstellen, wo er ja eigentlich abgeurteilt werden sollte.« Noch immer blickte Weyd zur Mauerkrone hinauf. »Außerdem gibt es hier viele talentierte Heiler, und hinter diesen Mauern ist es ruhig und friedlich. Wir könnten also auch den Eisernen Hauptmann zurücklassen.«

Jelscha hob ruckartig den Kopf, sagte aber nichts.

»Wer ist diese Sameea eigentlich genau, mein Junge?«, wollte Jori wissen. »Eine schneidige Kriegerin?«

»Nein, sie ist keine Kriegerin«, erklärte Weyd.

»Etwa eine Nonne?«, fragte Bahr schroff.

Weyd lachte. »Nein, ganz gewiss nicht. Dies ist zwar ein Kloster, aber ein Kloster des Geistes, kein den Göttern geweihter Ort.« Ruhig sah er seine Freunde an. »Sameea ist ein Wanderer. *Der* Wanderer. Sie hat mir alles beigebracht, was ich heute weiß, und sie hat auch die Karte an mich weitergegeben, auf der zumindest der Weiße und der Schwarze Turm verzeichnet sind. Sie war es, die durch ganz Erebu und darüber hinaus gereist ist, um die Türme wiederzufinden. Alle außer dem Grauen. Beide Meere hat sie überquert, das südliche wie das westliche, und hat Wunder bestaunt, wie wir sie uns nicht einmal vorstellen können. Heute müsste sie ungefähr in deinem Alter sein, Jori.«

Plötzlich saß der Alte kerzengerade auf Rauds Rücken. »Was für eine phänomenale Frau sie doch sein muss!«, rief er. »Warum gibt es denn keine Lieder über sie, mein Junge?«

»Weil Männer stets geehrt und Frauen stets vergessen werden«, antwortete Weyd. »Zumindest, solange Männer die Lieder schreiben und Männer sie in Wort und Schrift festhalten. Deshalb handeln die Lieder über den Wanderer immer von mir, und nicht von Sameea, die niemals in die Irre ging. Oder von den vielen anderen, die all die Wege zu Wasser, zu Lande und in der Luft bereisen.«

»Das ist auch der Grund, warum wir zwei überhaupt zusammen reisen«, erklärte Caer mit ihrer rauen Stimme. »Weyd bat mich, ein Lied über Sameea zu schreiben. Ich erwiderte, dazu müsste ich erst einmal wissen, was ein Wanderer überhaupt tut, sonst käme sicher nicht das Lied dabei heraus, das er sich vorstelle. Also habe ich ihn begleitet.«

»Und hast du dieses Lied dann auch geschrieben?«, erkundigte sich Andrin. »Gibt es nun ein Lied über Sameea, die niemals in die Irre ging?«

»Ich habe es noch nicht vollendet«, gestand Caer.

»Einmal hattest du es bereits vollendet«, widersprach Weyd.

»Aber es hat Sameea nicht gefallen«, wandte Caer ein. »Und ehrlich gesagt war es auch nicht besonders gut. Man braucht eine Menge Talent, um die Geschichte einer solchen Frau zu erzählen.«

»Und dann hast du es noch einmal vollendet.« Weyd ließ nicht locker.

»Dieses Lied hat überhaupt niemandem gefallen.« Caer sah ihn an. »Nicht einmal mir hat es gefallen!«

»Bei welcher Version sind wir denn momentan?«, neckte er sie grinsend. »Bei der sechsten?«

»Manche Geschichten brauchen einfach ihre Zeit«, wehrte sich Caer. »Und das ist auch vollkommen in Ordnung. Zeit habe ich genug.« Sie verstummte kurz. »Hatte«, fügte sie dann leise hinzu. »Zeit hatte ich genug.«

Weyds Blick huschte kurz zu ihrer Kehle, dann sah er ihr wieder ins Gesicht. Die Bardin starrte ins Leere.

»Ist ja alles gut und schön mit diesem Lied, aber werde ich nun dieses Tor eintreten müssen, oder was?«, beschwerte sich Bahr.

Hastig versicherte ihr Weyd: »Bestimmt finden wir jemanden, der es für uns öffnet.«

Bellitas spitzte die Ohren.

Und sie lauschten.

Lauschten auf Hufgeklapper in der Dunkelheit.

Doch stattdessen

hörten sie

Trommeln.

Dumpfe, finstere Trommeln.

Bahr fluchte. »Wohin jetzt, Weyd?«

Der Wanderer strich über seine Brosche. »Ein Stück weiter gibt es einen Wald, in dem früher einmal eine Poststation stand. Bei meiner letzten Reise war sie bereits ziemlich verfallen, aber ihre Eingangstür ist mit Eisen verstärkt. Kommt, schnell!«

Und tatsächlich stießen sie nach wenigen Meilen auf eine Poststation. Eine halbe Ruine war das. Gejagt vom Trommelschlag der Schatten drängten sie hinein und verriegelten die Tür hinter sich.

Dann lauschten sie.

Die Schatten würden draußen auf sie lauern.

Die ganze Nacht würden sie dort lauern.

Erschöpft fanden sie sich in der Mitte des Raums zusammen, möglichst weit weg von Tür und Fenstern. Dann wurde ausgelost, wer die erste Wache übernehmen sollte. Diesmal traf es Andrin, der zusammen mit Bellitas wach bleiben würde. Die anderen legten sich nieder, wo sie gerade standen, um zu schlafen.

Selbst Lurin legte sich hin und schloss die Augen, denn er war erschöpft. All seine Pläne waren gescheitert, er war allein, gefesselt und geknebelt. Mit geschlossenen Augen lag er in der Dunkelheit und erkannte, dass er in der Falle saß.

Und dass er fliehen musste.

»Deine Suche hat ein Ende, dubbelin.«

Geschlossen wandten sie sich der Mauer zu und blickten in die Höhe.

Direkt über dem Tor stand eine Frau auf der Mauerkrone. Alt war sie. Ihr langes schwarzes Haar war von grauen und weißen Strähnen durchzogen und zu einem festen Zopf geflochten, ihre Haut beinahe so dunkel wie ihre Augen. Die tiefen Falten in ihrem Gesicht verrieten, dass sie von vielen Sorgen geplagt worden war, noch öfter aber herzlich gelacht hatte. Und dass sie weit gereist war, viele, viele Jahre lang. Sie hatte ein buntes Tuch um ihren Kopf geschlungen und trug eine lange Robe, die kunstvoll aus den verschiedensten Stoffen zusammengefügt worden sein musste. Was dadurch vielleicht wüst hätte aussehen können, war hier einfach wunderschön: leuchtende Farben, klare Linien, Grün, Rot, Gelb, strahlend und hell wie das Sonnenlicht. Auf ihrem Nasenrücken ruhte ein merkwürdiges Gebilde aus Holz und Glas, durch das sie zu ihnen hinunterspähte.

»Sameea!« Ein so strahlendes Lächeln hatte man bei Weyd noch nie gesehen. In einer fremden Sprache rief er zu ihr hinauf: »Salam, Sameea!«

»Khosh amadid, Weyd«, erwiderte sie. In ihrer Stimme schwang die Trockenheit des Alters mit, und sie setzte die Worte sorgsam und bedächtig, aber ihr Tonfall war sanft, und ihr Blick leuchtend und klar. »Ich werde hinuntergehen und sie bitten, das Tor für euch zu öffnen«, fügte sie in der Gemeinen Sprache hinzu. »Es könnte eine Weile dauern, aber es gelingt mir sicher, sie zu überzeugen.«

Und tatsächlich blieb den Gefährten genügend Zeit, sich den Staub aus Mänteln, Hosen und Schuhen zu klopfen und sich einigermaßen präsentabel zu machen, bevor das Tor schließlich geöffnet wurde.

Dahinter erwartete sie Sameea, die niemals in die Irre ging, und der Mann, der als Erster von der Mauer herabgerufen hatte – seiner Kleidung nach wohl ein Mönch, denn er trug eine dunkelbraune Kutte und ein helles Hemd.

»Willkommen in Bonnifatia«, begrüßte er sie in der Gemeinen Sprache. Groß war er, stark, und voller Furcht. »Verzeiht mein Misstrauen. Die Große Philosophin musste mich erst an das *gastizrhet* erinnern, und dass wir euch natürlich nicht abweisen werden. Wo ist die verletzte Bardin? Muss sie medizinisch versorgt werden? Ich kann sofort nach einem Heiler schicken.«

»Die Bardin braucht keine Heiler«, erklärte ihm Ealdre. »Aber wir haben eine andere Verletzte, und sie benötigt vor allem Ruhe. Ich bin selbst Heiler und habe das Notwendige bereits getan. Nun braucht sie allerdings ein besseres Lager, als es der Pferderücken war.«

Der Mann musterte Ealdre, ebenso wie Sameea. Beide bemerkten seinen ungewöhnlichen Mantel.

Das ließ Sameea kurz zögern.

»Bringt sie in mein Haus«, schlug sie dann vor. »Dort kann sie ruhen. Ihr könnt euch dort alle etwas ausruhen, und hinterher unterhalten wir uns.«

»Ihr bringt auch einen Gefangenen mit?« Der Mönch deutete auf Lurin, dessen Hände gefesselt waren und der wieder einen Knebel im Mund hatte.

»Er hat uns auf unserer Reise aufgelauert und wollte uns töten«, erklärte der Wanderer. »Wir haben ihm kein Haar gekrümmt und haben das auch nicht vor.«

»In Bonnifatia wird niemand in Ketten gelegt, dessen

Schuld nicht durch ein Gericht für erwiesen erklärt wurde«, erwiderte der Mönch. »Und es ist niemandem gestattet, einen anderen Menschen in Gefangenschaft zu halten.«

»Dann wird er wohl draußen warten müssen«, knurrte Bahr. »Denn ich werde diese Fesseln ganz sicher nicht lösen.«

»Ich kenne die Gerichte von Bonnifatia, und ich weiß, dass sie gerecht urteilen. Deshalb werde ich ihn an euch übergeben, all eure Fragen beantworten und euer Urteil akzeptieren. Wenn ihr ihn denn haben wollt«, entschied Weyd.

»Das ist Lurin, der Eiserne Baron, der Herrscher des Landes Schur«, stellte Sameea leise fest.

Der Mönch fuhr erschrocken zusammen.

»Bei diesem Mann handelt es sich tatsächlich um den Eisernen Baron«, bestätigte Weyd. »Doch er hat Briva die Blaue überfallen und belagert sie. Eigentlich müsste er vor das Hohe Gericht in Turis gestellt werden.«

Nun riss der Mönch die Augen auf. »Wir haben hier keine Kerker«, sagte er. »Keine Kerker und niemanden, der den Eisernen Baron bei sich einsperren oder über ihn zu Gericht sitzen könnte. Wenn das, was du sagst, der Wahrheit entspricht, müssen wir ihn unbedingt nach Turis schicken.«

»Hausarrest«, schlug Sameea freundlich vor. »Bringt ihn zunächst in meinem Haus unter, bis das Kloster der Wahrheit auf den Grund gegangen ist und entscheiden kann, wie weiter zu verfahren ist.«

Damit war der Mönch einverstanden, und so nahm die Gruppe Lurin mit, als sie durch das Tor trat. Still war es hinter den Mauern, und genauso ruhig und friedlich, wie der Wanderer es ihnen versprochen hatte. Überall wuchsen Obstbäume, an den Ästen hingen dicke Pfirsiche, die sicher bald reif sein würden. Weiße Kieswege schlängelten sich zwischen gepflegten Rasenflächen hindurch, auf der linken Seite ragte eine Tempelruine auf, die offenbar noch immer eine Stätte der Besinnung war. Hoch schwangen sich ihre Säulen hinauf, trugen jedoch kein Dach mehr. Auf der rechten Seite fanden sich Scheunen und Werkstätten. Sie kamen an Mönchen und Nonnen vorbei, die in leise Gespräche vertieft durch den Garten wanderten oder auf von der Sonne erwärmten Holzbänken saßen. Aus den Ställen drang der friedliche Lärm von Schweinen, Kühen, Schafen und Gänsen herüber, und auf den warmen Steinen rekelten sich mehrere Katzen in der goldenen Nachmittagssonne.

Schließlich erreichten sie Sameeas Haus. Es lag am hintersten Ende des Geländes, dicht an der Mauer. Leuchtend gelbe Fensterläden sowie Efeuranken, Kletterrosen und wilder Wein ließen das kleine Haus warm und fröhlich wirken. Im Innenhof standen kleine Orangen-, Zitronen- und Olivenbäume, außerdem mehrere Bänke und steinerne Wasserbecken. Es duftete nach Kardamom und Gewürzsumach – fruchtig und scharf –, außerdem nach Lavendel und Thymian, deren Steintöpfe eine der Bänke fast völlig umschlossen.

Sameea strich mit den Fingerspitzen über die Kräuter, während sie an den Töpfen vorbeiging. Zunächst zeigte sie den Freunden, wohin sie Menga betten konnten, dann erklärte sie ihnen, wo sie sich waschen, ausruhen und mit frischer Kleidung versorgen konnten, die nicht von Staub, Mühsal und Erlebnissen der Reise beschwert war.

»Kommt einfach hinaus in den Hof, wenn ihr so weit seid«, sagte sie freundlich und überließ es dann den Mönchen, den Eisernen Baron in einem Zimmer im obersten Stockwerk des Hauses einzuschließen, während sie selbst hinausging, um, Tee, Obst und Fladenbrot vorzubereiten.

In ihrem Zimmer setzte Caer sich auf das Bett, während Urth zum Fensterbrett flatterte. Lächelnd streckte sich die Bardin auf der weichen Matratze aus.

»Ich kann es noch, Urth«, sagte sie mit ihrer kehligen Stimme. »Hast du es gehört? Hast du gehört, wie ich Lurin die Wahrheit ins Gesicht gesagt habe, was dem Eisernen Baron so gar nicht gefallen hat?«

Wieder einmal versuchte sich Urth an einem Nicken.

Diesmal gelang es schon etwas besser. Sie hatte in der Zwischenzeit auch weiter mit Bellitas geübt.

Caer schenkte ihr ein breites Grinsen. »Anscheinend gibt es viele Möglichkeiten, sich Gehör zu verschaffen, sogar für uns Krähen.«

Urth schlug mit den Flügeln, schoss bis unter die Decke hinauf und begann zu singen.

Falls man es denn Gesang nennen wollte.

Und Caer lachte.

Dann stimmte sie in den Gesang mit ein.

Wenn man es denn Gesang nennen wollte.

Sameea hörte den beiden zu, während sie an ihrem Zimmer vorbei in den Hof hinüberging.

Lächelnd setzte sich die alte Wandersfrau auf die Steinbank im Schatten der Palmzweige, dicht neben dem Wasserbecken. Sie hatte ein Buch und eine Flöte mitgebracht.

Als Weyd hinauskam, sah er seine ehemalige Lehrerin konzentriert in einem kunstvoll eingebundenen Buch lesen. Er verharrte einen Moment im Türrahmen und beobachtete sie mit einem liebevollen Lächeln, bevor er in den Hof hinaustrat und zu ihr hinüberging. Grüßend legte er eine Hand ans Herz.

»Befarmayid, Sameea.«

»Salam, Weyd. Ich bin froh, dich zu sehen.«

»Ich ebenfalls.« Er setzte sich zu ihr. Und obwohl er den festen Stein unter sich spürte, glaubte er noch immer, von einem Sog herabgezerrt zu werden. Spürte noch immer die Finsternis. »Wir haben schwere Gefahren überstanden, von denen ich einige selbst nicht ganz begreife.«

»Du spricht von dem Fahlen Reiter«, stellte Sameea sanft fest.

Überrascht fragte Weyd: »Dann war der Reiter also auch hier in Bonnifatia?«

»Er wurde hier gesehen, ja. Oder auch sie. Manche sagen, sie hätten eine große, bleiche Frau auf einem Pferd gesehen, die zum Lewkraitaz ritt. Andere behaupten, ein Mann in einem grauen Mantel habe mit seinem Pferd bei der alten Wegscheide im Wald gewartet.«

Weyd wich ihrem viel zu scharfen Blick aus. »Wird das Kloster deshalb so von Furcht beherrscht?«

»Ein Kloster kann nicht von Furcht beherrscht werden, Weyd, sondern nur die Menschen, die darin leben.«

»Worte sind wichtig«, nickte er lächelnd. »Das hast du schon immer gesagt.«

»Worte sind wichtig«, bekräftigte sie.

Weyd drückte seinen Arm auf die Lehne der Bank. Stützte sich ab. Der Stein war angenehm warm.

»Wer ist der Fahle Reiter, Sameea?«

Die alte Frau lachte leise. »Du scheinst noch immer der Meinung zu sein, ich wüsste alles.«

»Wenn es jemand weiß, dann du.« Er genoss die Wärme auf seiner Haut. »Du bist weit gereist.«

»Betrachtet man nur den Raum, dann stimmt das wohl. Dann bin ich weit gereist.«

»Was könnte man denn noch bereisen, außer dem Raum?«, wunderte sich Weyd.

»Die Zeit, mein lieber dubbelin.« Sameea beobachtete die Vögel, die sich am Wasserbecken sammelten, um zu trinken, zu baden und ihr Gefieder zu putzen.

»Aber bist du nicht auch zeitlich gesehen weit gekommen?«

»Viel weiter kann man als Mensch wohl nicht kommen«, erwiderte sie. »Eine Reise steht mir aber noch bevor, eine vollkommen andere Reise.«

Weyd griff nach ihrer Hand, umfasste die steifen, knotigen Finger. Lächelnd sah die alte Frau ihn an. »Ich erwarte ihn bereits. Jeden Abend frage ich mich, ob er nun wohl kommen wird.«

»Den Tod?«, fragte Weyd leise.

»Nein, den Briefträger.«

»Sehr witzig, Sameea.«

»Du kennst mich. Hin und wieder gestatte ich mir einen kleinen Scherz.«

»Also ist es der Tod?« Auch Weyd sah den Vögeln am Wasserbecken zu. Sie spreizten zwitschernd die Flügel, einige sangen fröhlich. »Der Fahle Reiter? Ist er der Tod?«

Sameea antwortete nicht.

»Da ist dieses Lied ...«, setzte Weyd an.

»Ich weiß«, unterbrach Sameea ihn. »Die Menschen hier

in Bonnifatia haben es auch gehört. »Es kündigt den Fahlen Reiter an wie ein Herold. Manche sagen, es sei das Lied des Todes.«

»Dann stimmt also, was auf der Karte steht?«, hakte Weyd nach. »Ist es so, wie es in den Liedern heißt? Dass der Weg zu den Türmen Hand in Hand mit dem Tod beschritten wird?«

»Eine Karte zeigt die Welt nicht so, wie sie in Wahrheit ist. Sie zeigt sie lediglich so, wie wir sie für uns entdeckt haben. Und die alten Lieder sind immer wahr, jedes auf seine eigene Art.«

»Sameea«, stöhnte Weyd leidgeprüft, »seit du deine neue Berufung als Wandersfrau gegen die der Philosophin eingetauscht hast, bist du zu einem grauenvollen Mysterium geworden.«

Sie lachte. »Du verlangst nach Antworten, willst die Dinge ergründen. Aber oft können wir nicht mehr tun, als Fragen zu stellen.«

Weyd drängte sich der Gedanke auf, dass sie ihn gerade doch sehr an Ealdre erinnerte. »Gut, dann also hier meine Frage: Ist es wahr, dass der Weg zu den Türmen Hand in Hand mit dem Tod beschritten wird?«

Sameea legte ihr Buch weg und strich wieder mit den Fingerspitzen durch den Kräutertopf, der neben ihrer Bank stand. Eine Wolke aus Lavendelduft stieg auf.

»Jeder Weg wird Hand in Hand mit dem Tod beschritten, Weyd«, antwortete sie.

»Ealdre und du, ihr werdet euch prächtig verstehen«, stellte der Wanderer fest und drückte kurz ihre Hand.

»Das will ich doch hoffen.«

Sie sah ihn aufmerksam an und legte die freie Hand auf

seine. »Dir lastet viel auf der Seele, Weyd. Ich werde dich nach Reys und Briva fragen, ich werde dich nach Turis fragen, das wir beide so lieben, ich werde dich nach deiner Bardin und dem Lied fragen, das sie über mich schreiben wollte. Aber vorher, solange wir noch allein sind, zwei Wanderer unter sich, muss ich dich dies fragen: Werdet ihr zu den Türmen reisen? Werdet ihr das Leuchtfeuer in Weiß, Schwarz und Grau neu entzünden?«

Weyd nickte. »Ja, das werden wir.«

Sameea drückte seine Hand. »Das dachte ich mir. Und es macht mich froh. Ich werde leichter Frieden finden, wenn ich weiß, dass es wieder Licht geben wird in dunkler Nacht. Und ich werde leichter Frieden finden, wenn ich weiß, dass du diese Reise nicht allein antrittst.«

»Und doch liegt genau da meine größte Sorge.« Weyd löste sich aus ihrem Griff und fuhr sich mit beiden Händen über das Gesicht. »Denn es sind meine Freunde, die mich begleiten, und ich möchte sie nicht in Gefahr bringen. Und ich kann den Weg nicht erkennen, der noch vor mir liegt, denn er ist in Dunkelheit getaucht.«

»Sie haben sich dir freiwillig angeschlossen.«

Der Wanderer schüttelte den Kopf. »Nach all den Jahren scheint mir plötzlich die Zeit davonzulaufen, Sameea.« Er drückte seinen Daumen fest in die Handfläche. »Der Eiserne Baron belagert Briva. Seine Armee wird im Morgengrauen angreifen, egal ob Lurin bis dahin zu ihr zurückgekehrt ist oder nicht – zumindest hat er es uns so gesagt. Anschließend wollen sie gegen Turis ins Feld ziehen. Der König von Sapaudia überzieht die südlichen Länder mit Krieg. Aus Hewsos und Klawpedda habe ich keine Nachrichten, aber ich gehe davon aus, dass auch sie bald angegriffen werden. Und überall erheben sich die Schatten, die Furcht hält überall Einzug. Wie lange werden die Städte diesem Schrecken noch standhalten? Wie lange wird es noch dauern, bis es nirgendwo mehr Essen gibt, kein Wasser mehr? Wie lange, bis ein Massaker dem nächsten folgt?« Frustriert fuhr er sich durchs Haar. »Zu Fuß braucht man fünfzig Tage bis nach Hewsos, und niemand weiß genau, wie weit es von dort noch bis zum Grauen Turm ist. Vierzig Tage bis zum Weißen Turm, und das auch nur, wenn man ein Schiff findet, das einen durch den Feuersund bringt. Bis zum Schwarzen Turm im Osten sind es ungefähr fünfundzwanzig Tage, und der wird noch immer von Lurins Wachen gehalten, die niemanden durchlassen. Wollen wir einen Turm nach dem anderen ansteuern, brauchen wir dafür über ein Jahr. Bevor ich erfahren habe, dass Lurins Armee auf dem Vormarsch ist, dachte ich, wir hätten ein Jahr Zeit.«

»Und nun weißt du, dass es nicht so ist, denn schon bald wird der Krieg alle Straßen blockieren«, stellte Sameea mit ihrer sanften Stimme fest.

»Ganz genau.«

»Nun weißt du also, dass du dich beeilen musst.«

»Ja.«

»Die Antwort liegt doch auf der Hand, oder?« Sie warf ihm durch ihre Sehgläser einen prüfenden Blick zu. »Warum also sprichst du sie nicht aus?«

»Wir können uns nicht aufteilen.« Weyd glaubte zu spüren, wie der Boden unter seinen Füßen bebte.

Sameea sah ihn weiter stumm an.

»Sie würden den Weg nicht finden«, behauptete er.

Zweifelnd zog sie die Brauen hoch. »Ich habe dir doch einst eine hervorragende Karte vermacht.«

»Sie sind keine Wanderer.«

»Jeder von ihnen hat mindestens zwei Beine.«

»Ich kann sie nicht dem Tod in die Arme treiben, Sameea!« Das Atmen fiel ihm plötzlich schwer. »Das werde ich nicht tun.«

Liebevoll tätschelte sie seine Hand. »Na also. War das denn so schwer?«

»Was soll ich tun, Sameea? Bitte, hilf mir.«

»Was möchtest du denn tun?«

Er kannte sie gut genug, um nicht mit der erstbesten Antwort herauszuplatzen. »Ich möchte sie nicht verlieren«, sagte er schließlich. »Und ich möchte nicht der Grund dafür sein, dass sie etwas verlieren.«

»Aber gleichzeitig möchtest du auch die Feuer neu entzünden. Und du weißt, dass dir die Zeit davonläuft.«

»Was kann ich also tun?« Weyd sprang auf und fing an, vor der Bank auf und ab zu laufen. »Meinem Plan zufolge wollten wir zunächst bis zum Lewkraitaz reisen und wären dann einigermaßen sicher gewesen, bis wir den Schwarzen Turm erreichen. Aber der Tod ist uns bereits auf den Fersen. Er verfolgt uns, seit wir den Wavart erreicht haben, also schon beinahe seit Briva.«

»Immer schon bist du davor zurückgeschreckt«, stellte Sameea fest. »Schon als Kind hast du jeden Verlust gefürchtet, hast es nicht ertragen, auch nur daran zu denken. In den Spielen, die du dir ausgedacht hast, wurden am Ende alle gerettet. Ebenso in deinen Lieblingsgeschichten.«

»Wir haben früh unsere Eltern verloren«, wandte Weyd ein.

»Und doch wird deine Schwester nicht von dieser Angst beherrscht.« Sameea streckte die kurzen Beine aus. Die

Sohlen ihrer nackten Füße waren schwielig, die Zehen so steif wie ihre Finger.

»Reys wird in Briva belagert.« Weyd starrte auf seine Hände. »Und ich wünschte, ich wäre bei ihr.«

»Doch du bist hier.«

»Tut ihr Philosophen eigentlich auch noch etwas anderes, als das Offensichtliche festzustellen?«

Wieder schenkte ihm Sameea ein mildes Lächeln. »Selten. Da es ja sonst niemand sieht, ausspricht oder erkennt.«

»Vielleicht könnte ich gegen den Reiter kämpfen.« Weyd dehnte prüfend seine Finger. »Noch kann ich mit einem Schwert umgehen. Und wer auf einem Pferd reitet, muss einen Körper besitzen.«

»Die Schatten sind zu Fuß unterwegs, können aber weder von Pfeil noch Klinge verletzt werden«, gab Sameea zu bedenken.

»Du würdest mir also davon abraten?« Er setzte sich wieder zu ihr.

»Ich habe keine Antworten mehr für dich, Weyd.« Der Blick der alten Frau schweifte in die Ferne. »Ich werde mich nur noch ein einziges Mal auf den Weg machen, und zwar zurück zu der Stadt, in der ich geboren wurde. Dort werde ich dann dem Tod begegnen.«

Fragend sah er sie an. »Du kehrst nach Spâdânah zurück?«

»Die Winter dort sind wärmer.« Lächelnd wandte sie sich ihm zu. »Es wird Zeit, Weyd.«

»Warte«, bat er sie. »Warte damit zumindest noch, bis ich von den Türmen zurückkehre. Warte, bis wir Weiß, Schwarz und Grau neu entzündet haben. Möchtest du denn nicht noch einmal die Sterne sehen, Sameea?«

Noch immer lächelnd, erwiderte sie: »Du musst mich

dort besuchen kommen, sobald die Feuer wieder brennen und die Glocken wieder erklingen.«

»Natürlich.« Der Boden unter seinen Füßen bebte. Schien sich von ihm zurückzuziehen.

»Das Licht der Sonne ist in Spâdânah so viel wärmer, Weyd«, fuhr sie fort. »Warmer Stein unter den Händen, so hohe Palmen und Olivenbäume. Sie spenden Schatten, und sind voller Früchte.«

»Ich wollte es schon immer mit eigenen Augen sehen«, nickte er.

»Du musst kommen. Wenn du überlebst, musst du kommen. Ich werde wissen, wenn es so weit ist.« Noch einmal griff sie nach seiner Hand. »Auch in Spâdânah gibt es einen alten Lichtturm. Und wenn ihr Grau, Schwarz und Weiß entzündet habt, werde ich das Licht des Weißen sehen. Ich werde den Klang seiner Glocke hören.«

Nun zog sie aus ihrer Tasche – denn natürlich war ihre Robe mit Taschen ausgestattet – eine alte, mit wundervollen Schnitzereien verzierte Flöte.

Und sie spielte den Anfang eines Liedes, das Weyd längst entfallen war.

In diesem Moment trat Caer zu ihnen. Sie wartete, bis Sameea das Instrument absetzte. Dann applaudierte sie. »Diese Melodie ist auch auf der wundersamen Karte vermerkt«, stellte die Bardin fest.

»Allerdings«, nickte Sameea. »Habe sie selbst dort hingeschrieben.«

Die alte Frau bedeutete der Bardin, sich neben sie zu setzen. »Ich muss mit dir sprechen, Caer, denn ich denke, ich habe ein passendes Ende für die Geschichte gefunden, die du über mich verfassen wirst.«

Während Weyd aufstand, um ihr Platz zu machen, räusperte sich Caer mühsam, bevor sie mit ihrer rauen Stimme sagte: »Sameea von Nirgendwo, leider wird es keine Geschichte geben. Der Eiserne Baron hat mir die Stimme geraubt, und sie wird vermutlich auch nicht mehr zu mir zurückkehren.«

»Komm und setz dich.« Sameea nahm das Buch von der Bank und legte es in ihren Schoß. Dann gab sie die Flöte an Caer weiter. »Halt das mal, meine liebe Bardin, und höre dir trotzdem an, wie ich mir das Ende vorstelle. Vielleicht findest du ja eine Möglichkeit, diese Geschichte zu erzählen, falls du das möchtest.«

Und sie begann. Das Buch in der einen Hand, die andere nach den Kräutern ausgestreckt, deren süße und scharfe Düfte um sie herum aufstiegen, mit dem Zwitschern und Plätschern der badenden Vögel im Ohr, mit dem warmen Licht der Sonne auf der Haut, erzählte Sameea von Nirgendwo der Bardin Caer, dass sie nach Spâdânah zurückkehren würde, an den Ort ihrer Geburt. Den Nachtweg würde sie gehen, in alter Zeit Waraltariq genannt, um noch einmal in die Stadt der offenen Innenhöfe, der Laternen, der Palmen und der Feigen zurückzukehren. Und dort würde sie in der Sonne sitzen. »Und dann werde ich ihm begegnen. Wie einem alten Reisegefährten. Wie einem lang vermissten Freund.«

»Wem?« Caer musterte die wundervolle Flöte in ihrer Hand.

»Dem Tod«, antwortete Sameea schlicht.

Ruckartig hob Caer den Kopf, während Sameea zu Weyd hinübersah. »Ich werde dem Tod wie einem Freund begegnen. Wie einem Wegbegleiter.« Ein hinterhältiges

Grinsen huschte über ihre faltigen Züge. »Und vielleicht gelingt es mir, ihn auszutricksen.«

»Ihn auszutricksen?«, wunderte sich Caer.

»Jawohl. Ich könnte ihn glauben lassen, ich wäre bereits tot, damit er einfach weiterzieht. Dann könnte ich noch ein wenig länger in der Sonne sitzen, unter den Palmen, und mich an frischen und getrockneten Feigen laben.« Sie lachte fröhlich.

Ihr Blick ruhte auf Weyd.

Und auch er sah sie an.

Fast schon gegen seinen Willen musste Weyd der Wanderer lächeln. *So, so, du hast also keine Antworten mehr für mich, Sameea?*, dachte er.

»Es gibt eine Ballade, die von so etwas handelt.« Caers Finger huschten über die Flöte und formten eine lautlose Melodie. »Das Lied von Thero Lyke.«

»Meinst du die Ballade von Liun?«, fragte Weyd.

Sameea nahm das Buch von ihrem Schoß. »Ich kannte es zuerst auch als das Lied von Thero Lyke«, sagte sie an Caer gewandt. »In diesem Buch sind viele verschiedene Versionen dieser Geschichte versammelt. Oder zumindest Geschichten, die sich alle sehr ähnlich sind.«

»Und du liest zurzeit rein zufällig gerade dieses Buch?« Voller Skepsis zog Weyd beide Brauen hoch.

»Ich wusste doch gar nicht, dass ihr kommen würdet«, erwiderte Sameea lächelnd. »Außerdem findet sich in einer gut ausgestatteten Bibliothek ein Buch für jeden Anlass.«

»Darf ich es mal sehen?« Caer legte die Flöte beiseite und griff nach dem Buch, das Sameea ihr entgegenstreckte. Die alte Frau erklärte ihr: »Es ist eine alte Legende, die in vielen Formen weitergegeben wurde. Dort heißt es, wer dem Tod begegnet, der muss ihn festhalten, frei von jeder Furcht. Er wird die Gestalt wechseln, wieder und wieder, wird schmerzhafte und erschreckende Formen annehmen, doch wenn man ihm genug vertraut, um nicht loszulassen, wird er einen am Ende gehen lassen. Wer aber zaudert und sich von Furcht übermannen lässt, ist verloren.«

»Ich soll den Fahlen Reiter an mein Herz drücken?« Caer nahm das Buch. »Kommt mir doch etwas riskant vor.«

»Nun ja, es ist nur eine Geschichte«, betonte Sameea. »Doch manches lässt sich durch eine Geschichte besser vermitteln als durch trockene Lehre. Obwohl ich der trockenen Lehre diese wundervollen Sehgläser verdanke, ich sollte mich also nicht beschweren.« Sie zeigte auf das Gestell auf ihrer Nase. »Und gleichzeitig kann in einer Geschichte eine Lehre stecken und in einer Lehre eine Geschichte, und wenn der Fahle Reiter am Lewkraitaz auf euch wartet und sich nicht wohlgesinnt zeigt, könnte ein Trick meiner Meinung nach nützlicher sein als ein Schwert. Oder schnelle Füße.« Sie dachte kurz nach. »Ja, eigentlich wären schnelle Füße wohl am allernützlichsten.«

Caers Blick wanderte zwischen Weyd und Sameea hin und her. »Dann hat er das also von dir?«, fragte sie die alte Frau. »Diese Vorliebe für verrückte Pläne?«

»Wie bitte?«, empörte sich Weyd. »Ich soll hier der mit den verrückten Plänen sein?«

»Verzeihung. Hanebüchene Pläne mit eingebauter Selbstaufopferungsstrategie«, korrigierte sich die Bardin.

»Eine Schwäche aus meiner Jugendzeit«, gab Sameea zu. »Allerdings hatte ich das bereits hinter mir gelassen, als ich in seinem Alter war.«

»Na ja, vielleicht könntest du ihm zeigen, wie du das geschafft hast«, meinte Caer. »In seinem Alter ist so etwas doch recht ungebührlich.«

»Hallo? Ich bin noch hier!«, rief Weyd dazwischen.

»Das wissen wir«, erwiderte Sameea freundlich. »Wie geht es eigentlich deinen Knien?«

»Wenn du es unbedingt wissen musst: Meinen Knien geht es hervorragend.«

»Dann bist du noch nicht weit genug gewandert. Führst du immer noch Buch über die Wegstrecke, die du bereits zurückgelegt hast?«

Weyd schnaubte.

Caer lehnte sich vor und pikte ihn ins Knie. »Ich weiß ja nicht. Immer behauptest du, das wären Joris Knochen, die da knirschen, aber ich bin mir ziemlich sicher, dass diese Geräusche letzte Nacht aus der Ecke kamen, in der du gelegen hast.«

»Und du bist schließlich die Freundin aller Klänge«, betonte Sameea. »Du sprichst ihre Sprache.«

»Genau so ist es. Und ich denke nicht, dass sie mich zum Narren halten würden.«

»Ich gehe jetzt«, verkündete Weyd. »Hier kämpfe ich auf verlorenem Posten.«

»Du gibst viel zu leicht auf, Wanderer«, erklärte ihm die Bardin. »Und es mangelt dir an Vertrauen.«

Weyd blieb stehen und sah sie an. »Wie meinst du das?«

»Hättest du mir von diesem Plan erzählt?« Caer war neben der alten Frau sitzen geblieben und hielt noch immer das Buch in Händen. »Wäre ich nicht genau im richtigen Moment gekommen, hättest du es mir dann erzählt, oder hättest du dich irgendwann mitten in der Nacht davongestohlen, um dich dem Tod allein an den Hals zu werfen, so wie beim letzten Mal?«

»Beim letzten Mal hatte die Nacht noch gar nicht richtig begonnen.«

»Mein lieber Weyd«, sagte Caer, »halt einfach die Klappe.«

Sameea tätschelte die Hand der Bardin und stemmte sich mit ächzenden Gelenken von der Bank hoch. »Ich überlasse euch dann mal eurem Disput. Aber sei versichert, meine liebe Bardin, ich hätte das Thema vor deiner Ankunft gar nicht aufgebracht. Ich weiß doch, was für ein Narr er ist. Schließlich hat er von der Besten gelernt.«

Nachdem sie das liebevoll verkündet hatte, schenkte sie ihnen noch ein Lächeln und ging ins Haus, sodass die beiden allein im Hof zurückblieben, umgeben von Lavendel- und Thymianduft, plätscherndem Wasser und flatternden Vögeln.

Caer legte das Buch beiseite und griff wieder nach der Flöte. Ihre Finger tanzten über die Löcher und ließen ein lautloses Lied erklingen.

Weyd sah ihr eine Weile zu, dann setzte er sich zu ihr auf die Bank. »Es war gut gemeint«, sagte er, »als ich alleine aufgebrochen bin in Briva. Ich habe dabei nur an dich gedacht.«

Ihre Finger kamen kurz zur Ruhe. »Und was genau hast du dir da gedacht, Weyd?«

Er schluckte schwer, starrte auf diese Finger, auf die abheilenden Wunden an ihren Spitzen. »Dass du mir bis in den Tod folgen würdest, und dass du bereits zu viel verloren hattest.«

»Meine Stimme, meinst du? Oder eher all die Jahre, in

denen ich versucht habe, dir klarzumachen, dass du mich nicht zu beschützen brauchst?«

Das entlockte ihm beinahe ein Lächeln. »Beides, denke ich.«

»Weyd.« Caer legte die Flöte weg. Dann umfasste sie mit einer Hand sein Kinn, während sie die andere fest auf seine drückte.

Ihm war gar nicht bewusst gewesen, dass er wieder einmal die Hände gerungen hatte.

»Ich möchte nicht von dir beschützt werden«, sagte Caer eindringlich. »Und ich möchte auch nicht, dass du über meinen Kopf hinweg Entscheidungen für mich triffst.«

»Na ja, aber wenn du nun mal oft zu törichten Entscheidungen neigst ...«

»Genau wie du.«

»Ich werde nicht zulassen, dass du meinetwegen stirbst«, sagte Weyd.

»Und ich werde nicht zulassen, dass du dich dem Tod allein entgegenstellst«, erwiderte Caer.

Stumm sahen sie sich an.

Dann schüttelte Caer den Kopf. »Es macht mich traurig, dass du mich so unbedingt verlassen willst.«

»Ich will dich ganz und gar nicht verlassen.«

»Warum bestehst du dann so sehr darauf?«

»Angenommen, wir gehen beide in den Wald und stellen uns dem Fahlen Reiter entgegen – wer soll dann die Gruppe anführen, wenn keiner von uns zurückkehrt?«

»Ganz genau«, bekräftigte Caer. »Wer wenn nicht du könnte denn bitte schön den Grauen Turm finden? Du kannst also nicht gehen. Ich muss es tun. Ich muss da raus und mich dem Fahlen Reiter entgegenstellen.«

»Nein.« Weyd schüttelte vehement den Kopf.

»Dann lass uns zusammen gehen«, schlug sie vor und nahm seine Hand.

Unsicher betrachtete er ihre ineinander verschlungenen Finger. »Zusammen?«

»Ja. Zusammen haben wir noch jeden Weg beschritten.«

Vorsichtig strich er mit einem Finger über ihr Handgelenk. »Und was wird dann aus unserer Schar?«

»Unserer?« Ein breites Grinsen erschien auf Caers Gesicht. »Hast du gerade *unserer* gesagt?«

Weyd sah ihr in die Augen. »Du hast das bewirkt«, sagte er. »Als du in der Klamm an meiner Seite ausgeharrt hast, wusste ich, dass ich nicht allein war. Und ich wusste, dass ich alles aushalten kann, all die Finsternis, selbst den Tod, wenn ich dabei nur nicht allein bin.«

»Du bist nicht allein, Weyd«, wiederholte sie. »Wenn dir das irgendwie hilft, lass es mich noch einmal ganz deutlich sagen: Du bist nicht allein. Du hast eine Bardin an deiner Seite, die nicht mehr singen kann, und das ist wahrlich von Bedeutung. Und du hast deine Schar, deine Freunde.«

»Es ist unsere Schar, Caer«, betonte er. »Du warst es, die uns im Wavart am Leben erhalten hat. Es ist die Schar von Weyd dem Wanderer und der Bardin Caer.«

»Also, ich persönlich finde ja, die Schar von Bardin Caer und Wanderer Weyd klingt besser.« Ihre Stimme wurde immer rauer, aber sie grinste frech.

Ergeben hob er die freie Hand. »Ganz wie du wünschst.«

Caer lachte, doch es verwandelte sich schnell in einen Hustenanfall. Nach Luft ringend, beugte sie sich vor und drückte beide Hände an den Mund, während der Krampf ihre Kehle, ihre Brust, ihren gesamten Körper erfasste.

Und er konnte nichts tun, außer ihren Rücken zu streicheln.

Als es vorüber war, richtete Caer sich auf und reckte das Gesicht der Sonne entgegen. »Verflucht sei die finstere Nacht«, krächzte sie, die Stimme so rau wie früher nach stundenlangem Gesang. »Das war unschön.«

Weyd massierte ihr den Nacken.

Sie genoss es, seine Finger auf der Haut zu spüren. Ganz sanft strich er über ihre Muskeln, sanft und geschickt. »Du kannst auch jederzeit am Rücken weitermachen, wenn du dich nicht nur stumm in Schuldgefühlen suhlen möchtest«, schlug sie vor.

Lächelnd stand Weyd auf und stellte sich hinter sie. Dann widmete er sich ihrer verkrampften Schultermuskulatur, drückte die Daumen in die harten Knoten rund um die Schulterblätter. Arbeitete sich an der Wirbelsäule entlang, bis hinunter zum Steiß und anschließend wieder hoch. Die rauen Schwielen seiner Schwertkämpferhände rieben angenehm über die nackte Haut an ihren Schultern.

Caer gab ein wenig schickliches Stöhnen von sich.

Weyd lachte. Warme, satte Zufriedenheit durchströmte ihn. Nun waren ihre Oberarme dran, dann die Unterarme. Die Hände, die Finger. Anschließend zurück nach oben.

Als er wieder bei den Schultern ankam, schnurrte sie regelrecht. Sie hatte die Augen geschlossen, ihr Mund war leicht geöffnet, und in ihrem Gesicht spiegelte sich so ungehemmter, reiner Genuss wider, dass Weyd sie einen Moment lang wie gebannt anstarrte.

Dann schlug sie die Augen auf und sah ihn an.

»Warte kurz.« Mit ein paar geschickten Handgriffen

löste sie ihren festen Zopf. Sie seufzte zufrieden, als ihr Haar offen herabfiel.

Weyds Hände verharrten reglos auf ihren Schultern, als die weichen Strähnen über seine Finger strichen. Er atmete ihren Duft ein. Caers Duft: den Staub der Straße und den Rauch der Lagerfeuer, an die sie immer viel zu dicht heranrückte, und das Kiefernöl, mit dem sie ihre Oud pflegte.

Wie gerne hätte er sein Gesicht in diesen Strähnen vergraben. Wie gerne hätte er sich zu ihr hinuntergebeugt und mit seinen Lippen all die Bahnen verfolgt, die seine Finger gerade gezogen hatten. Ihren Hals geküsst, ihre Schultern, ihr Ohr und ihre Lippen.

Doch stattdessen schob Weyd ihre Haare über die Schulter nach vorne und massierte weiter ihren Rücken, was Caer noch ein wohliges Stöhnen entlockte.

»Danke, Wanderer.«

»Da nicht für«, erwiderte er.

Caer legte ihre Hand auf seine, damit er innehielt. »Komm, setz dich zu mir.«

Also setzte er sich zu ihr. Setzte sich und spürte die vertraute Wärme ihres Körpers an seiner Seite. Ihre Haare streiften seine Schulter.

»Wir werden uns aufteilen müssen, wenn wir die Türme noch rechtzeitig erreichen wollen«, erklärte sie ihm mit rauer Stimme. »Sonst wird der Krieg uns vorher den Weg abschneiden.«

Er nickte.

»Erst besprechen wir das mit den anderen«, fuhr sie fort, »und dann schmieden wir einen Plan.« Sie warf ihm einen mahnenden Blick zu. »Gemeinsam, Weyd. Keine Alleingänge mehr.«

Er nickte.

»Jetzt sieh sich das einer an! Da hat er doch tatsächlich genickt, der brave Junge.«

Caer und Weyd sahen sich um und entdeckten, dass sie von Jori und Bahr beobachtet wurden. Auf den Arm der Seefahrerin gestützt, humpelte der Alte zu ihnen hinüber. »Ich danke dir, altes Mädchen«, sagte er liebenswürdig, während Weyd sich von der Bank erhob, um ihm Platz zu machen.

»Sehr freundlich von dir, Weyd«, nickte er, während er sich niederließ. »Und es ist ebenfalls sehr freundlich von dir, dass du endlich zur Vernunft gekommen bist. Also, wo liegt das Problem, und was gedenken wir dagegen zu tun?«

»Ach, keine große Sache«, meinte Caer. »Wir müssen lediglich den Tod überlisten und anschließend die Türme des Lichts finden, bevor der Krieg den gesamten Kontinent in Schutt und Asche gelegt hat.«

Bahr zeigte mit fragendem Blick auf das Wasserbecken, woraufhin Jori den Vögeln etwas zurief und dann aufmerksam ihren Antworten lauschte.

»Es macht ihnen nichts aus, wenn du zu ihnen kommst, altes Mädchen«, versicherte er anschließend.

Also ging Bahr zu dem Becken und benetzte Gesicht, Hände und Hals mit dem erfrischenden Nass. »Wir wollen uns also mit dem Fahlen Reiter anlegen?«, fragte sie währenddessen.

»Glaubt man den Berichten, wird er uns wohl am Lewkraitaz erwarten«, antwortete Weyd.

»Und wir müssen unbedingt zum Lewkraitaz?«, fragte Bahr weiter. »Können wir ihn nicht umgehen?«

»Ich denke, er würde uns folgen«, sagte Weyd zögernd.

»Es gibt da etwas, das ich euch verschwiegen habe. Ich habe es keinem von euch gesagt. Verzeiht mir, bitte. Ich war …«

»Ein Idiot?«, schlug Caer freundlich vor.

»… in Sorge«, beendete Weyd seinen Satz mit dem bisschen Würde, das ihm noch geblieben war. »Man sagt, der Weg zu den Türmen werde Hand in Hand mit dem Tod beschritten.«

Bahr runzelte irritiert die Stirn. »Dann war das also der Tod, der da auf einem schmutzig grauen Pferd hinter uns her war?«

»Wäre es dir lieber gewesen, wenn er uns auf einem hübscheren Reittier verfolgt hätte?«, schmunzelte Jori.

Schulterzuckend erwiderte sie: »Ich dachte immer, er hätte es mehr mit Schiffen.«

»Vielleicht stehen ihm unterschiedliche Transportmittel zur Verfügung«, überlegte Caer. »Je nachdem, wo er gerade hinmuss.«

»Und es gibt da diese Ballade«, mischte sich Weyd mit leicht erhobener Stimme ein, »in der es heißt, man könne den Tod überwinden, indem man ihn an sich drückt. Er wird viele schmerzhafte und erschreckende Verwandlungen durchlaufen, aber man muss ihn immer weiter festhalten.«

Nun erreichten Bahrs Brauen beinahe ihren Haaransatz. »Man soll ihn knuddeln? Oder sie? Oder es?«

»Caer war auch nicht sonderlich begeistert davon«, gab Weyd zu. Im Haus ertönten Schritte.

»Wahrscheinlich bist du nicht so oft gegen deinen Willen angetatscht worden wie wir«, gab Caer zu bedenken. »Deshalb stört dich diese Vorstellung nicht so sehr.«

»Oh, sie stört mich sehr wohl«, gab Weyd zurück.

»Das ist also unser Plan?«, kehrte Bahr zum eigentlichen Thema zurück, gerade als Ealdre der Heiler den Innenhof betrat. »Den Tod mal ordentlich durchzuknuddeln?«

Abrupt blieb Ealdre stehen.

»Komm ruhig zu uns, mein Junge«, rief Jori ihm zu. »Wir unterhalten uns gerade darüber, wie man den Tod überlistet!«

Zögernd trat Ealdre zu ihnen, während er sich die Hände an einem Tuch abwischte. »Jelscha, Andrin und Bellitas sind bei Hauptmann Menga, deren Wunde ich gerade noch einmal versorgt habe. Die Geschwister und der Fuchs werden gleich kommen«, erklärte er. »Aber ich fürchte, ich habe euch bei einem wirklich faszinierenden Thema gestört.«

»Wird sie wieder gesund?«, fragte Weyd.

»Ich gehe davon aus«, nickte der Heiler.

»Tod knuddeln«, mahnte Bahr.

Schnell brachte Weyd Ealdre auf den neuesten Stand. Nachdem der Heiler sich alles schweigend angehört hatte, fragte er: »Ihr denkt also, der Fahle Reiter sei der Tod, und wollt ihn überlisten?«

»In der Ballade heißt es, wenn man ihn so lange festhält, bis er alle Verwandlungen durchlaufen hat, muss er einen gehen lassen.« Inzwischen war Caers Stimme wieder so rau, dass sie kaum noch sprechen konnte.

»So heißt es also in der Ballade?«, wiederholte Ealdre.

»Wir müssen vorbereitet sein«, betonte Weyd. »Möglicherweise ist das nichts weiter als eine Geschichte, dann wird der Fahle Reiter einfach jeden abschlachten, der sich ihm nähert.«

»Er kann uns doch nicht in alle Richtungen folgen«, gab Bahr zu bedenken. »Warum teilen wir uns nicht gleich hier auf? Wir bilden drei Gruppen: Eine geht nach Süden, eine nach Osten, eine nach Norden.«

»Der Reiter würde uns trotzdem folgen«, widersprach Ealdre mit unverrückbarer Überzeugung. »Er würde sich einfach einen nach dem anderen holen.« Nachdem er einen Moment geschwiegen hatte, sagte er: »Nein, der Wanderer und die Bardin haben recht. Ich werde mich ihm stellen.«

»Nein, nein, nein«, protestierte Caer sofort. »Warst du denn nicht hier, als ich sagte: keine Alleingänge mehr?«

»Nein, war ich nicht«, erinnerte Ealdre sie freundlich.

»Also schön, dann: keine Alleingänge mehr!«

»Möglicherweise hat er ja nicht unrecht«, gab Bahr zu bedenken. »Ich meine, du bist ein Albitz, richtig? Vielleicht hast du ja eher einen Draht zum Tod als wir anderen.«

Ealdre warf sich das Handtuch über die Schulter. »Ihr habt also keinen guten Draht zu ihm?«

»Keine Alleingänge mehr!«, rief Caer. »Können wir uns wenigstens darauf einigen? Vor allem nicht, wenn wir vorhaben, den Tod an unser Herz zu drücken.«

Beschwichtigend hob Ealdre die Hände. »Ich denke immer noch, dass ich es tun sollte. Ich sollte dem Reiter entgegentreten.«

»Wo er recht hat, Caer …« Bahr nickte bekräftigend.

Weyd sah den Heiler prüfend an. »Wäre es für dich tatsächlich weniger gefährlich, mein Freund?«

Ealdre sah ihn an, blickte dann kurz zu Caer hinüber und wandte sich schließlich wieder an Weyd: »Von uns allen bin ich am besten geeignet, mich dem Fahlen Reiter zu stellen.«

Der Wanderer nickte zögernd. Wieder wurden Schritte laut. Diesmal war es Andrin, der aus dem Haus trat, gefolgt von seiner Schwester. Quer über seinen Schultern lag der halb schlafende Bellitas. Die Geschwister hatten sich umgezogen und trugen saubere, weite Roben und darunter bequeme Hosen in der Farbe des Wüstensandes. Sie alle hatten sich frische Sachen angezogen. Nur Ealdre war nach wie vor in seinen goldenen Mantel gehüllt.

»Hallo«, begrüßte Bahr die beiden. »Schon gehört? Ealdre wird sich dem Fahlen Reiter an den Hals werfen.«

»Ich bin mir ziemlich sicher, dass ich mich gerade ordentlich verhört habe, Bahr«, erwiderte Jelscha.

Weyd seufzte resigniert. »Wir suchen Sameea, die wird euch dann die Ballade vorlesen.«

»Und wenn es nicht funktioniert?«, fragte Caer. Alle drehten sich zu ihr um. Sie war aufgestanden, hielt Buch und Flöte in der Hand. »Was, wenn wir an unserer Aufgabe scheitern? Was, wenn wir bei der Auseinandersetzung mit dem Fahlen Reiter versagen?«

»Wir bräuchten mehr Kämpfer«, fand Bahr. »So viele wir kriegen.«

Jelscha warf ihr einen finsteren Blick zu. »Du sprichst hoffentlich nicht von Lurin und Menga.«

»Lurin ist ein hervorragender Krieger«, gab Weyd widerwillig zu.

»Menga ebenfalls«, bekräftigte Jelscha. »Aber wird er uns nicht die Kehle aufschlitzen, sobald wir ihm die Fesseln abnehmen?«

»Wenn wir ihm den richtigen Anreiz bieten, vielleicht nicht«, überlegte Weyd.

»Werden die Mönche denn überhaupt zulassen, dass wir ihn wieder mitnehmen?«, gab Jori zu bedenken. »Es wäre mir fruchtbar unangenehm, so freundliche Gastgeber zu verärgern.«

»Wenn Sameea uns am frühen Morgen aus Bonnifatia herausbringt, müssten sie es gar nicht erfahren«, beruhigte ihn Weyd. »Trotzdem stimme ich dir zu, Jori. Mir wäre wohler, wenn er nicht mit uns käme.«

»Trotzdem: Was, wenn wir scheitern? Ob mit dem Arschloch oder ohne?«, hakte Caer noch einmal nach. »Was ist dann? Wir müssen uns auch dafür rüsten. Falls wir unterliegen, muss ein anderer die Reise antreten.«

»Wir sprechen mit Sameea darüber«, schlug Weyd vor. »Sie kann Nachrichten nach Hewsos und Pau schicken, auch nach Turis und Briva, sogar nach Odçssós und al-Qartuba und Spâdânah.«

»Kämen ihre Boten denn noch rechtzeitig an, bevor die Städte eingenommen werden?«, zweifelte Andrin.

»Das können wir nicht mit Sicherheit wissen«, gab Weyd zu, »aber Sameeas Boten sind schnell.«

»Sie verwendet wohl Vögel?«, riet Jori.

»Tauben, so weiß wie die Türme von Spâdânah.« Weyd grinste. »Meiner Meinung nach sind einige davon eher grau, aber das würde ich ihr an eurer Stelle nicht sagen. Vergebliche Liebesmüh.«

»Silbern«, schlug Jori großmütig vor.

»Und wenn wir Erfolg haben?«, fragte Bahr. Diesmal wandten sich alle ihr zu. Sie allerdings war ganz auf Weyd und Caer konzentriert. »Dann müssen wir uns trennen, oder nicht? Sonst werden die Schatten sämtliche Ernten vernichten, und der Krieg wird sämtliche Straßen blockieren. Wir sind nicht blöd, Weyd.«

Natürlich widersprach der Wanderer ihr nicht.

»Ich will nach Süden«, fuhr die Seefahrerin fort. »Ich will zum Weißen Turm.«

»Warum das, altes Mädchen?«, wunderte sich Jori.

»Weil man dort nur mit einem Schiff hinkommt«, erklärte ihm Bahr. »Die Karte zeigt das ganz deutlich. Wir werden ein Schiff brauchen.« Sie holte tief Luft. »Und mit Schiffen kenne ich mich aus.«

Beinahe unbewusst strich sie über ihre Brandnarben.

»Wir müssen uns wirklich trennen?« Andrin riss die Augen auf.

»Würden wir versuchen, alle Türme gemeinsam zu erreichen, bräuchten wir dafür über ein Jahr«, führte Weyd ihm vor Augen. »Und wenn Lurin die Wahrheit sagt und seine Armee Richtung Norden zieht, während die aus Sapaudia den Süden erobert, werden die Wege bald blockiert sein. Der gesamte Kontinent könnte in Schutt und Asche gelegt werden. Zu Kriegszeiten ist das Reisen so gut wie unmöglich.«

»Ganz zu schweigen von den vielen Toten, die es bis dahin gäbe.« Jelscha trat zu Bahr an das Wasserbecken und strich über die steinernen Ornamente. »Die Schatten morden weiter und weiter. Inzwischen wissen wir ja, dass sie überall sind.«

Nervös kaute Andrin auf seiner Unterlippe herum. »Ich bin nicht sicher, ob ich es sagen soll.«

Bahr warf ihm einen prüfenden Blick zu. »Sprichst du etwa noch eine Sprache, von der wir nichts wissen? Vielleicht die des Fahlen Reiters? Die Sprache der Türme?

Kannst du ihnen vielleicht einfach zurufen, dass sie uns zuliebe bitte wieder leuchten sollen, und hast bisher einfach vergessen, das zu erwähnen?«

Andrin wurde knallrot im Gesicht, und es dauerte einen Moment, bis er etwas erwidern konnte. »Das war nur dieses eine Mal.«

»Lass den armen Jungen ausreden, Bahr«, mahnte Jori. »Was wolltest du uns sagen?«

Andrins Blick huschte kurz zu seiner Schwester hinüber. »Na ja, der Schwarze Turm, der steht in der Baronie von Schur, aber ganz im Osten, viele Meilen von unserem Tal entfernt.«

»Das hat Cassian uns erzählt«, ergänzte Jelscha. »Kurz nach unserer Rekrutierung. Er steht unter ständiger Bewachung durch die Grenzsoldaten. Angeblich gibt es dort oben Minen und jede Menge Fallen. Der Turm selbst befindet sich mitten in einem weiten Schneefeld, wo jeder Schritt der letzte sein kann, wenn man nicht weiß, welchem Weg man folgen muss. Selbst wenn die Grenzsoldaten in den Krieg gezogen sein sollten, die anderen Gefahren bleiben.«

»Ganz genau«, nickte Andrin. »Deshalb dachte ich mir, dass es vielleicht besser wäre, den Herrn Baron noch nicht an das Hohe Gericht zu überstellen.«

Alle starrten ihn an.

Bellitas richtete sich auf, stieß ein unglückliches Fiepen aus und schüttelte den Kopf.

»Lasst es mich erklären«, bat Andrin. »Der Baron weiß alles über dieses Schneefeld und die Wachwechsel an der Grenze. Wenn wir ihn mitnehmen, könnte er uns sicher zum Turm führen.«

»Oder er könnte euch festnehmen lassen«, gab Weyd zu bedenken. »Umbringen lassen. Foltern lassen.«

»Menga«, überlegte Jelscha. »Menga müsste das alles ebenfalls wissen. Und sie hat die nötige Autorität, als Hauptmann der Eisernen.«

»Aber würde sie es tun?« Weyd war skeptisch. »Bisher war sie Schur und ihrem Baron treu ergeben.«

»Ealdre hat ihr das Leben gerettet«, betonte Caer. »Vielleicht tut sie es aus Dankbarkeit.«

»Aber würde diese Dankbarkeit ausreichen, um ihren Baron zu verraten? Ihn und alles, wofür er steht?« Weyd war nicht überzeugt. »Schur ist doch ihre ganze Welt.«

»Das stimmt nicht.« Jelscha holte etwas aus ihrer Tasche.

Eine getrocknete Blume war es, eine Blüte, die früher einmal in leuchtendem Gelb gestrahlt hatte. Eine gelbe Arnika aus den Bergen. »Die habe ich in ihrer Brusttasche gefunden, als ich ihr saubere Sachen angezogen habe.«

»Hast du ihr diese Blume geschenkt, liebe Jelscha?«, fragte Jori mitfühlend.

Sie nickte. Ihre Wangen röteten sich. »Sameea hatte mich darum gebeten. Dass ich sie umziehen soll.«

»Aber natürlich.« Weyds Stimme klang so sanft wie die seiner alten Lehrerin. »Du glaubst also, dir zuliebe würde sie es tun?«

»Nein.« Jelscha zuckte mit den Achseln. »Vielleicht. Ich weiß es nicht.«

»Auf jeden Fall sollte nach Osten gehen, wer sich dort auskennt«, fand Andrin. »Vor allem, wenn wir nicht von einem Wanderer begleitet werden.«

»Man braucht nicht viel, um ein Wanderer zu sein, Andrin«, versicherte ihm Weyd freundlich. »Eigentlich nicht mehr als zwei Beine. Es ginge sogar mit einem Bein oder auf Krücken, wenn man genug Kraft in den Armen hat.«

»Trotzdem hat der Junge nicht unrecht«, wandte Bahr ein.

»Es stimmt, Andrin, du hast recht«, gab Weyd zu. »Allerdings möchte ich dich und deine Schwester trotzdem nicht allein dort hinschicken, zurück an den Ort, den ihr aus eigenem Entschluss verlassen habt und wo ihr als Verräter geltet. Ich weiß zu gut, wozu Lurin fähig ist.«

Er dachte kurz nach. »Jemand sollte euch begleiten. Jemand, der weit gereist ist und mit einer Waffe umzugehen weiß. Ich würde es selbst tun, aber ich muss nach Norden und den Grauen suchen.«

»Ich«, sagte Caer plötzlich. »Ich werde sie begleiten.«

Das überraschte alle.

»Du?« Ein schwerer Stein legte sich auf die Brust des Wanderers und drückte so fest auf sein Herz, dass er es kaum noch spürte. »Du möchtest sie begleiten?« Demonstrativ schaute Caer sich in der Gruppe um. »Ich sehe hier sonst niemanden, der mit einer Waffe umgehen kann. Zumindest nicht so gut wie du oder ich, Weyd.« Wieder einmal war ihre Stimme so rau, dass sie kaum einen klaren Ton hervorbrachte, trotzdem fuhr sie entschlossen fort: »Jelscha und ich könnten es machen. Wir könnten Menga mitnehmen. Und Lurin.«

»Lurin?« Sofort schüttelte Weyd den Kopf. »Nein!«

»Ich kann auf mich aufpassen, Weyd«, betonte Caer. »Und wenn stimmt, was Andrin sagt, werden wir ihn brauchen, um den Turm heil zu erreichen.«

»Nein, Mädchen.« Auch Jori war nicht überzeugt. »Da muss ich Weyd zustimmen.«

»Es ist doch wohl klar, dass ich ihn erschieße, sobald er versucht, uns zu hängen«, protestierte die Bardin.

»Caer.« Beinahe tadelnd sagte der Wanderer das.

»Na gut, vorher frage ich ihn, ob er sich bestimmt nicht für den Weg des Friedens entscheiden will«, lenkte sie ein.

»Er gehört vor ein Gericht! Er gehört nach Turis!«

»Falls Turis überhaupt noch existiert, nachdem die Eiserne Armee mit der Stadt fertig ist«, gab Jelscha zu bedenken.

»Das ist nicht sonderlich hilfreich, Mädchen«, rügte Jori.

»Aber sie hat recht«, fand Bahr.

»Er gehört vor Gericht!«, beharrte Weyd. »Wenn wir nicht besser sind als Lurin, wozu dann überhaupt das Feuer in den Türmen entzünden? Wozu die Glocken läuten? Damit wir besser sehen, wie wir einander abschlachten? Damit wir hübsche Musikbegleitung haben, während wir behaupten, es wäre ein Akt der Gnade? Er muss vor das Hohe Gericht in Turis gebracht werden. Sie werden die Stadt bestimmt halten.« Leise und mit beinahe abwesendem Blick fügte er hinzu: »Das müssen sie einfach.«

»Dann sollten wir besser keine Zeit verlieren«, brummte Bahr. »Also, ich gehe nach Süden. Caer, du gehst mit Jelscha und dem Hauptmann und Lurin nach Osten, möglichst, ohne ihn umzubringen. Weyd übernimmt den Norden. Was ist mit den anderen?«

»Ich werde den Wanderer begleiten, wenn er mich an seiner Seite haben will«, sagte Ealdre ruhig.

»Jeder will einen Heiler an seiner Seite haben«, spottete Bahr. »Dein Weg ist der längste«, fuhr Ealdre an Weyd gewandt fort. »Und du wirst möglicherweise jede menschliche Ansiedlung weit hinter dir lassen müssen, sodass dir niemand zu Hilfe kommen kann.«

»Abgesehen von Vögeln und Tieren«, betonte Jori. »Ich werde dich ebenfalls begleiten, mein Junge. Und sollten meine Beine den Dienst quittieren, kannst du mich in Hewsos zurücklassen. Aber bis dahin kann ich dir so viel wie möglich über die Sprachen beibringen, die von den Tieren des Nordens gesprochen werden.«

Er wechselte einen stummen Blick mit Bahr, die daraufhin grimmig nickte. Sie wandte sich an Andrin: »Du kommst mit mir, Kleiner.«

Überrascht sah Andrin sie an. »Ach ja?«

»Du sprichst die Sprache des Wassers. Mit dir werden wir draußen auf See unschlagbar sein. Da könnte selbst die Bhelsee zufrieren, für uns wäre das kein Problem. Du würdest dein Lied anstimmen und das Eis aufbrechen.«

Fast schien es, als wollte Andrin leise wimmern, aber stattdessen nickte er. Sein Blick huschte zu Jelscha, die ihn starr anblickte.

Da meldete sich Bellitas zu Wort. Aufrecht saß er da, die Ohren gespitzt, die dunklen Augen fest auf Bahr und Andrin gerichtet.

»Er sagt, dass er mit dir gehen möchte, altes Mädchen«, übersetzte Jori. Tränen stiegen ihm in die Augen. »Er war noch nie auf einem Schiff. Und er möchte all die Spezialitäten des Südens vertilgen, die er bisher noch nicht kosten konnte.«

»Dann wären alle aufgeteilt außer Urth und den Pferden«, stellte Weyd fest. So schwer drückte der Stein auf sein Herz. Aber Caer hatte recht. Ja, sie hatte recht.

Sie wurde im Osten gebraucht.

Über ihnen ertönte ein Krächzen. Urth kam in den Hof geflogen und landete elegant auf dem Rand des Wasserbeckens. Ihr klarer Blick wanderte einmal über die ganze Gruppe.

Bellitas ging zu ihr, um sie zu begrüßen, während Jori ihr schnell in ihrer Sprache alles darlegte.

Sie hörte ihm aufmerksam zu, dann krächzte sie und schlug kurz mit den Flügeln.

»Sie wird mit Caer in den Osten ziehen, Weyd«, übersetzte Jori.

Caer verneigte sich vor dem Vogel. »Ich schulde dir Dank, Schwester Krähe«, sagte sie, was Jori sofort weitergab.

Weyd konnte die Bardin nicht ansehen, denn das ließ den Schmerz in seiner Brust aufflammen. »Wir sollten uns heute Nacht gut ausruhen. Immerhin haben wir seit Briva nicht mehr richtig geschlafen. Und morgen machen wir uns beim ersten Tageslicht auf den Weg und suchen den Fahlen Reiter. Sollte er nicht im Wald auf uns warten und der Lewkraitaz frei sein, umso besser. Stoßen wir dort aber auf den Reiter, müssen wir uns ihm stellen.«

Alle nickten.

»Dann müssen wir jetzt nur noch Sameea finden.« Caer hob das Buch an, das sie noch immer in der Hand hielt. »Damit sie uns die Ballade vorlesen kann und wir alle wissen, womit wir es zu tun haben.«

»Den Tod ans Herz drücken«, murmelte Bahr. »Den Tod selbst töten. Danach sollte die Suche nach den Türmen doch eigentlich ein Kinderspiel sein, oder?«

»Vielleicht ist der Reiter ja auch gar nicht da, altes Mädchen«, wandte Jori beschwichtigend ein.

Urth gab ein äußerst skeptisches Krächzen von sich.

»Aber es fühlt sich auf jeden Fall gut an«, fand Caer. »Jetzt sind wir hinter diesem Reiter her, nicht umgekehrt.« Sie streckte sich. »Ich lege mich noch ein wenig aufs Ohr. Und schaue, ob ich irgendwo einen Tee kriege. Wir sehen uns dann später, zur Vorlesestunde.«

Beinahe gegen seinen Willen sah Weyd sie an, während sie sich verabschiedete. Da war er wieder, dieser Sog. Als würde er in den Abgrund stürzen. Als würde die Finsternis an ihm zerren. Als würde es ihn zu sich herabziehen.

Das Nichts.

Seine Gedanken wandten sich der Zukunft zu. Er würde den Grauen Turm suchen, sie würde zum Schwarzen reisen. Schon die Vorstellung ließ Angst in ihm erwachen, ließ nackte Panik vom Bauch in den Kopf aufsteigen, grell, schrill, lähmend.

Niemals hatte er sich vorgestellt, dass sie ihn verlassen könnte.

Nicht ein einziges Mal.

Sie hatte ihm ein vollkommen neues Blatt zugespielt.

»Alles in Ordnung, Wanderer?«

Weyd zuckte zusammen. Andrin musterte ihn aufmerksam.

»Mein lieber Junge«, sagte Jori leise, »nun ist der Zeitpunkt gekommen, es ihr zu sagen.«

Für einen Moment stockte ihm der Atem, dann fragte Weyd den Alten: »Du weißt es?«

Bahr schnaubte spöttisch. »Jeder hier weiß es. Und jetzt lauf ihr schon hinterher, verdammt.«

»Ich habe ihr nichts zu bieten.«

»Stimmt«, bestätigte Bahr. »Deshalb solltest du auch

verflucht dankbar sein, dass sie einen wie dich überhaupt in Erwägung zieht.«

Schritte näherten sich dem Hof. Mit wild klopfendem Herz blickte Weyd auf. Vielleicht kam sie ja zurück.

Doch es war nicht Caer. Es war Sameea.

Sie hatte ihre Flöte und ihr Buch dabei; beides hatte Caer ihr gegeben, als sie sich im Korridor begegnet waren. Nachdem sie Weyd aufmerksam gemustert hatte, lächelte sie sanft. »Diesen Verlust musst du nicht erleiden, Weyd. Dieses eine Mal solltest du an dich selbst denken.«

Stumm schüttelte er den Kopf. Panik gellte in seinem Kopf, Angst zerfraß seine Eingeweide. »Die Ballade«, presste er hervor. »Du musst uns die Ballade vorlesen, Sameea.«

»Das werde ich morgen Früh tun, denn viele Geschichten, die im Dunkel der Nacht erzählt werden, nehmen kein gutes Ende«, erwiderte die alte Wandersfrau. »Und ich möchte jetzt nicht über diese Ballade sprechen, Weyd, sondern über dich.« Sie sah ihn an. »Du kannst nicht länger weglaufen, Weyd. Vor dem Reiter nicht, und auch vor ihr nicht. Denn sonst geht sie und kehrt vielleicht nicht mehr zurück.«

Tränen brannten in seinen Augen. »Sie wird zurückkehren.«

Plötzlich stand Ealdre hinter ihm. Mit beruhigender, leiser Stimme sagte er: »Fünf Dinge, die du siehst.«

Die Palmen. Das Wasserbecken. Die Kräuter. Die Sonne. Der weite blaue Himmel.

»Vier Dinge, die du hörst.«

Den Flügelschlag der Vögel; das Plätschern des Wassers; Ealdres Atem; Bellitas' Schnurren.

»Drei Dinge, die du spürst.«

Warmer Stein. Sanfter Wind im Gesicht. Das Flattern der Wimpern auf seiner Haut.

»Zwei Dinge, die du riechst.«

Ealdres Duft, der Sicherheit versprach. Thymian, Lavendel und Kreuzkümmel.

»Ein Geschmack auf deiner Zunge.«

Schweiß. Der Schweiß auf seinen Lippen.

Nun konnte Weyd wieder sehen. Konnte Sameea wieder ansehen. »Wanderer agieren am besten allein. Das hast du selbst immer gesagt.«

»Und sieh mich an«, erwiderte sie. »Heute muss ich in meine Geburtsstadt zurückkehren, um mich nicht ganz so furchtbar einsam zu fühlen, denn ich habe nie einen Weggefährten gefunden. Niemanden wie sie.« Sameea lächelte. »Geh, Weyd. Sag es ihr. Du solltest dem Tod nicht allein entgegentreten.«

Noch immer leicht benommen wandte sich Weyd an den Rest der Gruppe: »Und ihr habt es alle gewusst? Sogar diejenigen, die nicht mit uns in der Poststation gelebt haben?«

Achselzuckend meinte Jelscha: »War ja nicht zu übersehen.«

»Weyd der Wurzellose.« So tief war Ealdres Stimme, so tief drang sie in ihre Knochen, ihre Adern, in ihr aller Brust. »Dir wurde nur dieses eine Leben geschenkt. Und niemand weiß, wo dein Weg enden wird, oder ihrer, der Weg von jedem Einzelnen von uns.« Der Heiler schloss für einen Moment die Augen. Als er sie wieder öffnete, schimmerten Tränen in ihnen. »Die Menschen sollten nicht allein sein. Kaum ein Lebewesen ist dazu bestimmt, allein zu sein. Für niemanden ist das gut.« Helle Tränen. »Ich war so lange einsam, Wanderer. Wie du bin ich von einem Ort zum anderen gezogen. Ich habe niemanden gefunden, der all diese Wege mit mir gehen wollte. Allein war ich, und allein waren so viele, die ich sterben sah. Und jeder Einzelne von ihnen hat sich nichts sehnlicher gewünscht, als jemanden an seiner Seite zu haben. Einen Wegbegleiter für diese Reise.« Seine Stimme zitterte kaum merklich. »Bei den Sternen, die einst am Himmel leuchteten: Geh zu ihr.«

Also ging Weyd zu der Tür hinüber, hinter der Caer verschwunden war.

Das Zwielicht senkte sich über das Städtchen

bleich und düster senkte es sich über Bonnifatia

schickte ein leises Raunen an sein Ohr, das kaum wahrnehmbare Lied von dem Reiter

dem Reiter so fahl und so tödlich.

Langsam ging Weyd zu der Tür.

Bleich war das Zwielicht. Leise waren seine Schritte. Laut dröhnte sein Atem.

Und dann waren da andere Schritte. Feste, entschlossene Schritte.

Caer trat aus der Tür. Das Haar fiel ihr offen über die Schultern, wach und aufmerksam sah sie ihn an.

»Hey, ihr Nervensägen«, sagte sie zu den anderen. »Wie wäre es mit etwas Privatsphäre?«

Die Gefährten verschwanden so schnell, als wäre der Fahle Reiter hinter ihnen her.

Und Caer wartete, bis alle fort waren.

Und Weyd glaubte, in den dunklen Abgrund zu stürzen.

Er öffnete den Mund.

Sie wartete.

»Komm mit mir.« Weiter kam er an ein *Ich liebe dich* nicht heran. »Ich kann sonst nicht kämpfen, nicht ohne dich. Ich könnte sonst nicht … kämpfen.«

»Was bist du doch für ein Trottel«, sagte sie. »Du hättest einfach nur fragen müssen.«

Dann grinste sie. »Ich liebe dich, weißt du?«

Sie ging zu ihm.

Er zog sie an sich.

Flüstern, nur flüstern konnte er es.

Leise wie das Raunen des Zwielichts. »Ich liebe dich auch.«

Und plötzlich verschwand der Sog des Abgrunds.

Und Caer lachte.

Und er lachte ebenfalls.

»Wir sind beide Narren«, sagte er.

»Ja, das sind wir«, bekräftigte sie.

Fest und sicher war der Boden unter seinen Füßen.

Fest und sicher war der Boden unter ihren Füßen.

Ganz fest hielten sie sich dort im Halbdunkel des Innenhofs. Er vergrub die Nase in ihrem Haar, sog ihren Duft in sich auf, spürte ihren Atem an seiner Wange. Sie schauderte.

Das Zwielicht senkte sich über das Städtchen,
die Abenddämmerung stahl dem Himmel seine Farben,
aber sie flüsterten miteinander,
lachten miteinander.
Und dann küssten sie sich.

Ich sehe, wie ihr euch zurücklehnt. Wie ihr lächelt. Ja, das ist wirklich herzerwärmend. Die Bardin und der Wanderer. Der Wanderer, der wieder festen Boden unter den Füßen hat, der endlich keine Einsamkeit mehr in sich spürt. Und die Bardin, die endlich das Gefühl abstreift, sie könne nie wieder glücklich sein. Die sich befreit fühlt wie das lose Haar auf ihren Schultern.

Ist euch überhaupt aufgefallen, wie finster die Nacht ringsum geworden ist?

Das Feuer brennt hell und warm, also ist es euch vielleicht entgangen. Die Wege, die euch hierhergeführt haben, sind nun in Dunkelheit getaucht, sodass ihr sie gar nicht mehr finden würdet.

Nein, ihr habt nicht bemerkt, dass die dunkelste Stunde der Nacht angebrochen ist. Dass kein einziger Stern am Himmel funkelt, kein Mond sein Licht zu uns herabschickt.

Wollt ihr euch nun erheben, wollt ihr nun fortgehen, so werden eure Füße euch nicht über sichere Wege nach Hause tragen. Nein, ihr würdet euch im Wald verirren, und schon bald wäret ihr allein in der Finsternis.

Nicht einmal ein Raunen würdet ihr hören.

Nicht einmal ein Lied.

Nur Geschichten gibt es zu dieser Stunde.

Aber Geschichten, die im Dunkel der Nacht erzählt werden, nehmen oft kein gutes Ende.

Also bleibt am Feuer sitzen.

Bleibt.

Seht mich an.

Hört nicht auf die Verlockungen des Dunkels. Strebt nicht hin zur Stille. Bleibt am Feuer, lauscht meiner Stimme, seht mich an.

Denn ich werde euch berichten.

Ich werde euch berichten von jenen, die vom Weg abkommen, sodass ihr besser achtgebt, wenn ihr mit Furcht im Herzen euren Weg beschreitet.

Wenn die Furcht euch die Luft abschnürt.

Wenn die Furcht eure Schritte lähmt.

Ich berichte euch vom Wanderer, der Bardin und ihren Gefährten. Von jenen, die wissen, dass sie stets den Weg zurück finden werden

solange das Willkommenslicht in Briva brennt.

Ihr wisst natürlich, was das bedeutet.

Sie werden den Weg nicht finden

wenn das Licht in der Blauen Stadt erlischt.

Kommt, begleitet mich auf dieser Reise.

Lasst mich von Briva berichten.

Lasst mich berichten, was mit dem Willkommenslicht geschah.

Lasst mich berichten von einem Weg, der Hand in Hand mit der Furcht beschritten wird.

7

Freiwild

Die Nacht senkte sich über Briva.

Reys stand auf dem Wehrgang der Stadtmauer und blickte in die zunehmende Finsternis hinaus.

Blickte auf die Armee hinunter, die rund um die Stadt lagerte, knapp außerhalb der direkten Schussweite. Blickte nach Westen, wo die letzten Sonnenstrahlen am Horizont verblassten.

Blickte hinauf zu dem Willkommenslicht, das an der Spitze des höchsten Turmes brannte.

Niemand schlief in dieser Nacht in Briva. Und im schwindenden Licht glaubte die Bürgermeisterin einen Reiter auszumachen.

Groß war er, fahl und bleich wie das Zwielicht.

Er umkreiste die Stadt.

Und einen Moment lang kam es ihr vor, als wäre dieser Reiter der Grund dafür, dass sie alle nicht schlafen konnten.

Sie wickelte sich fester in ihren Mantel. Eine Nacht noch. Nur noch eine Nacht würde vergehen, bevor sie angriffen. Eine Nacht reichte aus, würden manche sagen, um hinauszugehen und sich und das Willkommenslicht auszuliefern.

»Frau Bürgermeisterin.«

Daìpu trat an ihre Seite. So vertieft war sie in ihre Beobachtung des Himmels und des Lichts gewesen, dass sie ihn nicht hatte kommen hören. Groß war er, selbst sie überragte er noch, als er nun neben ihr stand. Dunkel waren seine Augen, gut geschnitten seine Züge, und sein Haar wurde an den Schläfen langsam grau. Auch er blickte von der Mauer hinab. »Wie ich sehe, findest du auch keinen Schlaf.«

Sie nickte nur.

Mit einem schweren Seufzer stellte er fest: »Die Armee aus Schur ist wirklich ansehnlich.«

»Wir wissen nicht, ob die Mauern ihrem Angriff standhalten werden.«

»Nein, das wissen wir nicht.«

Gäbe es doch nur etwas Sinnvolleres zu sagen, dachte Reys.

»Was beunruhigt dich, Bürgermeisterin?«, fragte Daìpu.

»Abgesehen von der Armee, die vor unseren Toren lagert, Herr Ratsvorsitzender?«

»Man macht sich eben so seine Gedanken«, erwiderte Daìpu sanft.

»Nun ja, sich Gedanken zu machen ist schön, wo doch ich es bin, von der verlangt wird, sich zum Wohl einer ganzen Stadt zu opfern.« Reys schüttelte den Kopf. »Weyd sollte euer Bürgermeister sein. Er würde es sofort tun, närrisch wie er ist.«

»Würde er das? Mir kam dein Bruder bei unserer letzten

Begegnung recht verändert vor. Er schien weniger … einsam zu sein.«

»Ich hoffe, du hast recht.« Reys schauderte. Die Nächte waren noch immer kalt, obwohl das Frühjahr bereits Einzug hielt.

»Darf ich dir meine Tassel anbieten?«, fragte Daìpu.

»Mit deinem Rat wäre mir besser gedient«, erwiderte Reys. »Was soll ich tun, Herr Ratsvorsitzender?«

Noch immer blickte sie nach Westen. Und er stand reglos neben ihr. »Ich bin froh, diese Entscheidung nicht treffen zu müssen«, gab er schließlich zu.

Das ließ sie kurz auflachen. »Tatsächlich? Nun, bei der letzten Wahl warst du ja deutlich weniger froh, nicht wahr?«

»Damals wusste ich nicht, welche Entscheidungen man dir abverlangen würde.« Er wandte sich ihr zu. »Reys«, begann er leise, »ja, wir waren Rivalen. Wir haben erbittert um dieses Amt gekämpft. Vielleicht zu erbittert. Dafür möchte ich mich entschuldigen.«

Sie winkte ab. »Schon vergessen.«

»Nein.« Unglaublich ernst sagte er das.

So ernst, dass Reys sich unwillkürlich zu ihm umdrehte. Kopfschüttelnd fuhr er fort: »Was ich dir angetan habe, kann nicht so schnell vergessen werden. Und vielleicht kann es auch nicht verziehen werden.«

Abwartend sah Reys ihn an.

»Doch wenn es verziehen werden kann, dann doch nur, wenn um diese Vergebung gebeten wird. Ich bitte dich um Vergebung, Reys. In meinen Augen warst du immer eine würdige Gegnerin.«

»Und warum dann all diese Schmähungen?«

Daìpus Wangen verfärbten sich, auch wenn es im schwindenden Licht nur schwer auszumachen war. »Es gibt keine Rechtfertigung für mein Verhalten.«

»Aber vielleicht kannst du es begründen, damit ich es nachvollziehen kann.«

Der Ratsvorsitzende blickte zu Boden. »Ich habe dich angegriffen, weil ich nicht wirklich geglaubt habe, dass eine Frau diese Stadt regieren sollte. Und ich lag falsch.«

»Absolut.« Sie war erhaben genug, es sanft klingen zu lassen.

»Ich wünschte, du würdest mir das verzeihen.«

»Möglicherweise tue ich das. Wenn du noch ein bisschen bettelst.«

Ruckartig hob er den Kopf.

Reys' Mundwinkel zuckten. »Ein Scherz, Herr Ratsvorsitzender.«

»Was wirklich schade ist.« Sanft klang seine Stimme, und er sah sie durchdringend an. »Denn ich verstehe mich aufs Betteln, wenn der Augenblick es erfordert.«

Nun wandte sie ihm ihre volle Aufmerksamkeit zu. »Zielt dein Wunsch nach Vergebung eventuell darauf ab, den Rest der Nacht in meinem Bett zu verbringen, Ratsvorsitzender?«

»Schon immer war ich ein Bewunderer deiner schonungslosen Offenheit, Bürgermeisterin. Und schon immer habe ich sie gefürchtet.«

»Das ist keine Antwort auf meine Frage.«

»Eine letzte Nacht des Friedens«, sagte er. »Sollte dieser Vorstoß nicht willkommen sein, entschuldige ich mich dafür. Auf keinen Fall möchte ich, dass du dich unwohl fühlst.«

»Und noch immer hast du mir keine Antwort gegeben.« Sie trat einen Schritt näher.

»Das ist der Grund für meine Schmähungen gegen dich.« Die Nacht stärkte seinen Mut. »Ich habe dich begehrt, und du hast mich besiegt.«

Schweigend blickte Reys über die Zinnen der Mauer hinweg. »Tröste dich, Ratsvorsitzender«, sagte sie schließlich. »Dir ist verziehen. Denn ich habe dich ebenfalls begehrt, und deshalb konnte ich dir nicht trauen.«

»Traust du deinen Geliebten denn nicht?«

»Ich traue mir selbst nicht, wenn es um meine Geliebten geht«, antwortete sie.

»Warum das?«

Wieder antwortete sie nicht.

Dachte an Ladina.

Daran, wie sehr sie sie geliebt hatte.

Daran, wie weit sie sich von Ladina auf den Pfad der Revolution hatte führen lassen, der in Schur doch nur mit Folter und Tod enden konnte.

»Dazu würde ich mich lieber nicht äußern, Herr Ratsvorsitzender.«

Daìpu musterte sie noch einen Moment lang aufmerksam, dann blickte auch er wieder auf das Lager vor der Stadt hinunter. »Ich verabscheue sie«, gab er zu. »Ich verabscheue Lurin und seine Armee. Ich verabscheue es, dass sie uns so festgesetzt haben.«

»Er wird sich dafür verantworten müssen«, versicherte Reys. »Man wird ihn vor das Hohe Gericht in Turis bringen, und dort wird er Rechenschaft ablegen müssen für seine Verbrechen.«

Daìpu aber schüttelte den Kopf. »Wer soll ihn denn dorthin bringen, Bürgermeisterin?«

»Genau deshalb müssen wir vorausschauend denken«,

erwiderte sie. »Auch jetzt noch müssen wir vorausschauend sein. Wir müssen die Autorität des Hohen Gerichts stärken, Daìpu. Wenn das hier vorbei ist, muss es eine Möglichkeit geben, Kriegsverbrecher wie Lurin der Gerechtigkeit zuzuführen.«

Ein Lächeln huschte über Daìpus Lippen.

Reys sah es und fragte: »Was ist?«

»Stets bemüht, die Welt zu einem besseren Ort zu machen«, stellte er fest.

»Warum sonst hätte ich in die Politik gehen sollen?«

»Macht?«, schlug er vor. »Ansehen? Schuldgefühle? Die exquisite Amtskleidung?«

Sie lachte. »Aber Herr Ratsvorsitzender!«, spottete sie. »Gilt deine Eifersucht in Wahrheit etwa allein meiner Gewandung?«

»So ist es, Frau Bürgermeisterin. Du hast mich entlarvt.«

»Das beweist nur, über welch exzellenten Geschmack du verfügst.«

»Allerdings. Wenn ich so darüber nachdenke, könnte ich auf die Gewandung sogar verzichten. Aber die malerischen Räumlichkeiten im Stadizhûsa …«

Wieder musste Reys lachen. Sie riss sich vom Anblick der letzten Lichtstrahlen im Westen los. Die Armee unten auf dem Feld begann zu singen, und am Himmel über ihr tat sich ein Riss auf. Mond und Sterne wurden sichtbar. Klein und stetig schienen sie herab. Stetig wie das Willkommenslicht.

Wie immer fand Reys Trost in seinem Anblick.

Noch brannte es.

»Weißt du«, begann sie langsam, »wir hätten ein gutes

Gespann abgegeben, du und ich. Da wir beide über einen so exzellenten Geschmack verfügen.«

»Absolut«, bekräftigte er. Ihn überlief ein Schauer, und als er sie ansah, begann auch sie zu frösteln. »Im Stadizrât steht heißer Würzwein bereit. Schließt du dich mir an?«

Reys musterte ihn nachdenklich. Ein ernster Mann war er. Ein Mann, der nie die Kontrolle über sich verlor. Ähnlich wie sie.

Oft schon hatte sie sich gefragt, ob sie diese Kontrolle durchbrechen könnte. Mit einem sanften Streicheln. Mit ein paar schmutzigen Worten, leise in sein Ohr gehaucht.

Und nun wusste sie, dass sie ihn haben konnte.

Im Schutz ihrer weiten Ärmel verschränkte sie ihre Finger fest miteinander. »Ich bleibe noch ein wenig hier draußen.«

Daìpu nickte respektvoll. Dann neigte er grüßend den Kopf und ließ sie allein auf dem Wehrgang zurück.

Wunderschön war diese Nacht. Durch ihren Gesang hielt die Armee den Riss in der Finsternis offen und verschaffte ihr einen freien Blick auf den Himmel. Also stützte sich Reys auf die Balustrade und blickte zu den Sternen hinauf. Von einigen kannte sie die Namen. Sameea hatte sie ihnen auf ihren Himmelskarten aus Spâdânah gezeigt, denn dort war viel von dem alten Wissen bewahrt worden. Nun ließ sie den Blick schweifen, bis sie Noordesterno fand, dessen Abbild Weyd noch immer an der Brust trug.

Wo ihr Bruder jetzt wohl war? Inzwischen konnte die Gruppe in Bonnifatia angekommen sein, vielleicht sogar schon am Lewkraitaz.

Falls Lurin ihnen nicht den Weg abgeschnitten hatte.

Solange das Willkommenslicht brennt, hielt sie sich vor Augen. Tief in ihrem Herzen wusste sie, dass es so war. Und sie wusste, dass es Weyd gut ging.

Wieder drehte sie sich zu dem Licht um. Leise, nur für sich hier oben auf der Mauer, begann sie zu singen. Leise sang auch die Bürgermeisterin das Lied der Nacht.

Es linderte ihre Furcht.

Denn sie war voller Furcht. Sie spürte sie in ihren verkrampften Schultern, den verhärteten Muskeln im Genick. Alles in ihrem Inneren zog sich so fest zusammen, dass ihr das Denken schwerfiel, sie sich nicht einmal vorstellen wollte, was geschehen würde.

Was auf sie zukam.

Sie hatte keine Kinder. Und es gab ausreichend würdige Kandidaten, die ihre Nachfolge antreten konnten.

Vielleicht sollte sie es in Erwägung ziehen.

Wenn alles andere scheiterte …

»Du solltest nicht allein hier oben stehen.«

Seufzend öffnete Reys die Augen, die sie so fest zugepresst hatte. Wieder ein Besucher, dessen Kommen sie nicht gehört hatte. Es war Shēng. Shēng mit dem goldenen Ohrring, Shēng mit dem Entermesser, Shēng mit dem breiten Grinsen.

»Wieso nicht? Hast du Sorge, jemand könnte mich von der Mauer stoßen?«

»Ich weiß, wie finster die nächtliche Wacht sein kann«, erwiderte Shēng. Mit langsamen Schritten kam er auf Reys zu. »Ich weiß, wie finster unsere Gedanken werden, wenn wir allein sind, ohne ein Licht, das uns leitet.«

Reys zeigte zum Himmel hinauf. »Dort ist doch eine Menge Licht, oder etwa nicht?«

Shēng aber drehte sich zum höchsten Turm der Stadt um; zum Willkommenslicht. »In dieser Stadt gibt es stets ein Licht. Und das ist dir zu verdanken, Bürgermeisterin.«

Reys nickte. Ja, so war es. Und sie war stolz darauf, es bewahrt zu haben. Stolz darauf, dass es stets brannte.

»Viele wünschten, es würde erlöschen«, fuhr Shēng fort.

Reys' Schultern verkrampften sich. Ihr Nacken schmerzte. »Ist das so?«

Shēngs Lächeln war unergründlich. »Selbstverständlich. Sie fürchten sich. Hast du nicht ihr leises Flüstern gehört?« Sie kam einen Schritt näher. »*Gäbe es dieses Licht nicht, hätten sie uns nicht gefunden. Ohne das Lied der Nacht könnten sie uns nicht angreifen. Ohne Licht wären wir sicher.*«

Worte, bei denen die Bürgermeisterin erstarrte. Worte, bei denen sich ihr Innerstes zusammenzog. »Das sind die Einflüsterungen der Furcht«, erwiderte Reys. »Wir müssen uns gegen sie verschließen!«

»Gilt das denn auch für dich?«

»Was?«

»Verschließt du dich ihnen?« Ganz dicht stand Shēng bei ihr. »Stehst du hier oben auf der Mauer, ganz allein, umgeben von Dunkelheit, weil du dich gegen die Einflüsterungen der Furcht verschließt?«

»Ich stehe hier«, betonte Reys, »weil ich nicht schlafen kann, weil ich warte und weil ich nachdenken muss.«

»Ah.« Shēng nickte. »Du ziehst es also in Erwägung.«

»Was ziehe ich in Erwägung?«, erwiderte Reys eisig.

»Ihren Forderungen nachzukommen.«

Reys schwieg.

»Die Nacht ist finster«, stellte Shēng fest. »Sie ist kein guter Ratgeber.«

»Ebenso wenig wie du«, zischte Reys.

Unbeeindruckt hob Shēng die Hände. »Und doch gebe ich dir einen Rat. Tue damit, was du willst. Komm mit nach unten, Bürgermeisterin. Komm und trinke heißen Würzwein mit mir. Höre nicht auf den Rat der Nacht. Höre auf meinen Rat.«

Damit verließ sie auch Shēng.

Und wieder war Reys allein.

Allein stand sie auf dem Wehrgang. Allein blickte sie hinauf zum Willkommenslicht.

Sie konnte es nicht aufgeben.

Ist es egoistisch?, fragte sie sich. *Ist es egoistisch von mir, leben zu wollen? Mir zu wünschen, dass er zurückkommt?*

Oh, aber sie wollten doch alle leben. Jeder Einzelne in dieser Stadt.

Jeder Vogel, jedes Tier, jede Frau, jedes Kind und jeder Mann. Jeder Soldat, jede Soldatin, die am Morgen auf dieser Mauer stehen und kämpfen musste.

Sie alle wollten leben.

Und sie alle wollten nichts weiter als Frieden.

Doch der Krieg war zu ihnen gekommen.

»Verfluchte Scheiße nochmal«, stöhnte Reys, als sie Schritte hörte. »Gibt es denn nirgendwo zwischen all dem herrlichen Brot, den prachtvollen Türmen und dem verdammten Willkommenslicht dieser Stadt ein einziges ruhiges Fleck …«

Die Schritte beschleunigten sich. Reys hob den Kopf.

Eine vermummte Gestalt rannte auf sie zu – mit einem Dolch in der Hand.

Instinktiv riss Reys die Arme hoch, als die Gestalt gegen sie prallte. Wehrte sich gegen den Druck, als der Vermummte sie über die Mauer stoßen wollte. Der Angreifer packte ihre Arme. Mit aller Kraft versuchte Reys, sich zu befreien. Die Zinnen der Mauerkrone drückten sich in ihren Rücken. Und noch immer schob der Vermummte weiter. Er war stärker als sie. Reys riss das Knie hoch, rammte es ihrem Angreifer zwischen die Beine. Ein leises Keuchen erklang, und für einen kurzen Moment lockerte sich der Griff an ihren Handgelenken. Reys riss sich los. Sobald sie frei war, rannte sie. Die vermummte Gestalt folgte ihr. So schnell sie konnte, lief Reys auf der Mauer entlang, hielt auf die Treppe zu. Gerade als sie die erste Stufe erreicht hatte, spürte sie, wie nach ihrem Mantel gegriffen wurde. Sie geriet ins Taumeln, stürzte. Haltlos fiel sie die Stufen hinunter, hörte ein Knacken, dann schoss brennender Schmerz durch ihren Arm. Sie schrie auf.

Fenster wurden aufgerissen. Immer weiter schrie sie, rief um Hilfe. Köpfe tauchten in den offenen Fenstern auf. Und noch während sie brüllte, sah Reys die Gestalt oben an der Treppe. Sie kam auf sie zu.

Eine Tür quietschte, jemand rief in der Sprache von Briva: »Bist du verletzt?«

Die Gestalt hielt inne. Sah sich um.

Dann stieg sie wieder hoch auf die Mauer und floh.

Reys wollte befehlen, dass man sie aufhalten solle, aber ihre Stimme hatte jede Kraft verloren. Ihr war schwindelig. »Es ist die Bürgermeisterin!«, rief jemand. »Holt Hilfe, die Bürgermeisterin ist gestürzt!«

»Ich wurde angegriffen«, murmelte sie schwach. »Die sind noch da draußen …«

»Was?«

»Die Bürgermeisterin! Die Bürgermeisterin wurde angegriffen!«

Sie sah kaum noch etwas.

»Wo sind sie, Bürgermeisterin?«

»Oben«, flüsterte sie. »Oben auf dem Wehrgang …« Bevor sie noch etwas hinzufügen konnte, verlor Reys das Bewusstsein.

Die Bürger von Briva scharten sich um sie. Ein Arzt eilte an die Seite der Bürgermeisterin, und sie wurde ins Hospital gebracht. Bis schließlich drei Ratsmitglieder hereingestürmt kamen – Daìpu, Shēng und die jüngste unter ihnen, Piroska –, war sie ordnungsgemäß behandelt worden, und die Ärzte teilten den Besuchern mit, dass ihr außer ein paar Prellungen und einem tiefen aber nun sorgsam vernähten Schnitt am Arm nichts fehlte.

»Sie hat Glück gehabt«, sagte einer der Ärzte, die sich bereits darauf eingestellt hatten, verwundete Soldaten zu versorgen, Beine zu amputieren und Pfeile und Bolzen zu entfernen. »Bei einem solchen Sturz hätte sie sich auch leicht das Genick brechen können. Du kannst selbstverständlich über Nacht hierbleiben, Bürgermeisterin.«

Reys, die inzwischen wieder bei Bewusstsein war, zog die Augenbrauen hoch. »Du sprichst hier mit einer Kollegin«, betonte sie, während sie sich vorsichtig aufsetzte. »Und wir wissen doch beide, dass ich keiner weiteren Pflege bedarf. Und dass es hier bald viele geben wird, die sie um einiges dringender brauchen.«

»Kannst du dich noch an Details erinnern, was den Angreifer angeht?«, fragte Daìpu.

»Sein Gesicht war durch eine Maske und eine Kapuze

verdeckt«, antwortete Reys. »Aber als er mich von der Mauer stoßen wollte, hat er etwas gesagt, da bin ich mir sicher.«

»Und was?«, wollte Piroska wissen. »Was hat er gesagt?«

»*Für Briva.*«

Stumm blickten die Stadträte sie an.

Reys sah jedem von ihnen ins Gesicht. »Das war kein Anschlag von Lurins Seite. Es war jemand aus der Stadt.«

»Vermutlich dachte derjenige, er würde die Stadt dadurch schützen«, folgerte Piroska leise. »Wäre es ihm gelungen, dich von der Mauer zu stoßen, wären die Bedingungen erfüllt gewesen.«

»Das ist keine Entschuldigung«, betonte Daìpu.

»Und es wären auch nicht alle Bedingungen erfüllt gewesen«, stellte Shēng fest.

Reys riss den Kopf hoch. Dann sprang sie aus dem Bett. »Das Willkommenslicht! Schnell!«

Sie rannte los, Shēng stürmte mit gezücktem Entermesser hinter ihr her. Daìpu und Piroska folgten ihnen schnell. Gemeinsam hetzten sie zum Lampenturm. Mit dem Schlüssel, den sie stets um den Hals trug – dem einzigen Exemplar seiner Art –, schloss Reys die Tür zum Turm auf. Sie liefen die Wendeltreppe hinauf, rannten auf die Plattform hinaus, auf der Feuerschale und Glocke standen.

Die Flamme brannte noch. Niemand war zu sehen.

Reys bemerkte erst, dass sie den Atem angehalten hatte, als sie ihn erleichtert ausstieß. Sie ging zur Feuerschale und strich sanft über ihren Rand. »Alles gut, es ist niemand hier. Ich hatte befürchtet, dass sie vielleicht von außen am Turm hochgeklettert sein könnten.«

Shēng zeigte auf den Platz vor dem Turm hinunter. »Hier oben ist zwar niemand, dort unten allerdings schon.«

Nun musterte auch Reys die Menschenmenge, die sich vor dem Stadizhûsa versammelt hatte.

»Die Nachricht von dem Attentat muss sich schnell herumgesprochen haben«, stellte Daìpu fest.

»Dann sind sie deiner Meinung nach also gekommen, um mir gute Besserung zu wünschen?«, fragte Reys skeptisch. Selbst im Licht der Sterne waren die Gesichter dort unten kaum zu erkennen. Die Menschen schienen etwas zu skandieren.

Keiner der Stadträte antwortete.

»Nun denn.« Reys nahm die Schultern zurück. »Lasst uns hinuntergehen und uns anhören, was sie zu sagen haben.«

Also gingen sie hinunter, durchquerten das Wilkumtimra, wo die Thain von Brakbant saß, und traten hinaus auf den Balkon des Stadizhûsa. Reys musterte die Menschen, die sich in dieser sternenklaren Nacht hier versammelt hatten, ihrer letzten friedlichen Nacht. Und sie hörte, was sie riefen.

»Frieden!«

Wieder und wieder skandierten sie es.

Frieden!

Frieden!

Frieden!

Frieden!

Frieden!

Frieden!

Doch es klang nicht sonderlich friedlich in ihren Ohren.
»Wir alle wollen Frieden!«, rief Reys erst in der Gemeinen Sprache, dann in der Sprache von Briva.

»Dann bring uns den Frieden!«, brüllte jemand.

»Wie?«, wollte Reys von ihnen wissen. »Wie soll ich euch den Frieden bringen?«

»Geh da raus!«, lautete die Antwort. »Lösch das Licht und geh da raus!«

Daìpu trat an die Seite der Bürgermeisterin. »Briva die Blaue opfert keine Menschen. Der Eiserne Baron mag glauben, er habe das Recht zu morden, zu foltern und anderen das Leben zu nehmen. Wir glauben das nicht. Wir rauben niemandem das Leben.«

»Wir zwingen sie ja nicht«, kam es zurück. »Aber sie sollte freiwillig gehen. Für den Frieden!«

Frieden!

Frieden!

Frieden!

Frieden!

Frieden!

Frieden!

Reys schluckte schwer.

Daìpu drehte sich zu ihr um. »Beachte sie gar nicht«, sagte er. »Lass uns hineingehen.«

»Sie wollen meinen Tod«, erwiderte Reys. »Jenen, die einem den Tod wünschen, sollte man sehr wohl Beachtung schenken.«

»Das sind nur ein paar wenige Verrückte«, betonte Shēng. »Ich kann sie mühelos zählen, da reicht ein kurzer Blick.«

»Einer von ihnen hat gerade versucht, mich von der Stadtmauer zu stoßen«, entgegnete Reys.

»Ich sage ja auch nicht, dass du dich fröhlich unter sie mischen sollst.«

Auch Daìpus Ratschlag war eindeutig: »Ich würde empfehlen, dass du vorerst das Haus nicht verlässt. Ich werde bei dir bleiben.«

»Um mich zu beschützen?« Reys warf ihm einen skeptischen Blick zu.

»Äh … ja?« Zum ersten Mal überhaupt wirkte Daìpu unsicher.

»Wie überaus freundlich von dir.« Reys wandte sich ab und wollte den Balkon verlassen. »Unglücklicherweise muss ich zurück auf die Stadtmauer.«

»Nein, das musst du ganz sicher nicht.« Daìpu folgte ihr hinein.

»Und woher weißt du das so genau?«

»Ich muss meinem Kollegen zustimmen«, sagte auch Shēng, während sie ins Wilkumtimra traten und Piroska sorgfältig die Balkontür hinter ihnen schloss.

Die Thain von Brakbant erhob sich aus ihrem Sessel und stützte sich schwer auf ihren Stab. »Worin sind sich die Damen und oder Herren denn so einig?«

»Dass ich das Haus nicht verlassen und abwarten soll, bis diese Unruhestifter dort draußen verschwunden sind, damit ich mich wieder frei und ungehindert durch die Straßen bewegen kann.«

»Ach ja, Männer«, sagte die Thain.

»Um rührseligen Gedanken nachzuhängen, muss man sich nicht auf die Stadtmauer stellen, Bürgermeisterin«, beharrte Shēng.

»Dann soll Frau also brav im Haus bleiben, bis die Männer, die sie umbringen möchten, verschwunden sind?«, hakte die Thain nach.

»Hier geht es nicht um die Geschlechterfrage«, erwiderte Daìpu. »Wäre ich betroffen, hielte ich es ebenfalls für klüger, jetzt nicht dort rauszugehen. Wir wollen dich nur schützen, Bürgermeisterin.«

»Mir wäre es aber lieber, wenn ihr mich stattdessen unterstützen würdet«, entgegnete Reys. »Ich muss heute Nacht auf dieser Mauer stehen. Ich muss dort draußen sein.«

»Wieso?«

Mit einem strengen Blick kanzelte sie ihn ab: »Wenn du mir nicht vertraust, sehe ich keinen Grund, es dir zu sagen.«

»Dann geht es hier also ums Prinzip?« Frustriert riss Daìpu die Arme hoch.

»Nein«, schoss Reys zurück, »es geht hier um die Sicherheit dieser Stadt. Und genau deshalb kann ich euch im Moment nicht mehr dazu sagen.«

»Was für ein Schwachsinn«, befand Shēng. »Das ist doch Schwachsinn, oder etwa nicht?«

»Vertreter des Rates!«

Überrascht drehten sich alle zu Piroska um, die ihnen einen finsteren Blick zuwarf. »Du bringst Schande über die gesamte Kammer, wenn du so mit der Bürgermeisterin von Briva sprichst.« Brennende Röte stieg in ihre Wangen, doch sie fuhr fort: »Selbstverständlich kann die Bürgermeisterin gehen, wohin es ihr beliebt. Und wir müssen sie unterstützen, wo immer wir können.«

»Vielen Dank, Frau Stadträtin.« Reys nickte ihr zu.

»Also, vom Wachpersonal kann niemand abgezogen werden. Möchte mich jemand von euch begleiten?«

Shēng hob abwehrend beide Arme, während Daìpu zähneknirschend sagte: »Ich muss dringend davon abraten.«

»Leider bin ich zu alt, um dir von großem Nutzen zu sein, meine Liebe«, schaltete sich die Thain wieder ein. »Aber wenn du möchtest, komme ich trotzdem mit.«

»Ich ebenfalls«, sagte Piroska.

»Nein, meine liebe Thain, nein, liebe Piroska.« Reys ging zu der jungen Frau hinüber. »Lange schon bin ich dein Mentor, und du weißt, wie lieb es mir wäre, wenn du eine Tages in meine Fußstapfen trittst.« Lächelnd fügte sie hinzu: »Aber es wäre schön, wenn du mich vorerst noch ein Stück begleiten könntest.«

Damit wandte Reys sich ab und ging.

Daìpu ballte die Fäuste, murmelte etwas Unverständliches und folgte ihr.

»Sieh mich nicht so an«, murrte Shēng, als die Thain ihm einen vorwurfsvollen Blick zuwarf. »Ich mag vielleicht ein Entermesser bei mir tragen, aber ich weiß heutzutage kaum noch, was man damit eigentlich macht. Und meine Knochen knirschen, sobald ich es schwinge.«

Skeptisch zog die Thain die Augenbrauen hoch. »Ach, wirklich?«

»Allerdings.« Shēng setzte sich ans Feuer. Ihr Gesicht hatte sich verfinstert, auch wenn ein Lächeln ihre Lippen umspielte. »Man sagte mir, ich sähe jünger aus, als ich bin.«

»Mir sagen die Leute immer, ich sähe älter aus, als ich bin«, stellte die Thain fest. »Ist das nicht merkwürdig?«

»Wie alt bist du denn?«, wollte Shēng wissen.

»Ich bin nun schon beinahe achtzig Jahre auf dieser Welt.«

»Verstehe. Bei mir ist es fast ebenso lang.«

»Niemals.«

»Ein Jahrzehnt hin oder her«, schränkte Shēng ein.

Die Thain ließ sich in einen Sessel fallen. »Und nun geht es vielleicht hier zu Ende.«

»Noch nicht.« Shēng sah sie durchdringend an. »Noch ist die Sonne nicht aufgegangen.«

»Nein, noch ist die Sonne nicht aufgegangen. Wir haben noch eine ganze Nacht vor uns.«

Während die beiden sich bedeutungsvoll ansahen, verließen Reys, Piroska und Daìpu das Stadizhûsa. Reys klopfte bei einem Schlosser an und beauftragte ihn damit, eine Kopie des Schlüssels anzufertigen, der die Tür zum Lampenturm öffnete. Sie warteten, und als der Schlüssel fertig war, gab sie ihn Piroska. Dann schickte sie die junge Frau fort, während Daìpu und sie wieder auf die Stadtmauer stiegen.

»Du hättest auch mir den Schlüssel geben können.« Daìpu stampfte mit den Füßen und verschränkte die Arme vor der Brust, um sich zu wärmen.

»Meinem schärfsten Rivalen? Ob das so klug gewesen wäre?«

»Mit der Klugheit scheinst du es im Moment ja nicht so zu halten«, erwiderte er. »Was ist das für eine Sache, über die du nicht zu sprechen wagst? Diese Sicherheitsangelegenheit?«

Reys schlang ebenfalls die Arme um den Oberkörper, um die Kälte abzuwehren. Wieder blickte sie zu den

Sternen hinauf, bevor sie sich nach Westen wandte. »Ich weiß noch gar nicht, ob überhaupt etwas dabei herauskommt.«

»Gibt es noch Hoffnung, Reys? Wenn es noch Hoffnung gibt, musst du es mir jetzt sagen. Ich brauche nichts dringender als Hoffnung.«

Erstaunt drehte sie sich zu ihm um. »Reys?«

»Die Zeit der Förmlichkeit ist vorbei, oder etwa nicht?«, entgegnete er. »Bei Sonnenaufgang haben wir vermutlich unser Leben verwirkt.«

»Daìpu.« Prüfend ließ sie den Namen über ihre Zunge gleiten; er schmeckte süß. »Das war also nötig, damit wir uns mit Vornamen ansprechen: ein Krieg.«

»Verehrte Bürgermeisterin.« Daìpu trat auf sie zu. »Was ist das für ein Geheimnis?«

So dicht stand er vor ihr.

So dunkel und so schön waren seine Augen.

Deshalb hatte sie den Schlüssel Piroska gegeben.

Reys wusste, dass sie sich selbst nicht trauen konnte, wenn sie in Erwägung zog, jemanden in ihr Bett zu holen. »Warum willst du es so unbedingt wissen?«

»Weil ich der Vorsitzende der Burgekamer bin.«

»Nun, Herr Vorsitzender der Burgekamer, ich werde dich davon in Kenntnis setzen, sobald ich dir etwas mitzuteilen habe.«

Noch dichter schob er sich an sie heran. So dicht, dass sie seinen Atem auf ihrer Haut spürte. Warm war er. Auf ihrem Rücken breitete sich eine Gänsehaut aus.

»Bitte.« Noch dichter. »Bitte, schenke mir Hoffnung. Du bist so gut darin, den Menschen Hoffnung zu schenken. Ein paar Worte, mehr brauchst du dazu nicht. Eine

Ansprache dort auf diesem Balkon hätte genügt, und die Menge hätte sich zerstreut.«

Also sagte sie es ihm. Stellte sich auf die Zehenspitzen und flüsterte es ihm ins Ohr.

Ein Schauder schien Daìpu zu erfassen. Als sie verstummte, löste er sich von ihr und sah sie an. »Wirklich?«

»Ein wenig Hoffnung, mehr ist es nicht.«

»Was soll das heißen: Mehr ist es nicht?« Er beugte sich zu ihr. Seine Augen strahlten, die Pupillen waren geweitet. »Reys, das ändert alles.«

»Noch wissen wir nichts mit Sicherheit«, betonte sie. »Wir wissen es nicht. Und wir dürfen den Menschen keine falschen Hoffnungen machen. Lass uns Richtung Westen blicken und hoffen.«

Also blickten sie gemeinsam Richtung Westen.

Piroska hingegen wandte sich nach Osten. Immer weiter durch die Stadt ging sie, durch die engen Gassen, in denen die Quartiere der Soldaten lagen. Dort klopfte sie an ein Fenster, das Fenster der hintersten Baracke. Dreimal klopfte sie, dann wartete sie.

Die Tür öffnete sich, und ein junger Mann blickte zu ihr heraus. Kaum größer als sie war er, und Furcht spiegelte sich in seinen Augen. Er zog sie an sich und küsste sie. Ihre Zähne schlugen gegeneinander. So viel Verzweiflung lag in diesem Kuss.

Und so verschwand Piroska mit dem Schlüssel über dem Herzen im Quartier ihres Liebsten, dessen Existenz sie vor allen geheim gehalten hatte – selbst vor ihren Eltern, selbst vor ihrer Mentorin, weil ihre Verbindung eine so ungewöhnliche war.

Und so führte die Thain Shēng hinunter in ihre Gästekammer.

Und so standen Reys und Daìpu oben auf dem Wehrgang.

Standen dort, bis sie ihn sahen, den kleinen weißen Vogel, der so schnell auf sie zugeschossen kam.

Reys lief ihm entgegen, streckte den Arm aus. Der Vogel landete auf ihrem Handgelenk. Eine weiße Taube war es, der zuverlässigste Botenvogel von allen. Stetig und sicher war sie dem Strahl des Willkommenslichts gefolgt.

Und sie brachte Nachricht aus Turis.

Reys erbrach das Siegel, auf dem ein hoher Turm mit einem strahlenden Licht an der Spitze zu sehen war. Sie entrollte die Nachricht.

»Und?«, drängte Daìpu. »So sprich doch, Bürgermeisterin!«

Aber sie las noch.

Runzelte die Stirn.

Dann entspannten sich ihre Schultern.

»Turis wird kommen«, flüsterte sie. »Turis wird uns zu Hilfe kommen.«

»Es gibt also Hoffnung?«

»Wenn wir durchhalten«, sagte sie. »Wenn wir es schaffen, lange genug durchzuhalten.«

Sie sah ihn an.

Er sah sie an.

»Darf ich dich küssen?«, fragte sie.

Und er nickte.

Zwei Schritte, und sie fielen sich in die Arme.

Hell leuchteten die Sterne, still war die Nacht.

Laut dröhnte ihr Atem.

»Ratsvorsitzender«, flüsterte Reys, als sie sich voneinander lösten. »Lange schon hege ich den Wunsch, dich in mein Bett zu holen. Und lange schon frage ich mich, wie du dabei wohl klingen magst.« Eine unbändige Wildheit schwang in ihrer Stimme mit. »Wirst du heute zu mir kommen?«

»Ja.« Ebenso wild klang die seine.

Also nahm Reys ihn mit zu sich ins Stadizhûsa. Führte ihn in die Räumlichkeiten, die er so für sich begehrt hatte. Aber in dieser Nacht hatte er keinen Blick übrig für die Vorhänge, die seidenen Laken oder die edlen Stoffe, als er sie entkleidete. Er nahm sich nicht die Zeit, die Form ihrer Brüste zu bewundern, die Rundung ihrer Hüften, das erstickte Stöhnen zu genießen, das sie ausstieß, als er eine Hand zwischen ihre Schenkel schob und sie durch den feinen Stoff ihrer Unterwäsche rieb. Und Reys bäumte sich ihm ohne Zurückhaltung entgegen, strich mit beiden Händen über seine Brust. Sie würde ihm Laute des Genusses entlocken. Laute, die von Leben sprachen. In dieser einen, letzten Nacht.

Hell schienen die Sterne über Briva, finster war der Himmel über Bonnifatia.

Still war die Nacht.

Laut dröhnte ihr Atem.

Lockende Wärme breitete sich zwischen Weyds Schenkeln aus, zwischen Caers. Morgen würden sie dem Fahlen Reiter entgegentreten.

Morgen würden sie dem Tod entgegentreten.

Sie drückte ihre Hüfte an seine, was ihm ein leises Stöhnen entlockte. Sanft küsste sie es von seinen Lippen. Dann grub sie die Zähne in seine Unterlippe und zog. Wieder stöhnte er. Seine Fingerspitzen bohrten sich in ihren Rücken, pressten jedes erreichbare Stück ihrer geröteten Haut an seine. Weyd vergrub beide Hände in ihrem Haar und zog ihren Kopf zurück, bis sie sich ihm keuchend entgegenstreckte.

Verzweiflung lag in ihren Händen, in ihren Bewegungen. Als sie ihn auf das Bett drückte. Als sie sich rittlings auf ihn setzte. Als er seine schwieligen Finger über ihren nackten Rücken gleiten ließ. Über ihr Gesäß. Als Caer sein Gesicht umfasste und ihn küsste, schwer atmend ihre Zunge in seinen Mund gleiten ließ. Er wollte sich aufsetzen, aber sie drückte ihn nieder. Küsste seine feuchten, geröteten Lippen, fuhr mit den Zähnen über die zarte Haut seines Halses, arbeitete sich über Brust und Bauch vor, bis sie zwischen seinen Beinen ankam. Küsste die Innenseite seiner Schenkel, bis er sich wand. Drückte ihn entschlossen zurück auf die Matratze.

Weyd packte ihre Schultern und rollte sie auf den Rücken.

Morgen würden sie dem Tod entgegentreten.

Aber noch nicht.

Noch nicht.

Und so flüsterte er ihr schmutzige Worte ins Ohr, was sie bei ihm nie für möglich gehalten hätte. Beobachtete, wie sie ein Schauer überlief und sie sich zurücksinken ließ, die Arme hinter dem Kopf verschränkte, die Schenkel spreizte.

Wild war ihr Blick.

Weyd strich mit dem Handrücken über ihre Wange, mit den Fingerspitzen über ihren Hals, wo sanft der Puls unter ihrer Haut schlug. Über die Rundung ihrer Brust, wo ihr

Atem seine Hand wärmte. Als er ihre Brustwarzen streifte, hob sie sich ihm entgegen. So warm war die Haut an ihren Schenkeln. So lebendig war sie.

Immer näher kam er seinem Ziel. Berührte federleicht die glänzenden Falten. Caer stöhnte, drängte, verlangte mehr. Doch Weyd beugte sich über ihre Brüste, ließ seinen warmen Atem darüber gleiten, senkte die Lippen über ihre Brustwarzen. Spürte, wie ihr Brustkorb sich mit jedem Atemzug hob und senkte. Lauschte auf ihren Herzschlag.

Caer presste den Unterarm auf den Mund, um das raue Keuchen zu unterdrücken. Dann zog sie Weyd zu sich herunter.

»Jetzt«, forderte sie.

Und während die beiden in Bonnifatia übereinander herfielen, sanken auch in Briva Mann und Frau, Mann und Mann, Frau und Frau einander in die Arme. In der letzten Nacht des Friedens hatten die Freudenhäuser von Briva mehr zu tun als je zuvor, wurden Betten, Strohlager, Teppiche und Tische schwer beansprucht. Und vor der Stadt sang die Armee, um sich vor den Schatten mit ihren kalten weißen Feuerklingen zu schützen, sang und sorgte dafür, dass die Sterne am Himmel funkelten und diese Nacht nicht der Finsternis anheimfiel. Und so konnten alle, die sich in dieser Nacht in der Stadt Briva der Lust hingaben, alle, die mit ihren Familien zusammensaßen, alle einsamen Seelen, die sich für ein paar Münzen Gesellschaft kauften, alle, die mit ihren Freunden wachten, dies unter dem schimmernden, klaren Nachthimmel tun.

Und auch im Lager der Armee fand man sich zusammen, im Stroh, im Zelt oder einfach stehend an einem Baum. Auch Bigna, Leutnant der Eisernen, hatte Gesellschaft in ihrem Zelt. Und als die Morgendämmerung nahte, erhob sie sich von ihrem Lager. Legte sorgfältig ihre eiserne Rüstung an. Ging hinaus.

Mit einer Abordnung ihrer Soldaten ritt sie vor das Tor der blauen Stadt Briva.

Direkt vor das Tor ritt sie und rief nach Bürgermeisterin Reys.

»Komm raus!«

Und Bürgermeisterin Reys stand auf dem Balkon des Stadizhûsa – wieder voll bekleidet, mit dem Ratsvorsitzenden Daìpu an ihrer Seite. Beide blickten nach Westen. Ein paar Sterne schimmerten dort noch.

»Ich hatte sie nie zuvor gesehen«, sagte Daìpu.

Reys wanderte unruhig auf und ab. »Als ich ein Kind war, hat man mich ihre Namen gelehrt.«

Er sah sie an, dann zog er sie in seine Arme. »Verrate mir ihre Namen.«

»Jetzt ist nicht …«

»Verrate mir ihre Namen, damit du hier nicht länger auf und ab wandern musst. Komm schon, Reys.«

Also tat sie ihm den Gefallen. Und er musterte die Frau in seinem Arm; kein Mädchen mehr, kein junges Fräulein. Eine Frau.

Und als sie ihm alle Namen genannt hatte, die sie kannte

als er sie alle erfragt hatte

als beide wieder schwiegen

schweigend die erste *drimba* schallen hörten

sagte er: »Lass uns zusammen essen, wenn das hier vorbei ist.«

Und sie nickte.

Bigna war es, die ihre *drimba* ertönen ließ,
ihre Soldaten waren es, die brüllten:

Komm raus!
Komm raus!
Komm raus!
Komm raus!

Rund um die Stadt verteilten sie sich, rund um die Stadt trugen sie ihre hell brennenden Fackeln.

Komm raus!
Komm raus!
Komm raus!
Komm raus!

So laut und so klar riefen sie es, dass jeder in der Stadt sie hörte. Die Sterne erloschen bei ihrem Geschrei, beim hellen Schein ihrer Fackeln. Die Sterne erloschen im Licht der ersten Sonnenstrahlen. Die Sterne erloschen, als die Furcht wisperte:

Komm raus!
Komm raus!
Komm raus!
Komm raus!

Und die Bürger von Briva hörten es. Sie verkrochen sich in ihren Betten, in den Freudenhäusern, sie verkrochen sich und weinten.

Denn sie wollten doch nichts als Frieden.

Frieden wollten sie, und nicht sterben, wenn die Sonne aufging.

Doch manche von ihnen hörten das Wispern der Furcht, und sie erhoben sich aus ihren Betten. Kehrten zurück auf den großen Platz. Kehrten zurück zum Stadizhûsa.

Und sie stimmten mit ein.

Komm raus!

Komm raus!

Komm raus!

Komm raus!

Auch das hörte Bürgermeisterin Reys. Sie hörte das Wispern der Furcht, sie hörte das Geschrei der Soldaten, sie hörte, wie ihre Bürger um Frieden bettelten.

Ganz fest hielt Daìpu sie in ihrem Arm. »Bleib.«

»Ich muss ihnen von Turis berichten«, beschloss sie. »Ich muss ihnen sagen, dass Hilfe unterwegs ist.«

»Nein.« Wieder drückte er sie an sich. »Du hattest recht damit, es geheim zu halten. Die Eiserne Armee darf nichts davon erfahren. Das Überraschungsmoment ist unser größter Vorteil, und es könnte viele Leben kosten, wenn die Armee aus Schur gewarnt ist.« Mit beiden Händen umfasste er ihr Gesicht. Sah sie durchdringend an. »Du hattest recht, Reys. Ich hätte an dich glauben sollen. Und diese Menschen glauben noch immer an dich. Es ist nur die Furcht. Wir dürfen uns der Furcht nicht beugen.«

Prüfend blickte sie in seine dunklen Augen. »Fürchtest du dich?«, fragte sie.

»Turis wird uns retten«, flüsterte er. »Wir müssen durchhalten.« Er nahm ihre Hand. »Wir müssen das Willkommenslicht hüten, damit die Kämpfer aus Turis den Weg zu uns finden.«

Aus dem Augenwinkel glaubte Reys einen dunklen Schatten am Himmel zu sehen. Vielleicht war es noch ein Vogel, eine weitere Nachricht. Doch als sie den Kopf hob, waren dort nur die ersten Sonnenstrahlen, nur der letzte Stern, der langsam verblasste. Und das Willkommenslicht, das an der Spitze des höchsten Turmes flackerte.

»Sie werden den Weg zu uns finden«, flüsterte sie.

Und er wird zu uns zurückfinden.

Unten auf dem Platz wuchs die Menge stetig an. Und noch immer skandierte sie:

Komm raus!

Ein Soldat war unter ihnen. Ein Soldat, in dessen Augen sich Furcht spiegelte. Er drückte das Porträt der jungen Ratsfrau Piroska an seine Brust.

Ja, er fürchtete sich.

Er

fürchtete

sich

so

sehr.

Wie Freiwild kam er sich vor. Wie Wild, das in seinem Bau gefangen ist. Gefangen, während die Meute heranhetzt.

Und nun war die Meute da.

Piroska stand oben auf der Mauer, doch ihr Blick ging nicht nach Westen.

Nach Osten war er gerichtet.

Dem ersten Licht der Sonne entgegen.

Das Zwielicht hüllte die blaue Stadt Briva ein.

Hoch oben auf der Mauer stand die junge Ratsfrau und sah die Sonne aufgehen. Sah die Armee, die vor ihrer Stadt lagerte. Ihre Stadt einschloss, knapp außerhalb ihrer Schussweite. Sah das alles, während im Osten langsam die Sonne über den Horizont stieg.

Die Stadt Briva hatte keinen Schlaf gefunden. Und dort, im blassen Morgenlicht, glaubte die Ratsfrau einen Reiter zu sehen.

Einen hochgewachsenen, fahlen Reiter.

Rund um die Stadt lenkte er sein Pferd.

Fest, so fest schlossen sich ihre Finger um den Schlüssel.

Den Schlüssel zum Lampenturm.

Den Schlüssel zum Willkommenslicht.

Reglos stand sie dort.

Dachte: *Dieses Licht wollen sie.*

Hörte den schrillen Klang der *drimbas*.

So laut gellten sie.

Dann sah sie, wie die Armee vorrückte.

Der Angriff hatte begonnen.

8

Köder

Fahl dämmerte der Morgen in Bonnifatia herauf.

Fahl brach sich das Zwielicht Bahn

und mit dem Zwielicht

kam ein Raunen.

Leise, verstohlen.

Durch das ganze Haus schlich es sich.

Auch in die Kammer, in der Ealdre der Heiler saß, eingehüllt in seinen goldenen Mantel.

Hellwach war er.

Starrte aus dem Fenster. Sein Blick wanderte über das Hochland im Süden, dessen dunkle Schatten in Nebel gehüllt waren. Und Ealdre war voller Furcht. Immer enger schlang er seinen Mantel um sich und lauschte auf die Geräusche, die aus der oberen Kammer zu ihm herunterdrangen. Auf die Laute des Genusses, die sich aus der Kehle des Wanderers lösten. Er hatte es sich vorgestellt: Wie Weyd sich über sie beugte, sie mit geschickten, zärtlichen Fingern berührte. Ihr Lachen hatte er gehört, ihr Stöhnen, hatte sie leise flüstern hören – »nein, dort«, »ja, genau da«, »das tut weh«, »das nicht«, »das tut weh, aber auf die gute Art«.

Er hatte die beiden gehört.

Und nun drang dieses Wispern an sein Ohr, ein leises Lachen. *Du bist allein.*

Ein Lied ertönte in seinem Geist.

Ein trauriges Lied voller Einsamkeit.

Sie wird die Ballade vorlesen, raunte es. *Der Morgen ist da. Bald wird Sameea euch die Geschichte vom Tod vorlesen.*

Und in derselben Kammer saß Jelscha am Bett des Eisernen Hauptmanns Menga, in der Hand eine trockene gelbe Blüte.

Auch sie hörte es wispern. *Es wird Zeit für die Geschichte vom Tod. Du musst Menga jetzt fragen.*

So raunte es.

Sie wird es nicht tun.

Ganz leise wisperte es.

Und selbst wenn sie zustimmt, wird sie euch in den Grenzlanden von Schur verraten.

Grimmig war deshalb Jelschas Blick, als Menga aus Colmstat die Augen aufschlug und seit einem Tag und einer Nacht zum ersten Mal wieder etwas sah. Schweigend lag sie da.

Schweigend sah sie Jelscha an.

»Er hat dir das Leben gerettet«, begann Jelscha schließlich in der Gemeinen Sprache, damit der Heiler sie auch verstand. »Ealdre hat dich gerettet.«

Er löste sich aus seiner Erstarrung und wandte sich den beiden Frauen zu. »Ja«, bestätigte er, »das habe ich. Doch ich muss dich bitten, diesen Verband nicht abzunehmen. Du musst ihn von jetzt an immer tragen.«

Menga musterte ihren Körper, dann sah sie zu ihrem Wams hinüber. Sie befeuchtete ihre trockenen Lippen. Rastlos huschte ihr Blick durch die Kammer, hielt erst inne, als sie die getrocknete Blume in Jelschas Hand entdeckte.

»Und deshalb bin ich der Meinung, dass du uns etwas schuldig bist«, fuhr Jelscha schroff fort. »Wir haben dir das Leben gerettet und verlangen im Gegenzug etwas von dir.«

Schweigend sah Menga sie an. Jelscha spürte, wie ihre Wangen sich röteten. Hoffentlich war das im Halbdunkel nicht zu sehen. »Du musst uns zum östlichen Turm des Lichts bringen. Wir müssen den Schwarzen neu entzünden.«

Noch immer sagte Menga nichts.

Sah sie einfach an.

»Wir gehen sowieso hin«, stellte Jelscha mit einem unnachgiebigen Blick klar. »Aber mit dir haben wir eine Chance, es zu überleben. Was sagst du?«

»Nicht ohne Lurin.«

»Wie bitte?«

»Wenn ihr den Turm betreten wollt, könnt ihr das nicht ohne den Baron tun«, erklärte ihr Menga, ebenfalls in der Gemeinen Sprache.

Misstrauisch sah Jelscha sie an. »Du lügst doch.«

Ungerührt erwiderte Menga ihren Blick. »Nicht ohne Lurin«, wiederholte sie ruhig.

Jelscha stand auf, entfernte sich vom Bett. Wanderte in der Kammer auf und ab. »Wieso?«

»Wir brauchen ihn«, lautete Mengas Antwort. »Das Warum werde ich dir erst verraten, wenn wir den Turm erreicht haben.«

Ein schurischer Fluch kam über Jelschas Lippen. Dann ließ sie noch einen in der Gemeinen Sprache folgen. »Scheißdreck, verdammter.«

Damit verließ sie die Kammer und knallte die Tür hinter sich zu.

Und Menga lächelte.

Ealdre lief es kalt den Rücken herunter, als er es sah.

Eine Treppe stapfte Jelscha hinauf, dann noch eine, bis sie im obersten Stockwerk ankam. Dort ging sie zu dem Raum, in dem Lurin eingesperrt worden war. Der Schlüssel hing an einem Nagel neben der Tür.

Vor der Tür blieb sie stehen.

Sie fürchtete diesen Mann.

Fürchtete diesen Mann wie niemanden sonst.

Und sie hasste diese Furcht.

In der Kammer saß der Eiserne Baron, mit gefesselten Händen, aber nicht länger geknebelt. Neben ihm stand ein Tablett mit Speisen, von denen er sich immer wieder einen Happen nahm. Auch er hörte es wispern.

Ein Mantel aus Gold.

Ein Mantel, der dein sein sollte.

Ein Mantel, den du deiner Schwester bringen solltest.

Dann hörte er den Schlüssel im Schloss, und die Verräterin Jelscha aus Festra betrat die Kammer. Mit brennendem Blick starrte sie ihn an. »Du hast eine einfache Entscheidung zu fällen«, begann sie in der Gemeinen Sprache. »Entweder verrottest du im Kerker, oder du begleitest uns, hilfst uns dabei, diesen Reiter zu besiegen, und führst uns anschließend zum und in den Schwarzen Turm. Solltest du dabei eine falsche Bewegung machen, wird Caer dich auf der Stelle erschießen. Falls nicht vorher mein Schwert den Weg zwischen deine Rippen findet.«

Fragend zog er die Brauen hoch. »Was ist denn aus der Entscheidung für den Frieden geworden?«

Jelscha kam auf ihn zu, packte sein Kinn und zwang ihn, ihr in die Augen zu sehen. »Hör mal gut zu, Drecksack«, zischte sie. »Die Seefahrerin, die Bardin und der Wanderer mögen vielleicht solch edle Wege beschreiten. Ich aber nicht. Ich bin eine Soldatin der Eisernen Patrouille. Ich habe deine Ausbildung genossen.« Ihr Gesicht verzog sich zu etwas Grauenvollem. »Wenn du uns im Kampf gegen den Reiter nicht hilfst, werde ich dich umbringen. Dann werde ich dich sehr, sehr langsam töten.«

Damit ließ sie ihn los und schlug ihm ins Gesicht. Einmal, zweimal, ein drittes Mal. Sie schlug ihn mit solcher Wucht, dass er vom Stuhl gerissen wurde. Und selbst als er stöhnend auf dem Boden lag, brodelte tief in ihrem Inneren noch immer die Furcht. Sie trat ihn in den Bauch, dann riss sie ihn hoch und fragte: »Also, wofür entscheidest du dich?«

Lurin sah ihr ins Gesicht.

Der Eiserne Baron sah ihr ins Gesicht und lächelte. Ihr würde er ein schnelles Ende bereiten. Schur hatte sie zwar verraten, aber die Art der Schurer hatte sie nicht abgelegt.

»Ich werde dich und die Bardin begleiten«, sagte er. »Ich werde euch zum Schwarzen Turm begleiten. Ich werde mit euch dem Fahlen Reiter entgegentreten.«

Ich werde mir den Mantel holen.

Jelscha stieß ihn wieder zu Boden. Ihre Arme zitterten. Sie ging hinaus, warf die Tür hinter sich zu, verschloss sie und ließ sich dann an der Wand hinabgleiten. Schlug die

Hände vors Gesicht, ohne den kalten, harten Schlüssel loszulassen. Reglos blieb sie dort sitzen, bis das erste Licht durch die Fenster fiel. Bis Andrin sie fand. Er zögerte, als er ihre zerschundenen, blutbeschmierten Hände sah. Zögerte, weil plötzlich ein Bild vor seinem inneren Auge aufblitzte. Ein Bild, in dem sie diese Fäuste gegen ihn erhob. »Sameea fragt nach uns«, sagte er. »Wir sollen jetzt die Geschichte vom Tod hören.«

Jelscha nickte, rührte sich aber nicht vom Fleck.

Die Geschichte vom Tod, wisperte es.

Andrin streckte ihr die Hand entgegen. »Komm, Jel. Es wird Zeit.«

Sie ergriff seine Hand, ließ sich von ihm hochziehen.

Gemeinsam gingen sie in den Hof hinunter.

Dort hatten sich alle im bleichen Morgenlicht versammelt. Alle saßen sie im Zwielicht zusammen. Sameea hatte auf der steinernen Bank Platz genommen, auf ihrem Schoß lag ein Buch. Diesmal badeten keine Vögel im Wasserbecken, keine sanfte Brise ließ die Palmwedel rascheln. Niemand sprach.

Sameea wartete, bis sie sich gesetzt hatten. Dann blickte sie die Gruppe an: Weyd und Caer, Jori und Bahr, Bellitas und Urth. Auch die Pferde hatte sie bringen lassen. Und auch Jelscha und Andrin musterte sie ernst.

»Ich danke euch, dass ihr gekommen seid, denn diese Geschichte sollte im Licht des Morgens erzählt werden«, erklärte sie, »nicht im Dunkel der Nacht.«

Sie schlug das Buch auf.

Blickte auf die Seite.

Einen Moment lang saß sie still da und starrte auf die Worte.

Ein Schatten huschte über ihr Gesicht.

Ein Schatten der Furcht.

Dann erhob Sameea die Stimme und begann zu lesen.

Mit fester Stimme las sie die

Geschichte vom Tod

Uralt war diese Geschichte, und man kannte sie an verschiedensten Orten, erzählte sie zu verschiedensten Zeiten, immer wieder anders, und doch klang sie stets vertraut. Erzählte, wie der Tod über sämtliche Wege und Straßen dieser Welt ritt, dass ihm alle Meere, Länder und selbst der Himmel nicht fremd blieben. Erzählte, wie der Tod an sämtliche Türen klopfte, durch jedes Tor trat, durch jedes Fenster kam. Bleich kam der Tod, der einsame Tod, und niemand konnte sich ihm verweigern.

Von einer Frau erzählte die Geschichte, die bereits auf ihrem Sterbebett lag. Und obwohl sie schon betagt war und ein langes Leben hinter sich hatte, dachte sie

noch nicht

noch nicht jetzt.

Und als der Tod zu ihr kam

da schrie sie nicht

da weinte sie nicht

da versuchte sie nicht, sich vor ihm zu verbergen.

Sie erhob sich von ihrem Lager und ging ihm entgegen. Und sie sah, wie einsam er war. Also schloss sie ihn in ihre Arme.

Niemals zuvor hatte der Tod die Wärme einer Umarmung gespürt. Und so raunte er in ihr Ohr: *Halte mich fest und fürchte mich nicht.*

Und dann begann er, sich zu verwandeln. So viele Formen nahm er an, manche gleißend hell und heiß wie das Licht der Sonne, andere finster und gleichgültig wie der Himmel bei Nacht.

Und die alte Frau hielt ihn fest.

Ganz fest hielt sie ihn, in jeder seiner vielen Gestalten. Ihre Haut wurde von Flammen verzehrt, ihr Augenlicht trübte sich ein, die Hitze verbrannte ihre Lunge, doch sie hielt ihn fest.

Und schließlich, nachdem sie ihn lange an sich gedrückt hatte, erkannte sie ihn in seiner wahren Gestalt. Und er dankte ihr, denn er hatte niemals zuvor die Umarmung einer lebenden Seele gespürt, war niemals zuvor in seiner wahren Gestalt erkannt worden, war er doch so unendlich einsam.

Also versprach er ihr, sie gehen zu lassen.

So erzählte man es sich in der

Geschichte vom Tod

Sameeas Blick verharrte noch lange auf den Seiten, nachdem sie das letzte Wort gelesen hatte. Stumm sahen die Gefährten sie an. Kein Vogel zwitscherte am Wasserbecken, kein Wind strich durch die Blätter der Palmen. Niemand sagte ein Wort. Niemand rührte sich.

Schließlich hob die Wandersfrau den Kopf und schlug mit einem lauten Knall das Buch zu. »Und so hat die alte Frau den Tod mit einer Umarmung ausgetrickst.« Sie streckte ihre kurzen Beine. »Manchmal ist es auch eine junge Frau, die ein Kind zur Welt bringt – das Kind des Todes natürlich, denn so sind solche Geschichten nun einmal. Oder auch junge Männer im Schützengraben in blutverschmierten Uniformen, denn auch so sind solche Geschichten nun einmal. Geschichten, die von der Hoffnung des letzten Moments berichten, der letzten Hoffnung vor der großen Stille, der endgültigen Dunkelheit, dem großen Unbekannten. Und möglicherweise gibt es noch andere Versionen.« Sameea sah sie der Reihe nach an. »Die Geschichte der Seefahrerin, die den Tod an ihr Herz drückte. Die Geschichte des alten Mannes. Die Geschichte des Wanderers, der Bardin, des jungen Mannes oder der jungen Frau aus dem Tal von Schur. Die Geschichte eines Fuchses, einer Krähe oder eines Pferdes. Wer wird es wohl sein?« Prüfend musterte sie die Gruppe mit ihren dunklen Augen. »Wenn ihr heute zum Lewkraitaz aufbrecht und euch dem Fahlen Reiter entgegenstellt, wer wird es wagen, das an sein Herz zu drücken, wovor alles Leben flieht?«

Stumm saßen sie im bleichen Zwielicht, stumm sahen sie einander an.

»Ich werde es tun«, sagte Ealdre dann.

»Möglicherweise werden wir aber deine Heilkünste brauchen«, gab Weyd zu bedenken. Er saß neben der Bardin und hielt ihre Hand. »Vielleicht solltest du es also besser nicht tun, mein Freund.«

»Ich bin kein Mensch«, erwiderte Ealdre. »Mein Leben ist anders bemessen als das eurige. Ich werde es tun.«

»Wir werden dir zur Seite stehen«, versprach Caer. »Von der ersten Sekunde bis zur letzten. Und wenn wir glauben, dass du es nicht länger aushältst, werden wir dich da rausholen.«

»Wir sollten ein bestimmtes Wort festlegen«, schlug Bahr vor. »Ein Wort, das du nur dann sagst, wenn du rausgeholt werden willst. Deinen eigenen Namen, zum Beispiel. Das würde gut gehen.«

»Und noch etwas müssen wir bedenken«, wandte Andrin ein, der stirnrunzelnd den bleichen Morgenhimmel betrachtete. »Was ist, wenn der Fahle Reiter überhaupt nicht an dir interessiert ist, weil du ein Albitz bist?«

Caer fand: »Dann könnte doch eins von uns lästigen Menschlein den Köder spielen.«

»Wie wäre es mit Lurin?« Dieser Gedanke schien Bahr zu gefallen. »Wozu schleppen wir ihn denn sonst mit?«

»Bahr«, rügte Weyd sie milde. »Ich werde der Köder sein.«

»Nein, das wirst du nicht«, protestierte Caer.

»Wie wäre es mit mir?«, fragte Jori leise. Sanft strich er über Belles Rücken; der Fuchs hatte sich auf seinem Schoß zusammengerollt. »Ich müsste doch nun wirklich erntereif sein, meint ihr nicht, meine Freunde?«

»Nein.« Andrin schüttelte den Kopf. »Die Idee gefällt mir nicht.«

Jori wandte sich ihm zu und zog fragend die Brauen hoch. »Möchtest du dich denn lieber selbst zur Verfügung stellen?«

Sofort schoss Andrin das Blut in den Kopf. »Natürlich würde ich das«, sagte er tapfer.

»Das wäre aber äußerst dumm von dir, mein lieber Junge«, stellte Jori fest. »Du hast noch ein langes Leben vor dir, und irgendjemand muss schließlich die paar Brocken Krähensprache und Murmeltierdialekt weitergeben, die ich dir bis jetzt beigebracht habe.«

»Ich werde es tun«, wiederholte Ealdre. »Ich bestehe darauf. Ich werde mich dem Reiter entgegenstellen.«

»Dann ist das also entschieden.« Sameea beendete die Diskussion. »Ich werde euch bis zum Wald begleiten. Mich zieht es auf die Straße hinaus, und heute hängt der Nebel schwer über dem Fluss und den Wegen. Habt ihr alles gepackt? Dann holt jetzt eure Sachen, verabschiedet euch von den bequemen Betten und kommt anschließend hierher zurück.«

Die Gefährten gingen ins Haus, um ihr Gepäck zu holen. Alle außer Weyd, der noch immer die Hand der Bardin hielt.

»Ich weiß, was du jetzt denkst«, stellte Caer fest. »Du bist der Meinung, dass du es tun solltest. Und dass du nicht zulassen kannst, dass Ealdre oder Jori sich als Köder opfern.«

»Wie könnte ich so etwas zulassen?«

»Indem du die Sache logisch angehst«, schlug die Bardin vor. »Indem du Ealdre vertraust. Indem du Jori vertraust. Indem du uns vertraust. Indem du dir klarmachst, dass wir keinen einsamen Helden brauchen, sondern einzig und allein dich.«

Weyd nickte. »Könntest du mir meine Sachen mitbringen? Ich sattle solange schon mal die Pferde.«

Caer nickte und verschwand im Haus, während er zu Raud hinüberging. Sobald die beiden allein waren, drückte er die Stirn gegen ihren Kopf. »Nun ist es also so weit, meine Gute«, flüsterte er der Stute zu. »Nun begeben wir uns auf den Weg, der Hand in Hand mit dem Tod beschritten wird.«

Das Zwielicht hing noch immer bleich über dem Land, als die Gruppe aufbrach.

Von Bonnifatia aus folgten sie dem Grauen Pfad, der

sich noch eine Weile am Fluss entlangschlängelte. Dick und kalt glitten die Nebelschwaden über das Wasser und wanden sich um ihre Füße. Wenige Meter, weiter sah man nicht. Jenseits davon schien eine undurchdringliche, bleiche Wand aufzuragen. Hier halfen nicht einmal ihre Laternen; das Licht der kleinen Flammen wurde vom grauen Dunst erstickt.

Sameea ging voran, Weyd bildete das Schlusslicht. Still war es. Kein Geräusch belebte diesen Morgen, weder von Tier noch von Vogel oder Mensch. Nur das Wasser plätscherte hin und wieder. Andrin versuchte tapfer, ein Lied anzustimmen, aber seine Stimme klang so dünn, dass er es schnell wieder aufgab.

Caer hatte jedes Gefühl dafür verloren, wie lange sie schon unterwegs waren, als Sameea vor ihr plötzlich nach links abbog. Alle folgten der alten Wandersfrau. Während sie weitergingen, wurde das Plätschern des Wassers immer lauter.

Dann tauchte vor ihnen im Nebel ein verschwommener Umriss auf. Die Wandersfrau blieb stehen.

Sie hatten das Flussufer erreicht, und vor ihnen ragte ein Steg ins Wasser, an dem eine Fähre vertäut war.

»Bei diesem Wetter ist der Fährmann nicht da«, erklärte Sameea.

»Lasst mich das machen«, bot Ealdre an.

Lautlos und träge glitt die Fähre über das Wasser. Die Pferde waren nervös. Urth saß neben Bellitas auf Rauds Rücken und hielt sich mit den Krallen am hinteren Sattelkranz fest. Und auch der Fuchs, der normalerweise tagsüber schlief, saß angespannt da und versuchte mit zuckenden Ohren, irgendein Geräusch einzufangen, das nicht von dem dicken, kalten Nebel erstickt wurde, der hier auf dem Wasser noch erdrückender war.

Der Steg am anderen Ufer tauchte so unvermittelt vor ihnen auf, dass sie beinahe erschraken. Schnell vertäute Bahr die Fähre an einem Pfahl, und sie verließen das Flussufer. Als sie es ein Stück hinter sich gelassen hatten, dünnte sich der Nebel so weit aus, dass sie zumindest die vagen Umrisse der Berge und schattenhafte Baumwipfel erkannten.

Immer weiter führte Sameea sie über den Grauen Pfad. Je weiter sie kamen, desto stärker stieg der Boden unter ihren Füßen an. Dann ragten plötzlich dichte Bäume vor ihnen auf. Als sie die Waldgrenze erreichten, blieb Sameea erneut stehen, und sie versammelten sich um sie. »Diesem Weg müsst ihr folgen, wenn ihr zum Lewkraitaz gelangen wollt«, erklärte sie ihnen.

»Vielleicht sollten wir besser warten, bis der Nebel sich aufgelöst hat«, schlug Andrin vor.

»Mir gefällt dieser Nebel auch nicht«, nickte Caer.

»Was meinst du, Sameea?«, fragte Weyd. »Ist das normal?«

»In diesen Zeiten ist kaum noch etwas normal«, antwortete die alte Wandersfrau. »Über dem Lewkraitaz hängen oft kleinere Nebelschleier, aber keine so dicke Suppe wie diese hier.«

Weyd stellte sich neben sie, und gemeinsam musterten sie den Weg, der in den Wald hineinführte. »Ihr könntet warten«, fand Sameea.

»Briva wird seit Tagesanbruch angegriffen«, erwiderte Weyd.

»Du kannst ihnen nicht helfen.«

»Unsere Hilfe besteht darin, dass wir keine Zeit vergeuden.«

Prüfend betrachtete Sameea die Nebelbänke. »Ich würde es wagen«, sagte sie dann. »Der Weg ist hier ziemlich breit, und wir kennen ihn gut. Und normalerweise löst sich der Nebel noch vor der Mittagsstunde auf.«

»Zudem kann der Nebel für uns ebenso ein Schutz sein wie ein Hindernis«, gab Ealdre zu bedenken. »Sollte der Fahle Reiter hier sein, könnten wir vielleicht unbemerkt an ihm vorbeischlüpfen.«

Weyd drehte sich zu den anderen um. »Wir werden uns aneinander festhalten«, beschloss er. »Jeder legt eine Hand an das Gepäck seines Vordermannes.«

Also nahmen sie Abschied. Der Wanderer drückte seine alte Lehrerin lange und fest an seine Brust. »Be omid-e didar, Sameea. Ich werde dich besuchen kommen.«

Er spürte ihr Lächeln an seiner Wange. »Das weiß ich doch. Richte deiner Schwester ganz liebe Grüße von mir aus. Und bring sie mit, wenn du zu mir kommst. Khoda Hafez, Weyd.«

Dann trennten sie sich.

»Fürchtet nicht die Dunkelheit und ergebt euch nicht der Furcht!«, rief Sameea ihnen noch nach.

Sie gingen los, und Weyd blickte sich immer wieder nach Sameea um, bis ihre kräftige Gestalt vom Nebel verschluckt wurde. Dann richtete er den Blick nach vorne. Fest und breit war die Straße unter seinen Füßen. Er ging voran, und Caers starke Hand an seiner Tasche ließ ihn umso sicherer ausschreiten.

Doch er lauschte bei jedem Schritt. Lauschte auf das Geräusch von Hufen.

»Ich wünschte, die Laute würden noch mit mir sprechen«, murmelte Caer. »Wie weit ist es noch?«

»Ein halber Tagesmarsch ungefähr«, erklärte Weyd, »gerechnet nach dem, was ein Wanderer an einem klaren Tag schafft.«

So wanderten sie durch den Wald. Wanderten durch den Nebel. Und ein leises Raunen drang an ihre Ohren.

»Hört nicht auf das Wispern«, drängte Weyd. »Kommt weiter. Hinter dem Nebel steigt die Sonne auf, bald vertreibt sie auch die dicksten Schwaden.«

Und so war es. Bald drangen die ersten Sonnenstrahlen durch den Nebel, seltsam weiß und bleich zwar, doch die dichten Schwaden lösten sich auf, und sie sahen wieder etwas. Vor ihnen zog sich der Graue Pfad in stetigen Schwüngen den Berg hinauf. An den Hängen rechts und links ragten hohe Bäume auf, deren frische, junge Blätter in dem milchigen Licht beinahe weiß wirkten.

Gegen Mittag machten sie Rast, um etwas zu essen. Selbst Lurin verhielt sich brav, als sie ihm den Knebel abnahmen und ihn fütterten. Menga war sehr still und versuchte in keinster Weise, sich ihnen zu widersetzen. Hell schien die Sonne auf ihre Gesichter. Laut rief Jori nach den Tieren des Waldes, sprach mit einer alten, wachsamen Ricke, die sich bereiterklärte, seine Botschaft im Wald zu verbreiten. Festen Schrittes führte Weyd sie weiter. Laut, so laut rief Jori den Tieren zu, dass der Fahle Reiter am Lewkraitaz lauern könnte, dass sie Schutz suchen sollten, wo immer sie konnten. Und die Gefährten sahen, wie sie flüchteten – die Vögel, die Eichhörnchen, die Mäuse. Als sie sich dem Lewkraitaz näherten, sank die Sonne bereits auf ihrer Bahn. Einst war die Wegscheide beinahe eine kleine Stadt gewesen, mit der hohen Lichtsäule in der Mitte und vielen Ständen, Feuerstellen und Hütten ringsum. Hier waren Instrumente verkauft und getauscht worden, Instrumente aus allen Teilen Erebus und aus fremden Landen. Nachts hatten hier die Barden musiziert, all die Lieder gesungen, die sie während des Tages verfasst hatten, gespeist durch die Geschichten der vielen Reisenden, die sich an der Wegscheide begegneten. Am Lewkraitaz hatte man Musik, Lieder und Geschichten gefunden, fremd und abenteuerlich wie das Essen, das abends hier verspeist wurde.

Heute hatte der Wald das alles zurückerobert. Hoch ragten die mächtigen Eichen auf, die silbernen Birken, die dunklen Kiefern. Ihre knorrigen, dicken Wurzeln hoben sich aus dem Boden, und wer nicht aufpasste, blieb an ihnen hängen und stürzte. Doch die Tiere des Waldes kamen noch oft zum Lewkraitaz. Es war der einzige Ort in Erebu, wo man des Nachts einem wahren Vogelkonzert lauschen konnte, denn nun waren sie es, die hier sangen. Sie besangen ihre Reisen, die Reisen ihrer Freunde, von Nord nach Süd, von West nach Ost.

Doch nicht heute, nicht im schwindenden Licht dieses Tages.

Kein Laut durchdrang die hereinbrechende Dämmerung. In den Senken und an den Hängen der Berge sammelte sich bereits wieder der Nebel.

Kein einziges Mal hatten sie heute das Klappern von Hufen gehört. Und auch jetzt hörten sie nichts.

Die gesamte Welt schien in Stille versunken zu sein.

Undurchdringlicher Stille.

Kein Vogel zwitscherte.

Kein Tier raschelte im Unterholz.

Selbst ihre Schritte klangen dumpf.

Vor ihnen wurde es heller, der Wald öffnete sich hin zu der Lichtung, auf der der Lewkraitaz sie erwartete.

Da spürte Weyd es.

Sie alle spürten es.

Die Flammen an ihren Fackeln kauerten sich zusammen, dann erloschen sie.

Und plötzlich hörten sie es: Rascheln, Flügelschläge, das Knistern von Spinnen, Asseln und Käfern, die über die Erde huschten. Schnell wie der Wind krabbelten sie über ihre Füße hinweg. Mit gellenden Schreien stiegen die Vögel aus den Bäumen auf und flogen davon, so schnell sie konnten. Ein mächtiger, majestätischer Hirsch brach durch das Unterholz und stürmte, einen Pfad der Verwüstung hinterlassend, auf sie zu.

Mit knapper Not wich die Gruppe dem Tier aus, das mit hastigen Sprüngen davonhetzte.

Weyds Hand wanderte an Mundians Griff, als er auf die Lichtung hinaustrat. Seine Freunde folgten ihm.

Und dort war er.

Groß und bleich stand er dort.

Dort wartete der Reiter.

Seine Gestalt wurde ganz von seinem grauen Mantel verhüllt, sein Pferd war nirgendwo zu sehen. Nur ein Schwert hatte er dabei. Ein funkelndes, tödliches Schwert.

Furcht packte die Gefährten. Ihre Hände zitterten, ihre Herzen bebten, die Brust schnürte sich ihnen ab.

Ealdre ging einen Schritt auf den Reiter zu.

Dann blieb auch er stehen.

Wollte etwas sagen.

Doch er blieb stumm.

Weyd zog Mundian aus der Scheide. Das rote Licht der untergehenden Sonne brach sich auf der schimmernden Klinge.

»Entscheide dich für den Frieden«, rief er, obwohl seine Stimme zitterte.

Stumm trat der Reiter vor und schlug seinen Mantel zurück. Schob die Kapuze von seinem Kopf.

Voller Entsetzen wichen die Gefährten zurück. Selbst Ealdre.

Selbst Weyd wich vor dem Reiter zurück. Riss die Augen auf.

Vor ihm stand eine Frau. Ihr langes Haar war zu einem Zopf geflochten, graue Augen blickten ihm aus ihrem Gesicht entgegen. An der Brust trug sie eine sternförmige Brosche, die in ihrem eigenen Licht zu erstrahlen schien.

Es war dieselbe Brosche, die an der Brust des Wanderers prangte. »Du bist der Sohn der Töchter jener Frau, die zuließ, dass die Lichter erloschen«, sagte sie. Sanft klang ihre Stimme. Sanft und zugleich hart wie Stahl. Taumelnd wich Weyd vor ihr zurück, klammerte sich an sein Schwert. Seine Kehle war ausgedörrt, sein Hals zu trocken, um ein Wort hervorzubringen.

»Diese Frau ist seit langem tot«, fuhr sie fort. »Doch für unsere Begegnung habe ich ihre Gestalt gewählt. Du bist der Sohn der Töchter jener Frau, die zuließ, dass die Lichter erloschen. Du wirst die Türme niemals erreichen. Du wirst den Lewkraitaz niemals verlassen. Du wirst hier dem Tod begegnen.«

Weyd schüttelte den Kopf. Sein Entsetzen war so groß, dass es ihm die Worte raubte. So groß war das Entsetzen, das der Anblick dieser Frau in ihm auslöste. Der Frau, deren Erbe ihm die Brosche gebracht hatte. Der Frau, die zuließ, dass die Lichter erloschen. Der Frau, von der er abstammte. Hell leuchtete der Stern an ihrer Brust.

»Lass uns passieren«, presste er mit rauer Stimme hervor.

»Ich bin die Hüterin des Lewkraitaz. Ich bin die Hüterin der Türme. Und du wirst dich ihnen niemals nähern.« Mit einem schrillen Kreischen zog der Reiter sein Schwert. »Sieh dich doch an. Deine Furcht ist ebenso groß, wie ihre es war. Du würdest es wieder tun. Selbst wenn du den Grauen findest, wirst du nie sein Licht entzünden, nie seine Glocke erklingen lassen. Denn deine Furcht ist zu groß.«

»Nein.« Krampfhaft schüttelte er den Kopf. »Nein, das stimmt nicht.«

»Warum weichst du dann vor mir zurück?« Sie lächelte. »Warum weicht ihr alle vor mir zurück, die ganze ach so tapfere Schar von Weyd dem Wanderer und der Bardin Caer?«

Sie ließ ihren Blick über die Gruppe wandern.

Sah jeden von ihnen an.

Bei Ealdre hielt sie inne.

Bei Ealdre, der eine ganz andere Gestalt vor sich sah. Eine Gestalt, der kein Name gegeben werden konnte. »Warum weichst du vor mir zurück?«

Langsam ging sie auf ihn zu.

»Ealdre«, flüsterte Caer kaum hörbar. »Ealdre, willst du es immer noch tun?«

Der Heiler stand wie erstarrt.

Weyds Finger hatten sich so fest um Mundians Griff geschlungen, dass der Schmerz in beide Hände zog.

»Komm nicht näher!«, warnte er die Gestalt, die für ihn aussah wie eine Frau.

Immer weiter ging sie auf den Heiler zu.

»Ealdre«, drängte Caer.

»Ich kann nicht«, sagte er. Hoch klang seine Stimme, hoch und schrill. »Ich kann nicht!«

Hinter ihnen stieß Jori ein leises Wimmern aus. Schnell presste er die zitternden Finger auf seinen Mund, dem dieser Laut wie von allein entflohen war.

»Bleib, wo du bist!«, rief Weyd. »Bleib stehen!«

Der Reiter beachtete ihn nicht. Lächelte nur. Lächelte und ging gelassen weiter. Weiß schimmerte das Schwert in seiner Hand, weiß und tödlich.

Bahr fluchte. Andrin stolperte über seine eigenen Füße, als er panisch zurückwich. Starr blickte er dem Reiter entgegen. Starr, mit weit aufgerissenen Augen. Blickte auf den Reiter, aber vor allem auf die hohen Gipfel, die hinter ihm aufragten, weiß vom Schnee, obwohl doch der Frühling bereits Einzug hielt. Blendend weißer, schwerer Schnee. Schnee, der einen ersticken, einem den letzten Atemzug nehmen konnte …

Nun beschleunigte der Reiter seine Schritte, rannte auf die Gruppe zu.

Weyd brüllte etwas, stürmte vor, getrieben von Angst. Mit einem lauten Knall trafen ihre Klingen aufeinander. Die Wucht des Aufpralls schleuderte den Wanderer zurück. Caer fing ihn auf, bevor er rücklings auf dem Boden aufschlug. Der laute Knall hallte in seinen Ohren nach.

Und das Gelächter des Reiters. »Mit einem Schwert willst du mir entgegentreten, du Narr?«

»Mit einem Schwert und einem Bogen«, rief Caer. »Lass uns ziehen!«

Für sie sah der Reiter nicht aus wie eine fremde Frau. Caer sah sich selbst vor sich, mit gebrochenen Fingern, verbitterten Augen, zugenähten Lippen, die zu ewigem Schweigen verdammt waren. Diese Gestalt konnte sie nicht an ihr Herz drücken. Diese nicht.

»Damit du dich in sie verwandelst?« Der Reiter konzentrierte sich ganz auf die Bardin. »Du bist bereits auf dem besten Weg dorthin.« Rau und kehlig klang seine Stimme, genau wie Caers. Verzerrt drangen die Worte zwischen den zugenähten Lippen hervor. Verzerrt aber doch klar. Blut sickerte aus der Naht hervor. »Dabei könntest du sie noch zurückbekommen«, versprach der Reiter. »Du könntest deine Stimme zurückbekommen.«

»Du kannst sie mir bestimmt nicht zurückgeben.« Halb erstickt presste die Bardin es hervor.

»Dann präge dir gut ein, was du hier vor dir siehst, Bardin, denn genau das wird aus dir werden«, prophezeite der Reiter.

Zweifel, lähmende Zweifel drückten auf Caers Brust.

»Genug geredet.« Bahr zündete ihre Fackel an, während Andrin und Jori laut zu den Tieren und Vögeln sprachen, und Bellitas wütend die Zähne fletschte. »Schnappen wir uns den Mistkerl!«

Ein helles, klares Lachen hallte über die Lichtung. Nun wandte sich der Reiter Bahr zu. »Du drohst mir mit Feuer, Seefahrerin? Ausgerechnet du, die du dein gesamtes Schiff niedergebrannt hast, mit allem und jedem, der sich darauf befand, nur weil es dir nicht gelungen ist, das Feuer auf der Marpassa unter Kontrolle zu halten?«

Bahr erstarrte. »Jedem?«

Lächelnd verwandelte sich der Reiter in eine Frau, die zwar sichtlich älter, abgesehen davon aber ein beinahe perfektes Ebenbild von Bahr war. Sie grinste breit. »Na los, Bahr«, säuselte sie heiser. »Komm, lass mich brennen, wie du es schon einmal getan hast. Lass mich brennen und lausche meinen Schreien, während die Flammen meinen Körper verzehren.«

Krampfhaft klammerte sich Bahr an ihre Fackel. »Wenn du nicht sofort die Schnauze hältst, kriegst du eine Umarmung von mir.«

Sie ging auf den Reiter zu.

In diesem Moment hallten Schreie durch den Wald. Die gellenden Schreie einer Frau, deren Körper vom Feuer verzehrt wird. Bahr hielt sich die Ohren zu, wich taumelnd zurück. Sie alle wichen zurück.

Aller außer einer. Alle außer Jelscha.

Als der Reiter sich ihr zuwandte, sah sie sich selbst, eingesperrt in einem finsteren Kerker. Dann erschien eine zweite Gestalt. Lurin, der Eiserne Baron, näherte sich ihr, nur in ein Bärenfell gehüllt. Sie selbst war nackt, und er zwang sie zu Boden und verging sich an ihr. Als er sich abwandte, lag plötzlich Andrin neben ihr, daneben Menga, und um sie herum all die Toten von Festra.

Nun schlug die Furcht ihre Krallen in Jelschas Geist, riss und zerrte an ihr, während sie ihren hilflosen, blutigen, leblosen Körper vor sich sah.

Ein Schrei kam über Jelschas Lippen. Sie ertrug es nicht länger. Dieses Wesen musste sterben.

Sie zog ihren Pallasch, holte weit aus und durchtrennte Mengas Fesseln. »Lauf!«, schrie sie.

Dann stürzte sie sich auf den Reiter.

Menga aber wirbelte herum, zog ihr Messer und löste damit die Fesseln des Eisernen Barons. Ohne zu zögern, zog er das Schwert, das man ihm für den Kampf gegen den Reiter zugestanden hatte, und folgte Jelscha. Für Lurin trug der Reiter das Gesicht seiner Schwester. Er sah Ladina vor sich, mit einem klaffenden Schnitt in der Kehle, aus dem das Blut herabtropfte wie die Worte, die sie ihm entgegenschleuderte: »Mörder! Mörder!«

Also griff er an. Jelscha aus Festra und Lurin, der Eiserne Baron, warfen sich dem Fahlen Reiter entgegen.

Und die anderen folgten ihnen. Menga, Hauptmann der Eisernen. Mit einem rauen Schrei stürmte auch Caer los, dicht gefolgt von Weyd. Hinter ihm rannte Bellitas herbei. Von allen Seiten stürzten sie sich auf den Reiter, sogar Bahr, die ihre Fackel schwenkte wie eine Waffe. Der Reiter wirbelte herum, als Lurin das Schwert gegen seine Schwester erhob. Mühelos wehrte Ladina den Schlag ab, schleuderte ihn mit der Parade weit von sich. Jelscha war die nächste. Mit einem Ausfallschritt wich der Reiter ihrem Angriff aus und stieß sie zu Boden. Caer schwang ihre Streitaxt, der Reiter fing sie ab. Nun sah Caer sie dicht vor sich, die Frau, die sie selbst war – so elend, so verbittert, das innere Feuer ganz und gar erloschen. Blickte in ihre eigenen Augen, in denen sie nichts fand außer Einsamkeit und Trauer.

Weyd täuschte einen Schlag an, doch als der Reiter ihn abwehren wollte, trat er zurück und schuf so eine Öffnung für Caers Axt. Sie schlug zu.

Gemeinsam drängten sie den Reiter Schritt für Schritt zurück. Bahr hatte sie erreicht und versuchte, mit ihrer Fackel nach dem Reiter zu schlagen, aber ihre Mutter brannte bereits lichterloh, und ihre gellenden, schrecklichen Schreie drangen auf Bahr ein.

Die Seefahrerin wich zurück, der Reiter riss sein Schwert hoch.

Wie ein weißer Blitz katapultierte sich Bellitas in die Höhe und fing mit seinem Körper den Arm des Reiters ab. Der Schlag verfehlte sein Ziel.

Inzwischen griff Weyd den Reiter von hinten an. Doch der schleuderte mit übermenschlicher Schnelligkeit den Fuchs aus dem Weg, wirbelte herum und blockierte den Angriff. Weyd ließ jedoch nicht nach, und auch Caer hob wieder die Axt.

Noch einmal fuhr der Reiter herum, hielt sie auf. Ein leises Knirschen verriet, dass eine Armbrust geladen wurde. Jelscha hatte sich aufgerichtet, hielt die Waffe schussbereit vor sich.

Wieder verwandelte sich der Reiter, baute sich in Andrins Gestalt vor ihr auf. Blickte ihr mit seinen leuchtend blauen Augen entgegen. Jelscha zögerte.

»Schieß, Jel!«, brüllte ihr Bruder, der bei den Pferden stand. »Das bin nicht ich!«

»Schieß nicht«, flehte Andrin der Reiter. »Bitte, Jel, bitte, erschieß mich nicht!«

Bellitas war wieder auf die Beine gekommen und lief wild knurrend auf den Reiter zu.

Jelscha schoss.

Der Bolzen flog über den Kopf des Reiters hinweg. Lurin stürmte an ihr vorbei, Menga war an seiner Seite.

Weyd und Caer verständigten sich mit einem Blick, dann ließen sie eine ganze Reihe von Schlägen auf den Reiter niedergehen, unterstützt von Bellitas, der sich wieder in die Schlacht warf. Wieder und wieder ließ Caer die Axt auf ihren eigenen Körper niederfahren, wieder und wieder schlug Weyd auf die Frau ein, deren graue Augen den seinen so glichen, deren Brosche er an seiner Brust trug.

Was Bellitas sah, erfuhren sie erst später: Einen toten, von Feuer zerstörten Wald, in dem er ganz allein über die verkohlte Erde lief, in einem Tal, in dem keine einzige Beere mehr wuchs.

Was Menga sah, erfuhren sie nie.

Gemeinsam kämpften sie gegen den Reiter, der mühelos herumwirbelte, schneller als Licht jeden ihrer Angriffe parierte. Und in seiner schweren Rüstung stürmte auch der Eiserne Baron heran, suchte nach einer Lücke in der Verteidigung des Reiters.

Des Reiters, der für ihn plötzlich aussah wie Caer, wie die Bardin, die früher für ihn gesungen, die sich ihm früher stets widersetzt hatte. Eine gesunde, glückliche Bardin, die sich dem Wanderer in die Arme warf. Dem Wanderer, der einen golden schimmernden Mantel trug.

Seinen Mantel trug.

Lurin griff an. Unfassbar schnell, unfassbar stark. Der Wanderer und die Bardin schlugen auf den Reiter ein, Jelscha und Menga schossen auf ihn, Bellitas fiel ihn mit gefletschten Zähnen an – und genau in diesem Moment griff Lurin zu. Ließ sein Schwert fallen und packte den Reiter mit beiden Händen an der Kehle.

Diesen Angriff konnte der Reiter nicht schnell genug abwehren. Lurin packte den Reiter, der für ihn Weyd in dem goldenen Mantel war, packte Weyd und presste Tur an seine Kehle.

Bis sich die Gestalt vor ihm änderte.

Sich in Ladina verwandelte. Ladina, die ihn ansah: »Mörder!«

Starr blickte er auf sie hinunter. Tur drückte gegen ihre Kehle. Tur drückte gegen Ladinas Kehle.

Und Lurin stieß sie fort. Er stieß sie von sich und fiel auf die Knie.

Kaum war er zu Boden gesunken, ragte der Reiter schon mit erhobenem Schwert über ihm auf.

Caer sah, wie er ausholte. Wie er die Klinge auf Lurins Hals ausrichtete.

Mit einem Hechtsprung warf sie sich in den Angriff, wurde von den Füßen gerissen. Sie spürte, wie sie auf dem Boden aufschlug. Der Schmerz war so heftig, dass ihr kurz schwarz vor Augen wurde.

Bellitas sprang und versenkte seine Zähne im Arm des Reiters. Der schleuderte den Fuchs gegen einen Felsen. Gleichzeitig drangen die Seefahrerin mit ihrer Fackel und Hauptmann Menga auf den Reiter ein. Der Eisernen wich er aus und schleuderte sie zu Boden, Bahrs Schlag wehrte er so kraftvoll ab, dass die Seefahrerin gegen einen Baum prallte.

Nun blieb nur noch Weyd.

Noch einmal griff er an.

Ihre Klingen trafen aufeinander, die Frau mit den grauen Augen parierte, griff an, Weyd blockte. Stürmte vor. Sie fing ihn ab, drängte ihn zurück. Er riss sein Schwert hoch, wieder wehrte sie ihn ab, drängte ihn weiter und weiter zurück. Er geriet ins Taumeln. Die Furcht brodelte in seinem Bauch, die Panik gellte in seinem Kopf. Seine Arme zitterten, seine Brust war wie zugeschnürt, sein Herz bebte. Weyd spürte einen Baumstamm im Rücken.

Mit einer schnellen Bewegung schlug ihm der Reiter das Schwert aus der Hand. Packte ihn an der Kehle. Hob ihn von den Füßen.

Er würgte, schlug um sich, versuchte die Finger von seiner Kehle zu lösen.

Zu wenig Luft.

Immer fester schlossen sich diese Finger um seinen Hals.

Versteckt hinter den Pferden sah Andrin, wie sie die Schlacht verloren.

Noch immer sah er die Gipfel vor sich.

Den schweren, drückenden Schnee.

Voller Verzweiflung erhob er die Stimme, doch er sprach nicht mehr zu den Vögeln und Tieren.

Er rief in der Sprache des Wassers.

Hoch über ihnen flog Urth, begleitet von einigen Waldvögeln, die Joris Aufruf zur Flucht nicht gefolgt waren, Eulen und Tauben. Hoch hinauf in die Berge flogen sie, wo Eis und Schnee in der Kälte ruhten.

Eis und Schnee, gefrorenes Wasser.

Nicht das Wasser der Veta, das in tiefem Winterschlaf verharrte.

Dieses Wasser wartete darauf, endlich wieder flüssig zu werden.

Dieses Wasser wartete darauf, sich von den Bergen herabzustürzen.

Sich in den Fluss zu stürzen, nach dem es sich schon so lange sehnte.

Und so sahen die Vögel, wie sich der erste Riss auftat.

Hörten das Krachen, das von den Hängen widerhallte.

Beobachteten, wie der Schnee zu schmelzen begann.

Wie das Eis aufbrach.

Sie sahen, wie das Wasser auf Andrins melodiösen Ruf reagierte. Wie es seiner verzweifelten Bitte Folge leistete.

Krachend brach das Eis, knisternd schmolz der Schnee. Zu Wasser wurden sie.

Zu einem Rinnsal

Zu einem Bach

Zu einem Strom

Die Vögel sahen, wie sich die Flut über die Hänge ergoss.

Sahen es und trugen die Nachricht weiter.

Sobald Jori ihre Schreie hörte, rief er mit aller Kraft: »Haltet durch! Haltet durch, das Wasser kommt!« Und er wiederholte es in allen Sprachen des Waldes, um jene Vögel und Tiere zu warnen, die nicht vor dem Reiter geflohen waren. Wiederholte es in der Sprache der Pferde.

Raud stürmte auf die Lichtung hinaus, dicht gefolgt von Blíkna und Demar. Zu den Kämpfenden stürmten sie, alle drei.

Noch immer hielt der Reiter Weyd gepackt, als das Brüllen des Wassers zu ihnen drang, als Eis und Schnee sich von den Bergen herabstürzten. Die Frau mit den grauen Augen blickte sich nach den Gipfeln um.

Die Pferde kamen heran, erreichten Bahr, die sich schnell auf Rauds Rücken zog. Während die Stute weiterrannte, löste Bahr ein Seil von den Satteltaschen, schlang es sich um den Bauch und sicherte es mit einem Knoten, der selbst dem stärksten Sturm standhielt. Als sie zu den anderen preschten, warf sie ihnen das Seil zu.

Weyd tastete verzweifelt nach seiner Brosche, riss sie sich von der Brust und rammte sie dem Reiter mit der scharfen Kante ins Gesicht.

Der Reiter ließ los. Blut spritzte aus dem Gesicht der

Frau, die zugelassen hatte, dass die Lichter erloschen. Noch einmal schlug Weyd zu, trieb die Spitzen des Sterns in ihre Wange.

Und noch einmal. Diese Frau hatte zugelassen, dass die Lichter erloschen. Diese Frau hatte ihm die Brosche vermacht, und mit ihr die Schuld.

Wieder und wieder schlug er zu.

Er schlug noch immer auf sie ein, als das Wasser heranbrauste. Mit blutüberströmtem Gesicht ließ der Reiter ihn los. Weyd aber blickte über seine Schulter und sah die tosende Flutwelle. Sah das Wasser, das Eis, den Schnee, und wusste, dass der Strom ihn und den Reiter mitreißen würde. Furcht stieg in ihm auf, altbekannte Furcht, die tief in seinen Knochen verwurzelt war, die durch sein Blut glitt, die in den finstersten Tiefen seines Körpers gedieh. Das große Nichts. Kein Weg mehr zu bereisen, keine Straße mehr zu erkunden.

Er sah den Reiter an.

Und für einen Moment blickte er in Ealdres Gesicht.

Das Brüllen des Wassers wurde von dröhnenden Hufen übertönt, dann erschien Raud an seiner Seite. Bahr warf ihm das Seil zu, und er hielt sich fest.

Mit einem großen Sprung stürmte Raud davon. Während Bahr dem Wanderer das Seil um den Bauch knüpfte, trug die Stute sie zwischen die schützenden Bäume. Keine Sekunde zu früh, denn genau in diesem Moment brach die Flutwelle über die Lichtung herein. »Haltet fest!«, schrie Bahr. »Bei allem, was euch teuer ist – haltet euch fest!«

Mit einem lauten Grollen ergoss sich das Wasser auf die Lichtung. Der Reiter stieß ein schrilles Kreischen aus. Ein Laut, so schrecklich wie sein Anblick.

Aber den Freunden blieb keine Zeit, etwas anderes zu hören oder zu sehen als das Wasser, denn die Flut aus den Bergen hatte auch sie erreicht. Raud stemmte wiehernd die Hufe in den Boden, Demar und Blíkna folgten ihrem Beispiel. In ihrer Sprache riefen sie einander zu, was außer ihnen nur Jori verstand: »Haltet fest! Bei allem, was euch teuer ist – haltet stand!«

Also hielten sie stand, stemmten sich gegen die Wassermassen. Mit einer solchen Wucht drückte das Wasser, dass die Pferde wild zu wiehern begannen. Sie kämpften mit aller Kraft, doch die Flut schob sie langsam den Hang hinunter.

Andrin schrie sich die Kehle wund, brüllte, sang und bettelte in der Sprache des Wassers. Flehte, dass es sie verschonen solle. Er hatte nicht geahnt, welch wilde Kraft das Wasser in sich barg. Hatte nicht geahnt, welch wilde Kraft er selbst in sich barg.

Doch das Wasser hörte nicht auf ihn.

Denn Wasser, das von seinen Fesseln befreit ist, hört auf niemanden mehr, ebenso wie Feuer, wenn es sich von lebendem Fleisch nährt.

Immer stärker zog und zerrte es an ihnen.

Und dann kam die größte Welle von allen herangebraust. Höher als die Baumwipfel türmte sie sich auf, sogar höher noch als die Berge schien sie anzuwachsen.

Demar wieherte, Raud spannte sämtliche Muskeln an.

»Festhalten!«, brüllte Bahr wieder. »Haltet euch fest!«

Dann stürzte die Welle auf sie ein. Das Wasser spülte über sie hinweg, sie tauchten unter. Es zerrte an den Bäumen, riss die Pferde von den Beinen, schleuderte die Reiter von ihren Rücken. Weyd spürte, wie das Wasser ihm jeden

Halt nahm. Er wurde herumgewirbelt, wusste nicht mehr, wo oben oder unten war. Er wollte nach Caer greifen, fand sie aber nicht. Er konnte nicht atmen. Wasser drang in seine Lunge.

Er fiel.

Dann prallte er gegen einen Widerstand. Äste. Äste und Zweige schlangen sich um seinen Körper.

Die Bäume.

Die Bäume des Waldes.

Die Bäume fingen sie auf!

Mit ihren starken Ästen hielten die Bäume Menschen, Tiere und Vögel fest.

Mit aller Kraft stemmten sich die Bäume gegen die Flut.

Auch an ihnen zerrte das Wasser. Zog und zerrte. Das Wasser wollte sie herumschleudern, ihre Wurzeln aus dem Boden reißen, sie mit sich nehmen in den tiefen Fluss.

Kommt mit uns in den tiefen Fluss!

Es zog
es zerrte
es riss

Und es rief in seiner wilden, ungezähmten Sprache:

Kommt mit uns in den tiefen Fluss!

Brüllend und schäumend schoss es dahin,
doch die Bäume hielten stand.

Die große Flutwelle rauschte vorbei, brach durch den Wald, stürzte sich die Berghänge hinab.

Hinab, hinab, bis sie den Fluss erreichte.

Und plötzlich konnten sie wieder atmen. Der Wanderer rang keuchend nach Luft. In hektischen Zügen sog er sie in seine Lunge. So fest hatten sich die Zweige um seine Brust geschlungen.

Aber nun lösten sie sich, und er landete ungebremst auf der harten Erde.

Die Erde.

Es war der feste Erdboden.

Sein haltloser Sturz hatte ein Ende. Er bekam wieder Luft!

Benommen lag Weyd auf dem Waldboden. Noch immer sog er so viel Luft wie möglich in seine Lunge. Atmen. Einfach atmen. Sein Brustkorb hob sich, senkte sich. Wieder und wieder. Und er spürte die feste Erde unter sich.

Erde. Luft.

Neben ihm stieß jemand einen Freudenschrei aus. Kraftlos ließ er seinen Kopf zur Seite fallen. Zu mehr Bewegung war er noch nicht fähig.

Ein paar Meter entfernt lag Bahr. Sie hatte so geschrien. Noch einmal stieß sie einen triumphierenden Schrei aus, halb Erleichterung, halb Wahnsinn, und grub dabei die Fingerspitzen in den Boden. In den herrlich festen Boden.

Nun hörte Weyd ein würgendes Keuchen. Vorsichtig stützte er sich auf einen Ellbogen. Die Welt drehte sich kurz um ihn, dann kam sie wieder zur Ruhe. Am Fuß einer mächtigen Eiche lag Caer und drückte beide Hände an den Hals. Sie war es, die so keuchte. An ihrer Seite kniete Ealdre, dessen goldener Mantel durch die Nässe einiges an Strahlkraft eingebüßt hatte. Mit zitternden Fingern kümmerte sich der Heiler um die Bardin.

Sie lebte.

Gedankt sei den Sternen, dem Himmel und allen Straßen dieser Welt, sie lebt!

Zitternd zog Weyd die Beine unter den Körper. Schloss die Augen, schluckte mühsam.

Wieder musste er kurz warten, bis die Welt zum Stillstand kam. Dann öffnete er die Augen, stemmte sich hoch auf die Knie und sah sich auf der Lichtung um.

Von dem Reiter war nichts zu sehen.

Keine Spur.

Raud, Demar und Blíkna kamen gerade zitternd auf die Beine. Bellitas beschwerte sich in lautesten Tönen, schüttelte schwankend sein Fell aus und landete prompt auf dem Hinterteil. Selbst Urth schien sich nicht ganz unter Kontrolle zu haben, als sie mit einem leisen Krächzen taumelnd vom Himmel herabschwebte. Sie landete neben ihrem Freund, dem Fuchs, und schlang die nass glänzenden Flügel um ihn.

Weyd sah sich weiter um und entdeckte Jori, der stöhnend auf der Erde lag. Bahr und Andrin knieten an seiner Seite, mussten sich aber ebenfalls mit den Händen abstützen, um nicht umzukippen. Langsam kroch Weyd zu ihnen hinüber. Er versuchte zu sprechen, hustete zunächst aber nur noch mehr Wasser aus. Endlich gelang es ihm, Worte zu formen: »Was ist?«

»Nichts.« Joris Stimme klang so schwach, als wäre er kaum noch bei Bewusstsein. »Nichts ist, nichts. Meinen alten Knochen gefällt nur die Vorstellung nicht, sich erheben zu müssen. Und die Bäume haben uns das Leben gerettet. Ohne dass wir sie fragen mussten. Ich brauche einfach einen Moment.«

»Du bekommst mehr als einen Moment«, krächzte Weyd. »Du bekommst auch eine helfende Hand. Sobald wir wieder dazu in der Lage sind.«

Alle sammelten sie ihre Kräfte, dann standen sie vorsichtig auf.

»Bahr«, begann Weyd mit zitternder Stimme, »Andrin, du stützt bitte seinen Rücken.«

Weyd packte Joris rechte Achsel, Bahr die linke. Dann zogen sie ihn hoch, obwohl sie sich selbst kaum auf den Beinen halten konnten.

»Uff.« Jori seufzte. »Ich danke dir, altes Mädchen. Und dir auch, alter Junge.«

Der Wanderer schaffte es kaum, eine Augenbraue hochzuziehen. »Jetzt bin ich also schon ein alter Junge?«

»Das bist du, mein Guter, und du solltest es als Ehrentitel betrachten.« Joris Stimme versagte.

»Seid ihr dann langsam mal durch mit der Ulkerei?«, rief Jelscha zu ihnen herüber. Weyd drehte sich um. Sie stand ebenfalls wieder aufrecht, von Kopf bis Fuß zitternd und durchnässt, doch ihre Armbrust war schussbereit auf Lurin und Menga gerichtet.

Demar, Blíkna und Raud stampften unruhig mit den Hufen. Nachdem Weyd Jori langsam zu den Pferden hinübergeführt hatte, legte er seine Stirn an Rauds Kopf und flüsterte: »Wieder einmal hast du mich gerettet, alte Freundin. Ich weiß nicht, was ich ohne dich tun würde.«

Die Stute schnaubte und stemmte den Kopf gegen seine Stirn. Mit einem leisen Lachen drückte er ihr einen Kuss auf die Nüstern. »Ich danke dir«, sagte er. Er fühlte sich beinahe berauscht. Der Reiter war verschwunden. Nirgendwo war eine Spur von der Frau mit den grauen Augen zu sehen. »Auch für deine guten Ratschläge in Bezug auf unsere werte Bardin.«

Noch einmal stupste sie ihn mit dem Kopf an, diesmal aber mit mehr Nachdruck. Stieß einen drängenden Laut aus.

»Weyd?« Caer rief nach ihm, und sie klang angespannt.

Der Wanderer drehte sich um, um herauszufinden, was Raud gesehen hatte. Ihr Blick war auf die Lichtung gerichtet, wo Blíkna gerade zwischen den Bäumen hervortrat. Ealdre war nicht mehr an Caers Seite; die Bardin stand allein bei der alten Eiche, lehnte sich stützend an den breiten Stamm.

Ealdre stand in der Mitte der Lichtung. Im Zentrum des Lewkraitaz stand er, den Blick zum Himmel gerichtet, dem die Abenddämmerung gerade die letzten Farben raubte.

»Ealdre!« Weyd ging auf ihn zu. »Bist du verletzt?«

»Nein.«

»Suchst du nach dem Reiter, mein Freund?« Erst jetzt, wo er diese Frage stellte, öffnete Weyd seine Faust, in der noch immer die Brosche lag. Blutig war sie. Schnell steckte er sie wieder an seinen Mantel und wollte zu Ealdre hinübergehen. »Keine Angst, er ist fort.«

»Komm nicht näher.«

In der Stimme des Heilers schwang etwas mit, das Weyd unwillkürlich innehalten ließ. »Was ist los, Ealdre?«

»Komm nicht näher, Weyd Weltenbummler«, flüsterte Ealdre. »Ich möchte nicht, dass du es siehst.«

»Caer!«

Sofort war sie an seiner Seite und griff nach seiner Hand.

»Was ist los?«, fragte die Bardin heiser. »Stimmt etwas nicht, Ealdre? Bist du verletzt?«

Er sah die beiden an. Erst sie, dann den Rest der Gruppe. »Ihr müsst gehen, sofort. Brecht auf Richtung Osten, Norden und Süden.«

»Aber was redest du denn da, mein guter Heiler?« Jori

hatte sich zu dem Wanderer und der Bardin gestellt. »Du kommst doch mit uns nach Norden, oder etwa nicht?«

»Geht«, drängte Ealdre wieder.

»Was ist denn los?« Bahr tauchte an Joris Seite auf. »Lass den Blödsinn. Das passt nicht zu dir.«

»Bitte, Meisterin der Seefahrt, ziehe Richtung Süden. Such dir ein Schiff, setze die Segel und kehre zurück auf das Meer, das du so sehr liebst. Lass nicht zu, dass die Reue noch länger dein Leben beherrscht.«

Nun kam Andrin angelaufen, noch etwas außer Atem, und brachte Demar und Raud mit; Blíkna war zu dem Heiler auf die Lichtung geschritten. Der junge Mann konnte noch immer kaum sprechen, und er klapperte unkontrolliert mit den Zähnen. Stumm starrte er Ealdre an.

Nur Jelscha war bei dem Baron und Hauptmann Menga geblieben. Sie ließ die beiden nicht aus den Augen. »Ist der Reiter weg?«, rief sie.

»Ich sehe ihn zumindest nirgendwo«, antwortete Weyd.

Und doch …

Nun

wo er langsam

wieder alle Sinne beisammenhatte

drängte sich ihm der Gedanke auf

wie merkwürdig das war.

Dass eine Flutwelle einfach so den Tod vertreiben konnte.

Denn es hatte doch keiner von ihnen

kein einziger

gewagt, den Reiter zu berühren. Ihn zu umarmen. Stattdessen hatten sie voller Furcht zugeschlagen, ihn ohne jede Gnade angegriffen.

Ealdre hielt die Augen geschlossen. Blíkna schob sich dicht neben ihn. Der Heiler streichelte den Hals des Pferdes, öffnete die Augen und sah den Hengst an. Dann sprach er leise auf ihn ein, in einer Sprache, die keiner der Freunde je gehört hatte.

Blíkna wieherte leise, dann ging er zurück zu den anderen.

»Geht«, wiederholte Ealdre. »Geht nun. Mehr erbitte ich nicht von euch. Ich hatte gehofft, wir könnten den Reiter besiegen. Doch es soll nicht sein. Ich hätte es wissen müssen. Geht jetzt.«

»Wir werden dich nicht im Stich lassen«, hauchte Caer.

»Geht.«

Und in der zunehmenden Dunkelheit sahen sie,

dass sein Mantel seinen goldenen Schimmer verloren hatte.

Silbern glänzte er nun.

Und plötzlich hörten sie die Trommeln.

Die dumpfen

finsteren

Trommeln.

»Wir werden dich nicht verlassen, Ealdre«, beharrte auch Weyd. »Du gehörst zu unserer Schar.«

»Geht!«

So tief dröhnte seine Stimme, so tief und mächtig, dass sie bis in ihr Innerstes drang, in ihr Blut, in ihre Knochen. Zittern ließ sie diese Stimme.

Und der silbern glänzende Mantel überzog sich mit dem toten Grau erkalteter Asche.

Und aus dem aschgrauen Mantel zog Ealdre ein Schwert, bleich und kalt wie Knochen.

Finsternis legte sich über seine Züge, eine so schreckliche, absolute Finsternis, dass sie ihn nicht länger anzusehen vermochten.

»Ealdre, was passiert hier?«, rief Weyd.

»Hört ihr es denn nicht?« Die Stimme des Heilers schien nicht länger aus seinem Mund zu kommen. Sie schien aus der Erde unter ihren Füßen aufzusteigen. Aus den Tiefen der Berge zu dringen. Aus den Wurzeln der Bäume. »Hört ihr nicht das Raunen?«

Also lauschten sie. Und sie hörten es. Hörten es leise wispern, unter dem dumpfen Dröhnen der Trommeln.

Der Tod, er trabet heran.

Der Tod, er kommt zu dir.

So wisperte es in der trüben, bleichen Dämmerung.

So erschien er.

So formte er sich aus Luft und Nebel und Dunst, dort im Herzen des Lewkraitaz.

So trat er aus dem grauen Zwielicht hervor, der Fahle Reiter.

9

Das Raubtier

Der Reiter war zurückgekehrt.

Ealdre wandte sich ihm zu. Hob seine knochenbleiche Klinge.

»Bleibt zurück«, wies er die Gruppe an. Und die Freunde spürten, wie allein seine Worte ihre Füße an der Erde festzunageln schienen. Spürten seine Stimme tief in ihrem Inneren, wie den dumpfen Schlag der Trommeln.

Der Reiter sah Ealdre an. Für Weyd war er noch immer eine Frau mit grauen Augen und einem Stern an der Brust. Hinter ihm traten die Schatten zwischen den Bäumen hervor. Kamen heran mit ihren dumpf dröhnenden Trommeln. Die Frau mit den grauen Augen musterte Ealdre mit einem Lächeln. »Du bist also endlich aus deinem Versteck gekrochen.«

»Du musst sie gehen lassen«, forderte Ealdre, der nicht mehr wie der Heiler klang. Reglos stand er da und stellte sich dem, wovor es allen anderen gegraut hatte. »Sie müssen die Feuer entzünden und die Glocken erklingen lassen.«

Die Frau lachte. »Diese Gestalten dort?« Sie warf einen abfälligen Blick auf die Gefährten. »Die mir mit Feuer und Schwert begegnen wollten? Glaubst du tatsächlich, sie wären dazu in der Lage, das Feuer in den Türmen zu entzünden?« Sie schüttelte den Kopf. Währenddessen kamen die Schatten immer dichter heran, bildeten einen Kreis um die Lichtung. »Ich bin ihr Hüter. Und ich sage ihnen, dass sie hier und jetzt umkehren sollen. Ihr Leben retten sollen, solange sie es noch können. Sie werden keine Feuer entzünden und keine Glocke schlagen.«

»Das ist nicht deine Entscheidung.«

»Ich bin ihr Hüter.«

»Lass sie ziehen. Verfolge sie nicht länger. Lass sie den Versuch wagen. Gib ihnen eine Chance!«

»Eine Chance?« Finsternis legte sich über die Züge des Reiters, und der Stern an der Brust der Frau erlosch. Die Schatten zischten. Seite an Seite standen sie mit dem Fahlen Reiter und zogen ihre Schwerter. »Sie haben bereits so viele Chancen vertan.«

»Lass sie gehen.« Ealdre hob seine Waffe.

»Auch du?«, fragte der Reiter leise. »Auch du trittst mir mit einem Schwert entgegen?«

»Lass sie gehen.«

Die Schatten hielten inne, wie von einem unhörbaren Befehl gelähmt.

Die Frau mit den grauen Augen antwortete nicht.

Stumm zog sie ihre Waffe.

Donnerhall dröhnte, als ihre Klingen aufeinandertrafen, grell und unaufhaltsam wie Blitze folgten ihre Schläge aufeinander. Die Gefährten beobachteten den Kampf, sahen, wie Ealdre von einem hellen Licht erfasst wurde, während der Reiter sich in die Finsternis der tiefsten Nacht zu hüllen schien. So schnell kreisten sie umeinander.

Die Freunde mussten sich zu Boden werfen und ihre Augen abschirmen, die Pferde wandten sich ab. Weyd versuchte, zwischen den Fingern hindurch zu spähen, doch es war zu hell. Strahlendes Licht und tiefste Dunkelheit kämpften im Herzen des Lewkraitaz miteinander, hieben mit bleichen, scharfen Klingen aufeinander ein.

Auch in Briva sahen sie es. Die Eiserne Armee sah es, und sie wandte sich ab von der Schlacht und richtete den Blick gen Himmel. Nach Osten blickten sie alle, wo die Sonne erst viele Stunden später wieder erscheinen würde, denn nun herrschte die finstere Nacht. Finstere Nacht, in der ein Sturm aufzog, der die gesamte Welt in Stücke zu reißen drohte.

Und dann brach der Sturm los.

Von den Bergen herab kam er über Erebu, peinigte die Luft mit Donner und Blitz, trübte sie ein mit Staub und düsterem Nebel, als hätten die Berge selbst Rauch und Ruß gen Himmel gespien. Hagel, Feuer und Asche brachte er. Vom Lewkraitaz aus zog er seine Kreise, zog nach Osten und Westen, nach Süden und Norden, breitete sich aus über ganz Erebu, ja sogar noch bis weit auf das Meer hinaus. Sekunden nur dauerte es, bis er Briva erreichte. Die Aschewolken nahmen den Soldaten die Luft zum Atmen. Sie drang in ihre Lungen. Die Kämpferinnen und Kämpfer warfen sich zu Boden. Brivas blaue Mauern, Brivas weiße Türme, alles wurde mit einem dunklen Schleier überzogen. Mit klebrigen Fingern strich der Ruß über das Willkommenslicht. Der Hagel drang auf die Flammen ein, als wollte er sie ersticken, als wäre er allein zu diesem Zweck entsandt worden.

Bürgermeisterin Reys sah es. Vom Balkon des Stadizhûsa aus sah sie es, wo sie mit Daìpu und Shēng und der Thain stand und die Menschen zur Ordnung rief, die kurz davor waren, das Stadizhûsa zu stürmen.

Sie sah die Asche und den Ruß, sah, wie die Hagelkörner auf die Lichtsäule prasselten.

Hastig rief sie Daìpu und Shēng zu: »Bleibt hier! Bringt sie zur Vernunft!«

Sie raffte ihre lange Robe zusammen.

Daìpu griff nach ihrer Hand.

Nachdem sie sich einen Moment in die Augen gesehen hatten, drückte er ihre Hand und ließ sie los. »Sei vorsichtig. Und beeile dich!«

Reys nickte, dann lief sie los.

Das Willkommenslicht musste weiterbrennen.

Sie mussten den Weg zurück finden.

Und dann kamen die Blitze. Hoch über den staubigen Aschewolken zuckten sie über den Himmel, tanzten, schossen herab zur Erde. Die Soldaten der Eisernen Armee suchten Schutz, gefangen in ihren Rüstungen. Und auch die Soldaten aus Briva flohen vor ihnen.

Zumindest jene, die noch nicht tot waren.

Wie der junge Mann, der stets ein Porträt über dem Herzen trug. Leer waren seine Augen, sein Gesicht in Angst erstarrt. Tot lag er oben auf dem Wehrgang. Der junge Mann mit der geheimen Liebschaft, mit der er so oft von der Zukunft geträumt hatte – wenn sie eines Tages Bürgermeisterin wäre, wo sie doch heute schon das jüngste Ratsmitglied in Briva war.

Und oben am Lewkraitaz kauerten sich auch die Gefährten zusammen, pressten sich dicht an den Boden, um dem Sturm zu entkommen. Die Erde unter ihnen bebte, als wolle sie in tausend Stücke bersten. Schon jetzt taten sich erste Risse unter den Bäumen auf. Und die Schatten hatten sie umzingelt.

»Ealdre!«, brüllte Weyd. »Es wird uns in Stücke reißen, Ealdre!«

Dieser Sturm war mächtig genug, um Land und Meer und alle Berge zu vernichten, ja sogar den Himmel selbst.

Er wusste nicht, ob Ealdre ihn hörte. Wusste nicht einmal, ob Ealdre überhaupt noch da war.

Doch Ealdre hörte ihn. Mitten in seinem Kampf mit dem Reiter hörte er Weyds Rufen, und es ließ ihn zögern.

Für einen winzigen Moment.

Der Reiter schlug zu, und sein Schwert bohrte sich in Ealdres Arm, durchtrennte Haut und Muskeln. Blut spritzte. Überrascht und voller Schmerz schrie Ealdre auf. Das Schwert glitt ihm aus der Hand, und er sank auf die Knie.

Kopfschüttelnd ragte der Reiter über ihm auf. »Das war schon immer dein größter Fehler«, sagte er. »Du magst sie.« Nach kurzem Zögern fügte er hinzu: »Du hättest an meiner Seite bleiben können, aber du hast dich für sie entschieden.«

»Ich werde nicht zulassen, dass sie vor dir im Staub kriechen«, presste Ealdre mühsam hervor.

»Oh, aber das tun sie doch gar nicht.« Der Reiter zeigte kurz auf die Gefährten, dann breitete er die Arme aus, umfasste mit einer ausladenden Geste die von den Schatten eingerahmte Lichtung. Das Dröhnen ihrer

Trommeln stieg aus der Erde auf. »Sie alle kriechen allein vor dir.«

»Nicht vor mir.« Ealdre spuckte Blut. »Sie kriechen vor dir.«

»Vor uns«, sagte der Reiter, der für Weyd noch immer aussah wie die Frau mit den grauen Augen. Und dann begann sie zu singen. So wundervoll klang ihre Stimme, dass die Bardin und der Wanderer sich unwillkürlich aufrichteten. Caers Stimme war es, die über die Lichtung hallte.

Warum dröhnt der Hufschlag laut, so laut
aus dem Tale zu mir herauf?
Das sind nur die Bauern und Tölpel, mein Kind,
nur die Bauern kommen herauf.

Warum dringt Lärmen laut, so laut
Über die Straße zu mir heran?
Das sind nur die Boten und Herolde, Kind,
nur die Herolde kommen heran.

Welch Gestalt seh' ich vor mir, klar, so klar,
welch Gestalt kommt im Zwielicht heran?
Das ist nur ein einsamer Reiter, mein Kind,
ein grauer Reiter trabet heran.

Warum fühl' ich in mir die Furcht so stark,
wenn im Zwielicht er trabet heran?
Schließ die Augen nun, schließ die Augen, mein Kind,
der Fahle Reiter trabet heran.

Der Fahle Reiter trabet heran, heran,
der Fahle Reiter, er kommt zu dir.
Nun ist es bald vorüber, mein Kind,
denn der Tod, er trabet heran.
Der Tod, er kommt zu dir.

Der Reiter wandte sich Ealdre zu, ließ sich ebenfalls auf die Knie fallen. Sanft umfasste die Frau mit den grauen Augen sein Gesicht, strich über seine Wangen. »Du musst nicht allein sein«, flüsterte sie. »Es gab einmal eine Zeit, da warst du nicht allein. Eine Zeit, da waren wir immer zusammen. Komm zurück. Du musst nicht allein bleiben.«

Wieder spuckte Ealdre Blut aus.

So fühlte sich das also an.

Blut

Blut zu verlieren.

Zu wissen

dass es zu Ende ging.

»Ich fürchte mich nicht davor«, sagte er.

Wusste, dass es eine Lüge war.

Voll Mitleid sah der Reiter ihn an. »Aber ich weiß doch, dass du das sehr wohl tust. Ich weiß, warum du diesen goldenen Mantel trägst. Ich weiß, was sich deinen Augen zeigt, wenn du mich ansiehst.«

Und die Frau mit den grauen Augen verschwand. Verschwand und wurde durch etwas ersetzt, das nun jeder auf der Lichtung sah: eine Gestalt, zu schrecklich, um sie überhaupt zu erfassen. Um sie herum standen Menschen, Tiere, Vögel, und sie alle wandten sich von ihr ab, ebenso wie die Gefährten es taten. Zu furchtbar war das Grauen, zu furchtbar der Anblick, um ihn zu ertragen.

»Siehst du?« Die Gestalt zeigte zu der Gruppe hinüber. »Auch sie wenden sich ab. Auch sie fürchten das Ende. Das große Unbekannte. Ebenso wie du, und deshalb bist du vollkommen allein.« Beinahe zärtlich fuhr sie fort: »Aber das wärst du nicht, wenn du zulassen würdest, dass wir wieder Seite an Seite reiten.«

Ealdre blickte starr zu den Gefährten hinüber. »Ich möchte nicht gefürchtet werden«, flüsterte er. »An deiner Seite wurde ich immer gefürchtet. Da ist es besser, allein zu sein.«

So leise sagte er das, und doch trug seine Stimme weit, hallte zwischen den Bäumen hindurch, bis zum Himmel hinauf.

Und Weyd hörte ihn.

»Du möchtest geliebt werden?«, fragte die Gestalt. »Ausgerechnet du?«

»Ich werde geliebt«, antwortete Ealdre.

Der Wanderer hob den Kopf.

Blickte dem Heiler ins Gesicht.

»Geliebt?« Der Reiter erhob sich. Für den Wanderer war er wieder die Frau mit den grauen Augen. »Du glaubst, du würdest geliebt?«

»Weil es so ist«, rief Weyd. Neben ihm stemmte sich Caer auf die Knie hoch. Er griff nach ihrer Hand. »Er wird geliebt«, sagte auch sie mit ihrer heiseren, schwachen Stimme.

Der Reiter nickte bedächtig. »Nun, ich würde euch das sogar glauben«, sagte er. »Ihr müsst es nur noch einmal sagen – wenn er nicht länger diesen Mantel trägt.«

»Nein«, protestierte Ealdre. »Nein, zwing sie nicht dazu, sich das anzusehen.«

»Sie behaupten, dich zu lieben«, erwiderte der Reiter. »Sollten sie dann nicht auch einen Blick auf deine wahre Gestalt werfen?«

Der Reiter beugte sich vor. Ealdre versuchte, ihn mit dem gesunden Arm wegzustoßen.

Weyd und Caer sprangen auf. »Lass ihn in Ruhe!«, rief die Bardin, aber ihre Stimme war zu schwach.

Also wiederholte Weyd die Worte für sie: »Lass ihn in Ruhe!«

Noch einmal zog er Mundian aus der Scheide und ging mit großen Schritten auf die Lichtung hinaus.

Der Reiter wandte sich ihm zu. »Und wieder trittst du mir so entgegen, Wanderer? Diesmal wirst du dabei dein Leben verlieren. Und das nur, um ihn zu retten?«

»Ja, genau so treten wir dir entgegen«, bestätigte eine kehlige, raue Stimme.

Mit gezogenen Waffen traten seine Freunde an seine Seite. Jeder einzelne von ihnen. Bellitas fletschte knurrend die Zähne, über ihm schwebte die krächzende Urth. Zu seiner Rechten stand Caer, die Streitaxt in der Hand, zu seiner Linken Bahr mit einer hell lodernden Fackel. Daneben Jelscha mit dem Pallasch, hinter ihr bildeten die Pferde einen Schutzschild für Jori und Andrin.

Der Reiter musterte sie alle nachdenklich. »Ihr wollt ihn retten. Warum?«

»Weil er unser Gefährte ist«, antwortete Weyd schlicht.

Caer tastete nach seiner Hand. »Egal wie sehr wir dich auch fürchten mögen, wir lassen ihn nicht im Stich«, flüsterte sie.

Und Weyd wiederholte: »Wir lassen ihn nicht im Stich.«

»Wir fürchten nicht die Dunkelheit«, begann Caer.

»Und wir ergeben uns nicht der Furcht«, vollendete Weyd.

Der Reiter lächelte. »Aber weißt du überhaupt, wer er ist, Wanderer? Weißt du, wen ihr so unbedingt retten wollt? Hat er es euch gesagt?«

Weyds Finger schlossen sich fester um den Schwertgriff. Schlossen sich fester um die Hand der Bardin. »Er ist ein Heiler.«

»Oh ja, das ist er. Und doch ist er noch so viel mehr.«

»Das spielt keine Rolle«, betonte Caer.

Gemeinsam traten sie und der Wanderer einen Schritt vor. Hinter ihnen bildete der Rest der Gruppe eine geschlossene Front.

»Das spielt keine Rolle«, sagte auch Weyd, »denn er ist einer von uns.«

»Und wenn er das nicht wäre? Ich kenne dich, kenne deine Art. Menschen. Stets edelmütig gegenüber jenen, die sie für ihresgleichen halten. Stets grausam gegenüber allem Fremden.«

»Ich bin ein Fremder«, entgegnete Weyd. »Ein Wurzelloser. Wo auch immer ich hinkomme, bin ich fremd.«

»Und ist man dir oft mit Freundlichkeit begegnet?«, wollte der Reiter wissen.

Weyd dachte nach.

»Ja«, sagte er schließlich. »Man ist mir oft mit Freundlichkeit begegnet. Wesentlich öfter als mit Grausamkeit. Du glaubst, seine Fremdartigkeit würde uns abschrecken. Dass ein Albitz zu fremd für uns wäre. Weil er nicht so ist wie wir. Aber du hast nicht erlebt, was ich erlebt habe. Du begegnest den Menschen nur, wenn sie im Sterben liegen. Krieg hast du erlebt, Krieg und unendliches Blutvergießen. Aber du warst nicht in Hewsos in jenem Winter, als alle hinter den Stadtmauern festsaßen und niemand wusste, ob die Nahrungsmittelvorräte bis zur Schneeschmelze reichen würden. Dort warst du nicht, denn in keiner Stadt hätte man großzügiger sein können. Du hast nicht miterlebt, wie der alte Mann mir die Hälfte seines Brotlaibes schenkte, als ich nach einer langen, anstrengenden Reise die Stadt erreichte. Du hast nicht erlebt, wie die Wachen mich anstandslos durch das Tor ließen. Und du warst auch nicht in Briva, als die Stadt vor zehn Jahren von Überschwemmungen heimgesucht wurde. Du hast nicht gesehen, wie ruhig und freundlich die Menschen dort blieben, wie sie Platz schafften und ihre Häuser jenen öffneten, die alles verloren hatten. Du warst nicht in Pau nach der Schlacht im Sund, als man die vielen Flüchtlinge von jenseits des Meeres aufnahm, deren Heimat durch das große Erdbeben verwüstet wurde. Du hast nur die Schlacht gesehen. Aber dort warst du nicht. Denn du kennst nur den Tod.«

Der Reiter hatte ihm aufmerksam zugehört. Nun kam er auf Weyd zu. Und die langen Krallenfinger der Furcht schlossen sich um Weyds Herz, hielten es so fest umschlungen, dass er am liebsten davongelaufen wäre.

Einfach nur davongelaufen.

»Aber ich war dabei, als du nicht mit Ladina zum Schloss marschiert bist«, begann der Reiter.

Lächelnd fuhr er fort: »Ich war dabei, als der Baron kaltblütig seine eigene Schwester ermordete.«

Er zeigte auf Lurin. »Ich war dabei, als er seinen Hauptmann vergewaltigte.«

Jelscha stieß ein ersticktes Keuchen aus, während Menga sich ganz langsam vom Boden erhob.

Der Reiter war noch nicht fertig. »Ich war dabei, als die Mutter deiner Vorfahren kapitulierte und das Feuer in den Türmen erstickte. Ich war dabei, als die finstere Nacht zurückkehrte.«

Er hob einen Finger, strich damit sanft über Weyds Gesicht. »Du bist ein gutaussehender Mann, Wanderer«, stellte der Reiter fest. »Du hast freundliche Augen, die Spuren des Lebens prägen dein Gesicht, und du hast Mut. Ein klein wenig zumindest. Aber ich war ebenfalls dabei, als du deinen Gefährten verschwiegen hast, dass sie sich auf einen Weg begaben, der Hand in Hand mit dem Tod beschritten wird. Ebenso wie die Mutter deiner Vorfahren, deren Gestalt ich für dich annahm, ebenso wie all die anderen Menschen auf dieser Welt, lässt du zu leicht die Furcht in dein Herz.«

Im Inneren des Wanderers krampfte sich alles zusammen. Wo dieser Finger sein Gesicht berührte, brannte die Furcht so heiß und verzehrend auf seiner Haut, dass er meinte, sein gesamter Körper müsse in Flammen aufgehen. Weglaufen, er wollte weglaufen.

»Du verstehst rein gar nichts.«

Überrascht fuhr Weyd zu Caer herum.

Und auch der Reiter wandte sich ihr zu.

Mit festem Blick sah die Bardin dem Feind entgegen. Unerschütterlich stand sie da. »Du hast keine Ahnung, was Mut bedeutet. Mut bedeutet nicht, frei von jeder Furcht zu sein. Mut bedeutet, sich nicht von ihr beherrschen zu lassen. Weder in deinen Worten noch in deinen Taten noch in deinem Herzen.«

»Tatsächlich?«, fragte der Reiter. »Ich weiß also nicht, was Mut bedeutet?« Für die Bardin sah er wieder aus wie eine ältere Version ihrer selbst, zerfressen von Bitterkeit und Trauer, mit zusammengenähten Lippen, zwischen denen bei jedem qualvollen Wort Blut hervorsickerte. »Dann verrate mir doch: Wusste sie, was Mut bedeutet? Als sie sich schützend vor den Wanderer warf und dabei ihre Stimme opferte, wusste sie da, was Mut bedeutet?«

Caer schluckte. »Sie wusste nicht, was geschehen würde. Sie dachte nicht darüber nach.«

»Und nun, wo sie darüber nachdenken konnte – wünscht sie sich da nicht, sie hätte nicht eingegriffen?«

»Ich habe getan, was jeder getan hätte«, erwiderte Caer. »Es versucht doch wohl jeder, den Mann zu retten, den er liebt.«

Wärme breitete sich in Weyd aus. Wärme, die bis in sein Herz drang.

Wärme, hervorgerufen durch diese unfassbare Tatsache: Sie liebte ihn.

Unwillkürlich nahm er die Schultern zurück.

Spürte neue Kraft in seinen Gliedern und richtete sich auf.

Und seine Gefährten sahen es. Sahen, wie Wanderer und Bardin Seite an Seite standen, hoch aufgerichtet und voller Stolz. Und Wärme breitete sich auch in ihnen aus.

Weyd nahm sie wahr: Er spürte seine Freunde hinter sich.

»Uns machst du keine Angst, Reiter«, sagte er laut und klar. »Lass ihn in Ruhe. Er ist nicht allein.«

»Lass ihn in Ruhe«, hauchte Caer. »Du hast nichts mit ihm zu schaffen.«

»Ach nein?« Der Reiter ließ den Blick über die Schar schweifen, sah jeden von ihnen an.

»Nein. Er ist unsterblich, der Tod kann ihm nichts anhaben.«

Der Reiter lachte. Laut und fröhlich lachte er. Es jagte den Freunden einen kalten Schauer über den Rücken. »Dann ahnt ihr es also wirklich nicht? Ihr habt tatsächlich nicht erkannt, wer ich bin?«

»Du bist der Fahle Reiter«, sagte Caer. »Du bist der Tod.«

Rau und kehlig mochte ihre Stimme sein, doch sie war fest. Denn Weyd war an ihrer Seite, sie spürte seine Hand in ihrer, und ihre Freunde standen hinter ihr. Die Schar der Bardin Caer und des Wanderers Weyd. »Und ich fürchte mich vor dir. Wir alle fürchten uns vor dir. Aber ihn kannst du nicht haben. Er ist ein Wesen für die Ewigkeit.«

Wieder stieß der Reiter dieses fröhliche Lachen aus.

»Nicht«, sagte Ealdre leise. »Tu es nicht.«

Aber der Reiter beachtete ihn gar nicht. Stattdessen verwandelte er sich noch einmal, wurde wieder zu der hohen Gestalt im grauen Mantel, bleich und geisterhaft wie das Zwielicht. »Ihr glaubt, ich sei der Tod? Aber wisst ihr denn nicht, was der Fahle Reiter ist?«

»Das Lied sagt es doch ganz deutlich«, antwortete Weyd. »Wenn der Fahle Reiter herantrabt, trabt der Tod heran. Dann kommt der Tod zu dir.«

»Ja.« Nun sprach der Reiter wieder mit Caers Stimme, obgleich sein Körper ein anderer war. »Ja, wenn der Fahle Reiter herantrabt, trabt auch der Tod heran.«

Langsam hob der Reiter den rechten Arm. Die Schatten regten sich, zogen ihre Schwerter. Und wieder dröhnte der dumpfe Schlag ihrer Trommeln. So laut dröhnte er, dass die Gefährten von den Füßen gerissen wurden, dass die Pferde furchtsam anfingen zu wiehern. Sicher hätten sie die Flucht ergriffen, wenn Raud sie nicht mit einem Ruf ermahnt hätte.

»Ich bin sein Herold«, verkündete der Reiter. »Oder ich war sein Herold, bevor ich verstoßen wurde. Seite an Seite ritt ich mit dem Tod. Und seit der Tod meine Gesellschaft verschmäht, ziehe ich allein über Wege und Straßen. Ungesehen. Ungehört. Nur spüren konntet ihr mich. Und als die Nächte wieder finster wurden, wuchs meine Kraft. Als ein Krieg heraufzog, ließ ich die Schatten auferstehen. All jene, die der Tod nicht aus der Welt der Lebenden begleiten konnte, da sie voller Furcht gestorben waren. Gestorben waren, während ich an ihrer Seite war, nicht der Tod. Denn der Tod musste ja an so vielen Orten gleichzeitig sein, an zu vielen. Wie es immer ist in Zeiten des Krieges, der Pest, des Blutvergießens.«

Nun wandelte sich auch die Stimme des Reiters. Sie klang nicht länger wie Caers, klang weder nach Mann noch nach Frau. Und die Schatten drängten sich um ihn, drängten heran mit ihren Klingen aus kaltem weißem Feuer.

»Und als der Tod beschloss, die Gestalt eines Sterblichen anzunehmen, wurde es auch mir möglich. Denn wenn der Tod unter den Menschen wandelt, so vermag das auch sein Herold.«

Mit einer gezierten Geste drehte der Reiter sich um und verneigte sich.

Verneigte sich vor dem knienden Ealdre.

Dem knienden Ealdre in dem goldenen Mantel, aus dessen Wunde noch immer das Blut tropfte.

Überlaut schien sein gepresster Atem über die Lichtung zu hallen.

Stumm sahen die Gefährten ihn an. Stumm und ungläubig. Ungläubig und furchtsam. Zu furchtsam, um die Frage zu stellen.

Nur nicht die eine unter ihnen, der die Furcht beinahe fremd war.

»Ealdre?« Ganz leise sprach Caer seinen Namen, während sie sich vom Boden aufrappelte. »Ist das wahr, Ealdre?«

Als sie die raue Stimme der Bardin hörten, schafften es auch die anderen, sich aus ihrer Erstarrung zu lösen. Jene Stimme, die durch nichts zum Schweigen gebracht werden konnte. Bahr und Andrin halfen Jori, auf die Füße zu kommen. Der Alte hielt sich stöhnend den Arm, humpelte dann aber entschlossen auf den Heiler zu. Mit großen Augen sah er ihn an. Jelscha hielt wieder mit gezückter Armbrust Lurin und Menga in Schach, aber der Eiserne Baron schien sie gar nicht wahrzunehmen. Auch er trat auf die Lichtung hinaus. Starrte Ealdre unverwandt an.

Den knienden Mann mit dem goldenen Mantel.

Diesem einzigartigen Mantel.

Und auch Menga war wie gebannt von ihm.

Sie alle starrten fassungslos auf den Mann, den sie für einen Heiler gehalten hatten. Selbst Bellitas, der vorsichtig und lautlos auf die Lichtung tappte. Selbst die Krähe Urth mit ihren scharf blickenden schwarzen Augen.

Und Ealdre hielt ihren Blicken stand. Nun schimmerte sein Mantel wieder wie reines Gold, sein Haar strahlte wieder in hellem Silber. Und seine Augen hatten einen leuchtenden Gelbton angenommen.

»Ja«, antwortete er ruhig. »Was mein Herold sagt, ist wahr.«

Keuchend schnappte Andrin nach Luft. Bellitas kauerte sich zusammen. Jori ließ den Kopf hängen. Kraftlos hing er in Bahrs und Andrins Griff. Fluchend versuchte die alte Seefahrerin, ihn zu stützen, konnte ihren Blick aber doch nicht von Ealdre lösen. »Ist schon gut, altes Mädchen«, murmelte Jori. »Ist schon gut, mein Junge.«

Jelscha ließ die Waffe sinken. Selbst sie konnte es nicht glauben. Und auch nicht Menga, die vorsichtig über den goldenen Stoff strich, der um ihren Brustkorb gewickelt war.

Caer wollte zurückweichen, aber Weyd hielt sie fest. Noch immer sah er Ealdre an, musterte den Mann in dem goldenen Mantel. Musterte ihn prüfend, doch wich nicht vor ihm zurück.

»Dann gibt es die Albitze also doch nur im Märchen«, flüsterte Caer schließlich.

Ealdre nickte. »Kein Leben währt ewig, Caer. Alles muss sterben. Jedes Lebewesen muss die Reise ins Ungewisse antreten. Alles und jeder, nur nicht der Tod selbst.«

»Du weißt also auch nicht, wohin diese letzte Reise führt?«, fragte Weyd.

»Bitte verzeih mir, Wanderer. Ich wünschte, ich könnte dir etwas anderes sagen.« Ein trauriges Lächeln huschte über sein Gesicht, als er die Gefährten so vor sich sah. Als er die Furcht in ihnen sah. »Ich habe es euch gesagt: Ich bin zu fremd, um geliebt zu werden. Zu fremd, um nicht allein bleiben zu müssen.«

»Du bist nicht allein«, sagte Weyd noch einmal. Er war selbst überrascht, wie erstickt seine Stimme klang. Aber er verharrte regungslos. Keinen Schritt wich er zurück. »Und du wirst geliebt.«

Nun lachte der Reiter wieder. »Hast du nicht gesehen, welche Gestalt ich für dich annahm, als die Flutwelle heranrollte, Wanderer?«, fragte er mit seiner unmenschlichen Stimme. »In diesem Moment hast du gesehen, was du am meisten fürchtest. Wen du am meisten fürchtest.«

Ja, das konnte er nicht leugnen.

Er hatte Ealdre gesehen.

Er hatte den Tod vor sich gesehen, denn ihn hatte er am meisten gefürchtet.

»Ich mache dir keinen Vorwurf, Weyd«, sagte Ealdre sanft. »Keinem von euch. Ich wusste schließlich, warum ich es euch verschwieg, und hätte ich eine Wahl gehabt, hätte ich euch diese Bürde niemals auferlegt.«

In diesem Moment fiel Weyd etwas auf. Eine winzige Bewegung fiel ihm auf. Obwohl sein Arm verletzt war, tastete Ealdre langsam und beharrlich nach seinem knochenbleichen Schwert. Hell schimmerte die tödliche Klinge in der zunehmenden Dunkelheit.

Schnell konzentrierte sich Weyd auf den Reiter, der genüsslich beobachtet hatte, wie die Gefährten vor Ealdre zurückschreckten. Er rief: »Wohl wahr, Herold, ich leugne es nicht. Aber wer bist du denn nun? Deine Gestalt ist wandelbar, und du kennst all unsere Ängste.«

Lächelnd sah der Reiter ihn an, antwortete aber nicht. Weyd ging einen Schritt auf ihn zu, auch wenn sich in seinem Innersten alles zusammenzog, seine Lunge zu gefrieren schien. »Willst du es uns nicht sagen?«

»Ahnst du es denn nicht bereits, Wanderer?« Kalt und dumpf und finster wisperte es.

Weyd trat noch einen Schritt vor.

Caer folgte ihm, sie hatte seine Hand nicht losgelassen. Immer weiter ging er, bis er ganz dicht vor dem Reiter stand. Kalter Schweiß bedeckte seine Haut. Die Panik gellte in seinem Kopf, die Furcht brodelte in seinem Bauch.

Weyd sah kurz zu Ealdre hinüber, der noch immer kaum merklich nach seiner Waffe tastete und seinen Blick offen erwiderte.

Noch dichter trat er an den Reiter heran. »Sag es mir«, verlangte er. Denn solange der Reiter sich auf ihn konzentrierte, sah er nicht zu Ealdre hinüber.

Der Reiter griff nach ihm. Mit langen, dürren, unsichtbaren Fingern griff er nach Weyd. Strich über sein Gesicht, seine Kehle, seinen Hals. Strich über Caers Oud, packte den schlanken Hals des Instruments, packte die Finger der Bardin. *Wie leicht könnte ich sie brechen*, wisperte der Reiter. *Einen nach dem anderen brechen, das alles zerbrechen, und dir damit auch noch das nehmen. Dir damit endgültig alles nehmen.*

Dieses Wispern kannten sie.

Ja, Weyd kannte es.

Er wollte es aussprechen.

Doch die Worte kamen nicht.

Oh ja, ich könnte sie alle brechen. Könnte ihr damit auch noch das nehmen.

Plötzlich spürte er etwas.

Caer drückte seine Hand.

Mit einem Schritt war sie an seiner Seite. Klar war ihr Blick, rau war ihre Stimme, doch sie sprach es aus, ohne zu zögern: »Du bist die Furcht.«

Caer hatte es gesagt. Und diesmal war der kehlige, brüchige, angegriffene Rest dessen, was einmal ihre Stimme gewesen war, laut genug. Alle hörten sie. Noch einmal sagte sie es, beinahe grimmig: »Du bist die Furcht. Du hast den Fahlen Reiter als dein Abbild gewählt, und wandelst in dieser Gestalt unter den Menschen.«

Weyds Blick huschte zu Ealdre hinüber. Der hielt sein Schwert gepackt. Nur einen Moment brauchten sie noch.

»Du bist äußerst mutig, kleine Bardin«, stellte der Reiter fest. »Gäbe es für einen von euch noch Hoffnung, dann wohl für dich. Wenn du nur nicht zugleich so töricht wärst. Und so leicht zu brechen.«

Der Reiter streckte die Arme aus, streckte sich nach Caers Oud. Nach ihren Fingern.

Weyd stieß die Bardin beiseite und riss die Arme hoch.

Die Finger des Reiters schlossen sich um seine Hände.

Der Wanderer spürte, wie seine Knochen brachen.

Schreiend fiel er in sich zusammen.

Caer fing ihn auf, hielt ihn fest.

Lange genug. Es war lange genug gewesen.

Überrascht riss der Reiter die Augen auf. Seine Lippen teilten sich.

Blut tropfte aus seinem Mundwinkel.

Hinter dem Reiter ragte Ealdre auf.

Vollkommen reglos hielt er sein tödliches Schwert. Finsternis hatte sich über seinen Mantel gelegt, grauenvoll anzusehen war seine Miene.

Mit einem einzigen Stoß hatte er die Brust des Reiters durchbohrt.

Hustend, keuchend krümmte sich der Reiter.

Blut spritzte auf den Boden.

Nun schlang Ealdre auch die zweite Hand um den

Schwertgriff und zog die Klinge aus dem Körper heraus. Riss sie hoch, um den Reiter in zwei Hälften zu teilen.

Doch der hob ebenfalls sein Schwert. Taumelnd fing er Ealdres Schlag ab. Und noch einmal stürzten sich Furcht und Tod auf dem Lewkraitaz in den Kampf – die Furcht mit ihrer langen Klinge aus kaltem weißem Feuer, der Tod mit seinem knochenbleichen Schwert. Einem Schwert, dem noch kein Körper jemals standgehalten hätte.

Hastig zog die Bardin den Wanderer hinter sich her, und die Gefährten suchten Deckung hinter den Körpern der drei Pferde. Ruß und Asche wirbelten durch die Luft, Hagel, Donner und Blitze gingen nieder, tiefe Risse taten sich in der Erde auf. Sogar die Berge erschütterte dieser Kampf, sodass selbst Bäume und Felsen sich verzweifelt am Erdreich festklammerten.

Furcht und Tod rangen miteinander, lieferten sich eine Schlacht, die später oft besungen werden sollte. Und ob in Bonnifatia und dem Land rund um den Lewkraitaz, ob in Briva oder in Turis, in Hewsos, in Pau oder in al-Qartuba: Überall sahen die Menschen die Blitze, hörten sie den Donner grollen. Selbst in Spâdânah spürte man es noch.

Kalter, eisiger Hagel prasselte während des Kampfes herab, auch auf Bürgermeisterin Reys, die nun die Spitze des Turmes erreicht hatte, in dem das Willkommenslicht brannte. Asche und Ruß verschmierten seine Mauern, klebten auch schon am hellen Silber der Glocke. So heftig attackierten die Hagelkörner das Feuer. Reys sah, wie die Flammen kämpften. Sah, wie sie an Kraft verloren.

Schnell lief sie zur Feuerschale, riss sich den Mantel von den Schultern, stellte sich schützend vor die Flammen. Breitete ihren Mantel aus und hielt ihn hoch. »Ich werde es beschützen!«, schrie sie. »Ich werde das Licht vor jedem Unwetter beschützen, vor jedem Hagelsturm, ganz egal von wem er geschickt wird!«

Und so stemmte sie sich gegen den Sturm, Kopf und Rücken warm von den Flammen, der Rest ihres Körpers nass und kalt. Kalt durch den Hagel, kalt durch die Furcht.

Oben auf dem Lewkraitaz tobte der Kampf weiter, der Kampf zwischen Furcht und Tod. Nie wieder würden hier die Lieder erklingen, zu groß war die Verwüstung, die er hinterließ. Tod strömte das Blut über den verletzten Schwertarm, Furcht blutete aus Mund und Brust, beide schafften es kaum, ihre sterblichen Körper noch weiter aufrecht zu halten. Taumelnd trieben sie einander über den Lewkraitaz, immer weiter Richtung Fluss, immer weiter Richtung Abgrund.

Caer wollte aufspringen, und mit einem unterdrückten Schmerzensschrei machte Weyd es ihr nach.

Beide wurden sofort von den Füßen gerissen.

Neben ihnen stemmte sich Bahr ächzend auf die Knie. Der Wind zerrte an ihr, drohte sie umzureißen, doch sie hielt sich.

Raud wieherte, was Urth laut krächzend erwiderte.

»Sie kommt schon, altes Mädchen!«, rief Jori. »Sie hat das Seil!«

Und wirklich: Die Krähe stieß vom Himmel herab, sich ebenso wild gegen den Sturm stemmend wie die Kämpfenden. In ihrem Schnabel hing das Ende des Seils, das noch immer an Rauds Sattel festgebunden war. Direkt über Bahr ließ sie es fallen. Die Seefahrerin fing es auf, schlang sich das lose Ende um den Bauch und stapfte in den Sturm hinaus. Denn sie war auf dem Meer zuhause; sie wusste, wie man sich selbst im stärksten Wind bewegt.

Auch wenn sie einen Sturm wie diesen noch nie erlebt hatte.

Weiter und weiter drängte die Furcht den Tod Richtung Abgrund. Taumelnd versuchte er, ihr standzuhalten, musste aber Schritt für Schritt zurückweichen. Eine gut sichtbare Blutspur zeigte an, wo sich der Kampf entlanggezogen hatte.

Verbissen stemmte sich Bahr gegen den Sturm und folgte den beiden.

»Schneller, Bahr!«, brüllte Weyd.

»Halt die Klappe, Wanderer«, brüllte sie zurück und stapfte weiter – mit gebeugten Knien, immer mit dem Wind, der sie von rechts nach links schob, gehalten von dem Seil an Rauds Sattel.

Die Kämpfer hatten den Abgrund erreicht. Schwankend versuchte der Tod, sich von der Kante wegzuschieben, während er gleichzeitig auf die Furcht einschlug. Die aber warf lachend den Kopf zurück.

»Noch immer fürchtest du dich vor dem Sturz!«, rief sie. »Noch immer fürchtest du dich davor, allein zu sein. Und genau deshalb werde ich dich hier und jetzt besiegen.«

Der Tod blickte zu den Gefährten hinüber.

Und er erkannte, dass die Furcht recht hatte.

»Kehre zu mir zurück«, bot sie ihm an. »Lass uns gemeinsam von hier fortgehen. Lass uns gemeinsam dort hinabstürzen. Lass uns gemeinsam reiten, wie wir es früher getan haben. Du musst nicht allein sein. Ich muss nicht allein sein.«

Und trotz Sturm, trotz Blitzen, trotz Donnergetöse sahen die Gefährten, wie der Tod zögerte.

»Ealdre!«, rief Weyd. »Ealdre! Du kannst mit uns kommen! Du musst nicht mit ihr gehen!«

Die beiden sahen sich an. Und nun blickte Weyd wieder in das Gesicht von Ealdre. Ealdre dem Heiler.

Dann wandte sich der Tod seinem Gegner zu. Sah die Furcht an.

Und nickte.

»Nein!«

Bahr brüllte es. Brüllte es, während sie weiter gegen den Sturm ankämpfte. »Nein, du dämlicher Mistkerl! Du kommst mit uns!«

»Nein!«, brüllte eine zweite Stimme.

Der Eiserne Baron stemmte sich auf die Füße. »Der Mantel! Ich muss den Mantel haben!«

Auch an ihm zerrte der Sturm. Doch der Ruf war stärker. Der Ruf des Mantels in seinem Kopf war stärker. Mit einem Tritt stieß er Jelscha beiseite und packte das Seil. Wild knurrend rammte Bahr die Fersen in die Erde, wollte weitergehen, aber Lurin war stark.

Lächelnd ging die Furcht auf den Tod zu. Gemeinsam stellten sie sich an den Abgrund. Blickten hinunter in die Tiefe.

So standen sie da, zwei Gestalten in langen Mänteln, wie zwei Wächter vor einer Brücke, die den Sterblichen versperrt war bis zum Tage ihres Todes.

Dann wandte sich die Furcht noch einmal den Gefährten zu.

Noch einmal sah Weyd die Frau mit den grauen Augen und dem Stern auf der Brust vor sich.

Und sie lächelte. Blickte lächelnd zu Bahr hinüber, die sich schon so dicht herangekämpft hatte.

So

dicht.

Dann trat die Furcht mit einem gelassenen Schritt über die Felskante.

Doch der Tod hielt sie fest.

Mit der Linken hielt er sie fest.

Und mit seiner blutenden Rechten zog er noch einmal sein Schwert.

Zog sein Schwert und stieß es ihr ins Herz.

»Niemals wieder werde ich mit dir reiten«, zischte er. »Niemals wieder werde ich mich von der Furcht beherrschen lassen.«

Tod und Furcht blickten einander an.

Mit weit aufgerissenen Augen sah sie ihn an. Blut quoll aus ihrem Mund, lief über ihr Kinn.

Dann riss sie die Arme hoch, krallte sich mit beiden Händen an seinem Mantel fest.

Und sie fiel.

Fiel und zog ihn mit sich in die Tiefe.

»Nein!«

Bahr warf sich mit vollem Gewicht in den Wind. Im selben Moment fiel Bellitas über Lurin her und biss ihn mit aller Kraft in die Wange.

Schreiend ließ der Eiserne Baron das Seil fahren, Bahr ließ sich vom Wind auf den Abgrund zu treiben.

Darauf zu und über die Kante treiben.

Sie streckte sich

streckte beide Arme nach Ealdre aus

schaffte es, ihn zu packen

Mit einem harten Ruck wurde ihr Sturz gebremst, das Seil spannte sich. Raud wieherte und stemmte die Beine in den Boden. Noch immer zerrte der Sturm an ihnen.

Ealdre klammerte sich an Bahr fest. Schlaff hing die Furcht an ihm, die Furcht in ihrem sterblichen Körper. Einen Moment noch krallte sie sich in seinen golden schimmernden Mantel.

Dann fiel sie.

Fiel und schlug auf dem Boden des Abgrunds auf.

So schlaff lag sie dort.

Schlaff und tot.

Und die Schatten kreischten.

Kreischten, während der Klang ihrer Trommeln verhallte.

Gegen den Sturm anbrüllend, stimmte Andrin das Lied der Nacht an.

»Ich habe ihn!«, schrie Bahr. »Ich habe ihn!«

Ganz fest hielt sie Ealdre den Heiler.

»Das war ja mal ein uralter Piratentrick, den du da aus dem Hut gezaubert hast«, ächzte sie. »Der Sprung von der Planke, also ehrlich.«

Ealdre lachte, was allerdings schnell zu einem Husten wurde, dann zu einem gequälten Stöhnen. Seine Wunden bluteten heftig.

Unter ihm lag der Körper des Fahlen Reiters.

Vollkommen zerschmettert.

Tot.

»Jori!«, rief Bahr nach oben. »Sag Raud, dass sie uns raufziehen soll!«

Jori gab die Bitte an die Stute weiter, die sofort zu ziehen begann. Und Andrin sang das Lied der Nacht, in das nach und nach auch die anderen mit einfielen. Die Schatten zogen sich zurück, und mit ihnen ging der Sturm. Die Wolken rissen auf, kein Hagel prasselte mehr herab, Asche und Donner verschwanden.

Und auch Bürgermeisterin Reys in Briva sah, wie sich der Himmel im Osten beruhigte. Vollkommen durchnässt war sie, von Kopf bis Fuß mit Asche und Ruß verschmiert. Auf ihrer Kleidung klebte er, auf ihrer Haut, in ihrem Mund und sogar auf den Augen. Sie schmeckte die Asche auf ihrer Zunge, als sie sich die Lider säuberte, um besser sehen zu können, wie der Sturm sich auflöste.

Und hinter ihr brannte das Willkommenslicht.

Das Licht, das sie gehütet hatte.

Nun würden sie den Weg nach Hause finden.

Reys lächelte. Müde lehnte sie sich an die Halterung des Feuerbeckens, vergrub das Gesicht in den Händen und weinte vor Dankbarkeit.

Und auch Ealdre oben auf dem Lewkraitaz spürte Tränen in seinen Augen aufsteigen, als Raud ihn und Bahr aus dem Abgrund zog. Welch Wunderwerk ein solcher Körper doch war. Tränen der Dankbarkeit konnte er produzieren, Tränen der Trauer, Tränen der Freude.

Dann ging ein Ruck durch das Seil.

Raud wieherte.

Lurin, der Eiserne Baron, drückte sein Schwert gegen das straff gespannte Seil. »Eine falsche Bewegung, und ich schneide es durch.«

Jelscha wollte nach ihrer Armbrust greifen, aber Menga hinderte sie daran. »Wir brauchen ihn!«, zischte sie. »Wenn wir es in den Schwarzen Turm hinein schaffen wollen, brauchen wir ihn!«

»Keine Bewegung!«, rief Lurin wieder. Das ließ die anderen sofort innehalten. Sogar Caer, die bereits einen Pfeil auf die Sehne ihres Bogens gelegt hatte. »Niemand rührt sich.«

»Lurin«, begann Weyd vorsichtig. »Was soll das werden?«

»Ich will den Mantel«, fauchte der Baron atemlos. »Ich will sein Wort, dass er mir seinen Mantel überlässt.«

»Klar doch, er gibt dir sein Wort, verdammt«, brüllte Bahr. »Und jetzt zieh uns verflucht nochmal hoch!«

Lurin schüttelte den Kopf. »Ihr mögt mich für dämlich halten, aber das bin ich nicht. Ich will ihn haben, jetzt sofort. Ich will, dass er den Mantel abnimmt, und dass du ihn mir dann hier hinaufreichst!«

»Lurin, hör auf!«, protestierte Weyd.

»Ruhe, Wanderer.« Der Eiserne Baron drehte sich zu Weyd um, schien ihn aber plötzlich gar nicht mehr wahrzunehmen. Stattdessen sah er jemand ganz anderes vor sich.

»Sie war hier«, flüsterte er. »Sie war hier. In meinen Armen. Ich habe sie gespürt.«

»Lurin, komm zur Vernunft …«

»Und dich habe ich gespürt. Du hast ihn getragen. Ich habe gesehen, wie du den Mantel getragen hast.«

»Das war nur die Furcht, die …«

»Schweig!«

Feine Speicheltröpfchen lösten sich von den Lippen des Barons. Er fuhr wieder zu Bahr herum. »Den Mantel! Sofort!«

Die Seefahrerin raunte Ealdre zu: »Dann gib ihm eben das verdammte Ding.«

Der Heiler sah sie durchdringend an. »Braucht ihr ihn

wirklich, um in den Schwarzen Turm zu gelangen?«, fragte er leise.

»Zumindest behauptet das sein Hauptmann.«

Ealdre nickte. Noch immer klammerte er sich an dem Seil fest.

Dann blickte er hinunter in den Abgrund.

»Nein«, protestierte Bahr sofort. »Nein, nein, nein. Das wirst du nicht tun.«

Doch Ealdre sah es.

Sah den Riss.

Den tiefen Riss, der sich unter dem toten, schlaffen Körper des Fahlen Reiters auftat und sich langsam weiter ausbreitete.

Oben am Himmel stieß Urth einen Schrei aus. Dann flog die Krähe höher in die Berge hinauf.

Auch sie sah es.

Sah, wie der Riss sich über die Wiesen zog.

Sich bis zu den Gipfeln vorarbeitete.

Sah, wie die Felsen bröckelten.

Wie Steinplatten ins Rutschen gerieten.

Wie die Erde sich von den Hängen löste.

Nun schrie Urth gar nicht erst.

Sie kehrte um und flog so schnell sie konnte zum Lewkraitaz zurück. Sobald sie die Gefährten erreichte, rief sie es Bellitas zu, der es an Jori weitergab. »Ein Erdrutsch! Der Sturm hat einen Erdrutsch ausgelöst!«, übersetzte der alte Mann es für die anderen. »Wir müssen von diesem Berg runter!« Schnell rief er nach den Pferden, die sofort zur Stelle waren.

»Lurin«, brüllte Weyd, »wir haben jetzt keine Zeit dafür! Wir müssen hier weg, Lurin, sofort!«

»Ihr werdet es nicht schaffen.«

So leise sagte Ealdre es, dass nur Bahr ihn hörte.

»Ealdre«, zischte sie drohend, »wage es ja nicht!«

Er schloss die Augen. »Wenn ihr auch nur einen Moment zaudert, werdet ihr es nicht schaffen. Die Erde ist in Bewegung geraten. Die Felsen stürzen in sich zusammen. Ich kann es spüren. Ich kann euch spüren.«

Seine Augen öffneten sich wieder.

Weiß waren sie nun.

Bleich und weiß wie Knochen.

»Ich kann euch spüren«, flüsterte er. »Ich kann spüren, wie ihr euch nähert. Ich bin da. Ich werde euch willkommen heißen. Ich werde euch leiten.«

»Ealdre!«, brüllte Bahr ihn an. »Bleib bei mir!«

Er blinzelte, und die verschiedensten Farben leuchteten in seinen Augen auf – Grün, Blau, Braun. Dann sah er die Seefahrerin ruhig an. »Bahr.« So tief klang seine Stimme, so tief und warm. »Geht.«

»Bleib bei mir!«

»Geht. Geht nach Süden, geht nach Osten, geht nach Norden. Findet die Türme. Entzündet die Feuer. Lasst die Glocken erklingen. Tut ihr es nicht, wird die Welt in Finsternis versinken. In Furcht versinken. Dann wird die Welt ihrem Untergang entgegengehen.«

Er lächelte.

Dann ließ er los.

10

Reiße die Beute

»Nein!«

Bahrs Schrei war so laut, dass er von jedem Schiff aus noch meilenweit über das Meer gehallt wäre. Und doch war er nicht laut genug, als Steine, Felsen und Erdreich den Berg herabstürzten wie zuvor Wasser, Eis und Schnee. Sie sah, wie Ealdre fiel. Griff nach ihm, streckte sich hinab, so weit, dass sie fast hinterhergestürzt wäre.

»Ealdre!«

Egal wie laut sie rief, sie erreichte ihn nicht. Er fiel in den Abgrund, und sein Körper schlug neben dem fahlen Leib des Reiters auf den Felsen auf. Bahr sah es. Sah, wie sein Genick brach, seine Wirbelsäule zerschmettert wurde, sein Schädel. Sie sah das alles.

Sah, wie er starb.

Und als seine Augen leer wurden, ihre Farbe verloren, ging plötzlich ein Ruck durch das Seil. Blind tastete Bahr danach und hielt sich fest. Sie wurde hochgezogen. Oben auf dem Lewkraitaz hetzten die drei Pferde zu den Menschen hinüber, galoppierten auf Bellitas und Urth zu. Und sie alle sprangen so schnell sie konnten in die Sättel, denn der Erdrusch hatte sie fast erreicht, der Boden unter ihren Füßen geriet ins Wanken. Bahr weinte, weinte hemmungslos, und die anderen sahen es und wussten, was es bedeutete. Und so weinten sie alle. Alle außer den Pferden, die mit donnernden Hufen von der Lichtung preschten. Eines lief nach Norden, eines nach Süden, eines nach Osten. Es hagelte Steine und Erdbrocken, der Boden war trügerisch, rutschig. Sie tänzelten, sprangen, rasten voran Raud entging knapp einem herabstürzenden Felsen. Die Erde bebte unter ihren Füßen. Ein tiefer Riss tat sich vor ihr auf. Die Stute lief, so schnell sie konnte, und der Riss wurde breiter und breiter. Sie wieherte zornig, lief schneller, immer schneller. Direkt vor ihr gähnte dieser neue Abgrund, öffnete sich wie ein gieriger Schlund. Wurde breiter, immer breiter. Wie ein schwarzer Blitz preschte Raud dahin. Weiter und weiter lief sie, breiter und breiter wurde der Spalt, während um sie herum donnernd die Felsen herabstürzten, die Erde unter ihren Hufen schwankte. Dann hatte sie die Spalte erreicht.

Mit der Kraft der Verzweiflung stieß sie sich ab, katapultierte sich mit einem kräftigen Tritt ihrer Hinterbeine in die Höhe. Hoch hinauf schoss sie, flog über den klaffenden Abgrund. So breit war er, breiter, als sie geschätzt hatte.

Mit knapper Not setzten ihre Hinterbeine auf dem Boden auf, doch sie geriet ins Rutschen, schlitterte auf den Abgrund zu. Verzweifelt stampfte sie mit den Hufen, suchte nach Halt. Sie katapultierte sich mit letzter Kraft nach vorn, wich mit einem panischen Sprung den herabfallenden Steinen aus. Und als sie alle herabgeregnet waren, als die Erde den Lewkraitaz unter sich begraben hatte, auf dem über viele Jahrhunderte hinweg Menschen wie Vögel nächtens ihre Lieder gesungen und wo einst laut und klar die Geschichten ihre Zuhörer gefunden hatten, blieb Raud keuchend stehen. Alle drei Pferde blieben stehen. Ihre Beine zitterten, ihre Flanken bebten. Sie blieben stehen, dann wandten sie sich um und suchten nach ihren Freunden.

Doch als Raud sich suchend umdrehte, sah sie es.

Der Weg hinter ihr war blockiert.

Ein neuer Buckel war entstanden, eine neue Kuppe in dem ausgedehnten Gebirge. Der Lewkraitaz lag begraben unter einem unüberwindlichen Berg aus Steinen. Dort kam kein Pferd mehr durch. Auch kein Mensch, kein Fuchs.

Raud schnaubte, stampfte, wieherte und rief.

Rief nach dem Wanderer.

Denn Weyd war nicht bei ihr.

Ihr bester Freund.

Ihr engster Gefährte.

Er war nicht bei ihr.

Stattdessen saß auf ihrem Rücken Lurin, der Eiserne Baron, mit seinem Hauptmann. Außerdem die Bardin Caer und Jelscha aus Festra.

Caer sprang aus dem Sattel. Alles an ihr zitterte – die Beine, die Arme, die Stimme. Und sie rief: »Weyd!«

Doch ihre Stimme war so schwach.

Zu schwach, um einen Weg über die Steine zu finden. Und die Klänge hörten sie nicht länger, wenn sie bat und flehte, sie anbettelte, sich doch ein wenig zu verstärken.

»Bitte.« Kraftlos fiel sie auf die Knie. »Bitte«, flüsterte sie.

Aber die Klänge hörten sie nicht.

Und so blieb ihre Stimme kraftlos und rau, zu kraftlos, um einen Weg über die Steine zu finden. Über die Steine hin zur anderen Seite, wo Weyd stand. Weyd, der die aufgehäuften Brocken beiseiteräumen wollte, der automatisch die Hände nach den Felsen ausstreckte. Erst als der Schmerz bis in seine Arme hinaufschoss, erst als er glaubte, seine Hände würden auseinanderfallen wie lose Zweige, erinnerte er sich, dass seine Finger gebrochen waren. Also rief er ihren Namen.

»Caer!«

Wieder und wieder rief er ihren Namen.

Doch selbst seine kräftige, klare, von Verzweiflung befeuerte Stimme war nicht laut genug. »Caer! Bahr! Jori! Belle! Urth! Andrin! Jelscha!«

Keine Antwort.

Einzig Blíkna war an seiner Seite, als er mühsam anfing zu graben, mit den Ellbogen, mit den Füßen.

Graben musste er, graben.

Und auf der dritten Seite des Hügels war es Bahr, die ihre Stimme nicht schonte. »Caer! Bei allen verfluchten Winden der See! Caer! Weyd! Wo seid ihr?« Und Andrin, Jori und Bellitas stimmten mit ein, klammerten sich haltsuchend an Demars Sattel und riefen. Aber auch Bahrs Stimme, auch all ihre Stimmen vereint drangen nicht bis zu den anderen vor.

Zwischen ihnen ragte ein wahrhaftiger Berg auf.

Wo einst der Lewkraitaz gestanden hatte, erhob sich ein neuer Gipfel. Ein Gipfel, der später den Namen Berg der Spaltung bekommen sollte, denn er spaltete die Schar von Weyd dem Wanderer und der Bardin Caer.

Mit blutenden, gebrochenen Fingern kniete der Wanderer vor dem Geröll.

Kniete dort und ergab sich der Verzweiflung.

Ließ seinen Tränen freien Lauf. Auf allen Seiten des Berges ließen sie ihren Tränen freien Lauf, weinten um die Gefährten, die nicht mehr bei ihnen waren. Weinten, weil sie so töricht gewesen waren. Weinten, da sie nicht wussten, wie es um ihre Freunde stand. Weyd vergrub sein Gesicht in der Armbeuge. Er hätte es besser wissen müssen, hätte nicht zulassen dürfen, dass der Fahle Reiter ihm eine solche Furcht einflößte. Hätte nicht zulassen dürfen, dass die Furcht sie alle an der Nase herumführte, sie glauben machte, der Reiter sei der Tod selbst. Er hätte dafür sorgen müssen, dass der Heiler bei ihnen blieb.

Ja, der Weg zu den Türmen wurde tatsächlich Hand in Hand mit dem Tod beschritten. Er war die ganze Zeit an ihrer Seite gewesen.

Und auch Caers Augen brannten vor Tränen. Sie nahm ihren Bogen, legte einen Pfeil auf die Sehne und zielte damit auf Lurin. »Du«, krächzte sie atemlos. »Ist er abgestürzt? Hast du gesehen, wie er gefallen ist?«

»Der Mantel«, hauchte der Eiserne Baron mit rauer Stimme. »Der Mantel ist verloren.«

Die Bardin schüttelte den Kopf, spürte, wie die Tränen über ihre Wangen liefen. »Deinetwegen ist er abgestürzt.« Und als sie so den Kopf schüttelte, sah er den goldenen Stoff an ihrem Hals schimmern.

Jelscha hingegen starrte blicklos auf den unüberwindlichen Berg aus Steinen und Geröll. »Er war der Tod«, sagte sie. »Er war der Tod. Die ganze Zeit über.«

»Ja«, flüsterte Caer. »Und er wollte nicht länger allein sein.«

Die Tränen hörten einfach nicht auf zu fließen.

Jenseits der Erdwand hatten sich Bahr, Jori, Andrin und Bellitas auf dem Boden niedergelassen. Der alte Jori schüttelte stumm den Kopf. Blass war er. So blass. Bahr hingegen starrte fluchend auf ihre Hände, beschimpfte sie, weil sie ihn nicht gehalten hatten.

»Er war der Tod«, sagte Andrin leise. »Er war der Tod.« Gequält schloss er die Augen. »Und er war so einsam.«

Bahr fluchte unverdrossen weiter. »Ich hatte ihn. Ich *hatte* ihn. Ich hätte ihn hochziehen können. Ich hätte ... Lurin, dieses verdammte Schwein, dieser elende ...«

Sie verstummte.

Sackte in sich zusammen.

Und weinte.

»Wie war das wohl, was meint ihr?«, fragte Andrin leise. »Als Furcht und Tod noch vereint waren. Wie war das wohl damals?«

»Frag einfach irgendeinen Soldaten, der auf dem Schlachtfeld den Löffel abgegeben hat, oder eine Frau im Kindbett, oder irgendeine Seele auf einem stinkenden Sklavenschiff«, meinte Bahr.

Schaudernd streckte Andrin die Hand nach Bellitas aus, und der Fuchs sprang bereitwillig auf seinen Schoß.

»Er wollte nicht, dass man ihn fürchtet«, stellte Jori trostlos fest.

»Ich habe mich nicht vor ihm gefürchtet«, sagte Andrin sofort. »Vor ihm nie.«

»Ich ebenfalls nicht«, bekräftigte Jori.

Bellitas gab einen kurzen Laut von sich, und Jori wollte

ihn schon übersetzen, als Andrin kopfschüttelnd meinte: »Ich weiß, Belle. Ich weiß.«

Bahr schwieg.

Auf der östlichen Seite des Berges fuhr Jelscha zu Lurin herum. »Du«, zischte sie. Mit einem Satz stand sie an Rauds Seite, packte die Beine des Eisernen Barons und zerrte ihn vom Pferd. Schleuderte ihn zu Boden, setzte sich rittlings auf seine Brust und schlug zu. Schlug und schlug und schlug.

»Jelscha!«, rief Caer. »Jelscha, hör auf!«

Aber Jelscha hörte nicht auf sie. Immer wieder schlug sie Lurin, mitten ins Gesicht. Und er lachte. Er lachte einfach nur.

»Jelscha!«, krächzte Caer wieder.

Dann ließ sie den Pfeil fliegen.

Er bohrte sich direkt neben Jelschas Knie in den Boden. Wütend sprang die junge Frau auf. »Du beschützt ihn?«

»Er ist unser Gefangener.« Innerhalb eines Wimpernschlages hatte die Bardin den nächsten Pfeil an die Sehne gelegt. »Und wir misshandeln unsere Gefangenen nicht. Hilf mir, sie wieder zu fesseln.« Mühsam drängte sie die Tränen zurück, während sie Menga befahl: »Runter vom Pferd, sofort.«

Sie gehorchte. Mit finsterer Miene ging Jelscha zu ihr hinüber, und die beiden Frauen legten dem Baron und seinem Hauptmann Handfesseln an. Während Jelscha die Stricke an Rauds Sattel festband, versorgte Caer Lurins Wunden, auch wenn ihre Hände zitterten vor Wut. Raud stampfte unruhig mit den Hufen. Sobald Caer mit Lurin fertig war, ging sie zu der Stute und lehnte den Kopf an ihren Hals. »Es wird alles gut«, sagte sie ruhig. »Du wirst sehen, Raud, es wird alles gut.«

Dann wandte sie sich an Jelscha: »Bist du bereit, dich auf die Suche nach dem Turm zu begeben?«, fragte sie. »Kann ich mich auf dich verlassen, Schwester?«

Reglos sah Jelscha die Bardin an, mit festem, offenem Blick.

Dann sank sie auf die Knie. »Hauptmann.«

Das warf Caer völlig aus der Bahn. »Ich bin nicht dein … So war das doch gar nicht …«

»So machen wir das aber«, erwiderte Jelscha schroff, während sie ihren Pallasch zog und vor sich auf die Erde legte. »So leisten wir in Schur unseren Treueeid. Und ich möchte dir den Schwerteid leisten. Nicht dem Wanderer, nicht diesem Baron, sondern dir, Caer.«

»Ich will aber nicht über dich befehlen«, protestierte die Bardin.

Jelscha gab nicht nach. »Willst du nun mein Schwert, oder nicht?«

Caer zögerte.

Dann nickte sie. »Ich nehme dein Schwert als das meine an, Jelscha aus Festra.«

»Es macht mich stolz, dir dienen zu dürfen, Caer von Nirgendwo«, antwortete Jelscha. Dann erhob sie sich und fügte an Menga gewandt hinzu: »Du kannst meinem Beispiel gerne folgen. Dann binden wir dich los.«

Menga blieb stumm.

»Einer Bardin ohne Stimme willst du dienen?« Lurin zog höhnisch die Brauen hoch. »Ich hatte geglaubt, deine Ansprüche wären ein wenig höher.« Wieder blieb sein Blick an der Kehle der Bardin hängen.

Blieb ein wenig zu lange an dem goldenen Stoff hängen.

Dann huschte er zum Hauptmann der Eisernen hinüber.

Denn der Baron wusste genau, was um den Brustkorb seines Hauptmanns geschlungen war.

Ein Lächeln huschte über sein Gesicht.

»Wollen wir uns dann auf den Weg machen?«, fragte er. »Zurück in meine Baronie?«

Zähneknirschend wandte Jelscha sich ab, während Caer Pfeil und Bogen verstaute. Ja, sie mussten nach Osten reisen. Aber sie hatten keine Karte mehr. Wenn sie Schur erst erreicht hatten, wussten Menga und Lurin sicherlich, welcher Weg zum Turm führte, aber zunächst einmal mussten sie es bis dorthin schaffen. Außerdem würde Lurin sie auch ohne zu zögern zur erstbesten Felsspalte führen und hineinstoßen, da war Caer sich sicher. »Wartet«, sagte sie deshalb. »Raud, warte noch.«

An der Südseite war es Bahr, die fluchend feststellte: »Flautenpech und kabbelige Schietsee noch eins! Die Karte! Wir haben keine Karte mehr!«

»Weyd hatte sie als Letzter«, fiel auch Andrin ein.

»Und der ist nirgendwo zu sehen«, brummte Bahr.

Bellitas schüttelte den Kopf, sprang von Andrins Schoß und wechselte ein paar Worte mit Jori. Der alte Mann nickte, dann bat er Andrin, ihm auf die Beine zu helfen. Gemeinsam riefen der Alte und der Fuchs in den Himmel hinauf, riefen in der Sprache der Krähen.

Es dauerte nicht lange, bis die Krähe Urth zu ihnen herabglitt. Ihr fehlten ein paar Federn, sie flog etwas unsicher, doch ansonsten schien sie unversehrt zu sein.

»Ich danke dir, meine Liebe«, begrüßte Jori sie, »dass du uns noch rechtzeitig gewarnt hast.« Anschließend wiederholte er es in ihrer Sprache. Die Krähe neigte kurz den Kopf, dann drehte sie sich zu Bellitas um und umarmte ihn mit ihren Flügeln. Vorsichtig drückte der Fuchs seine Schnauze in die schwarzen Federn, doch schon im nächsten Moment sprach er hastig auf sie ein. Urth antwortete, woraufhin Bellitas ruckartig den Kopf hob.

»Was hat er gesagt?«, wollte Andrin wissen.

»Er hat sich nach den anderen erkundigt«, erklärte Jori. »Sie leben, meine Freunde! Urth hat sie vom Himmel aus gesehen! Weyd befindet sich nördlich des Berges mit Blíkna, Caer und die anderen sind im Osten!«

Erleichtert sackte Bahr in sich zusammen. Jori schlug in stummer Freude beide Hände vor den Mund. Und Andrin sah den Alten mit großen Augen an. »Ich will sie lernen«, sagte er aufgeregt. »Ich will alle Sprachen lernen, die du sprichst und die solch gute Nachrichten bringen! Alle will ich sie lernen!«

Jori drückte seine Hand.

»Aber was ist mit den Schatten?«, fragte Bahr plötzlich. »Irgendeine Spur von den Schatten?«

Urth schüttelte den Kopf und krächzte.

»Bisher nicht, sagt sie, altes Mädchen. Aber vielleicht sollten wir trotzdem besser unser Lied anstimmen, was meint ihr?«

Andrin nickte, während Bahr unwillig brummte. Dann zog sie etwas aus ihrer Tasche und streckte es Urth entgegen. »Bring das zu Weyd«, bat sie, was Bellitas sofort übersetzte. Und er fügte noch etwas hinzu.

Die Krähe zögerte.

Der Fuchs ebenfalls.

Schließlich schlang sie die Flügel um ihn und hielt ihn fest.

Sehr lange hielt sie ihn fest, und er schmiegte sich an sie.

Bis Urth schließlich in die Luft stieg, hoch hinauf, und hinter dem Berg der Spaltung verschwand.

»Was hat er zu ihr gesagt?«, fragte Andrin.

Jori hatte Tränen in den Augen. Noch immer starrte Bellitas in den Himmel hinauf, wo seine Freundin verschwunden war.

»Er hat sie gebeten, bei Weyd zu bleiben«, erklärte der Alte. »Falls er dort drüben mit Blíkna ganz allein ist, soll sie nicht zu uns oder Caer zurückkommen. Auch wenn er sie schrecklich vermissen wird.«

Andrin schluckte. Dann kniete er sich neben Bellitas auf die Erde und legte ihm tröstend die Hand auf den Pelz.

Gemeinsam blickten sie in den Himmel hinauf. Dunkel war es, die Sonne schon untergegangen. Gemeinsam sahen sie zu, wie Urth verschwand.

Und dann begann Andrin zu singen.

Mit kraftvoller, klarer Stimme sang er.

Kraftvoll und klar sang er das Lied der Nacht, sang es gemeinsam mit Bahr und Jori.

An der Nordwand des Berges saß der Wanderer. Reglos saß er da und starrte auf seine blutenden, gebrochenen Finger.

Schließlich hob er den Blick.

Sah den Riss, der sich in der Finsternis am Himmel auftat.

Den Riss und einen kleinen schwarzen Punkt, der auf ihn zuhielt. Urth kam über den Berg der Spaltung geflogen. Die Krähe Urth kam zu ihm. Breitete ihre Flügel aus und legte sie sanft um seine zerschmetterten Finger.

»Meine Gute«, sagte er leise. »Du bist unverletzt. Das macht mich froh.«

Mit geneigtem Kopf sah die Krähe ihn an, dann ließ sie etwas vor ihm auf den Boden fallen.

Es war eine Kastanie.

Eine einzelne Kastanie.

Neue Tränen stiegen in Weyds Augen auf, und er schaffte es nicht, sie zurückzuhalten. Er musste sie fließen lassen, musste sie alle fließen lassen, bis sie versiegten. Erst dann konnte er die Kastanie aufheben und sie essen. »Ich danke dir, Urth.«

Und während er die Kastanie aß, stürmten Erinnerungen auf ihn ein.

Der Burghof in Schur, Bellitas' Pfoten in seinem Schoß, Joris Forderung:

»Wir müssen die Leuchtfeuer entzünden.«

Die Stimme der Stria von Festra, die Caers feines Gehör nur hatte erahnen können:

»Entzündet die Feuer.«

Caers breites Grinsen, und diese wenigen Worte:

»Ich liebe dich, weißt du?«

Und das Lied erklang in seiner Erinnerung. Das Lied der Nacht, wie Caer es gesungen hatte.

Wie sie es zusammen mit Ealdre gesungen hatte.

Also sang er. Allein saß er an diesem frisch erschaffenen Berg, allein bis auf Blíkna und Urth, und er sang das Lied der Nacht. Sang, bis die Finsternis am Himmel über ihm schwand. Und im Süden sang Andrin, sang laut und klar. Und auch über ihm erschien Licht am Himmel. Und Caer nahm ihre Oud, ihre noch immer unversehrte Oud, legte ihre Finger an die Saiten, ihre Finger, die wie durch ein Wunder noch heil waren, durch Weyd, der sie gerettet hatte, und sie spielte das Lied.

Und über ihnen riss der Himmel auf. Riss auf, sodass der Wanderer die Sterne sah.

Den Noordesterno sah, so hoch oben.

Das ließ ihn innehalten, denn plötzlich begriff er.

Er war am nördlichen Ende des Lewkraitaz herausgekommen.

Langsam stand er auf, klopfte sich mühsam den Dreck von der Hose.

Er bückte sich nach seiner Tasche, holte mit Urths Hilfe Kräuter und Verbandsmaterial heraus. Und so gut es ohne gesunde Finger, nur mit einem Schnabel und vier Hufen eben ging, versorgten sie seine Hände. Anschließend widmeten sie sich der Karte.

Urth zerriss sie mit ihrem Schnabel in drei Teile, dann stieg sie noch einmal in den Himmel auf.

Zuerst flog sie nach Osten. Caer stieß einen Freudenschrei aus, als sie die Krähe sah, einen kehligen, von Schmerzen getrübten Freudenschrei. »Meine Krähenschwester!«

Urth kam zu ihr herab.

»Geht es dir gut?«, wollte Caer wissen. »Deine Flügel … dieses Landemanöver war ein wenig …«

»Wackelig?«, schlug Jelscha vor.

»Also wirklich! Etwas mehr Taktgefühl, wenn ich bitten darf!«

Aber Urth nickte nur – sehr sorgfältig, sehr langsam. So gelang es wirklich gut.

»Geht es dir gut?«, fragte Caer noch einmal. »Ich bin so froh. Was hast du denn da?«

Urth legte einen Teil der Karte vor ihren Füßen ab. Als die Bardin ihn erkannte, begann ihr Herz zu rasen. »Hast du das von Weyd? Ist mit ihm alles in Ordnung?«

Wieder nickte die Krähe.

Sorgfältig.

Langsam.

Für Caer war es das schönste Nicken, das sie je gesehen hatte. »Gedankt sei allen Wegen und den Sternen am Himmel«, flüsterte sie. Wäre es ihr möglich gewesen, hätte sie es laut herausgeschrien.

Und Urth war froh, unglaublich froh, dass sie die Gemeine Sprache der Menschen nicht besser beherrschte. Sonst hätte sie der Bardin von Tränen berichten müssen, von Trauer und von Einsamkeit. Von gebrochenen Fingern, die nur notdürftig verbunden worden waren.

Doch so musste sie nur nicken oder den Kopf schütteln.

Kopfschütteln auf Caers Frage, ob jemand bei ihm sei von seinen alten Freunden. Mit einem traurigen Blick nahm die Bardin das zur Kenntnis. »Dann ist er also auf sich allein gestellt. Ist er denn im Norden rausgekommen?«

Die Krähe nickte.

»Der schafft das«, versicherte Jelscha der Bardin leise. »Er wird den Turm finden, wart's ab.«

Caer legte die Oud beiseite. »Oh, daran habe ich nicht

den geringsten Zweifel.« Zögernd hob sie das Kartenstück auf. »Ich wünschte nur, dass er nicht allein gehen müsste.«

Urth krächzte und schüttelte den Kopf, so sorgsam wie sie zuvor genickt hatte.

Fragend hob Caer den Kopf. »Was soll das heißen? Ist er etwa doch nicht allein?«

Erneut schüttelte Urth den Kopf.

»Natürlich, ein Pferd muss bei ihm sein. Ist es Blíkna?«

Urth nickte. Dann zeigte sie auf sich selbst.

»Dann wird er also zumindest eine Krähe an seiner Seite haben«, stellte die Bardin fest. »Warte noch kurz. Würdest du ihm eine Nachricht von mir überbringen?«

Sie griff noch einmal zum Instrument und spielte eine kurze Tonfolge. Urth lauschte aufmerksam, dann nickte sie. Mit dem zweiten Kartenstück im Schnabel machte sie sich zum Abflug bereit.

»Gute Reise, Urth«, sagte Caer. »Wir treffen uns am Willkommenslicht. Fürchtet nicht die Dunkelheit und ergebt euch nicht der Furcht.«

Urth schaffte es, gleichzeitig mit den Flügeln zu schlagen und zu nicken. Sie flog Richtung Süden, um Bahr, Jori, Andrin und Bellitas das dritte Kartenstück zu bringen.

»Hast du sie gesehen, meine verehrte Krähe?«, fragte Jori. »Hast du Caer und Weyd gesehen? Sind sie wohlauf?«

»Und Jelscha?«, fügte Andrin ängstlich hinzu.

»Und diesen Drecksack Lurin und seinen Hauptmann?«, knurrte Bahr.

Mit einem Nicken beantwortete Urth alle drei Fragen. Bellitas musterte sie stumm. Sie erwiderte seinen Blick. Dann sagte er etwas zu ihr.

»Viel Glück«, übersetzte Jori es für die Menschen. »Er wünscht ihr viel Glück, günstige Winde und eine schnelle Reise.«

»Fürchtet nicht die Dunkelheit, werte Krähe«, fügte Andrin hinzu. »Und ergebt euch nicht der Furcht.«

Krächzend breitete Urth die Flügel aus und flog davon.

An der Nordseite des Berges landete sie zu Füßen des Wanderers.

»Hast du sie gefunden, meine liebe Freundin?«, fragte er. »Sind sie wohlauf?«

Sie nickte.

»Es tut gut, das zu hören. Unendlich gut.«

Trotzdem wollte der Druck auf seiner Brust nicht schwinden.

Denn einer von ihnen war nicht wohlauf.

Einer von ihnen war fort.

Einer von ihnen war tot.

Urth krächzte.

»Was ist denn?«

Die Krähe spreizte nervös die Federn, dann sang sie.

Sang so gut es ging die Tonfolge nach, die Caer ihr vorgespielt hatte.

Nicht das Lied der Nacht.

Nein, es war das Wanderlied, dem Caer ihre eigenen Verse hinzugefügt hatte. Das Lied, das er nun singen sollte.

Dies war ihre Art, ihm zu sagen: Ich liebe dich, und du bist nicht allein.

Also sang er es. Sang es leise, während er seine Sachen in Blíknas Satteltaschen verstaute. Sang es, während der Hengst sich hinkniete, damit der Wanderer sich auf seinen Rücken ziehen konnte, ohne dabei seine Hände zu sehr zu beanspruchen. Sang es, während er mit einem Zungenschnalzen die Fersen in Blíknas Flanken drückte.

Fürcht' nicht das Dunkel,
ergib nicht dich der Furcht,
uns lockt es hinaus auf den Weg.
Weiter wir ziehen, immer weiter nur,
uns schreckt nicht das Dunkel, uns lähmt nicht die Furcht.

Wir wandern umher,
schreiten aus weit und frei,
folgen freudig jedem Pfad.
Nichts kann uns trennen, wenn wir wandern umher,
wenn wir schreiten so frei, wenn wir folgen dem Weg.

Nur eine Kehre,
eine Wegbiegung noch,
so weit war schon unsere Reise.
So weit war der Weg, doch uns lockt keine Ruh,
eine Kehre kommt nun noch hinzu.

Hell strahlet der Stern,
laut schlägt die Glocke,
wenn den Pfad entlang wir zieh'n.
Wenn Tal für Tal wir durchschreiten,
soll Sternenschein uns nur leiten,
und die Glocke schlägt dazu!

Er würde einen Weg beschreiten, den seit Jahrhunderten niemand mehr gegangen war.

Ja, das würde er tun.

Und seine Gefährten würden es ebenso tun.

Seine gesamte Schar.

Ungeschickt tätschelte er Blíknas Flanke mit den Unterarmen, raunte dem Hengst leise ins Ohr: »Es tut mir leid, dass er fort ist. Es tut mir leid, dass du mit mir hier festsitzt. Aber wenn es dir recht ist, werden wir zusammen nach Norden reisen. Und dann suchen wir den Turm, der so grau ist wie dein Fell.«

Der Hengst wieherte zustimmend.

Mit einem entschlossenen Nicken streichelte Weyd seinen Hals. »Er hat gesagt, du wärst ein ganz besonderes Pferd, Blíkna. Hoffentlich hat Raud dir erzählt, wie es ist, mit mir auf Reisen zu gehen.« Er unterbrach sich kurz. »Oder vielleicht sollte ich besser hoffen, dass sie nichts gesagt hat.«

Noch einmal wieherte Blíkna, und Urth ließ sich auf dem Sattelkranz nieder.

Dann trabte der Hengst los.

Gemeinsam machten sie sich auf den Weg.

Als sie aufbrachen, warf Weyd einen letzten Blick auf den Berg der Spaltung. Blickte noch einmal zurück.

Und sang noch einmal das Lied, das Caer ihm mit auf den Weg gegeben hatte. Diesmal allerdings überlegte er kurz und entschied sich für die ursprüngliche Version, ohne ihre Änderungen. Ganz leise sang er vor sich hin. Traurig klang es. Traurig und sanft.

Fürcht' nicht das Dunkel,
ergib nicht dich der Furcht,
uns lockt es hinaus auf den Weg.

Weiter wir ziehen, immer weiter nur,
uns schreckt nicht das Dunkel, uns lähmt nicht die Furcht.

Wir wandern umher,
schreiten aus weit und frei,
folgen freudig jedem Pfad.
Nichts kann uns trennen, wenn wir wandern umher,
wenn wir schreiten so frei, wenn wir folgen dem Weg.

Nur eine Kehre,
eine Wegbiegung noch,
so weit war schon unsere Reise.
So weit war der Weg, so fern jede Ruh,
doch eine Kehre kommt nun noch hinzu.

Fahl strahlet der Stern,
dumpf schlägt die Glocke,
wenn das Ende des Weges sich zeigt.
Wenn zum Ende wir gehen, im Dunkel nun stehen,
strahlet fahl der Stern, und die Glocke, sie schweigt.

Doch fürcht' nicht das Dunkel,
ergib nicht dich der Furcht,
nun hier am Ende des Wegs.
Mag vergehen all das, was teuer uns war,
uns schreckt kein Dunkel, uns lähmt nicht die Furcht.

Keine Karte zeigt an dein Ziel dir noch,
nichts ist mehr gewiss für dich.
Am Ende des Weges stehst du ganz allein,

am Ende von allem ist jeder für sich.
Von nun an ist alles ungewiss, keine Karte zeigt an dein Ziel.

Fürcht' nicht das Dunkel,
ergib nicht dich der Furcht,
mach dich nun auf den Weg.
Hinaus sollst du ziehen, immer weiter hinaus,
dich schreckt kein Dunkel, dich lähmt nicht die Furcht.

Mit dem grauen Blíkna ritt der Wanderer Richtung Norden.

Mit der weißen Demar gingen Bahr und Jori, Andrin und Bellitas nach Süden.

Mit der schwarzen Raud zogen Caer die Bardin, der Eiserne Baron Lurin, sein Hauptmann Menga und Jelscha aus Festra nach Osten. Caer hatte ihre Oud, ihren Bogen, ihre Streitaxt und ihre wundervolle Laterne.

Wir werden sie wiedersehen, schwor sie sich, als sie aufbrachen. *Ich werde ihn wiedersehen. Ich werde ihn wiedersehen, wenn die Feuer wieder brennen und die Glocken wieder klingen. In Briva werde ich ihn wiedersehen, wo wir uns alle unter dem Willkommenslicht zusammenfinden, wie finster die Nacht auch sein mag.*

So machten sie sich auf den Weg, auf die Suche nach Grau, Schwarz und Weiß.

Niemand zog Richtung Westen.

Richtung Westen, wo die Stadt Briva in der schrecklichsten Finsternis versank.

Dort stand Bürgermeisterin Reys noch immer bei ihrem

Willkommenslicht, völlig durchnässt. Den tropfenden, zerrissenen Mantel hatte sie achtlos zu Boden geworfen. Ihr Blick ging nach Westen.

Turis würde kommen.

Als sie hastige Schritte und keuchende Atemzüge hörte, wandte sie sich zur Treppe. Schon im nächsten Moment erschien die junge Ratsfrau Piroska auf der obersten Stufe. Den Schlüssel zum Turm ließ sie gerade in ihre Tasche gleiten.

»Ich habe es beschützt«, rief die Bürgermeisterin ihr zu. »Es ist alles in Ordnung. Das Licht ist sicher. Danke, dass du mir helfen wolltest.«

Piroska kam näher. Ein seltsamer Glanz schimmerte in ihren Augen.

»Es ist alles gut, Piroska«, versicherte Reys ihr noch einmal. »Wirklich. Das Licht ist wieder sicher.« Sie holte tief Luft. »Und bald wird auch unsere Stadt wieder sicher sein.«

Erst als Piroska direkt vor ihr stand, sah sie, dass die junge Frau weinte.

»Was ist denn passiert, Piroska?« Reys zögerte. »Glaube mir, es gibt eine Rettung für Briva. Habe Vertrauen in mich, ich …«

Mit einer schnellen Bewegung zog Piroska einen Dolch aus ihrer Robe. Es war der lange Dolch eines Soldaten. An der Klinge klebte Blut.

Da begriff Reys.

Begriff

eine Sekunde zu spät

warum der Attentäter oben auf der Mauer kaum gezuckt hatte, als sie ihn zwischen die Beine trat.

Die Bürgermeisterin riss die Arme hoch, die Klinge glitt an ihrem Unterarm entlang. Mit einem Schmerzensschrei versuchte sie, Piroskas Hände zu packen, sie aufzuhalten.

Reys kämpfte. Sie kämpfte tapfer. Aber sie hatte keine Chance. Die junge Ratsfrau war so viel schneller als sie. Beinahe mühelos rammte sie der Bürgermeisterin den Dolch in den Brustkorb.

»Für Briva«, flüsterte sie noch immer schluchzend.

Ein Raunen in der Dämmerung, mehr war es nicht.

»Für Briva.«

Das Blut quoll aus dem Körper der Bürgermeisterin, die Luft wollte einfach nicht in ihre Lunge strömen, als sie kraftlos vor Piroska auf die Knie sank. Ein entsetztes Keuchen kam über die Lippen der jungen Ratsfrau. Der Dolch entglitt ihr. Und hinter ihr trat Bigna aus den Schatten. Bigna, Leutnant der Eisernen.

Lächelnd blickte sie auf Reys hinab.

Bigna war stark.

Sie konnte die Bürgermeisterin tragen.

Reys hustete. Spürte das klebrige Blut an ihrem Kinn. Vollkommen gelassen beugte sich Bigna zu ihr hinunter und schlug ihr beinahe träge ins Gesicht.

Reys verlor das Bewusstsein.

»Hilf mir«, befahl Bigna der jungen Ratsfrau in der Gemeinen Sprache.

Gemeinsam legten sie die Bürgermeisterin in einen Leichensack.

»Du wirst der Armee befehlen, sich zurückzuziehen«, verlangte Piroska. Dann holte sie eine schwarze, glänzende Feder aus ihrer Tasche; die Feder einer Bergdohle. »So war es vereinbart.«

Bigna antwortete nicht. Lächelnd musterte sie die Stadträtin und die Feder in ihrer Hand.

»So war es vereinbart!«, rief Piroska ihr hinterher, als sie sich abwandte.

»Aber natürlich werde ich das«, versicherte Bigna, während sie die zweite Feder aus ihrer Tasche zog. Sie stammten beide von dem fliegenden Boten, den Reys und Daìpu nicht gesehen hatten, weil sie in den Anblick der Sterne vertieft gewesen waren. Weil sie ineinander vertieft gewesen waren. »Natürlich werde ich das. Sobald ich wieder im Lager bin. Sobald ich sehe, wie das Licht erlischt.«

Damit ließ sie die junge Ratsfrau allein oben auf dem Turm zurück. Die junge Frau, die kaum wusste, was sie tat, nur wusste, dass sie so schreckliche, schreckliche Angst hatte. Langsam wandte sie sich der Feuerschale zu.

Sie löschte das Willkommenslicht.

Für Briva, flüsterte sie.

Ein leises Raunen im Zwielicht.

Shēng und Daìpu sahen es. Die Menschenmenge unten auf dem Platz sah es. Sie alle blickten hinauf, starrten wie die leeren Augen des toten Geliebten, der zwischen den anderen Gefallenen lag.

»Reys!«

Daìpu rannte los, Shēng folgte ihm. Sie stürmten die Wendeltreppe hinauf, immer höher hinauf in den Turm.

Doch die Frau mit dem Leichensack sahen sie nicht mehr.